BESTSELLER

ELIF SHAFAK

La bastarda de Estambul

Traducción de
Sonia Tapia

DEBOLS!LLO

El papel utilizado para la impresión de este libro ha sido fabricado a partir de madera
procedente de bosques y plantaciones gestionadas con los más altos estándares ambientales,
garantizando una explotación de los recursos sostenible con el medio ambiente y beneficiosa para las personas

Penguin
Random House
Grupo Editorial

La bastarda de Estambul

Título original: *The Bastard of Istanbul*

Primera edición con esta presentación en España: noviembre, 2016
Primera edición en Debolsillo en México: agosto, 2022

D. R. © 2007, Elif Shafak

D. R. © 2009, de la edición en castellano para todo el mundo:
Penguin Random House Grupo Editorial, S. A. U.
Travessera de Gràcia, 47-49, 08021, Barcelona

D. R. © 2022, derechos de edición mundiales en lengua castellana:
Penguin Random House Grupo Editorial, S. A. de C. V.
Blvd. Miguel de Cervantes Saavedra núm. 301, 1er piso,
colonia Granada, alcaldía Miguel Hidalgo, C. P. 11520,
Ciudad de México

penguinlibros.com

D. R. © 2009, Sonia Tapia Sánchez, por la traducción
Diseño de la portadaa: Penguin Random House Grupo Editorial, S. A. U. / Yolanda Artola
Fotografía de la portada: © Getty Images

ISBN: 978-607-381-755-4

Impreso en México – *Printed in Mexico*

Para Eyup y Þehrazat Zelda

Érase una vez un reino donde las criaturas de Dios eran tan abundantes como los granos de trigo, y hablar demasiado era pecado…

Preámbulo de un cuento turco… y armenio

1

Canela

No maldecirás lo que caiga del cielo. Ni siquiera la lluvia. Caiga lo que caiga, por intenso que sea el aguacero, por helada que esté el aguanieve, jamás lanzarás blasfemias contra lo que el cielo nos tenga reservado. Eso lo sabe todo el mundo. Incluida Zeliha.

Y a pesar de todo, ahí estaba ella ese primer viernes de julio, caminando por la acera junto a la densa congestión de tráfico, corriendo a una cita a la que llegaba tarde y maldiciendo como un carretero, a los adoquines de la calzada, a sus altos tacones, al hombre que la perseguía, a los conductores que tocaban frenéticos el claxon cuando es un hecho demostrado que el estruendo no tiene ningún efecto en la densidad del tráfico, a la dinastía otomana entera por haber conquistado en su día la ciudad de Constantinopla para luego emperrarse en su error, y sí, a la lluvia, aquella maldita lluvia de verano.

La lluvia es aquí un tormento. En la mayor parte del mundo lo más probable es que un aguacero sea una bendición para casi todos y casi todo: es bueno para las cosechas, para la flora y la fauna, y con unas gotas de romanticismo es bueno para los amantes. En Estambul, no. El problema de la lluvia no es solo que nos moje, ni siquiera que nos ensucie; es, sobre todo, que nos enfurece. Es lodo y caos y rabia, como si no tuviéramos ya bastante de todo eso. Y nos resistimos. Siempre nos resistimos. Como gatitos ahogándose en un cubo de agua, todos nosotros, los diez millones que somos, entablamos una fútil pelea contra la lluvia. No se puede decir que estemos totalmente solos en la refriega, porque las calles también participan en ella, con sus nombres antediluvianos en placas de hojalata, y las lápidas de tantísimos santos dispersas por todas partes, las pilas de basura que acechan en casi cualquier esquina, los espantosos y gigantescos socavones de las obras que pronto se convertirán en deslumbrantes edificios modernos, y las gaviotas… Todos nos cabreamos cuando se abren los cielos para escupirnos en la cabeza.

Pero luego, cuando las últimas gotas llegan al suelo y otras muchas cuelgan precariamente de las hojas ahora limpias, en ese frágil momento, cuando ni siquiera la lluvia sabe del todo si por fin ha dejado de llover, en ese preciso instante, todo se serena. Durante un largo minuto el cielo parece disculparse por el desastre en que nos ha sumido. Y nosotros, con el agua todavía en el pelo, las mangas empapadas y el cansancio en la mirada, alzamos los ojos al cielo, ahora de un cerúleo más claro, más nítido que nunca. Alzamos la vista y no podemos evitar sonreír. Y perdonamos, siempre perdonamos.

Pero de momento seguía lloviendo a mares y el corazón de Zeliha estaba poco dispuesto a perdonar. No tenía paraguas, porque se había prometido que si había hecho el imbécil tantas veces tirando el dinero en un puesto callejero a cambio de un paraguas, para luego dejárselo olvidado en cualquier sitio en cuanto saliera el sol, eso significaba que merecía empaparse hasta los huesos. Además, ya no tenía remedio. Estaba chorreando. En este aspecto la lluvia se parece a la pena: haces todo lo posible por que no te toque, por ponerte a resguardo, pero si fracasas, cuando fracasas, llega un momento en que empiezas a ver el problema no ya en términos de gotas, sino de chorro incesante, y a partir de entonces decides que ya da igual empaparse.

La lluvia goteaba de sus rizos oscuros a sus anchos hombros. Como todas las mujeres de la familia Kazancı, Zeliha había nacido con el cabello negro azabache y rizado, pero a diferencia de las otras, a ella le gustaba dejárselo así. De vez en cuando sus ojos verde jade, normalmente muy abiertos y rebosantes de fiera inteligencia, se entornaban hasta convertirse en dos líneas de perfecta indiferencia, una indiferencia que solo pueden sentir tres grupos de personas: los ingenuos redomados, los introvertidos redomados y los optimistas redomados. Puesto que ella no pertenecía a ninguno de estos grupos, era difícil entender aquella apatía, aunque fuera fugaz. Aparecía de pronto, envolviendo su alma en una anestesiada insensibilidad, y al instante se esfumaba, dejándola sola en su cuerpo.

Así se sentía aquel primer viernes de julio, insensibilizada, anestesiada, un estado de ánimo corrosivo para alguien tan vital como ella. ¿Sería esa la razón de que no tuviera el más mínimo interés en batirse contra la ciudad, ni siquiera contra la lluvia? Mientras aquella indiferencia de yoyó subía y bajaba siguiendo un ritmo propio, el péndulo de su ánimo oscilaba entre dos polos opuestos: de la frialdad a la rabia.

Los vendedores callejeros de paraguas y chubasqueros y pañuelos de plástico de vistosos colores la veían pasar divertidos. Ella logró ignorar sus miradas, como lograba ignorar las miradas de todos los hombres que contemplaban su cuerpo con voracidad. Los vendedores se fijaban, con expresión de desaprobación, en el reluciente *piercing* que llevaba en la nariz, como si fuera una señal de su rechazo a la modestia y por lo tanto de lujuria. Zeliha estaba especialmente orgullosa de él porque se lo había hecho ella sola. Le dolió, pero el *piercing* era definitivo, como su estilo. Ni el acoso de los hombres, ni el reproche de las mujeres, ni la imposibilidad de caminar sobre adoquines en mal estado o subir de un salto a los transbordadores, ni siquiera la constante tabarra de su madre… definitivamente, no había fuerza en la tierra que pudiera impedir que Zeliha, más alta que la mayoría de las mujeres de aquella ciudad, llevara minifaldas de deslumbrantes colores, blusas ajustadas que ensalzaban sus grandes pechos, sedosas medias de nailon y, sí, aquellos gigantescos tacones.

De pronto pisó otro adoquín suelto y el charco de barro que había debajo salpicó de oscuras manchas su falda color lavanda. Zeliha lanzó otra larga sarta de juramentos. Era la única mujer de la familia y una de las pocas de toda Turquía que utilizaba el lenguaje malsonante con tanta libertad, tanta vehemencia y tanto dominio, que cuando empezaba a soltar tacos no había quien la parase, como si quisiera compensar a todas las demás mujeres. Esta vez no fue diferente. Zeliha corría maldiciendo la administración municipal presente y pasada, porque desde que era pequeña no había visto ni un solo día de lluvia en que aquellos adoquines estuvieran fijos y arreglados. Antes de terminar con la retahíla, sin embargo, se interrumpió de pronto y alzó el mentón como si alguien la hubiera llamado por su nombre, pero en lugar de mirar en torno a ella buscando algún conocido, dirigió un mohín al cielo nublado. Entornó los ojos, suspiró como rumiando un conflicto interior, y lanzó otro exabrupto, solo que esta vez contra la lluvia. Ahora bien, según las reglas no escritas pero inviolables de Petite-Ma, su abuela, aquello era pura blasfemia. Puede que no te entusiasme la lluvia, definitivamente no tiene por qué entusiasmarte, pero bajo ninguna circunstancia debes maldecir nada que venga del cielo, porque nada cae de los cielos por voluntad propia, y detrás de todo ello está Alá el Todopoderoso.

Zeliha desde luego conocía las reglas no escritas e inviolables de Petite-Ma; sin embargo, aquel primer viernes de julio estaba tan furiosa que no le importaban. Además, lo dicho, dicho estaba, igual que todo lo que había hecho en su vida, hecho estaba y era agua pasada. Zeliha no tenía tiempo para arrepentimientos. Llegaba tarde a la cita con el ginecólogo, un peligro nada desdeñable, por cierto, ya que en el momento en que una advierte que llega tarde al ginecólogo, puede decidir no presentarse.

Un taxi amarillo con el parachoques trasero plagado de adhesivos se detuvo a su lado. El chófer, un hombre moreno de rudo aspecto, con un bigote tipo Zapata y un diente de oro, y que podría perfectamente ser un violador en sus horas libres, tenía todas las ventanillas bajadas mientras la emisora de radio voceaba a todo volumen el «Like a Virgin» de Madonna. El aspecto absolutamente tradicional del taxista contrastaba con sus gustos musicales muy poco convencionales. El hombre dio un frenazo, asomó la cabeza por la ventanilla y después de lanzar un silbido, bramó:

—¡Estás para comerte, guapa!

Sus siguientes palabras quedaron ahogadas en la voz de Zeliha.

—Pero ¿a ti qué te pasa, gilipollas? ¿Es que en esta ciudad no puede andar una tranquila por la calle?

—¿Y por qué quieres andar, si te puedo llevar yo? —replicó el hombre—. No querrás que se te moje ese cuerpazo que tienes, ¿eh?

Mientras Madonna berreaba «My fear is fading fast, been saving it all for you», Zeliha se embarcó en otra retahíla de maldiciones, violando así otra inviolable regla no escrita, esta vez no de Petite-Ma, sino de la Prudencia Femenina: «Nunca insultes a tu acosador».

La regla de oro de la prudencia de la mujer estambulí: cuando te acosen por la calle, nunca respondas, puesto que una mujer que responde, y mucho más si insulta a su acosador, no hará más que avivar el entusiasmo del hombre en cuestión.

Zeliha no desconocía esta regla y era consciente de que violarla era una insensatez, pero aquel primer viernes de julio no era como cualquier otro, y ahora se había desatado en su interior otra persona, mucho más despreocupada y atrevida, presa de una furia que daba miedo: era esa otra Zeliha que habitaba la mayor parte de su espacio interior y ahora había conseguido el control la que estaba tomando decisiones en nombre de ambas. Por eso seguramente siguió maldiciendo a voz en grito, ahogando a Madonna, a los transeúntes y a los vendedores de paraguas que se agolpaban para ver qué se cocía. En el tumulto, el acosador que iba tras ella dio un respingo, consciente de que más valía no meterse con una loca. Pero el taxista no era tan prudente ni tan tímido, y recibió todo aquel escándalo con una sonrisa. Zeliha advirtió la sorprendente blancura y perfección de sus dientes, y no pudo evitar preguntarse si no serían fundas de porcelana. Poco a poco fue sintiendo crecer de nuevo en el vientre aquella oleada de adrenalina que le revolvía el estómago, que le aceleraba el pulso, que la convencía de que ella era la única mujer de toda su familia que algún día podría acabar matando a un hombre.

Por suerte, justo en ese momento el conductor de un Toyota que circulaba detrás del taxi perdió la paciencia e hizo sonar el claxon. Como si despertara de un mal sueño, Zeliha recobró la sensatez y se estremeció al percatarse de la sombría situación en la que se encontraba. Su proclividad a la violencia la asustó, como solía sucederle. En un instante se calmó y se quitó de en medio intentando abrirse paso entre la multitud. Pero con las prisas se le enganchó el tacón derecho en un adoquín suelto. Enfurecida, sacó el pie del charco que había debajo de la piedra y con la brusquedad del gesto se partió el tacón, lo que le sirvió para recordar una regla que jamás debió haber perdido de vista:

La regla de plata de la prudencia de la mujer estambulí: cuando te acosen por la calle, no pierdas los nervios, puesto que una mujer que pierde los nervios y reacciona exageradamente no hará más que empeorar la situación.

El taxista se echó a reír, el del Toyota volvió a tocar el claxon, la lluvia arreciaba, y varios transeúntes chasquearon la lengua al unísono en actitud de reproche, aunque era difícil saber exactamente qué era lo que le reprochaban. Y en medio de todo aquel jaleo, Zeliha advirtió un adhesivo iridiscente en la parte trasera del taxi: NO ME LLAMES CABRÓN. LOS CABRONES TAMBIÉN TENEMOS CORAZÓN. Se lo quedó mirando pasmada y de pronto sintió un cansancio infinito; estaba tan exhausta y desconcertada que cualquiera diría que no se encontraba ante un problema cotidiano de los estambulíes, sino más bien ante una especie de enrevesado código que una mente lejana había diseñado para que lo descifrara, y que ella, pobre mortal, jamás había logrado entender. Pronto el taxi y el Toyota se alejaron y los peatones se dispersaron; Zeliha se quedó sola, sosteniendo el tacón roto en la mano con la ternura y el desaliento de quien sostiene un pajarillo muerto.

Ahora bien, en el caótico universo de Zeliha podía haber pajarillos muertos, pero desde luego no había lugar para la ternura ni el desaliento. No cedería. Se enderezó y echó a andar como pudo con un solo tacón. Se apresuró entre una multitud de paraguas, exhibiendo sus impresionantes piernas y cojeando como una nota desafinada. Ella era un hilo de color lavanda, un color que desentonaba en el tapiz ambulante de marrones y grises y más marrones y más grises. Aunque el suyo era un color discordante, la muchedumbre era lo bastante cavernosa para engullir su desarmonía y ajustarla a su cadencia. El gentío no era un conglomerado de cientos de cuerpos sudorosos y doloridos, sino un solo cuerpo sudoroso y dolorido bajo la lluvia. Tanto con lluvia como con sol, andar por Estambul era hacerlo acompasado con las multitudes.

Pasó por delante de las decenas de pescadores de aspecto rudo que se alineaban a lo largo del viejo puente Galata, de pie, codo con codo y en silencio, con el paraguas en una mano y la caña de pescar en la otra. Zeliha los envidió por su quietud, por aquella capacidad de esperar durante horas a que picaran unos peces que no existían, o que, si existían, eran tan diminutos que solo podían servir de cebo para otros peces que jamás picarían. Era sorprendente aquella capacidad de conseguir tanto con tan poco: volver a casa con las manos vacías y aun así satisfechos al final del día. En ese mundo la serenidad generaba suerte y la suerte generaba felicidad, o al menos eso sospechaba Zeliha. Y sospechar era a lo único que alcanzaba en esa materia, porque jamás había experimentado esa clase de serenidad y no se sentía capaz de experimentarla. Por lo menos no ese día, era imposible.

A pesar de sus prisas, al atravesar el Gran Bazar aminoró el paso. No tenía tiempo para comprar nada, pero entraría para echar un vistazo rápido, se dijo a sí misma mientras inspeccionaba los primeros puestos. Encendió un cigarrillo y en cuanto las volutas de humo ascendieron desde su boca se sintió mejor, casi relajada. En Estambul no se veía con buenos ojos que una mujer fumara en la calle, pero le daba igual. ¿Acaso no había declarado ya la guerra a toda la sociedad? Con ese pensamiento se dirigió hacia la sección más vieja del bazar.

Allí había vendedores que la conocían por su nombre, sobre todo los joyeros. Zeliha tenía debilidad por los accesorios brillantes de toda clase: horquillas de cristal, broches de bisutería, pendientes relucientes, flores de perla, pañuelos con listas de cebra, bolsos de satén, chales de gasa, pompones de seda y zapatos, siempre de tacón alto. No había pasado ni un solo día por aquel bazar sin al menos entrar en varias tiendas para regatear con los vendedores y terminar pagando un precio bastante inferior al sugerido por objetos que ni siquiera tenía pensado comprar. Pero ese día solo vagó entre algunos puestos y echó un vistazo a algunos escaparates. Nada más.

Se detuvo un momento en un puesto de jarras y tarros y frascos de hierbas y especias de toda clase y color. Recordó que por la mañana una de sus tres hermanas le había pedido que comprara canela, aunque no recordaba de qué tipo. Zeliha era la más joven de cuatro hermanas que no lograban ponerse de acuerdo en nada pero que estaban convencidas de llevar siempre la razón y de que no tenían nada que aprender de las demás y sí mucho que enseñar. Era tan terrible como no ganar la lotería solo por un número: por muchas vueltas que le dieras a la situación, no podías evitar la sensación de estar sufriendo una injusticia imposible de reparar. De todos modos, Zeliha compró canela en rama. El vendedor le ofreció un té, un cigarrillo y un rato de charla, y ella no rechazó nada. Mientras tanto, ociosa, recorría con los ojos los estantes, hasta que se fijó en un juego de té. También los juegos de té se contaban entre las cosas a las que no podía resistirse: los vasos con sus estrellas doradas y las delicadas cucharillas y los frágiles platitos con líneas doradas en los bordes. En su casa debía de haber por lo menos treinta juegos distintos, y todos los había comprado ella. Pero no estaba de más tener otro, porque se rompían con mucha facilidad.

—Son tan frágiles los jodidos… —masculló Zeliha entre dientes. Era la única de las Kazancı capaz de enfurecerse con los vasos de té cuando se rompían. Petite-Ma, por su parte, a los setenta y siete años, había desarrollado una visión totalmente distinta.

«¡Otro mal de ojo! —exclamaba cada vez que se rompía un vaso de cristal—. ¿Habéis oído ese sonido amenazador? ¡Crac! ¡Ha resonado en mi corazón! ¡Eso ha sido un mal de ojo de alguien malvado y envidioso! ¡¡Que Alá nos proteja a todos!!»

Cada vez que se rompía algo de cristal o se resquebrajaba un espejo, Petite-Ma lanzaba un suspiro de alivio. Al fin y al cabo, teniendo en cuenta que no se puede eliminar a toda la gente mala de la superficie de este delirante planeta, era preferible que sus maleficios se estamparan contra una frontera de cristal a que penetraran en lo más hondo de las almas inocentes de Dios para destrozarles la vida.

Veinte minutos después, cuando Zeliha entró a la carrera en una elegante consulta en uno de los barrios más selectos de la ciudad, llevaba un tacón roto en una mano y un juego de té en la otra. Entonces se acordó, consternada, de que se había olvidado la canela en rama en el Gran Bazar.

En la sala de espera había tres mujeres, todas con el pelo descuidado, y un hombre casi calvo. A juzgar por la manera en que se sentaban, advirtió al instante Zeliha y dedujo con cinismo, la más joven era la menos preocupada. Hojeaba lánguidamente las fotografías de una revista femenina, demasiado perezosa para leer los artículos. Seguramente estaría allí para que le dieran una receta de anticonceptivos. La rubia regordeta junto a la ventana, que parecía tener treinta y pocos años, y cuyas raíces negras estaban pidiendo a gritos un tinte, oscilaba nerviosa sobre los pies y parecía tener la mente en otro sitio. Probablemente estaba allí para una revisión rutinaria y la citología anual. La tercera, que se cubría la cabeza con un velo e iba acompañada de su marido, parecía la más descompuesta: la comisura de los labios hacia abajo, el entrecejo fruncido. Zeliha supuso que tendría problemas para quedarse embarazada, y eso, imaginó, podía ser bastante molesto, según como se lo tomara una. Ella no consideraba que la esterilidad fuera lo peor que pudiera pasarle a una mujer.

—¡Holaaaaaa! —saludó alegremente la recepcionista, forzando una estúpida sonrisa hipócrita tan bien ensayada que no parecía ni estúpida ni hipócrita—. ¿Es la cita de las tres?

La mujer parecía tener bastantes problemas para pronunciar la «r» y, como si tratara de compensarlo, se esforzaba sobremanera en acentuar el sonido, alzando la voz y ofreciendo otra sonrisa cada vez que su lengua tropezaba con la peligrosa letra. Para ahorrarle esfuerzos, Zeliha asintió al instante, tal vez con demasiada vehemencia.

—¿Y a qué ha venido exactamente, doña Cita de las tres?

Zeliha pasó por alto lo absurdo de la pregunta. A esas alturas ya sabía demasiado bien que si de algo carecía ella en esta vida era justamente de aquella alegría incondicional y general tan femenina. Algunas mujeres eran devotas «sonreidoras»; sonreían con un espartano sentido del deber. ¿Cómo se podía aprender a hacer de un modo tan natural algo tan antinatural?, se preguntó Zeliha. Pero, dejando de lado la cuestión, respondió:

—A abortar.

La palabra quedó suspendida en el aire, en espera de que todos los presentes la asimilaran. Los ojos de la recepcionista se achicaron primero para luego agrandarse, mientras la sonrisa desaparecía de su rostro. Zeliha no pudo evitar una sensación de alivio. Al fin y al cabo la femenina alegría incondicional y general despertaba en ella una vena vengativa.

—Tengo hora —remachó, colocándose un rizo tras la oreja mientras el resto del pelo le caía en torno a la cara y sobre los hombros como un denso burka negro. Alzó el mentón acentuando así su nariz aguileña y tuvo necesidad de repetir en voz algo más alta de lo que pretendía… o tal vez no—: Porque tengo que abortar.

Indecisa entre rellenar, imparcial, la ficha de la nueva paciente o echar una fulminante mirada a tanto descaro, la recepcionista se quedó inmóvil con una enorme agenda de cuero abierta delante de ella. Pasaron todavía unos segundos antes de que por fin se pusiera a escribir. Mientras tanto, Zeliha masculló:

—Siento llegar tarde. —El reloj de la pared indicaba que llegaba con un retraso de tres cuartos de hora y mientras lo miraba, por un instante pareció distraerse—. Ha sido la lluvia…

Estaba siendo un poco injusta con la lluvia, puesto que el tráfico, los adoquines sueltos, el ayuntamiento, el acosador y el taxista eran también responsables del retraso, pero Zeliha decidió no mencionarlos. Tal vez había violado la regla de oro de la prudencia de la mujer estambulí, e incluso la regla de plata de la prudencia de la mujer estambulí, pero se dominó para no violar la regla de bronce:

Regla de bronce de la prudencia de la mujer estambulí: cuando te acosen por la calle, más te vale olvidar el incidente lo antes posible, puesto que si te pasas el día dándole vueltas no harás más que destrozarte los nervios.

Zeliha era inteligente y sabía que si mencionaba el incidente, las otras mujeres, lejos de apoyarla, tenderían a juzgar mal a una «hermana» acosada. De manera que su respuesta fue lacónica y atribuyó a la lluvia la responsabilidad de su tardanza.

—¿Su edad, señorita? —quiso saber la recepcionista.

Aquella sí era una pregunta irritante y del todo innecesaria. Zeliha miró a la mujer con los ojos entornados, como si se enfrentara a una especie de penumbra y hubiera que acostumbrar la vista. De pronto recordó la triste verdad sobre sí misma: la edad. Como tantas otras mujeres acostumbradas a actuar unas veces como si fueran mayores y otras como si fueran menores, le perturbaba saber que después de todo era mucho más joven de lo que hubiera querido.

—Tengo diecinueve —concedió por fin, y en cuanto lo dijo se sonrojó, como si la hubieran sorprendido desnuda delante de toda aquella gente.

—Necesitamos el consentimiento de su marido, por supuesto —prosiguió la recepcionista, olvidado ya su tono cantarín, y no perdió tiempo para añadir otra pregunta cuya respuesta ya sospechaba—: ¿Le puedo preguntar si está usted casada?

Zeliha advirtió con el rabillo del ojo que la rubia gordita de su derecha y la mujer del velo de su izquierda se agitaban incómodas. Bajo el peso de la inquisitiva mirada de todas las presentes, la mueca de Zeliha se transformó en beatífica sonrisa. No es que disfrutara de aquel tortuoso momento, pero la indiferencia que habitaba en ella le acababa de susurrar que no hiciera caso de la opinión de otras personas, puesto que al fin y al cabo no contaba para nada. Últimamente había decidido eliminar de su vocabulario ciertas palabras, y ahora que recordaba aquella decisión, ¿por qué no empezar por la palabra «vergüenza»? Aun así no tuvo la sangre fría de pronunciar en voz alta lo que a esas alturas sabían ya todas las presentes: que no había marido que pudiera dar consentimiento a aquel aborto. El feto no tenía padre. En lugar de un BA-BA, un padre, lo que había era NA-DA.

Por suerte para Zeliha, el hecho de no tener marido resultó ser una ventaja en lo que a las formalidades se refiere. Por lo visto, no necesitaba la aprobación escrita de nadie. Las normas burocráticas ponían menos empeño en rescatar a los niños nacidos fuera del matrimonio que a los de parejas casadas. En Estambul, un niño sin padre no era más que otro bastardo, y un bastardo no era más que otro diente podrido en las fauces de la ciudad, listo para caerse en cualquier momento.

—¿Lugar de nacimiento? —prosiguió, rutinaria, la recepcionista.

—¡Estambul!

—¿Estambul?

Zeliha se encogió de hombros como diciendo: ¿dónde, si no? ¿Dónde demonios, si no aquí? ¡Aquella era su ciudad! ¿Acaso no se le veía en la cara? Al fin y al cabo Zeliha se consideraba una auténtica estambulí, y como si reprochara a la recepcionista el no haber captado un hecho tan obvio, se volvió sobre su tacón roto y tomó asiento en una silla vacía junto a la mujer del velo. Solo entonces advirtió al marido de esta, sentado muy quieto, casi paralizado por la vergüenza. Más que juzgar a Zeliha, el hombre parecía sumido en la incomodidad de ser el único varón en un territorio tan descaradamente femenino. Por un segundo a Zeliha le dio pena y hasta pensó en invitarle a salir al balcón a fumarse un cigarrillo con ella, porque estaba segura de que fumaba. Pero el gesto podría malinterpretarse. Una mujer soltera no podía proponer algo así a un hombre casado y cualquier hombre casado expresaría hostilidad hacia otra mujer estando presente su esposa. ¿Por qué era tan difícil hacerse amiga de los hombres? ¿Por qué tenía que ser siempre así? ¿Por qué no podían salir al balcón a fumar y charlar un rato y luego ir cada uno por su camino? Zeliha se quedó allí sentada en silencio un largo rato, no porque estuviera exhausta, que lo estaba, ni porque estuviera harta de ser el foco de atención, que también, sino porque quería estar junto a la ventana abierta; ansiaba oír el ruido de la calle. La ronca voz de un vendedor penetraba en la sala:

—Mandarinas… Mandarinas frescas y aromáticas…

—Bien, tú sigue gritando —masculló Zeliha entre dientes. No le gustaba el silencio. De hecho, lo aborrecía. No le importaba que la gente se la quedara mirando por la calle, en el bazar, en la sala de espera del médico, en todas partes, día y noche; no le importaba que se la comieran con los ojos y la observaran babeando y volvieran a repasarla como si la vieran por primera vez. De un modo u otro, siempre podía afrontar sus miradas. A lo que no podía enfrentarse era al silencio.

—Mandarinero… mandarinero… ¿a cuánto va el kilo? —chilló una mujer desde la ventana de uno de los pisos superiores del edificio que había al otro lado de la calle.

A Zeliha siempre le había divertido ver la facilidad con la que los habitantes de la ciudad se inventaban los nombres más peregrinos para las profesiones más corrientes. A casi todo lo que se vendía en el mercado se le podía añadir un «ero» incluyendo otro nombre en la larguísima lista de profesiones urbanas. Y así, dependiendo de lo que estuviera a la venta, a cualquiera podían llamarle «mandarinero», «agüero», «patatero» o… «abortero».

A esas alturas Zeliha ya no tenía dudas. Ya no cabían las dudas puesto que ya lo sabía con seguridad; además, se había hecho una prueba en la clínica que habían abierto hacía poco en su barrio. El día de la «gran inauguración», los de la clínica organizaron una llamativa recepción para un puñado de selectos invitados y colocaron ramos de flores y guirnaldas junto a la puerta, para que todos los que pasaran por la calle quedaran también informados del evento. Cuando Zeliha fue a la clínica, justo al día siguiente, las flores se habían marchitado, pero los folletos conservaban todo su colorido: ¡TEST DE EMBARAZO GRATIS CON CADA ANÁLISIS DE AZÚCAR EN SANGRE!, decían en letras mayúsculas fosforescentes. Ignoraba cuál era la relación entre una cosa y la otra, pero de todas formas se hizo las pruebas. Cuando llegaron los resultados supo que estaba normal de azúcar y embarazada.

—Ya puede pasar, señorita —la llamó la recepcionista desde la puerta, batallando con otra «r», una «r» esta vez difícil de eludir en su profesión—. El doctor la está esperando.

Zeliha se levantó de un brinco agarrando el juego de té y el tacón roto, y notó que todas las cabezas de la sala se volvían hacia ella fijándose en cada uno de sus gestos. Normalmente, habría caminado lo más deprisa posible, pero en aquel momento sus movimientos eran visiblemente lentos, casi lánguidos. Justo cuando estaba a punto de salir de la sala se detuvo y, como si le hubieran pulsado un botón, se volvió sabiendo exactamente a quién mirar. Allí, en el centro de su mirada, encontró una cara llena de rencor. La mujer del pañuelo en la cabeza, con los ojos castaños nublados por el resentimiento, los labios maldiciendo al médico y a aquella chica de diecinueve años a punto de abortar el hijo que Alá no debería haber otorgado a una muchacha chapucera sino a ella.

El médico era un hombre fornido cuya postura erguida irradiaba fuerza. A diferencia de la recepcionista, no había reproche en su mirada ni preguntas tontas en su boca. Acogió a Zeliha de la mejor manera. Le hizo firmar unos papeles y luego más papeles por si algo iba mal, ya fuera durante o después de la operación. Zeliha sintió que sus nervios se aflojaban a su lado, y la piel se le hacía más fina, lo cual era una mala jugada puesto que cada vez que se le aflojaban los nervios y se le afinaba la piel, se tornaba tan frágil como un vaso de té, y cada vez que se tornaba tan frágil como un vaso de té no podía evitar llegar al borde de las lágrimas. Y eso era lo que de verdad odiaba. Desde que era pequeña albergaba un profundo desdén por las mujeres lloronas y se había prometido no convertirse jamás en uno de esos lamentos con patas que iban esparciendo lágrimas y quejas quisquillosas por doquier, pues ya tenía demasiados alrededor. Se había prohibido llorar y hasta entonces se las había apañado bastante bien para cumplir su promesa. Si notaba que se le iban a saltar las lágrimas, contenía la respiración y recordaba su voto. De manera que aquel primer viernes de julio volvió a hacer lo que siempre hacía para contener el llanto: respiró hondo y alzó el mentón en un gesto de fortaleza. Esta vez, sin embargo, algo salió espantosamente mal y el aliento que contenía salió como un sollozo.

El médico no pareció sorprenderse. Estaba acostumbrado. Las mujeres siempre lloraban.

—Venga, venga —intentó consolarla mientras se ponía los guantes quirúrgicos—. Todo irá bien, no se preocupe. Es solo una sedación. Se quedará dormida y soñará, y antes de que el sueño acabe la despertaremos y se marchará a casa. Y después no se acordará de nada.

Cuando Zeliha lloraba, todas sus facciones se marcaban y las mejillas se le hundían, acentuando el más contundente de sus rasgos: ¡su nariz! Esa nariz extraordinariamente aguileña que, al igual que sus hermanas, había heredado de su padre. Pero la suya, a diferencia de la de sus hermanas, era más afilada en el puente y algo más alargada en los bordes.

El médico le dio unas palmaditas en el hombro, le ofreció un pañuelo de papel y luego le tendió la caja entera. Siempre tenía una caja de kleenex junto a la mesa. Las compañías farmacéuticas las distribuían gratis. Además de bolígrafos y agendas y otros objetos con el nombre de la empresa, regalaban pañuelos de papel para las pacientes que no podían dejar de llorar.

«Higos… deliciosos higos… ¡higos maduros y dulces!»

¿Era el mismo vendedor u otro distinto? ¿Cómo lo llamarían sus clientes… higuero?, pensó Zeliha, tumbada en la camilla en una habitación enervantemente blanca e inmaculada. Ni los instrumentos, ni siquiera los bisturíes, la asustaban tanto como aquel blanco absoluto. Hay algo en el blanco que recuerda al silencio. Ambos están vacíos de vida.

En sus esfuerzos por apartarse del color del silencio, Zeliha se distrajo con un punto negro en el techo. Cuanto más fijaba en él la mirada, más parecía una araña. Primero estaba inmóvil, pero luego empezó a moverse. La araña crecía y crecía a medida que la anestesia se distribuía por sus venas. Al cabo de unos segundos le pesaba tanto todo que no podía ni mover un dedo. Mientras intentaba resistirse al sueño de la sedación, se echó a llorar de nuevo.

—¿Está segura de que esto es lo que quiere? Tal vez prefiera pensárselo un poco —dijo el médico con voz aterciopelada, como si Zeliha fuera una pila de polvo y tuviera miedo de que se desmoronase con el viento de sus palabras si alzaba más la voz—. Si quiere reconsiderar su decisión, no es demasiado tarde.

Pero sí era tarde. Zeliha sabía que tenía que hacerlo en ese momento, aquel primer viernes de julio. Ahora o nunca.

—No hay nada que considerar. No puedo tenerla —se oyó soltar.

El médico asintió con la cabeza. Y como si hubiera estado esperando aquel gesto, de pronto sonó en la sala la oración del viernes desde la mezquita cercana. Al cabo de unos segundos se le unió otra mezquita, y otra y otra. Zeliha frunció la cara en una mueca de disgusto. Odiaba que una oración originalmente pensada para ser recitada con la pureza de la voz humana quedara deshumanizada por una voz electrónica que llenaba la ciudad desde micrófonos y altavoces. Pronto el clamor se hizo tan ensordecedor que pensó que se había estropeado el sistema de megafonía de todas las mezquitas de la zona. O eso, o los oídos se le habían tornado extremadamente sensibles.

—Habremos terminado en un minuto. No se preocupe.

Zeliha miró sorprendida al médico. ¿Tanto se le notaba el desprecio por la electro-oración? No es que le importara. De todas las mujeres Kazancı, ella era la única tan abiertamente irreligiosa. Cuando era pequeña le gustaba imaginar que Alá era su mejor amigo, lo cual no era malo, por supuesto, solo que su otra mejor amiga era una niña pecosa y parlanchina que había hecho del fumar un hábito a la edad de ocho años. La niña era la hija de la señora que limpiaba su casa, una kurda regordeta con un bigote que no siempre se molestaba en depilar. En aquellos tiempos la asistenta iba a su casa dos veces por semana, y siempre se llevaba a su hija. Zeliha y la niña se convirtieron en buenas amigas al cabo de un tiempo, y hasta se hicieron un corte en el dedo índice para mezclar su sangre y convertirse en hermanas de sangre para siempre. Durante una semana anduvieron las dos con una venda ensangrentada en torno al dedo como señal de su hermandad. En aquel entonces, cada vez que Zeliha rezaba, solo pensaba en aquella venda ensangrentada: ah, si Alá pudiera convertirse también en una hermana de sangre… su hermana de sangre…

«Perdóname», se disculpaba al instante, y luego lo repetía una y otra vez, porque cuando uno pedía perdón a Alá, tenía que hacerlo tres veces: «Perdóname, perdóname, perdóname».

Estaba mal y lo sabía. Alá no podía y no debía ser personificado.

Alá no tenía sangre, ni dedos, ya puestos. Había que evitar atribuirle cualidades humanas, lo cual no era nada fácil, puesto que cada uno de sus —o sea, de Sus— noventa y nueve nombres resultaban ser cualidades pertenecientes también a los hombres. Alá podía ver, pero no tenía ojos; lo oía todo, pero no tenía oídos; lo alcanzaba todo, pero no tenía manos. Con esta información, a los ocho años, Zeliha había llegado a la conclusión de que Alá podía parecerse a nosotros, pero nosotros no podíamos parecernos a él —o sea, a Él—, ¿o era al revés? En fin, el caso es que había que aprender a pensar en él —o sea, en Él— sin pensar en Él como en él.

Lo más probable es que nada de esto le hubiera importado tanto de no haber visto una tarde que Feride, su hermana mayor, también llevaba un vendaje ensangrentado en el dedo índice. Por lo visto la niña kurda también era su hermana de sangre. Zeliha se sintió traicionada. Solo entonces se dio cuenta de que lo que en realidad tenía en contra de Alá no era que él —o sea, Él— no tuviera sangre, sino más bien que tuviera tantas hermanas de sangre, tantas a las que atender que al final no atendía a ninguna.

El episodio de amistad no duró mucho después de aquello. El *konak* era tan grande y tan ruinoso, y su madre tan gruñona y tan tozuda, que la mujer de la limpieza se despidió al cabo de un tiempo, llevándose también a su hija. Tras quedarse sin su mejor amiga, cuya amistad además había sido bastante dudosa, Zeliha sintió un sutil resentimiento, pero no supo muy bien hacia quién: hacia la mujer de la limpieza por marcharse, hacia su madre por hacer que se fuera, hacia su mejor amiga por jugar a dos barajas, hacia su hermana mayor por robarle a su hermana de sangre, o hacia Alá. Puesto que los demás estaban totalmente fuera de su alcance, eligió a Alá como objeto de su rencor. Y después de sentirse una infiel a tan temprana edad, no vio razones para dejar de serlo ya de adulta.

Otra mezquita se unió a la llamada a la oración. Los rezos se multiplicaban en ecos, como círculos concéntricos. Curiosamente, en aquel preciso momento, allí, en la consulta del médico, se sintió preocupada por llegar tarde a cenar. Se preguntó qué habría en la mesa esa noche y cuál de sus tres hermanas habría cocinado. A cada una de sus hermanas se le daba bien una receta particular, así que dependiendo de la cocinera del día podía esperar un plato u otro. Le apetecían pimientos verdes rellenos, un plato especialmente delicado puesto que cada una de las hermanas lo hacía de manera muy distinta. Pimientos… verdes… rellenos… Su respiración se volvió más lenta cuando la araña empezó a descender. Aunque intentara fijar la vista en el techo, Zeliha tenía la sensación de que no ocupaba el mismo espacio que la gente de esa misma sala. Había entrado en el reino de Morfeo.

Era demasiado luminoso, casi brillante. Despacio y con cuidado atravesó un puente atestado de coches y peatones y pescadores inmóviles que sostenían cañas con gusanos retorciéndose en el anzuelo. Todos los adoquines que pisaba estaban sueltos a su paso y, pasmada, Zeliha veía que debajo no había más que el vacío. Pronto se dio cuenta horrorizada de que lo de abajo también estaba arriba, y que llovían adoquines del cielo azul. Cuando un adoquín caía del cielo, otro se soltaba en el pavimento. Sobre el cielo y bajo la tierra había lo mismo: NA-DA.

Los adoquines seguían lloviendo agrandando más y más la cavidad del suelo. Zeliha sintió pánico de que el voraz abismo la tragara.

—¡Basta! —gritó, mientras las piedras seguían rodando bajo sus pies—. ¡Basta! —ordenó a los vehículos que se precipitaban hacia ella y la atropellaban—. ¡Basta! —suplicó a los viandantes que la apartaban a empujones.

—¡Basta, por favor!

Cuando se despertó estaba sola en una sala desconocida. Sentía náuseas. Cómo demonios había llegado hasta allí era un misterio que no tenía ningunas ganas de resolver. No sentía nada, ni dolor ni pena. Así que, concluyó, al final la indiferencia debió de ganar la carrera. No solo ella, también sus sentidos habían sufrido un aborto en aquella mesa blanca inmaculada de la otra sala. Tal vez todo aquello tendría un lado positivo. Tal vez ahora podría ir a pescar y conseguir por fin mantenerse inmóvil durante horas y horas sin exasperarse y sin sentir que se quedaba atrás, como si la vida fuera una liebre rápida que ella solo pudiera observar desde lejos sin alcanzarla jamás.

—¡Ah, por fin se ha despertado! —La recepcionista estaba en la puerta con los brazos en jarras—. ¡Por Dios bendito! ¡Menudo susto! ¡Menudo susto nos ha dado! ¿Tiene idea de cómo gritaba? ¡Ha sido espantoso!

Zeliha se quedó tumbada sin pestañear.

—Los vecinos han debido de pensar que la estábamos matando o algo así. ¡Me extraña que no haya venido la policía, vamos!

«Pues no te extrañes. Estás hablando de la policía de Estambul, no de un aguerrido agente de una película americana», pensó Zeliha mientras por fin se permitía parpadear. Todavía no entendía muy bien por qué estaba tan alterada la recepcionista, pero no veía el propósito de alterarla todavía más, de manera que ofreció la primera excusa que le vino a la cabeza:

—A lo mejor he gritado porque me dolía…

Pero la excusa, por muy convincente que pudiera resultar, fue rechazada al instante.

—No es posible, señorita, porque el médico… no ha realizado la operación. ¡Ni siquiera la ha tocado!

—¿Qué quiere decir…? —balbuceó Zeliha, menos preocupada por escuchar la respuesta que por comprender el peso de su propia pregunta—. Eso es… que no…

—Pues no. —La recepcionista suspiró, agarrándose la cabeza como si fuera a tener migraña—. El médico no podía hacer nada con los chillidos que estaba usted pegando. No se quedó usted dormida, en absoluto. Primero se puso a parlotear, y luego empezó a gritar y maldecir. No he visto nada igual en quince años. La morfina debió de tardar el doble de tiempo en hacerle efecto.

Zeliha sospechaba algo de exageración en estos comentarios, pero no tenía ganas de discutir. Tras dos horas en la consulta del ginecólogo ya se había dado cuenta de que allí los pacientes solo tenían que hablar cuando se lo pedían.

—Y cuando por fin se quedó dormida, era tan difícil creer que no volvería a gritar de nuevo que el médico consideró que era mejor esperar hasta que tuviera la mente despejada. «Si está segura de que quiere abortar», dijo, «podrá hacerlo después.» Así que la trajimos aquí y la dejamos dormir. ¡Y desde luego ha dormido!

—Me está diciendo que no he… —La palabra que tan osadamente había pronunciado delante de desconocidos esa misma tarde le parecía ahora impronunciable. Se tocó el vientre mientras sus ojos imploraban consuelo, si bien la recepcionista era la persona menos indicada del mundo para dárselo—. Así que la niña sigue ahí…

—Bueno, ¡todavía no sabe si es una niña! —declaró la recepcionista con tono práctico.

Pero Zeliha lo sabía. Sencillamente lo sabía.

Al salir a la calle, pese a la creciente oscuridad, tuvo la sensación de que era una hora temprana de la mañana. Había dejado de llover y la vida parecía hermosa, casi manejable. Aunque el tráfico todavía era un caos y las calles estaban enlodadas, el fresco olor tras la lluvia confería a toda la ciudad un aire sagrado. Aquí y allá los niños saltaban en los charcos, deleitándose en cometer pecados sin importancia. Si alguna vez ha habido un momento adecuado para pecar, tuvo que ser aquel fugaz instante; uno de esos raros momentos en los que parecía que Alá no solo nos vigila, sino que también se preocupa por nosotros; uno de esos momentos en que Su presencia se siente cercana.

Casi era como si Estambul se hubiera convertido en una feliz metrópolis, romántica y pintoresca, como París, pensó Zeliha, aunque ella nunca había estado en París. Una gaviota pasó cerca chillando un mensaje en clave que estuvo a punto de descifrar. Durante un instante Zeliha creyó estar en el mismísimo umbral de un nuevo comienzo.

—¿Por qué no me has dejado hacerlo, Alá? —se oyó mascullar.

Pero en cuanto las palabras salieron de su boca, se disculpó despavorida ante la atea que había en ella.

«Perdóname, perdóname, perdóname.»

Bajo el arco iris, Zeliha recorrió cojeando el largo camino hasta su casa, con el juego de té y el tacón roto en la mano, menos abatida de lo que se había sentido las últimas semanas.

De manera que aquel primer viernes de julio, en torno a las ocho de la tarde, Zeliha llegó a casa, al *konak* otomano de altos techos, ligeramente decrépito, que parecía fuera de lugar entre los edificios que lo flanqueaban, modernos bloques de apartamentos cinco veces más altos. Subió la empinada escalera curva y encontró a todas las féminas Kazancı reunidas arriba en torno a la amplia mesa, cenando, pues no habían visto razón alguna, obviamente, para esperarla.

—¡Hola, desconocida! —exclamó Banu, alzando el cuello por encima de un crujiente muslo de pollo al horno—. Ven a compartir la cena. El profeta Mahoma nos dice que tenemos que compartir la comida con los desconocidos.

Tenía los labios y las mejillas brillantes, como si se hubiera dedicado un tiempo a untarse la grasa del pollo por toda la cara, incluidos los relucientes ojos de cierva. Doce años mayor y quince kilos más gorda que Zeliha, más bien parecía su madre que su hermana. Según Banu, tenía un extraño sistema digestivo que almacenaba todo lo que comía, lo cual resultaría más creíble si no hubiera añadido además que, aunque solo bebiera agua pura, su cuerpo la convertía también en grasa, y por lo tanto no se la podía hacer responsable de su peso ni se le podía pedir que se pusiera a dieta.

—¿A que no sabes qué menú tenemos esta noche? —prosiguió alegremente, blandiendo un dedo ante Zeliha antes de coger un ala de pollo—. ¡Pimientos verdes rellenos!

—¡Será mi día de suerte! —contestó Zeliha.

La comida parecía espléndidamente familiar. Además de un pollo enorme había sopa de yogur, *karnıyarık, pilaki, kadın budu köfte* del día anterior, *turşu, çörek* recién hecho, una jarra de *ayran* y, sí, pimientos verdes rellenos. Zeliha acercó una silla al instante, pues el hambre prevalecía sobre las pocas ganas que tenía de una cena en familia después de un día tan duro.

—¿Dónde estaba usted, señorita? —gruñó su madre, Gülsüm, que podía haber sido Iván el Terrible en otra vida. Sacó pecho, alzó el mentón, frunció el entrecejo y luego volvió el contraído gesto hacia Zeliha, como si de este modo pudiera leer la mente de su hija pequeña.

Pues bien, allí estaban, Gülsüm y Zeliha, madre e hija, mirándose ceñudas, dispuestas a pelear pero reticentes a comenzar la pelea. Fue Zeliha la primera en apartar la mirada. Sabía perfectamente que sería un craso error demostrar su mal genio delante de su madre, así que hizo un esfuerzo por sonreír e intentó dar una respuesta, aunque indirecta.

—Había buenos descuentos en el bazar. He comprado un juego de té. ¡Los vasos son preciosos! Tienen estrellas doradas y cucharitas a juego.

—¡Ay, es que se rompen tanto! —murmuró Cevriye, la segunda de las hermanas Kazancı, profesora de historia de Turquía en un instituto privado. Seguía siempre una dieta sana, comidas equilibradas, y se peinaba con un moño perfecto que se retorcía en la nuca sin dejar suelto ni un mechón de pelo.

—¿Has estado en el bazar? ¿Y por qué no has traído canela en rama? Te dije esta mañana que íbamos a hacer arroz con leche y que no quedaba canela en casa.

Banu arrugó el ceño entre dos bocados de pan, pero este problema no le preocupó más de una fracción de segundo. Su teoría del pan, que ella gustaba de repetir con regularidad y poner en práctica continuamente, era que si no se comía la cantidad apropiada cada vez que una se sentaba a la mesa, el estómago no «sabría» que estaba lleno y por lo tanto pediría más comida. Para que el estómago comprendiera perfectamente su saciedad, había que comer decentes porciones de pan con todo. Y así Banu comía pan con patatas, pan con arroz, pan con pasta y pan con el *börek*, y cuando quería hacer llegar a su estómago un mensaje mucho más claro comía pan con pan. La cena sin pan era un pecado que Alá podía perdonar, pero Banu no.

Zeliha frunció los labios y guardó silencio; de pronto se acordó del destino de la canela en rama. Evitando la pregunta se sirvió un pimiento relleno. Siempre notaba a la primera cuál de sus hermanas había preparado los pimientos: Banu, Cevriye o Feride. Si eran de Banu, acababan rellenos de cosas que solo ella les ponía: cacahuetes, anacardos, almendras. Si eran de Feride, rebosaban tanto arroz que era imposible comérselos sin que se rompieran. Cuando a la tendencia a hinchar los pimientos le añadía el amor por los aderezos de toda clase, los *dolma* de Feride reventaban de hierbas y especias, y, dependiendo de la combinación, podían resultar excepcionales o sencillamente espantosos. Cuando era Cevriye quien cocinaba el plato resultaba siempre más dulce, porque ella añadía azúcar en polvo a cualquier cosa comestible, como para compensar la amargura del universo. Y hoy era justo ella la que había preparado los *dolma*.

—Estaba en el médico —murmuró Zeliha, quitando con cuidado la pálida piel verde del pimiento.

—¡Médicos! —exclamó Feride con una mueca, alzando el tenedor como si fuera un puntero con el que señalaba una cordillera lejana en un mapa y el auditorio no fuera su propia familia, sino los estudiantes de una clase de geografía. Feride tenía un problema a la hora de mirar a los ojos. Se encontraba más cómoda hablando con los objetos, y por lo tanto dirigió sus palabras al plato de Zeliha—: ¿No has visto el periódico esta mañana? Operan de apendicitis a una niña de nueve años y se olvidan dentro unas tijeras. ¿Sabes cuántos médicos de este país deberían ir a la cárcel por negligencia?

Entre las mujeres Kazancı, Feride era la que más de cerca conocía los procedimientos médicos. En los últimos seis años le habían diagnosticado ocho enfermedades, a cuál más rara. Era imposible saber si los médicos no acababan de dar con el diagnóstico adecuado o si la misma Feride se esforzaba afanosamente por adquirir nuevas dolencias. Al cabo de un tiempo ya no importaba que se tratara de una cosa u otra. La cordura era la tierra prometida, el Shangri-La del que la habían deportado de adolescente y al que estaba decidida a volver algún día. Por el camino descansaba en diversas escalas de errático nombre y espantoso tratamiento.

Ya de pequeña tenía algo raro. Fue una alumna de lo más difícil y no mostró interés alguno en nada que no fueran las clases de geografía, y en las clases de geografía solo mostró interés por unos pocos temas, empezando con las capas de la atmósfera. Sus temas favoritos eran cómo el ozono se descomponía en la estratosfera, y la relación entre las corrientes de la superficie oceánica y los modelos atmosféricos. Lo aprendió todo sobre la circulación estratosférica de alta latitud, las características de la mesosfera, los vientos de los valles y las brisas marinas, los ciclos solares y las latitudes tropicales, y la forma y el tamaño de la Tierra. Y todo lo que memorizaba en el colegio lo soltaba luego en casa, salpimentando todas las conversaciones con información atmosférica. Siempre que desplegaba sus conocimientos de geografía, hablaba con un celo sin precedentes, flotando muy por encima de las nubes, saltando de una capa atmosférica a otra. Luego, un año después de graduarse, Feride comenzó a mostrar signos de excentricidad y desequilibrio.

Aunque su interés por la geografía jamás se apagó con los años, le inspiró otra área de interés de la que disfrutaba enormemente: accidentes y desastres. Todos los días repasaba la prensa sensacionalista. Accidentes de coche, asesinatos en serie, huracanes, terremotos, incendios e inundaciones, enfermedades terminales, enfermedades infecciosas y virus desconocidos... Feride lo leía todo con gran detenimiento. Su memoria selectiva absorbía calamidades locales, nacionales e internacionales para poder transmitírselas a los demás cuando menos lo esperaban. Nunca necesitó mucho tiempo para ensombrecer cualquier conversación, puesto que ya de nacimiento estaba inclinada a detectar la negrura en cada anécdota y a crearla cuando no la había.

Pero sus noticias no perturbaban a nadie, puesto que ya hacía mucho que habían renunciado a darle crédito. Su familia había dado con la forma de tratar la locura: confundirla con la falta de credibilidad.

A Feride le diagnosticaron una «úlcera de estrés», un diagnóstico que nadie de la familia se tomó en serio porque el «estrés» se había convertido en una especie de catástrofe general. En cuanto se introdujo en la cultura turca, la palabra «estrés» fue recibida con tal euforia por los estambulíes que por toda la ciudad surgían pacientes de estrés como setas. Feride había viajado constantemente de una enfermedad relacionada con el estrés a otra, sorprendida al descubrir la inmensidad de aquel territorio, puesto que no parecía haber absolutamente nada que no pudiera relacionarse con el estrés. Después anduvo merodeando en torno al desorden obsesivo-compulsivo, la amnesia disociativa y la depresión psicótica. En otra ocasión logró envenenarse y le diagnosticaron intoxicación por dulcamara, el nombre de todas sus enfermedades que más le entusiasmaba.

En cada etapa de su viaje a la demencia, Feride se cambiaba el color y el corte del pelo, de manera que al cabo de un tiempo los médicos, en sus esfuerzos por ir siguiendo los cambios en su psicología, comenzaron a confeccionar una tabla de estilos. Pelo corto, media melena, muy largo y, una vez, totalmente afeitado; de punta, liso, cardado y en trenzas; con toneladas de gomina, gel, cera o espuma; adornado con gorros, broches o cintas; cortado a lo punky, recogido en moños de bailarina, con mechas y teñido de todos los colores posibles, cada uno de los estilos había sido un fugaz episodio mientras que su enfermedad permanecía firme y fija.

Después de un largo período de «grave desorden depresivo», Feride había evolucionado a «borderline», un término interpretado con bastante arbitrariedad por los miembros de la familia Kazancı. Su madre interpretaba la palabra *border*, «frontera» en inglés, como un problema relacionado con la policía, los oficiales de aduanas y la ilegalidad, de modo que veía a un «delincuente extranjero» en la persona de Feride, y, por lo tanto, sospechaba cada vez más de aquella hija loca en la que, para empezar, no había confiado nunca. En marcado contraste, para las hermanas de Feride el concepto de «border» invocaba principalmente la idea de borde, y la idea de borde invocaba la imagen de un precipicio mortal. De manera que durante un tiempo la trataron con infinito cuidado, como si fuera una sonámbula andando por una tapia de muchos metros a punto de caerse en cualquier momento. A Petite-Ma, sin embargo, la palabra «border» le sugería las estilizadas líneas de una celosía, y observaba a su nieta con profundo interés y simpatía.

Feride había emigrado recientemente a otro diagnóstico que nadie era capaz de pronunciar, y mucho menos de interpretar: «esquizofrenia hebefrénica». Desde entonces permanecía fiel a su nueva nomenclatura, como contenta al fin de lograr la clarificación nominal que tanto necesitaba. Fuera cual fuese el diagnóstico, vivía de acuerdo con las reglas de su propio país de fantasía, fuera del cual jamás ponía el pie.

Pero aquel primer viernes de julio, Zeliha no prestó atención alguna al renombrado desagrado de su hermana por los médicos. En cuanto empezó a comer se dio cuenta del hambre que había pasado todo el día. Se zampó casi mecánicamente un trozo de *çörek*, se echó un vaso de *ayran*, se sirvió otro *dolma* verde y lanzó la noticia que crecía dentro de ella:

—Hoy he ido al ginecólogo...

—¡Al ginecólogo! —repitió Feride al instante, pero sin añadir ningún comentario específico. Los ginecólogos eran justo el grupo de médicos con el que tenía menos experiencia.

—Hoy he ido al ginecólogo para abortar —completó la frase Zeliha sin mirar a nadie.

Banu dejó caer el ala de pollo y se miró los pies como si tuvieran algo que ver con todo aquello; Cevriye frunció los labios con fuerza; Feride lanzó un chillido y luego, sorprendentemente, una carcajada; su madre se frotó tensa la frente, sintiendo el primer aura de una terrible jaqueca; y Petite-Ma... bueno, Petite-Ma siguió comiéndose su sopa de yogur. Tal vez porque se había quedado bastante sorda en el transcurso de los últimos meses, o tal vez porque sufría las primeras fases de la demencia senil. O quizá sencillamente pensó que la noticia no era motivo de aspaviento alguno. Con Petite-Ma nunca se sabía.

—¿Cómo has podido asesinar a tu hijo? —preguntó Cevriye pasmada.

—No es un niño —declaró Zeliha indiferente—. En esta etapa se podría decir que es más bien un granito. ¡Eso sería más científico!

—¡Científico! ¡Tú no eres científica, lo que pasa es que no tienes sentimientos! —Cevriye se echó a llorar—. ¡No tienes sentimientos! ¡Eso es lo que pasa!

—Bueno, pues entonces tengo buenas noticias. No lo he matado... la he matado... ¡Es igual! —Zeliha se volvió con calma hacia su hermana—. No es que no quisiera. ¡Sí quería! Quería abortar el grano ese, pero no sé por qué, no lo hice.

—¿Qué quieres decir? —preguntó Banu.

Zeliha no quiso perder la calma.

—Alá me mandó un mensaje —declaró sin expresión, sabiendo que era un error decir aquello en una familia como la suya, pero diciéndolo de todas formas—. En fin, que ahí estoy tumbada con un médico y una enfermera a cada lado. En unos minutos empezará la operación y se acabó el niño. ¡Para siempre! Pero entonces, justo cuando me voy a quedar dormida en la mesa de operaciones, oigo la oración de la tarde en una mezquita cercana... La oración es suave como el terciopelo. Envuelve todo mi cuerpo. Y de pronto, en cuanto termina la oración, oigo un murmullo, como si me susurraran al oído: «¡No matarás a este niño!».

Cevriye dio un respingo, Feride tosió nerviosa en su servilleta, Banu tragó saliva y Gülsüm frunció el entrecejo. Solo Petite-Ma permaneció alejada, en una tierra mejor, aguardando obedientemente a que llegara el siguiente plato después de la sopa.

—Y entonces... —prosiguió Zeliha—, la misteriosa voz siguió diciendo: «¡Uuuuuh, Zeliha! ¡Uuuuuh! ¡Tú, la réproba de la recta familia Kazancı! ¡Deja vivir a este niño! Todavía no lo sabes, pero este niño será un líder. ¡Este niño será rey!».

—¡Eso no puede ser! —interrumpió la profesora Cevriye, sin dejar pasar la oportunidad de demostrar sus conocimientos—. Ya no hay reyes, somos una nación moderna.

—¡Ooooh, pecadora, este niño reinará! —prosiguió Zeliha, fingiendo no haber oído la lección—. No solo en este país, no solo en todo Oriente Próximo y los Balcanes, sino que el mundo entero conocerá su nombre. ¡Este hijo tuyo dirigirá a las masas y traerá paz y justicia a la humanidad!

Zeliha se interrumpió y lanzó un suspiro.

—En fin, ¡buenas noticias, familia! ¡El niño sigue dentro de mí! Pronto pondremos otro plato en esta mesa.

—¡Un bastardo! —exclamó Gülsüm—. Quieres que una criatura nacida fuera del matrimonio, ¡un bastardo!, sea un miembro de esta familia.

El efecto de aquella palabra se extendió como las ondas que forma una piedra caída en aguas tranquilas.

—¡Eres una vergüenza! ¡No has hecho más que traer la vergüenza a esta familia! —La cara de Gülsüm estaba desencajada por la ira—. Con ese *piercing* en la nariz… Y el maquillaje y esas asquerosas minifaldas, ah, ¡y esos tacones! Eso te pasa por vestirte como… como una puta. Deberías dar gracias a Alá noche y día, deberías agradecer que no haya hombres en esta familia, porque te habrían matado.

No era del todo cierto. Lo de que la hubieran matado tal vez, pero no que no hubiera hombres en la familia. Los había. En alguna parte. Pero lo cierto es que en la familia Kazancı había muchas más mujeres que hombres. Como si todo el linaje sufriera una maldición, generación tras generación los hombres Kazancı habían muerto jóvenes y de forma inesperada. Rıza Selim Kazancı, por ejemplo, el marido de Petite-Ma, cayó muerto de repente a los sesenta, dejó de respirar, sencillamente. Luego, en la siguiente generación, Levent Kazancı se fue al otro barrio de un ataque al corazón antes de cumplir los cincuenta y uno, siguiendo el ejemplo de su padre y del padre de su padre. Parecía que la esperanza de vida de los hombres de la familia se acortaba a cada generación.

Había un tío abuelo que se fugó con una prostituta rusa que luego le robó todo el dinero y lo dejó morir congelado en San Petersburgo; a otro pariente lo atropelló un coche cuando cruzaba la autopista borracho perdido; varios sobrinos habían muerto entre los veinte y los treinta años, uno de ellos ahogado cuando nadaba bebido bajo la luna llena, otro de un balazo en el pecho, disparado por un ultra que celebraba que su equipo había ganado la liga, y un tercero se cayó en una zanja de dos metros que había cavado el ayuntamiento para reparar las alcantarillas de la calle. Luego había un primo segundo, Ziya, que se suicidó pegándose un tiro, sin ninguna razón aparente.

Una generación tras otra, como cumpliendo una regla no escrita, los hombres de la familia Kazancı morían jóvenes. La máxima edad a la que habían llegado en la actual generación era cuarenta y un años. Decidido a no repetir el mismo patrón, un tío abuelo tercero puso exquisito cuidado en llevar una vida sana, evitando estrictamente abusar de la comida, el sexo con prostitutas, cualquier contacto con los aficionados al fútbol, el alcohol y otras drogas, y terminó aplastado por un bloque de cemento que cayó de una obra junto a la que pasaba. Luego estaba Celal, un primo lejano, que, para Cevriye, fue el amor de su vida y el marido que perdió en una pelea. Por razones aún poco claras, a Celal le condenaron a dos años de prisión acusado de soborno. Durante ese tiempo su presencia en la familia quedó limitada a las poco frecuentes cartas que enviaba desde la cárcel, tan vagas y distantes que cuando llegó la noticia de su muerte, para todos menos para su mujer fue como perder un tercer brazo, algo que nunca se ha tenido. Dejó este mundo en una pelea, no debido a un puñetazo ni a una herida, sino por haber pisado un cable eléctrico de alto voltaje al intentar buscar mejor sitio para observar a los dos prisioneros que se estaban pegando. Después de perder el amor de su vida, Cevriye vendió la casa y volvió al domicilio Kazancı como una seria profesora de historia con un espartano sentido de la disciplina y el autocontrol. De la misma forma que había declarado la guerra contra los alumnos que copiaban en el colegio, inició una cruzada contra la impulsividad, el desorden y la espontaneidad en la casa.

Luego estaba Sabahattin, el marido de Banu, un hombre muy retraído, de corazón tierno y buen fondo. Aunque no era pariente de sangre y parecía excepcionalmente saludable y vigoroso. Ambos seguían casados según los papeles pero, aparte de un breve período después de la luna de miel, Banu había pasado más tiempo en el *konak* de la familia que en casa con su marido. Tan conspicua era su lejanía física que cuando Banu anunció que estaba esperando gemelos, todo el mundo bromeó sobre la imposibilidad técnica del embarazo. Pero el terrible destino de los hombres Kazancı alcanzó a los gemelos a muy temprana edad. Después de perder a los niños cuando apenas tenían un año, Banu se trasladó permanentemente a la casa familiar. De vez en cuando iba a echarle un vistazo a su marido, pero más como una vecina atenta que como una amante esposa.

Luego, por supuesto, estaba Mustafa, el único hijo de la actual generación, una piedra preciosa concedida por Alá entre las cuatro hijas. Dada la obsesión de Levent Kazancı por tener un hijo que llevara su nombre, las cuatro hermanas Kazancı crecieron sintiéndose visitas indeseables. Primero llegaron tres niñas: Banu, Cevriye y Feride, todas ellas con la sensación de ser una introducción al hijo verdadero, un preludio accidental en la vida sexual de sus padres, tan decididos a tener un hijo varón. En cuanto a la quinta hija, Zeliha, sabía que había sido concebida con la esperanza de que la fortuna fuera generosa dos veces seguidas. Después de tener por fin un hijo, sus padres habían querido ver si tenían la suerte de concebir otro.

Mustafa fue adorado desde el día en que nació. Se había tomado una serie de medidas para protegerlo del sombrío destino que aguardaba a todos los hombres de la genealogía. De niño lo envolvían en cuentas y amuletos contra el mal de ojo; cuando empezó a gatear lo mantenían bajo constante vigilancia y hasta los ocho años le dejaron el pelo largo como una niña para engañar a Azrail, el ángel de la muerte. Cuando se dirigían a él le llamaban «niña». «Niña —decían—. ¡Niña, ven aquí!» Aunque fue un buen estudiante, su vida en el instituto se vio ensombrecida por su incapacidad de relacionarse socialmente. Un rey en su casa, el niño parecía negarse a ser uno entre muchos en la clase. Llegó a hacerse tan impopular que cuando Gülsüm quiso dar una fiesta para celebrar la graduación de su hijo, Mustafa no tenía a nadie a quien invitar.

Tan arrogantemente antisocial en la calle, tan indiscutiblemente adorado en casa y, con el paso de cada cumpleaños, tan peligrosamente cerca de la maldición que sufrían todos los hombres Kazancı, al cabo de un tiempo pareció una buena idea enviarlo al extranjero. En un mes se vendieron las joyas de Petite-Ma para obtener el dinero necesario, y el hijo de la familia Kazancı dejó Estambul a los dieciocho años para estudiar ingeniería agrícola y biosistemas en Arizona, donde esperaban que sobreviviera hasta la vejez.

De ahí que aquel primer viernes de julio, cuando Gülsüm amonestaba a Zeliha y la exhortaba a agradecer la falta de hombres en la familia, hubiera algo de verdad en sus palabras. Zeliha, en lugar de responder, se fue a la cocina para dar de comer al único macho de la casa: un gato atigrado con un hambre insaciable, una insólita afición al agua y una multitud de síntomas de estrés social, que en el mejor de los casos podía interpretarse como independencia, y en el peor, como neurosis. Se llamaba Pachá Tercero.

En el *konak* Kazancı se habían ido sucediendo las generaciones de gatos, como las de seres humanos; todos habían sido queridos y, a diferencia de los seres humanos, habían muerto de viejos sin excepción. Aunque cada gato mantuvo su personalidad, en general en el linaje de los felinos de la casa competían dos genes. Por un lado estaba el gen «noble», proveniente de una gata persa de largo pelo blanco y morro achatado, que Petite-Ma llevó con ella cuando era una joven recién casada, al final de la década de 1920 (las mujeres del barrio se burlaban diciendo que el gato debía de ser su única dote). Por otro lado estaba el gen «callejero», proveniente de un gato desconocido, aunque supuestamente pardo rojizo, con el que la persa blanca había logrado copular en una de sus escapadas. Y, en cada generación, como si se fueran turnando, prevalecía uno de los dos rasgos genéticos en los habitantes felinos de la casa. Al cabo de un tiempo los Kazancı dejaron de molestarse en buscar nombres alternativos y se limitaron a seguir la genealogía felina. Si el gato parecía descendiente de la línea aristocrática, blanca y esponjosa y de morro achatado, lo llamaban sucesivamente Pachá Primero, Pachá Segundo, Pachá Tercero… Si provenía del linaje del gato callejero, lo llamaban Sultán, un grado superior que plasmaba la creencia de que los gatos callejeros eran espíritus libres que no necesitaban adular a nadie.

Hasta aquel entonces, sin excepción, la distinción nominal se había visto reflejada en las personalidades de los gatos de la casa. Los nobles resultaron ser de esa clase de gatos distantes, exigentes y sosegados, que se lamen constantemente para eliminar cualquier indicio de contacto humano cada vez que alguien los acaricia; los del segundo tipo eran más curiosos y activos, y se deleitaban en extraños lujos, como comer chocolate.

Pachá Tercero, naturalmente, personificaba los rasgos de su linaje. Caminaba siempre con pomposo ritmo, como si anduviera de puntillas entre cristales rotos. Tenía dos ocupaciones favoritas, que ponía en práctica en cuanto tenía ocasión: morder cables eléctricos y observar pájaros y mariposas, demasiado vago para perseguirlos. De esto último podía cansarse, pero de lo primero, jamás. Casi todos los cables de la casa habían sido mordidos, arañados, mascados y dañados varias veces. Pachá Tercero había logrado sobrevivir hasta una edad muy avanzada, teniendo en cuenta las numerosas descargas eléctricas que había recibido.

—Toma, Pachá, buen chico. —Zeliha le dio unos trozos de queso feta, el que más le gustaba. Luego se puso un delantal y la emprendió con una montaña de platos, cacharros y sartenes. Cuando por fin terminó de fregar y se calmó, volvió a la mesa, donde encontró la palabra «bastardo» todavía flotando en el aire, y a su madre aún ceñuda.

Se quedaron allí inmóviles hasta que alguien se acordó del postre. Un olor dulce y balsámico impregnó la sala mientras Cevriye servía con experta pericia el arroz con leche de una enorme olla. Feride iba detrás espolvoreando coco rallado en cada cuenco.

—Estaría mucho más bueno con canela —se quejó Banu—. No deberías haberte olvidado de la canela.

Recostada en su silla, Zeliha alzó la nariz y tomó aire como dando una calada a un cigarrillo invisible. Al exhalar su cansancio poco a poco, sintió que su indiferencia de yoyó decaía de nuevo. Su espíritu se hundió bajo el peso de todo lo que había y no había ocurrido en aquel largo día infernal. Observó la mesa de la cena, sintiéndose cada vez más culpable al ver los cuencos de arroz ahora coronados de ralladura de coco. Y entonces, sin mover la vista, murmuró con una voz tan dulce que no parecía la suya:

—Lo siento… Lo siento mucho.

2

Garbanzos

Los supermercados son lugares peligrosos plagados de trampas para los deprimidos y los alelados, o eso pensaba Rose mientras se dirigía hacia el pasillo de los pañales, esa vez decidida a comprar solamente lo que de verdad necesitaba. Además, no era momento de entretenerse. Había dejado a su pequeña dentro del coche en el parking y estaba inquieta. A veces hacía cosas de las que se arrepentía de inmediato pero que ya no podía deshacer, y a decir verdad, tales incidentes se habían multiplicado de forma alarmante los últimos meses, los últimos tres meses y medio, para ser exactos. Tres meses y medio de puro infierno durante los que se había resistido, había batallado, había llorado, había suplicado, se había negado a aceptar y por fin se había rendido al hecho de que su matrimonio se había roto. Tal vez el matrimonio fuera una locura fugaz capaz de hacer creer a cualquiera que duraría siempre, pero era difícil verle la gracia cuando no es una la que lo da por terminado. El hecho de que el matrimonio resistiera un tiempo antes de fallar irremisiblemente daba la falsa impresión de que todavía había esperanza, hasta que una comprendía que no vivía por la esperanza de algo mejor, sino por la esperanza de que el sufrimiento acabara por fin para los dos, de forma que cada uno pudiera seguir su propio camino. Y eso era justo lo que Rose había decidido hacer: ir por su propio camino. Si todo esto equivalía a una especie de túnel de angustia por el que

Dios la obligaba a arrastrarse, saldría de él transformada, muy distinta a la mujer débil que había sido antes.

Como señal de su determinación, Rose intentó forzar una risita, pero no le pasó de la garganta. Lo que le salió fue un suspiro, un suspiro de inquietud más que de otra cosa, porque había llegado a un pasillo que hubiera preferido no ver: golosinas y chocolatinas. Al pasar por las chocolatinas dietéticas de vainilla sin azúcar para «cuidar la línea» frenó en seco. Cogió una, dos… cinco. No es que estuviera a dieta, pero le gustaba cómo sonaba aquello, o más bien le gustaba la posibilidad de cuidar de algo, de lo que fuera. Después de que la acusaran varias veces de ser un ama de casa chapucera y una mala madre, Rose estaba ansiosa por demostrar lo contrario de cualquier manera.

Rauda y veloz, tomó otra dirección, pero se encontró en el pasillo de la comida basura. ¿Dónde demonios estaban los pañales? Advirtió una pila de nubes de coco y de pronto tenía uno, dos… seis paquetes en el carrito. «No, Rose, no… Esta tarde ya te has zampado casi un litro de helado… Ya has engordado muchísimo…» Lo que podría haber sido una advertencia interior, no llegó con suficiente fuerza, aunque sí alcanzó a pulsar el botón que activaba la culpabilidad en el subconsciente de Rose, y una imagen de sí misma surgió en su mente. Por un fugaz instante vio su reflejo en un espejo imaginario, a pesar de haber evitado con tanta habilidad el espejo real detrás de las lechugas ecológicas. Descorazonada, miró sus anchas caderas y nalgas, pero logró sonreír ante sus altos pómulos, su pelo rubio dorado, sus ojos azul claro y sus orejas perfectas. Las orejas eran una parte del cuerpo humano en la que sí se podía confiar. Por mucho que engordara una, las orejas siempre se quedaban igual, siempre leales.

Por desgracia, no pasaba lo mismo con el resto del cuerpo. La forma física de Rose era de todo menos leal. Tan voluble era su cuerpo que no podía ni clasificarlo, como hacía la revista *Vida Sana* con los cuerpos de sus lectoras. Si perteneciera al grupo de «forma de pera», por ejemplo, tendría las caderas más anchas que los hombros. Si tuviera, en cambio, «forma de manzana», tendería a engordar en el vientre y el pecho. Pero Rose, que tenía cualidades tanto de las peras como de las manzanas, no sabía muy bien en qué categoría encuadrarse, a menos que existiera otro grupo que la revista no hubiera mencionado: el de la «forma de mango», gruesa por todas partes y más gorda en el culo. «Qué coño», se dijo. Ahora que se había terminado el infernal proceso de divorcio, iba a convertirse en una nueva mujer. «Desde luego», pensó. «Desde luego» era la expresión que Rose utilizaba en lugar de «sí». En lugar de «no» decía «para nada».

Fortalecida con la idea de sorprender a su ex marido y su amplia familia política con su pronta transformación en una nueva mujer, Rose escudriñó el pasillo. Tendió las manos hacia golosinas y caramelos (toffees sin azúcar, gominolas de frutas, ruedas de regaliz) y en cuanto los echó al carro salió corriendo como si la persiguieran. Pero al ceder a la tentación del dulce se le debió de poner en marcha la mala conciencia, porque al cabo de un instante estaba batallando con un remordimiento más profundo. ¿Cómo podía haber dejado a su hija sola en el coche? Todos los días hablaban por la radio de algún bebé secuestrado ante su casa, o de alguna madre acusada de negligencia... La semana anterior una mujer de Tucson había incendiado su casa y casi mató a sus dos hijos, que dormían dentro. Si alguna vez llegaba a pasarle algo parecido, pensó Rose, su suegra estaría encantada. Shushan, la matriarca omnipotente, la llevaría de inmediato a juicio reclamando la custodia de su nieta.

Inmersa en tan sombríos pensamientos, Rose no pudo evitar estremecerse. Era cierto que últimamente andaba algo despistada y se olvidaba incluso de cosas que antes hacía sin pensar, pero nadie, ni una sola persona en su sano juicio podía acusarla de ser mala madre. ¡Para nada! Se lo iba a demostrar tanto a su ex marido como a su descomunal familia armenia. La familia de su ex marido procedía de un país en el que la gente tenía apellidos impronunciables y albergaba secretos que ella no podía descifrar. Rose siempre se había sentido una extraña entre ellos, siempre consciente de ser una *odar*, aquella pegajosa palabra que se había adherido a ella desde el primer día.

Qué terrible era seguir apegada mental y emocionalmente a alguien de quien estaba físicamente separada. Cuando se asentó el polvo, de aquel año y ocho meses de matrimonio lo único que le quedó fue resentimiento y un bebé.

—Es todo lo que me queda —murmuró Rose. Ese, desde luego, era el efecto secundario más común de la amargura crónica posmatrimonial: ahora hablaba sola. Por mucho diálogo que imaginara, jamás se quedaba sin palabras. En las últimas semanas Rose había discutido varias veces en su imaginación con todos y cada uno de los miembros de la familia Tchajmajchian, defendiéndose con decisión, ganando siempre, articulando fluidamente todo lo que no había podido expresar durante el divorcio y de lo que se había lamentado desde entonces.

¡Ahí estaban! Pañales superabsorbentes sin látex. Mientras los ponía en el carrito advirtió que un hombre de mediana edad, pelo cano y perilla le sonreía. Lo cierto es que a Rose le gustaba exhibir su maternidad, y ahora que tenía público no pudo evitar una sonrisa. Alzó el brazo alegremente para coger una caja enorme de toallitas perfumadas de aloe vera y vitamina E. Gracias a Dios algunas personas apreciaban su condición de madre. Empujada por el ansia de reconocimiento, recorrió arriba y abajo el pasillo de productos para niños y en cada trayecto encontró algo que no había tenido intención de comprar pero que ahora decidió llevarse: tres botes de loción antibacteriana para aliviar las irritaciones producidas por el pañal, un termómetro con forma de patito que avisaba cuando el agua de la bañera del bebé estaba demasiado caliente, un juego de seis protectores para que los niños no se pillaran los dedos en las puertas y un chupete con forma de mariposa que tras ser enfriado en la nevera aliviaba el dolor de muelas. Lo echó todo en el carrito. ¿Quién podría decir que era una madre irresponsable? ¿Cómo podían acusarla de no prestar atención a las necesidades de su hija? ¿Acaso no había dejado sus estudios universitarios cuando nació la niña? ¿Acaso no se había roto los cuernos por sacar adelante aquel matrimonio? De vez en cuando le gustaba imaginar que todavía iba a la universidad, que todavía era virgen y, sí, que todavía estaba delgada. Hacía poco había encontrado trabajo en el bar de la universidad, un trabajo que podía ayudarla a hacer realidad su primer sueño, aunque no le serviría para los otros dos.

Al entrar en el siguiente pasillo se le formó una mueca en la cara. Comida internacional. Echó un nervioso vistazo a los botes de crema de berenjena y latas de hojas de parra saladas. ¡Basta de *patlijan*! ¡Basta de *sarmas*! ¡Basta de comida étnica rara! Con solo ver aquel espantoso *khavourma* se le revolvía el estómago. A partir de ahora cocinaría lo que le diera la gana. ¡Prepararía para su hija auténticos platos de Kentucky! Durante un rato se quedó allí devanándose los sesos en busca de un ejemplo de la comida perfecta. Se le animó el semblante al pensar en las hamburguesas. ¡Desde luego!, se dijo. Y eso no era todo: huevos fritos y tortitas y perritos calientes con cebollas y cordero a la brasa, sí, sobre todo cordero a la brasa... En lugar de esa densa bebida de yogur que estaba más que harta de ver en todas las comidas, tomarían sidra de manzana. A partir de entonces elegiría todos los días platos de la cocina del sur: chile picante o beicon ahumado... o... garbanzos. Serviría esos platos sin quejas. Lo único que necesitaba era un hombre que se sentara frente a ella al final del día, un hombre que la quisiera de verdad, a ella y sus recetas. Desde luego, eso era lo que necesitaba: un amante sin bagaje étnico, sin nombres imposibles de pronunciar y sin familia numerosa; un amante nuevecito que supiera apreciar los garbanzos.

Hubo un tiempo en que Barsam y ella se querían, un tiempo en el que Barsam no se fijaba, ni siquiera le importaba, en lo que ella pusiera en la mesa, porque su mirada estaba en otra parte, clavada en la de ella, inundada de amor. Se sonrojó al acordarse de aquellos lascivos momentos, pero al instante se quedó helada al recordar la siguiente fase. Por desgracia, enseguida entró aquella horrible familia en escena para dominarla eternamente, y desde entonces el afecto que sentían el uno por el otro se fue desvaneciendo. Si esa pandilla de Tchajmajchian no hubieran metido sus aguileñas narices en su matrimonio, pensó Rose, su marido seguiría a su lado. «¿Por qué teníais que meteros constantemente en nuestro matrimonio?», le preguntó a Shushan, a quien ahora imaginaba sentada en su butaca contando los puntos de su labor, haciendo otra manta para su nieta. Pero su suegra no respondió. Rose, exasperada, repitió la pregunta. Aquel, desde luego, era el segundo efecto secundario más común del resentimiento crónico posmatrimonial: no solo hablaba sola, sino que se volvía tozuda con los demás. Aunque estuviera a punto de romperse, jamás se doblegaba. «¿Por qué no nos dejasteis nunca en paz?» Rose planteó la misma pregunta, una a una, a las tres hermanas de su marido (la tía Surpun, la tía Zarouhi y la tía Varsenig), mientras miraba ceñuda los botes de *babaghanoush* que había en los estantes del supermercado.

Dejó la sección de comida étnica dando un brusco giro hacia el siguiente pasillo. Inspirada por la rabia y la melancolía, recorrió de una punta a otra el pasillo de latas y legumbres y estuvo a punto de estrellarse contra un joven que miraba las distintas marcas de garbanzos. «¡Ese tío no estaba ahí hace un segundo!», pensó Rose. Parecía haberse materializado de la nada, como caído del cielo. Tenía la piel clara, un cuerpo esbelto y bien proporcionado, ojos de avellana y una nariz puntiaguda que le daba un aire atento y aplicado. Su pelo era corto, negro azabache. Rose pensó que lo había visto antes, pero no recordaba dónde ni cuándo.

—Son buenos, ¿verdad? —le dijo—. Por desgracia no todo el mundo tiene sensibilidad para apreciarlos.

Arrancado de sus reflexiones, el joven dio un respingo, se volvió hacia la mujer regordeta y rubicunda que había aparecido de pronto a su lado y, con una lata de garbanzos en cada mano, se sonrojó. Le habían cogido por sorpresa y no le resultaba fácil recuperar su apostura masculina.

—Perdona… —Ladeó la cabeza hacia un lado, un tic nervioso que Rose interpretó como un signo de timidez.

Ella sonrió para indicar que le perdonaba y luego le miró la cara sin parpadear siquiera, lo cual le puso todavía más nervioso. Además de la expresión de conejita melosa que ahora mostraba, Rose tenía otras tres caras de animal, inspiradas en la madre naturaleza, que empleaba siempre para tratar con el sexo opuesto: su expresión contenida de perro, que escogía cuando quería demostrar total dedicación; su traviesa expresión felina, para cuando quería seducir, y su agresiva expresión de coyote, cada vez que la criticaban.

—¡Yo te conozco! —De pronto Rose exhibió una sonrisa de oreja a oreja, orgullosa de su memoria—. Me estaba devanando los sesos pensando de qué te conocía, ¡y ya lo sé! Eres de la Universidad de Arizona, ¿verdad? ¡Fijo que te gustan las quesadillas de pollo!

El joven miró el pasillo como si estuviera a punto de salir corriendo y no pudiera decidir en qué dirección.

—Trabajo media jornada en el Cactus Grill. —Rose hizo lo posible para ayudarle a comprender—. El bar grande del segundo piso de la Asociación de Estudiantes, ¿te acuerdas? Suelo estar detrás del mostrador cuando se sirve comida caliente, ya sabes, tortillas y quesadillas. Es un trabajo de media jornada, por supuesto. No me pagan mucho, pero ¿qué se le va a hacer? Es provisional. Lo que yo quiero de verdad es ser maestra de primaria.

El joven la miraba ahora con expresión interrogativa, como si quisiera memorizar todos los detalles de su cara para futuros encuentros.

—En fin, que seguramente de eso te conozco —concluyó Rose. Entornó los ojos, se humedeció el labio inferior, y puso su cara felina—. Dejé los estudios el año pasado porque tuve una niña, pero ahora quiero volver a la universidad…

—¿Ah, sí? —dijo el joven, pero al instante cerró de nuevo la boca. Si Rose hubiera tenido alguna experiencia previa con extranjeros habría detectado el «complejo de presentación del extranjero»: el miedo a enzarzarse en una conversación y no articular las palabras adecuadas en el momento preciso o con la pronunciación correcta.

Sin embargo, ya desde la adolescencia Rose tendía a asumir que todo lo que la rodeaba estaba a su favor o en su contra, y en consecuencia interpretó el silencio como un signo de su propia incapacidad para entablar conversación. Para compensar su fallo, le tendió la mano.

—Ah, lo siento. Se me ha olvidado presentarme. Me llamo Rose.

—Mustafa… —El joven tragó saliva y la nuez de Adán le subió y bajó en el cuello.

—¿De dónde eres?

—De Estambul —contestó él lacónico.

Rose alzó las cejas y un atisbo de pánico se reflejó en su rostro. Si Mustafa hubiera tenido alguna experiencia con los provincianos, habría detectado el «complejo de ignorancia del provinciano»: el miedo a no tener bastantes conocimientos de geografía o historia mundial. Rose intentaba recordar dónde demonios estaba Estambul. ¿Era la capital de Egipto o un sitio en la India? Arrugó la frente, desconcertada.

Sin embargo, ya desde la adolescencia Mustafa tenía miedo del paso del tiempo y de perder su atractivo con las mujeres, y en consecuencia interpretó el gesto como una señal de que había aburrido a Rose al no ocurrírsele nada interesante que decir. Para compensar su falta, se apresuró a poner fin a la conversación.

—Encantado de conocerte, Rose —dijo arrastrando las vocales con un tenue pero evidente acento—. Tengo que irme ya…

Devolvió a toda prisa las latas de garbanzos al estante, miró el reloj, cogió la cesta y se marchó. Antes de desaparecer, Rose le oyó murmurar:

—Adiós. —Luego, como haciéndose su propio eco, de nuevo—: Adiós. —Y desapareció.

Tras perder a su misterioso acompañante, Rose recordó de pronto cuánto tiempo había perdido en el supermercado. Tras agarrar unas cuantas latas de garbanzos, entre ellas las que Mustafa había dejado, se apresuró hacia las cajas. Atravesó el pasillo de libros y revistas, y allí vio algo que necesitaba urgentemente: *Gran Atlas Mundial*. Debajo del título se leía: «Atlas mundial de banderas, datos y mapas / Ayuda para padres, estudiantes, profesores y viajeros de todo el mundo». Cogió el libro, buscó Estambul en el índice y en cuanto localizó la página miró el mapa para ver dónde estaba.

En el parking encontró el Jeep Cherokee azul marino de 1984 calentándose bajo el sol de Arizona con su hija dormida dentro.

—Armanoush, despierta, cariño. ¡Mamá ha vuelto!

La niña se movió pero no abrió los ojos, ni siquiera cuando Rose le cubrió la cara de besos. Llevaba el suave pelo castaño recogido con una cinta dorada casi más grande que su cabeza y vestía un suave traje verde adornado de rayas color salmón y botones púrpura. Parecía un arbolito de navidad decorado por alguien en pleno delirio.

—¿Tienes hambre? ¡Esta noche mamá te va a preparar una auténtica comida americana! —exclamó Rose mientras dejaba las bolsas en el asiento trasero, menos un paquete de nubes de coco para el camino. Se miró el pelo en el retrovisor, puso su casete favorito de aquellos días y cogió un puñado de nubes antes de poner el coche en marcha.

—¿Sabías que el tío que me acabo de encontrar en el supermercado es de Turquía? —preguntó, guiñando un ojo a su hija por el retrovisor.

Todo en su pequeña se le antojaba perfecto: su naricilla chata, las manos redondas, los pies, todo menos su nombre. La familia de su marido quiso llamarla como la madre de su abuela. Cuánto lamentaba Rose no haberle puesto un nombre menos extravagante, como Annie o Katie o Cyndie, en lugar de aceptar el que se le había ocurrido a su suegra. Una niña tenía que tener nombre de niña, y Armanoush era cualquier cosa menos eso. El nombre sonaba tan... tan maduro y frío, apropiado tal vez para una persona adulta. ¿Tendría que esperar a que su hija cumpliera los cuarenta para llamarla por su nombre sin que le escociera la lengua? Rose puso los ojos en blanco y se comió otra nube. De pronto tuvo una revelación: a partir de ahora llamaría a su hija «Amy», y como parte de la ceremonia de bautismo le envió un beso.

En el siguiente cruce se detuvo en el semáforo en rojo y se puso a tamborilear sobre el volante acompañando a Gloria Estefan.

No modern love for me, it's all a hustle
What's done is done, now it's my turn to have fun...

Mustafa dejó los pocos artículos que había comprado ante la cajera: aceitunas de Kalamata, espinacas y pizza de queso feta congelada, una lata de sopa de champiñones, una lata de sopa de pollo y una lata de sopa de pollo con fideos. Hasta que llegó a Estados Unidos no había tenido que cocinar. Cada vez que se metía en la pequeña cocina de su piso de estudiante, de dos habitaciones, se sentía un rey destronado en el exilio. Lejos quedaban los días en los que le atendían y servían su devota abuela, su madre y sus cuatro hermanas. Ahora lo de fregar los platos, limpiar la casa, planchar y sobre todo ir a la compra era una enorme carga para él. No sería tan difícil si pudiera librarse de la sensación de que otra persona debería estar haciendo todo aquello para él. Estaba tan poco acostumbrado a esas tareas como a la soledad.

Mustafa compartía piso con un estudiante de Indonesia que hablaba muy poco, trabajaba mucho y escuchaba viejas cintas como *Sonidos de arroyos de montaña* o *Cantos de ballenas* para dormir todas las noches. Mustafa pensaba que se encontraría menos solo en Arizona con un compañero de piso, pero había resultado justo lo contrario. Por la noche, solo en su cama y a miles de kilómetros de su familia, no podía luchar contra las voces que oía dentro de su cabeza. Voces que lo juzgaban y culpaban por lo que era. Dormía mal. Pasaba muchas noches viendo comedias antiguas o navegando por internet. Eso le ayudaba. Los pensamientos se detenían, pero volvían durante el día. Mientras iba de casa a la universidad, entre clases o durante el almuerzo, Mustafa se sorprendía pensando en Estambul y en cómo le gustaría poder borrar su memoria y reiniciar el programa, hasta eliminar todos los archivos definitivamente.

Le habían mandado a Arizona para que escapara del mal presagio que caía sobre los hombres de la familia Kazancı. Pero él no creía en esas cosas. Se había apartado de todas aquellas supersticiones familiares, las cuentas contra el mal de ojo, la lectura de los posos del café, las ceremonias de adivinación, no tanto por una decisión consciente como por un reflejo involuntario. Pensaba que todo eso formaba parte de un mundo oscuro y complicado propio de las mujeres.

De todas formas, las mujeres eran un misterio. A pesar de haber crecido entre tantas, siempre se había sentido lejos de ellas.

Mustafa se había criado como el único niño en una familia en la que los hombres morían demasiado pronto e inesperadamente. Había experimentado crecientes deseos sexuales, rodeado de hermanas sobre las que era tabú fantasear. Sin embargo, le asaltaban pensamientos nefandos sobre las mujeres. Al principio le gustaban chicas que lo despreciaban. Aterrado ante la posibilidad de ser rechazado, puesto en ridículo y vilipendiado, empezó a desear el cuerpo femenino a distancia. Ese año había mirado furioso las fotos de *top models* de las revistas estadounidenses como si quisiera asumir el hecho insoportable de que ninguna mujer tan perfecta llegaría jamás a desearle.

Mustafa nunca olvidaría la fiera expresión de Zeliha cuando le llamó «un precioso falo». La vergüenza de aquel momento todavía le atormentaba. Sabía que Zeliha podía ver, más allá de su forzada masculinidad, la auténtica historia de su educación. Zeliha era consciente de que una madre opresora le había mimado y se lo había dado todo hecho, y que un padre opresor le había pegado e intimidado.

«Al final eres a la vez narcisista e inseguro», le había dicho.

¿Podrían haber sido distintas las cosas entre Zeliha y él? ¿Por qué se sentía tan rechazado y tan poco querido con tantas hermanas y una madre que lo adoraba?

Zeliha siempre se había burlado de él, y su madre siempre lo había admirado. Mustafa solo quería ser un hombre normal, bueno, aunque también se equivocara. Lo único que necesitaba era compasión y la oportunidad de ser mejor persona. Si tuviera una mujer que lo quisiera, todo sería distinto. Mustafa sabía que tenía que salir adelante en Estados Unidos, no porque quisiera lograr un futuro mejor, sino porque tenía que librarse de su pasado.

—¿Cómo estás? —dijo la joven cajera con una sonrisa.

Era algo a lo que Mustafa todavía no se había acostumbrado: en Estados Unidos todo el mundo le preguntaba a los demás cómo estaban, incluso a los desconocidos. Comprendía que se trataba de un saludo, no de una pregunta sincera, pero él no sabía cómo devolverlo con la misma facilidad.

—Estoy bien, gracias. ¿Y tú?

La chica sonrió de nuevo.

—¿De dónde eres?

Algún día, pensó Mustafa, hablaría de tal forma que nadie volvería a hacerle aquella grosera pregunta porque nadie se imaginaría ni por un momento que fuera extranjero. Cogió su bolsa de plástico y salió.

Una pareja de origen mexicano cruzaba la calzada, ella empujando un cochecito de bebé, él con un niño pequeño de la mano. Caminaban sin prisa y Rose los miraba con envidia. Ahora que su matrimonio había terminado, todas las parejas que veía se le antojaban satisfechas y felices.

—¿Sabes qué? Ojalá la bruja de tu abuela me hubiera visto coquetear con ese turco. ¿Te imaginas su espanto? ¡No se me ocurre una pesadilla peor para la orgullosa familia Tchajmajchian! Orgullosa y altiva… orgullosa y…

Rose no terminó la frase porque la distrajo un pensamiento procaz. El semáforo se puso en verde, los coches que tenía delante arrancaron y la furgoneta que tenía detrás tocó el claxon. Pero Rose no se movió. La fantasía era tan deliciosa que no podía moverse. Su mente se regodeó en muchas imágenes, mientras sus ojos lanzaban un rayo de rabia pura en ángulo oblicuo. Ese, desde luego, era el tercer efecto secundario más común del resentimiento crónico posmatrimonial: no solo hablabas sola y te ponías tozuda con los demás, sino que también te volvías bastante irracional. Cuando una mujer siente un resentimiento justificable, el mundo se tergiversa y la sinrazón parece perfectamente razonable.

Oh, dulce venganza. La recuperación era un plan a largo plazo, una inversión que daba frutos con el tiempo. Pero la venganza era rápida. El primer instinto de Rose era hacer algo, cualquier cosa, para exasperar a su ex suegra. Y en todo el mundo solo existía una cosa que pudiera molestar a las mujeres de la familia Tchajmajchian incluso más que un *odar*: ¡un turco!

Qué interesante sería flirtear con el archienemigo de su ex marido. Pero ¿dónde encontrar a un turco en medio del desierto de Arizona? No crecían como cactus, ¿verdad? Rose soltó una risita mientras su expresión de reconocimiento se convertía en otra de intensa gratitud. Qué magnífica coincidencia que la fortuna acabara de presentarle a un turco. ¿O no era coincidencia?

Tarareando la canción de la cinta, Rose se puso en marcha. Pero en lugar de seguir por su camino, giró a la izquierda, dio media vuelta y, una vez en el otro carril, aceleró.

Primitive love, I want what it used to be…

Al cabo de un momento el Jeep Cherokee de 1984 azul marino había llegado al aparcamiento del supermercado Fry.

I don't have to think, right now you've got me at the brink
This is good-bye for all the times I cried…

El coche trazó un semicírculo y maniobró para llegar a la salida principal del supermercado. Justo cuando Rose estaba a punto de perder la esperanza de volver a dar con el joven, lo vio aguardando pacientemente en la parada del autobús con la bolsa de plástico medio vacía junto a él.

—¡Eh, Mostafá! —chilló asomando la cabeza por la ventanilla medio abierta—. ¿Quieres que te lleve?

—Sí, gracias. —Mustafa intentó tímidamente corregir su pronunciación—. Es Mus-ta-fa…

Rose sonrió.

—Mustafa, te presento a mi hija, Armanoush… ¡Pero yo la llamo Amy! Amy, este es Mustafa, Mustafa, esta es Amy…

Mientras el joven sonreía a la niña dormida, Rose le miró la cara buscando alguna reacción, pero no encontró ninguna. De manera que, decidida a darle otra pista, esta vez más reveladora, añadió:

—El nombre completo es Amy Tchajmajchian.

Si aquello le inspiró cualquier tipo de rechazo, Mustafa no lo demostró, de forma que Rose se vio en la necesidad de repetir el nombre, por si acaso no lo había entendido la primera vez:

—¡Armanoush Tchaj-maj-chi-an!

Entonces saltó una chispa en los ojos avellana del joven, aunque no por el motivo que Rose imaginaba.

—Chak-mak-chi-an… Çak-mak-çı… ¡Oye, eso parece turco! —exclamó encantado.

—Bueno, en realidad es armenio —dijo ella. De pronto se sentía insegura—. Su padre… vaya, mi ex marido… —tragó saliva como si quisiera eliminar un regusto amargo—… era, bueno, es armenio.

—¿Ah, sí? —replicó él como si nada.

¿Es que no lo entendía?, se preguntó Rose mientras se mordisqueaba el interior de la mejilla. Luego, como exhalando un hipo contenido que se le agolpara en la garganta, lanzó una carcajada. «Pero es guapo… muy guapo… ¡Será mi dulce venganza!»

—Oye, no sé si te gusta el arte mexicano, pero mañana por la noche se inaugura una exposición colectiva. Si no tienes otros planes podríamos ir a verla y luego a comer algo.

—¿Arte mexicano? —vaciló Mustafa.

—Todo el mundo que lo ha visto dice que está muy bien. Bueno, ¿qué me dices? ¿Te apetece venir conmigo?

—¡Arte mexicano! —repitió Mustafa con seguridad—. Claro, ¿por qué no?

—Genial —se animó Rose—. Me alegro mucho de conocerte, Mostafá —dijo, pronunciando otra vez mal su nombre. Pero esta vez Mustafa no sintió la necesidad de corregirla.

3

Azúcar

—¿Es verdad? ¡Por favor, que alguien me diga que no es verdad! —exclamó el tío Dikran Stamboulian, abriendo la puerta de golpe para irrumpir en el salón en busca de su sobrino o sobrinas o cualquiera dispuesto a consolarle. Tenía los ojos oscuros, ahora algo saltones por los nervios, y un poblado bigote que caía hacia los lados y luego se curvaba ligeramente hacia arriba en los extremos, dibujando una sonrisa en sus labios incluso en los momentos más serios.

—Por favor, cálmate y siéntate, tío —masculló sin mirarle la tía Surpun, la más joven de las hermanas Tchajmajchian. Era la única de la familia que había apoyado sin reservas el matrimonio de Barsam con Rose y ahora se sentía culpable. Y no estaba acostumbrada a reprocharse nada. Profesora de humanidades de la Universidad de California en Berkeley, Surpun Tchajmajchian era una intelectual feminista y segura de sí misma que creía que cualquier problema de este mundo se podía solucionar mediante el diálogo sereno y la razón. En ocasiones esa particular creencia la hacía sentirse muy sola en una familia tan temperamental como la suya.

Dikran Stamboulian hizo lo que le decían y arrastró los pies hacia una silla, mordisqueándose los extremos del bigote. La familia estaba reunida en torno a una mesa antigua de caoba plagada de comida, aunque nadie parecía estar comiendo nada. Las niñas gemelas de la tía Varsenig dormían tranquilamente en el sofá. El primo lejano Kevork Karaoglanian también estaba. Había acudido desde Mineápolis para un evento social organizado por la Comunidad de Jóvenes Armenios del Área de la Bahía. Durante los últimos tres meses Kevork había asistido con diligencia a todos los eventos organizados por el grupo: un concierto benéfico, el picnic anual, la fiesta de Navidad, la fiesta del viernes por la noche, la gala de invierno anual, el almuerzo del domingo y una regata de balsas en beneficio del ecoturismo en Eriván. El tío Dikran sospechaba que la razón de que su guapo sobrino acudiera con tanta frecuencia a San Francisco no era tan solo su compromiso con la organización, sino que albergaba una atracción secreta por una chica que había conocido en el grupo.

Dikran Stamboulian miró con ansia la comida de la mesa y tendió la mano hacia una jarra de bebida de yogur, americanizada con demasiado hielo. Varios cuencos de arcilla multicolores de distintos tamaños contenían los platos que más le gustaban: *fassoulye pilaki*, *kadın budu köfte*, *karnıyarık*, *churek* recién hecho y, para su deleite, *bastırma*. Aunque seguía echando chispas, se ablandó al ver el *bastırma* y se derritió del todo al ver al lado su plato preferido: *burma*.

A pesar de que siempre había estado bajo la estricta vigilancia dietética de su mujer, todos los años el tío Dikran añadía otra capa de grasa a su infame barriga, como un nuevo anillo de crecimiento en el tronco de un árbol. Ahora era un hombre corpulento, bajo y rechoncho, al que no le importaba llamar la atención por eso. Dos años antes le habían ofrecido un papel en un anuncio de pasta. Hizo de cocinero alegre al que nada podía enturbiar el ánimo, ni siquiera que le dejara su novia, puesto que todavía le quedaba su cocina y podía preparar espaguetis. En realidad, igual que en el anuncio, el tío Dikran era un hombre de un buen humor tan excepcional que cada vez que uno de sus muchos conocidos quería ilustrar el tópico de que los gordos son gente alegre, citaba su nombre. Sin embargo, ese día el tío Dikran no parecía él mismo.

—¿Dónde está Barsam? —preguntó mientras tendía la mano hacia un *köfte*—. ¿Sabe a qué se dedica su mujer?

—¡Ex mujer! —le corrigió la tía Zarouhi. Como si fuera una joven maestra de escuela elemental que bregaba todo el santo día con niños rebeldes, no podía evitar corregir cualquier error que le saliera al paso.

—¡Sí, ex! ¡Pero ella no lo reconoce! Esa mujer está loca, seguro. Lo está haciendo a propósito. Si Rose no hace esto solo para molestarnos, yo ya no me llamo Dikran. ¡Buscadme otro nombre!

—No necesitas otro nombre —le consoló la tía Varsenig—. Sin duda lo está haciendo a propósito…

—Tenemos que rescatar a Armanoush —terció la abuela Shushan, la matriarca de la familia.

Se levantó de la mesa para ir a su butaca. Aunque era una cocinera maravillosa, jamás tuvo mucho apetito y últimamente sus hijas temían que hubiera encontrado la manera de seguir viva tomando solo una taza de té al día. Era una mujer bajita y huesuda con una fuerza excepcional para enfrentarse a situaciones mucho peores que aquella; su delicado rostro emitía un aura de eficiencia. Su negativa a admitir la derrota pasara lo que pasase, su inamovible convicción de que la vida era una lucha, tres veces más penosa para los armenios, y su capacidad para ganarse a cualquiera que se cruzara en su camino habían pasmado a lo largo de los años a muchos miembros de la familia.

—Lo más importante es el bienestar de la niña —masculló la abuela Shushan mientras acariciaba la medalla de plata de san Antonio que siempre llevaba. El santo patrón de los objetos perdidos la había ayudado muchas veces a afrontar las pérdidas que había sufrido en su vida.

Tras estas palabras la abuela Shushan cogió las agujas de hacer punto. De ellas colgaban las primeras pasadas de una manta azul para bebés con las iniciales «A. K.» tejidas en el borde. Hubo unos instantes de silencio, mientras todos los presentes observaban el grácil movimiento de sus manos con las agujas. Para la familia la labor de la abuela Shushan era como una terapia de grupo. La segura y regular cadencia de los puntos calmaba a todo el mundo, y les parecía que mientras la abuela Shushan hiciera punto, no había nada que temer y al final todo saldría bien.

—Tienes razón, pobre Armanoush —comentó el tío Dikran, que por lo general se ponía del lado de Shushan en cualquier disputa familiar, sabiendo que era mejor no disentir con la omnipotente matriarca. A continuación bajó la voz para preguntar—: ¿Qué será de ese corderito inocente?

Antes de que nadie pudiera contestar, se oyó un tintineo en la puerta y alguien abrió con llave. Era Barsam, pálido, con cara de preocupación tras sus gafas de montura metálica.

—¡Ja! ¡Mirad quién ha llegado! —exclamó el tío Dikran—. Señor Barsam, a tu hija la va a criar un turco y tú aquí de brazos cruzados... *Amot!*

—¿Y qué puedo hacer? —se lamentó Barsam Tchajmajchian, volviéndose hacia su tío. Luego alzó la vista hacia una enorme reproducción del *Bodegón con máscaras* de Martiros Saryan, como si el cuadro ocultara la respuesta que necesitaba. Pero no debió de encontrar solaz en él, porque cuando volvió a hablar su voz tenía el mismo tono inconsolable—. No tengo ningún derecho a intervenir. Rose es su madre.

—*Aman!* ¡Menuda madre! —rió Dikran Stamboulian. Tenía una risa chillona, extraña en un hombre de su tamaño, un detalle del que era consciente e intentaba dominar, menos cuando estaba en tensión.

—¿Qué les dirá a sus amigos ese corderito inocente cuando sea mayor? Mi padre es Barsam Tchajmajchian, mi tío abuelo es Dikran Stamboulian, su padre es Varvant Istanboulian, yo me llamo Armanoush Tchajmajchian, todos mis antepasados se llaman *Nosequé Nosequequian* y soy la nieta de unos supervivientes del genocidio que perdieron a todos sus parientes a manos de los carniceros turcos en 1915, pero a mí me han lavado el cerebro para que niegue el genocidio porque me crió un turco llamado Mustafa. Pero ¿esto qué es? Ah, *marnim jalasim!*

Dikran Stamboulian se interrumpió para mirar con atención a su sobrino, buscando el efecto de sus palabras. Barsam se había quedado de piedra.

—¡Vete, Barsam! —exclamó el tío Dikran, alzando la voz—. Coge un avión para Tucson esta misma noche y detén esta farsa antes de que sea demasiado tarde. Habla con tu mujer. *Haydeh!*

—¡Ex mujer! —le corrigió de nuevo la tía Zarouhi, mientras se servía un trozo de *burma*—. Ay, no debería comer esto, tiene demasiado azúcar y demasiadas calorías. ¿Por qué no pruebas con sacarina, mamá?

—Porque en mi cocina no entra nada artificial —replicó Shushan Tchajmajchian—. Come tranquilamente hasta que tengas diabetes cuando seas vieja. Cada cosa a su tiempo.

—Sí, pues supongo que yo todavía estoy en mi tiempo del azúcar. —La tía Zarouhi le hizo un guiño, pero solo se atrevió a comerse medio *burma*. Todavía masticando se volvió hacia su hermano—. De todas formas, ¿qué hace Rose en Arizona?

—Ha encontrado trabajo allí —respondió Barsam con tono apagado.

—¡Sí, menudo trabajo! —La tía Varsenig se dio unos golpecitos en la aleta de la nariz—. ¿Qué demonios se cree que está haciendo, rellenando enchiladas como si no tuviera ni un centavo? Lo hace a propósito, desde luego. Quiere que todo el mundo nos eche la culpa, que piensen que no le ayudamos con la niña. Una valiente madre soltera luchando contra el mundo. ¡Ese es el papel que se ha asignado!

—Armanoush estará bien —murmuró Barsam, intentando no parecer desesperado—. Rose se quedó en Arizona porque quiere volver a estudiar. El trabajo en la Asociación de Estudiantes es provisional. Lo que ella quiere de verdad es sacarse el título de maestra. Quiere trabajar con niños, y eso no es nada malo. Mientras ella esté bien y cuide de Armanoush, ¿qué más da con quién salga?

—Tienes razón, pero a la vez te equivocas. —La tía Surpun subió las piernas a la butaca y se acomodó, mientras su mirada se acercaba de pronto con un toque de cinismo—. En un mundo ideal podría decirse que, bueno, es su vida, no es asunto nuestro. Si no te importaran la historia y los antepasados, si no tuvieras memoria ni responsabilidades y si vivieras únicamente en el presente, desde luego sería así. Pero el pasado vive en el presente, y nuestros antepasados respiran a través de nuestros hijos y tú lo sabes… Mientras Rose tenga a tu hija, puedes intervenir en su vida con todo el derecho del mundo. ¡Y más cuando sale con un turco!

—Barsam, cariño, preséntame a un turco que hable armenio, ¿eh? —terció la tía Varsenig, que nunca se había sentido muy cómoda con los discursos filosóficos y prefería hablar claro en lugar de tanta jerga intelectual.

Barsam miró a su hermana mayor de reojo, sin contestar.

La tía Varsenig prosiguió:

—Dime cuántos turcos han aprendido armenio. ¡Ninguno! ¿Por qué nuestras madres aprendieron su lengua y no viceversa? ¿No es evidente quién ha dominado a quién? De Asia central solo llegaron un puñado de turcos, ¿verdad? ¡Y de pronto están por todas partes! ¿Y qué pasó con los millones de armenios que ya estaban allí? ¡Asimilados! ¡Aniquilados! ¡Huérfanos! ¡Deportados! ¡Y luego olvidados! ¿Cómo puedes entregar a tu propia hija a los responsables de que quedemos tan pocos y suframos tanto hoy en día? ¡Mesrop Mashtots se estará revolviendo en su tumba!

Barsam movió la cabeza sin decir nada. Para aliviar el disgusto de su sobrino, el tío Dikran contó un chiste.

—Un árabe va a una peluquería a cortarse el pelo, y cuando va a pagar, el barbero le dice: «No, no puedo aceptar su dinero porque esto es un servicio a la comunidad». El árabe se marcha muy contento. Al día siguiente, cuando el barbero abre la peluquería se encuentra en la puerta una tarjeta dándole las gracias y una cesta de dátiles.

Una de las gemelas que dormía en el sofá se agitó, pero no llegó a echarse a llorar y enseguida se calmó.

—Al día siguiente va un turco a pelarse a la barbería, y cuando va a pagar el barbero le dice lo mismo: «No puedo aceptar su dinero porque esto es un servicio a la comunidad». El turco se marcha muy contento. Al día siguiente, cuando el barbero va a abrir se encuentra una tarjeta de agradecimiento y una caja de *lokum*.

Despertada por el movimiento de su hermana, la otra gemela empezó a gemir. La tía Varsenig corrió a su lado y logró acallarla solo con el roce de sus dedos.

—Al día siguiente va un armenio a pelarse, y cuando va a pagar el barbero le dice que no puede aceptar su dinero porque es un servicio a la comunidad. El armenio se marcha muy contento. Y al día siguiente, cuando el barbero va a abrir, a ver si sabéis qué se encuentra...

—¿Un paquete de *burma*? —sugirió Kevork.

—¡No! ¡Se encuentra a veinte armenios que van a pelarse gratis!

—¿Nos estás diciendo que somos tacaños? —preguntó Kevork.

—No, jovencito ignorante —contestó el tío Dikran—. Lo que intento decir es que nos cuidamos unos a otros. Si tenemos algo bueno, lo compartimos de inmediato con nuestros amigos y parientes. Precisamente el pueblo armenio ha sobrevivido gracias a ese espíritu de colectividad.

—Pero también se dice eso de que: «Se juntan dos armenios y crean tres iglesias distintas» —declaró el primo Kevork, negándose a ceder terreno.

—*Das' mader's mom'ri, noren koh chi m'nats* —gruñó Dikran Stamboulian en armenio, como hacía siempre que intentaba dar una lección en vano a un joven.

Kevork, que entendía el armenio básico pero no el de los periódicos, soltó una risita un poco nerviosa, intentando disimular que solo había comprendido el principio de la frase.

—*Oğlani kizdirmayasin.* —La abuela Shushan alzó una ceja y habló en turco, como hacía siempre que quería dar un mensaje directo a un anciano sin que los jóvenes que había en la sala lo entendieran.

El tío Dikran captó el mensaje y lanzó un suspiro, como un niño al que su madre ha reprendido, y trató de consolarse con el *burma*. Se hizo un silencio. Todos y todo —los tres hombres, las tres generaciones de mujeres, la multitud de alfombras que decoraban el suelo, la plata antigua dentro de la vitrina, el samovar encima del chifonier, la película de vídeo (*El color de las granadas*), además de los numerosos cuadros y el icono de *La oración de santa Ana* y el póster del monte Ararat cubierto de nieve blanca— se quedaron callados un breve instante y la sala adquirió una extraña luminosidad bajo la luz mortecina de una farola que acababa de encenderse en la calle. Los fantasmas del pasado estaban allí.

Un coche aparcó delante de la casa; la luz de los faros barrió la sala e iluminó el texto colgado en la pared con un marco dorado: AMÉN, EN VERDAD OS DIGO QUE TODO LO QUE ATÉIS EN LA TIERRA QUEDARÁ ATADO EN EL CIELO, Y LO QUE DESATÉIS EN LA TIERRA QUEDARÁ DESATADO EN EL CIELO. MATEO 18:18. Pasó un tranvía tocando las campanillas, cargado de niños ruidosos y turistas que iban de la Russian Hill al parque acuático, el Museo Marítimo y el Fisherman's Wharf. Los ruidos de la hora punta de San Francisco se metieron en la habitación y los sacaron de su ensueño.

—En el fondo Rose no es mala persona —aventuró Barsam—. No le resultó fácil habituarse a nuestras costumbres. Cuando nos conocimos solo era una chica tímida de Kentucky.

—Dicen que el camino al infierno está asfaltado de buenas intenciones —saltó el tío Dikran.

Pero Barsam prosiguió sin hacerle caso:

—¿Os imagináis qué significa eso? ¡Allí ni siquiera se vende alcohol! ¡Está prohibido! ¿Sabíais que el evento más emocionante de Elizabethtown, en Kentucky, es una fiesta en la que la gente se disfraza de Padres Fundadores? —Barsam levantó las manos para enfatizar sus palabras o para llamar la atención de Dios en una oración desesperada—. ¡Y luego van al centro para reunirse con el general George Armstrong Custer!

—Por eso no tenías que haberte casado con ella —exclamó el tío Dikran, socarrón. A esas alturas toda su rabia se había evaporado; no podía permanecer enfadado mucho tiempo con su sobrino favorito.

—Lo que intento decir es que Rose no tenía ninguna experiencia multicultural —remarcó Barsam—. Es hija única de una amable pareja del sur que lleva toda la vida trabajando en la misma ferretería. Venía de un pueblo pequeño, y de pronto se encontró metida en esta enorme y unida familia armenia católica en la diáspora. ¡Una familia gigante con un pasado muy traumático! ¿Cómo queríais que llevara bien todo esto?

—Bueno, para nosotros tampoco fue fácil —protestó la tía Varsenig, apuntando a su hermano con el tenedor antes de clavarlo en otro *köfte*. A diferencia de su madre, ella sí tenía buen apetito y, por lo mucho que comía todos los días, más el hecho de haber dado a luz a las gemelas recientemente, parecía un milagro que estuviera tan delgada—. ¡Si te pones a pensar que lo único que sabía cocinar era ese espantoso cordero a la brasa! Siempre que íbamos a tu casa, se ponía aquel delantal sucio y preparaba cordero.

Todos menos Barsam se echaron a reír.

—Pero bueno, tengo que ser justa —prosiguió la tía Varsenig, encantada con la respuesta de su audiencia—. De vez en cuando cambiaba la salsa. A veces comíamos cordero a la brasa con salsa tex-mex picante, y otras veces cordero a la brasa con salsa cremosa… ¡La cocina de tu mujer era el paraíso de la variedad!

—¡Ex mujer! —corrigió de nuevo la tía Zarouhi.

—Pues vosotros también se lo hicisteis pasar mal —objetó Barsam, sin mirar a nadie en particular—. Vamos, que la primera palabra que aprendió en armenio fue *odar*.

—Pero si es que es una *odar*. —El tío Dikran se inclinó para dar a su sobrino una palmada en la espalda—. Y si es una *odar*, ¿por qué no la íbamos a llamar *odar*?

Sacudido por el palmetazo más que por la pregunta, Barsam se atrevió a añadir:

—Algunos de esta familia incluso la llamaron «Espino».

—¿Y qué tiene eso de malo? —La tía Varsenig se lo tomó como algo personal mientras se zampaba los dos últimos bocados de *churek*—. Esa mujer debería cambiarse el nombre de Rose por el de Espino. Rose no le pega nada. Un nombre tan dulce para tanta amargura. Si sus pobres padres hubieran tenido la más remota idea de la clase de mujer que llegaría a ser, te aseguro, mi querido hermano, que la hubieran llamado Espino.

—¡Ya está bien de bromas!

Era Shushan Tchajmajchian; su exclamación no fue ni un reproche ni una advertencia, pero tuvo sobre todos los presentes el efecto de ambas cosas. El atardecer se había tornado ya noche, y la luz de la sala había cambiado. La abuela Shushan se levantó para encender la araña de cristal.

—Deberíamos proteger a Armanoush de todo mal, eso es lo único que importa —agregó suavemente. Las numerosas arrugas de su rostro y las finas venas púrpura de sus manos se hicieron más evidentes bajo la dura luz blanca—. Ese cordero inocente nos necesita, igual que nosotros la necesitamos a ella.

La determinación que expresaba su rostro se convirtió en resignación mientras asentía despacio con la cabeza.

—Solo un armenio puede entender lo que significa que tu comunidad se vea reducida de una forma tan drástica —añadió—. Nos hemos encogido como un árbol podado… Rose puede salir y casarse con quien ella quiera, pero su hija es armenia y debería criarse como armenia.

Entonces se inclinó y con una sonrisa se dirigió a su hija pequeña:

—Dame la mitad de tu plato, ¿quieres? Con diabetes o sin ella, ¿cómo puede uno resistirse al *burma*?

4

Avellanas tostadas

Asya Kazancı no sabía por qué a algunas personas les gustaban tanto los cumpleaños. Ella los odiaba. Desde siempre.

Quizá, en parte, porque de pequeña en todos sus cumpleaños la obligaban a comerse exactamente la misma tarta: un pastel con tres capas de manzana caramelizada, increíblemente dulce, y glaseado de limón, increíblemente amargo. Ignoraba cómo sus tías esperaban complacerla con aquella tarta, puesto que lo único que escuchaban de sus labios era una letanía de protestas. Tal vez se les olvidaba: a lo mejor cada año borraban todo recuerdo del anterior cumpleaños. Era posible. Los Kazancı eran una familia inclinada a no olvidar jamás las historias de los demás y a olvidar por completo lo que hacía referencia a ellos mismos.

Y así, todos los años, Asya Kazancı había tomado la misma tarta de cumpleaños y cada vez había descubierto algo nuevo de sí misma. A los tres años descubrió que podía conseguir casi cualquier cosa a fuerza de rabietas. Sin embargo, tres años después, al cumplir los seis, se dio cuenta de que más le valía olvidarse de las rabietas porque con cada una de ellas, aunque satisfacía sus exigencias, se prolongaba su infancia. A los ocho años tuvo la certeza de algo que hasta entonces solo había intuido: que era bastarda. Al mirar atrás reconocía que el mérito de este descubrimiento no era del todo suyo, puesto que de no ser por la abuela Gülsüm habría tardado mucho más tiempo en averiguarlo.

Resultó que ese día se encontraban las dos solas en el salón. La abuela Gülsüm estaba muy concentrada regando sus plantas y Asya la miraba mientras coloreaba un payaso en un cuaderno para niños.

—¿Por qué hablas con las plantas? —quiso saber la niña.

—Porque se ponen más frondosas si les hablas.

—¿De verdad?

—De verdad. Si les dices que la tierra es su madre y el agua es su padre, se animan y se fortalecen.

Asya no preguntó más y siguió con sus lápices de colores. Había pintado el traje del payaso de color naranja y los dientes en verde. Justo cuando estaba a punto de pintar de escarlata los zapatos, se detuvo y empezó a imitar a su abuela:

—¡Cariño, cariño! La tierra es tu mamá y el agua es tu papá.

La abuela Gülsüm fingió no oírla. Envalentonada por su indiferencia, Asya aumentó el volumen de su cántico.

La abuela Gülsüm estaba regando la violeta africana, su favorita, se dirigió afectuosa a la flor:

—¿Cómo estás, guapa?

Y la niña entonó burlona:

—¿Cómo estás, guapa?

La abuela Gülsüm arrugó la frente y frunció los labios.

—¡Qué color púrpura más hermoso! —dijo.

—¡Qué color púrpura más hermoso!

Entonces la abuela tensó los labios y murmuró:

—Bastarda.

Pronunció la palabra con tal serenidad que Asya al principio no se dio cuenta de que su abuela se dirigía a ella y no a la flor.

No aprendió lo que significaba la palabra hasta un año más tarde, cerca ya de su noveno cumpleaños, cuando una compañera del colegio la llamó bastarda. Luego, a los diez años, descubrió que, a diferencia de las otras niñas de su clase, no tenía un modelo masculino en casa. Tardaría otros tres años en comprender que esto podría afectar su personalidad. Cuando cumplió catorce, quince y dieciséis años averiguó otras tres verdades sobre su vida: que las otras familias no eran como la suya, y que algunas familias podían ser normales; que entre sus antepasados había demasiadas mujeres y demasiados secretos sobre los hombres, que desaparecían demasiado pronto y de manera demasiado peculiar; y que por mucho que ella se esforzara, jamás sería una mujer hermosa.

A los diecisiete años, Asya Kazancı había comprendido que ella formaba parte de Estambul en la misma medida que los carteles de «Carretera en obras» o «Edificio en restauración» que el ayuntamiento colgaba temporalmente por todas partes, o como la niebla que caía sobre la ciudad en las noches lúgubres para dispersarse con la primera luz del alba y desaparecer.

Ese mismo año, justo dos días antes de cumplir los dieciocho, Asya saqueó el botiquín de la casa y se tragó todas las pastillas que encontró. Abrió los ojos en una cama rodeada por sus tías, Petite-Ma y la abuela Gülsüm. Trataban de obligarla a beber una terrosa y apestosa infusión de hierbas, como si no hubieran tenido bastante con hacerle vomitar todo lo que tenía en el estómago. Comenzó su decimoctavo año añadiendo un nuevo dato a los otros descubrimientos: que en este extraño mundo, el suicidio era un privilegio tan excepcional como un rubí, y con una familia como la suya, ella desde luego no sería una de las privilegiadas.

Es difícil saber si esta deducción estaba relacionada de algún modo con lo que sucedió a continuación, pero su obsesión por la música comenzó más o menos en aquellos días. No era un gusto abstracto y general por la música, ni siquiera entusiasmo por ciertos géneros musicales, sino más bien una fijación con un único cantante: Johnny Cash.

Lo sabía todo sobre él: los numerosos detalles de su trayectoria desde Arkansas hasta Memphis, sus compañeros de borrachera, sus matrimonios, sus altibajos, sus fotografías, sus gestos y, por supuesto, las letras de sus canciones. Asya, a los dieciocho años, convirtió la letra de «Thirteen» en el lema de su vida y decidió que ella también había nacido en el alma del sufrimiento y causaría problemas dondequiera que fuese.

Ese día, cuando cumplía diecinueve años, se sintió más madura al tomar nota mental de otra realidad de su vida: ahora había alcanzado la edad que tenía su madre cuando ella nació. No sabía qué hacer con este descubrimiento; lo único que sabía era que a partir de entonces ya no podrían tratarla como a una niña.

De manera que gruñó:

—¡Os lo advierto! ¡Este año no quiero tarta de cumpleaños!

Con los hombros cuadrados y los brazos en jarras, olvidó por un instante que cada vez que adoptaba esa postura sus enormes senos se proyectaban hacia delante. De haberlo advertido, seguramente habría vuelto a encorvarse; aborrecía su generoso pecho, que consideraba otra carga genética heredada de su madre.

A veces se comparaba con la críptica criatura coránica Dabbet-ul Arz, el ogro que emergería el día del Juicio Final, cuyos órganos eran cada uno de un animal diferente. Arrastraba, como aquel ser híbrido, un cuerpo compuesto de partes inconexas heredadas de las mujeres de su familia. Era alta, mucho más alta que la mayoría de las mujeres estambulíes, como su madre, Zeliha, a quien también llamaba «tía»; tenía los dedos huesudos con finas venas de la tía Cevriye, el molesto mentón puntiagudo de la tía Feride y las orejas de elefante de la tía Banu. Su nariz era descaradamente aguileña; como la suya solo había habido otras dos en la historia del mundo: la del sultán Mehmed el Conquistador y la de la tía Zeliha. El sultán Mehmed había conquistado Constantinopla, un hecho, se quisiera o no, lo bastante importante para eclipsar la forma de su nariz. En cuanto a la tía Zeliha, su personalidad era tan imponente y su cuerpo tan cautivador que nadie vería su nariz (ni, de hecho, ninguna otra parte de su cuerpo) como una imperfección. Pero Asya, que no contaba con ningún logro imperial y sufría una incapacidad natural para encandilar a nadie, ¿qué demonios podía hacer con su nariz?

Entre los rasgos heredados de sus parientes, sin embargo, había algunas cualidades agradables. Su pelo, para empezar. Tenía el pelo negro azabache, rizado e indomable, teóricamente como todas las mujeres de la familia, pero en la práctica solo como la tía Zeliha. La disciplinada profesora de instituto que era la tía Cevriye, por ejemplo, se ceñía el pelo en un tenso moño, mientras que la tía Banu quedaba descalificada para cualquier comparación, puesto que casi siempre llevaba un pañuelo en la cabeza. La tía Feride cambiaba de corte y color con frenética frecuencia, dependiendo de su estado de ánimo. La abuela Gülsüm tenía la cabeza de algodón; el pelo se le había quedado blanco como la nieve y se negaba a teñírselo, asegurando que eso no sería apropiado para una anciana. Pero Petite-Ma era una devota pelirroja. Debido al alzhéimer, cada vez más grave, podía olvidar un montón de cosas, incluidos los nombres de sus hijos, pero hasta el momento jamás había olvidado teñirse el pelo con henna.

En la lista de los rasgos genéticos positivos, Asya Kazancı también incluía sus ojos castaños y almendrados (de tía Banu), la frente alta (de tía Cevriye) y un temperamento que tendía a explotar con facilidad pero que, curiosamente, la mantenía viva (de tía Feride). Sin embargo, detestaba comprobar que cada año se parecía más a ellas. Excepto por una cosa: la tendencia de sus tías a la irracionalidad. Las mujeres Kazancı eran categóricamente irracionales. Hacía algún tiempo, para no llegar a comportarse como ellas, Asya se había prometido no desviarse jamás del camino de su propia mente racional y analítica.

Cuando cumplió los diecinueve, Asya era una joven tan estimulada por la necesidad de reivindicar su individualidad, que se había vuelto capaz de las rebeliones más peculiares. Así, cuando repitió su objeción a la tarta, esta vez incluso con más vehemencia, había una razón más profunda detrás de su furia:

—¡Se acabó la idiotez de las tartas!

—Demasiado tarde, señorita. Ya está hecha —declaró la tía Banu, clavándole una mirada fugaz por encima del ocho de oros que acababa de tirar. A menos que las siguientes tres cartas resultaran ser excepcionalmente prometedoras, el tarot desplegado en la mesa se dirigía hacia un mal presagio—. Pero tú haz como si no supieras nada, si no a tu pobre madre le va a sentar fatal. ¡Tiene que ser una sorpresa!

—¿Cómo puede ser una sorpresa algo tan predecible? —gruñó Asya.

A esas alturas ya sabía que ser un miembro de la familia Kazancı significaba, entre otras cosas, profesar la alquimia del absurdo, convirtiendo constantemente los sinsentidos en una especie de lógica con la que se podía convencer a cualquiera y, con un mínimo esfuerzo, incluso a una misma.

—La que se supone que augura y predice el futuro en esta casa soy yo, no tú —aseguró la tía Banu con un guiño.

Era verdad, al menos en cierta medida. Tras ejercitar y desarrollar su talento para la clarividencia durante años, la tía Banu había empezado a recibir clientes en casa y a ganar dinero. En Estambul una vidente podía convertirse en leyenda en un instante. Con la suerte de su lado, había bastado con acertar el futuro de alguien. De pronto esa persona fue su principal cliente, y con la ayuda del viento y las gaviotas, extendió tan deprisa el rumor por toda la ciudad que en una semana había ya una cola de clientes en la puerta. Así había trepado la tía Banu por la escalera de la clarividencia, haciéndose más famosa en cada peldaño. Recibía clientas de toda la ciudad, vírgenes y viudas, jovencitas y abuelas desdentadas, pobres y ricas, cada una inmersa en sus propias aprensiones y todas muriéndose por saber lo que esa veleidosa fuerza femenina que es la Fortuna les tenía reservado. Llegaban cargadas de preguntas y salían con muchas más. Algunas pagaban grandes sumas de dinero para expresar su gratitud, o con la esperanza de poder sobornar a la Fortuna, pero también las había que no soltaban ni una moneda. Por muy distintas que fueran, las clientas siempre tenían algo en común: todas eran mujeres. El día que la tía Banu se autoproclamó vidente, juró no recibir jamás a ningún hombre.

La tía Banu había sufrido una transformación radical en otros aspectos, empezando por su imagen. Al principio de su carrera de vidente, desfilaba por la casa envuelta en exuberantes chales bordados color escarlata, echados con descuido sobre los hombros. Pronto, sin embargo, los chales fueron reemplazados por pañuelos de cachemira, y los pañuelos por estolas de pashmina, y las estolas por turbantes de seda muy sueltos, siempre de tonos rojos. Luego la mujer había anunciado de repente algo que llevaba meditando en secreto durante Alá sabe cuánto tiempo: retirarse de todo lo material y mundano y dedicarse en exclusiva al servicio de Dios. Con este fin, declaró solemnemente que estaba lista para pasar por una fase de penitencia y abandonar todas las vanidades de este mundo, como habían hecho los derviches en el pasado.

—Tú no eres derviche —corearon, cínicas, sus hermanas al unísono, decididas a disuadirla de tal sacrilegio, insólito en los anales de la familia Kazancı. Y a continuación las tres comenzaron a oponer objeciones, cada una en el tono más oficioso de que fue capaz.

—Además, los derviches se vestían con toscos sacos o prendas de lana, no con pañuelos de cachemira —terció la tía Cevriye, la más sensiblera.

La tía Banu tragó saliva, incómoda con su ropa, incómoda con su cuerpo.

—Los derviches dormían en un lecho de heno, no en un colchón doble de plumas —apuntó la tía Feride, la más lunática.

La tía Banu guardó silencio, con la vista fija en el otro extremo de la sala para evitar mirar a los ojos a sus interrogadoras. ¿Qué iba a hacer? El dolor de espalda era insoportable si no dormía en una cama especial.

—Además, los derviches no tenían *nefs*. ¡Y mírate! —Era la tía Zeliha, la menos convencional de todas.

Ansiosa por defenderse, la tía Banu lanzó un contraataque.

—Yo tampoco. Ya no. Eso ya se acabó. —Y añadió con su nueva voz mística—: ¡Declararé la guerra a mis *nefs*, y venceré!

En la familia Kazancı, cada vez que alguien tenía el valor de hacer algo inusual, los otros siempre reaccionaban igual, siguiendo un viejo esquema que podía resumirse así: «Pues muy bien. Nos da igual». De modo que nadie se tomó en serio a la tía Banu. Al advertir el escepticismo general, la mujer se fue a su habitación y cerró la puerta de golpe. No volvió a abrirla en los siguientes cuarenta días excepto para rápidas visitas a la cocina y el baño. Aparte de eso, la única vez que dejó la puerta entreabierta fue para poner un cartel que decía: ¡QUE TODO EL QUE ENTRE LO DEJE TODO ATRÁS!

Inicialmente Banu intentó llevarse al cuarto a Pachá Tercero, que en aquel tiempo pasaba sus últimos días sobre la tierra. Debió de pensar que le haría compañía en su solitaria penitencia, por más que los derviches no tuvieran mascotas. Pero por muy antisocial que pudiera ser a veces, la vida de eremita fue demasiado para Pachá Tercero, demasiado interesado en las vanidades mundanas, empezando por el queso feta y los cables eléctricos. Después de apenas una hora en la celda de la tía Banu, Pachá Tercero lanzó una serie de agudos maullidos y arañó la puerta con tal vehemencia que le dejaron salir de inmediato. Tras perder su única compañía, la tía Banu se hundió en su soledad y dejó de hablar, sorda y muda para cualquier persona. También dejó de ducharse, de peinarse e incluso de ver su serie favorita, *La maldición de la hiedra del amor*, un drama brasileño en el que una supermodelo de gran corazón sufría todo tipo de traiciones a manos de sus seres más queridos.

Sin embargo, lo más impactante fue cuando la tía Banu, que gozaba de un voraz apetito, dejó de comer otra cosa que no fuera pan y agua. Siempre había tenido una notoria debilidad por los carbohidratos, sobre todo el pan, pero nadie pensó jamás que pudiera sobrevivir solo con pan. Las tres hermanas hicieron todo lo posible por tentarla: prepararon numerosos platos, llenaron la casa de aromas de postres dulces, pescado frito y carne asada, a menudo todo ello cargado de mantequilla para potenciar el olor.

La tía Banu no flaqueó, al contrario: pareció aferrarse incluso con más fuerza a su devoción, así como a su pan duro. Durante cuarenta días y cuarenta noches permaneció aislada bajo el mismo techo. Fregar los platos, hacer la colada, ver la televisión, cotillear con los vecinos..., las rutinas cotidianas se convirtieron en algo profano de lo que no quería saber nada. Durante los días que siguieron, cada vez que sus hermanas iban a ver cómo estaba, la encontraban recitando el santo Corán. Tan intenso era el abismo de su éxtasis que se convirtió en una extraña para aquellas que tan cerca habían estado de ella toda su vida. Hasta que la mañana del día cuarenta y uno, mientras los demás desayunaban *sucuk* a la plancha y huevos fritos, Banu salió de su habitación con una radiante sonrisa, una chispa sobrenatural en los ojos y un pañuelo rojo cereza en el pelo.

—¿Qué es ese pingo que llevas en la cabeza? —fue la primera reacción de la abuela Gülsüm, quien después de tantos años no se había suavizado ni un ápice y mantenía su parecido con Iván el Terrible.

—De ahora en adelante, voy a cubrirme la cabeza como exige mi fe.

—Pero ¿qué tonterías son esas? —gruñó la abuela—. Las mujeres turcas se libraron del velo hace noventa años. Ninguna hija mía va a traicionar los derechos que el gran comandante en jefe Atatürk otorgó a las mujeres de este país.

—Sí, las mujeres obtuvieron el derecho al voto en 1934 —apuntó la tía Cevriye—. Por si no lo sabías, la historia avanza hacia delante, no hacia atrás. ¡Quítate eso ahora mismo!

Pero la tía Banu no se lo quitó.

Se quedó con su pañuelo en la cabeza y después de pasar la prueba de las tres pes (penitencia, postración y piedad) se declaró vidente.

Al igual que su aspecto, las técnicas de adivinación sufrieron un profundo cambio a lo largo de su trayectoria como parapsicóloga. Al principio solo utilizaba posos de café para leer el futuro de sus clientas, pero con el tiempo fue añadiendo técnicas nuevas y muy poco convencionales, entre ellas el tarot, judías secas, monedas de plata, cuentas de rosario, timbres de puerta, perlas de imitación, perlas auténticas, piedras de la playa, cualquier cosa, siempre que llevara noticias del mundo paranormal. A veces charlaba apasionadamente con sus hombros, donde, según aseguraba ella, se sentaban dos *yinn* invisibles con los pies colgando. El bueno, en el hombro derecho y el malo, en el izquierdo. Aunque conocía sus nombres, para no pronunciarlos en voz alta los llamaba doña Dulce y don Amargo.

—Si tienes un *yinni* malo en el hombro izquierdo, ¿por qué no lo tiras y ya está? —le preguntó una vez Asya a su tía.

—Porque a veces todos necesitamos la compañía de los malos —le respondió ella.

Asya intentó arrugar la frente y luego puso los ojos en blanco, pero lo único que consiguió fue parecer aún más niña. Silbó una canción de Johnny Cash, que le gustaba traer a colación cuando estaba con sus tías: *Why me, Lord, what have I ever done…* «¿Por qué yo, Señor? ¿Yo qué he hecho?».

—¿Qué estás cantando? —preguntó suspicaz la tía Banu. No sabía una palabra de inglés y albergaba una profunda desconfianza hacia cualquier idioma que le escondiera algo.

—Cantaba una canción que dice que, como mi tía mayor, deberías ser un modelo para mí y enseñarme la diferencia entre el bien y el mal. Pero en cambio me dices que el mal es necesario.

—Pues te voy a explicar una cosa —anunció la tía Banu, mirando a su sobrina fijamente—. En este mundo hay cosas espantosas de las que la gente buena, que Alá la bendiga, no tiene ni la más remota idea. Y eso está muy bien, te lo aseguro. Está muy bien que no sepan nada de esas cosas, porque eso demuestra su buen corazón. Si no, no serían buenas personas, ¿no?

Asya no pudo evitar asentir con la cabeza. Al fin y al cabo, tenía la sensación de que Johnny Cash compartiría esa opinión.

—Pero si alguna vez entras en una mina de maldad, no recurrirás precisamente a la gente buena en busca de ayuda.

—¡Y tú crees que le pediría ayuda a un *yinni* malo! —exclamó Asya.

—Tal vez —comentó la tía Banu moviendo la cabeza—. Esperemos que nunca te haga falta.

Y se acabó. No volvieron a hablar de las limitaciones del bien y la necesidad de la falta de escrúpulos.

En aquellos tiempos, la tía Banu renovó otra vez sus técnicas de lectura del futuro y recurrió a las avellanas, normalmente avellanas tostadas. Su familia sospechaba que el origen de esta novedad, como el de la mayoría de las novedades, era una simple coincidencia. Lo más probable es que alguna clienta la sorprendiera poniéndose morada de avellanas y Banu ofreciera la mejor explicación que se le vino a la cabeza: que era capaz de leer el futuro en ellas. Eso era lo que pensaba toda la familia. El resto del mundo lo interpretaba de otra forma. Al ser la mujer sagrada que era, en Estambul se rumoreaba que no cobraba dinero a sus clientas necesitadas, sino que les pedía solo un puñado de avellanas. La avellana se convirtió en símbolo de su generosidad. En cualquier caso, la extravagancia de su técnica solo sirvió para aumentar su ya extendida fama. Comenzaron a llamarla «Madre Avellana», o incluso, «Jeque Avellana», ignorando el hecho de que las mujeres, con sus limitaciones, no pueden tener tan respetado título.

Yinn malos, avellanas tostadas… Aunque con el tiempo Asya Kazancı se había acostumbrado a esta y otras excentricidades, le costaba mucho aceptar cierto aspecto de su tía mayor: su nombre. Era imposible aceptar que «tía Banu» pudiera de pronto metamorfosearse en «Jeque Avellana», de manera que cada vez que había clientas en la casa, o cartas de tarot sobre la mesa, Asya la evitaba. Precisamente por eso, aunque Asya había oído a la perfección las últimas palabras de su tía, fingió no haberse enterado. Y habría permanecido en su bendita ignorancia de no haber entrado la tía Feride en el salón en ese momento, con un plato enorme sobre el que relucía la tarta de cumpleaños.

—¿Qué haces aquí? —le preguntó ceñuda a Asya—. Tú no tenías que estar aquí. Tienes clase de ballet.

Bueno, ese era otro grillete que Asya llevaba en los tobillos. Así como muchas madres turcas de clase media aspiraban a que sus hijas destacaran en todo lo que supuestamente destacaban los niños de las clases altas, la familia de Asya, de clase media-alta, la obligaba a realizar actividades en las que ella no tenía el más mínimo interés.

—Esto es una casa de locos —masculló la joven entre dientes. Esta frase se había convertido en su mantra. Entonces alzó un poco la voz para añadir—: No te preocupes. La verdad es que ya me iba.

—¿Y ahora qué más da? —saltó la tía Feride, señalando la tarta—. ¡Esto tenía que ser una sorpresa!

—Este año no quiere tarta —terció la tía Banu desde su rincón, levantando la primera de las tres cartas de tarot que había echado.

Era la Gran Sacerdotisa, símbolo de la conciencia inconsciente, una apertura a la imaginación y los talentos ocultos, pero también a lo desconocido. Frunció los labios y desveló la segunda carta: la Torre. Anunciaba cambios tumultuosos, estallidos emocionales y súbita ruina. La tía Banu se quedó pensativa un momento. Luego volvió la tercera carta. Parecía que iban a recibir una visita pronto, una visita inesperada del otro lado del mar.

—¿Cómo que no quiere tarta? ¡Si es su cumpleaños, por Dios! —exclamó Feride con los labios apretados y una chispa airada en los ojos. De pronto debió de ocurrírsele otra cosa, porque se volvió hacia Asya con los ojos entornados—: ¿Tienes miedo de que alguien la haya envenenado?

Asya la miró pasmada. Después de tanto tiempo y tanta experiencia, todavía no había logrado desarrollar una estrategia, la regla de oro para mantener la calma ante los estallidos de la tía Feride. Tras permanecer instalada en la «esquizofrenia hebefrénica» durante años, recientemente se había trasladado a la paranoia. Cuanto más se esforzaban por traerla de vuelta a la realidad, más paranoica y suspicaz se volvía ella.

—¿Que si tiene miedo de que le hayan envenenado la tarta? ¡Por supuesto que no, so chiflada!

Todas las cabezas se volvieron hacia la puerta donde había aparecido la tía Zeliha, con una chaqueta de pana sobre los hombros, tacones altos y una expresión inquisitiva capaz de proporcionarle una belleza que casi dolía. Debía de haber llegado sin que la vieran y seguramente llevaba un rato escuchando la conversación en silencio, a menos que hubiera desarrollado el talento de materializarse a voluntad. A diferencia de la mayoría de las mujeres turcas que habían llevado minifaldas y tacones en su juventud, Zeliha no había alargado las primeras ni reducido los segundos con la edad. Su estilo era tan llamativo como siempre. Los años no habían hecho sino aumentar su belleza mientras pasaban factura a las demás hermanas. La tía Zeliha, consciente del efecto de su presencia, se quedó en el umbral, mirándose las cuidadas uñas. Le preocupaban muchísimo sus manos, que eran su herramienta de trabajo. Puesto que no le interesaban las instituciones burocráticas ni ninguna cadena de mando, y albergaba en su interior tanta rabia y exasperación, se había dado cuenta muy pronto de que tendría que elegir una profesión en la que pudiera ser a la vez independiente y creativa. Y también, a ser posible, infligir un poco de dolor.

Diez años antes la tía Zeliha había abierto un estudio de tatuaje donde comenzó a desarrollar una colección de diseños originales. Además de los clásicos (rosas rojas, mariposas iridiscentes, corazones henchidos de amor) y la habitual antología de insectos peludos, lobos fieros y arañas gigantes, realizaba sus propios dibujos inspirados en un principio básico: la contradicción. Tenía caras medio masculinas medio femeninas, cuerpos medio animales medio humanos, árboles medio florecidos medio secos… Pero sus creaciones no tuvieron éxito. Los clientes querían decir algo a través de sus tatuajes, no añadir más ambigüedades a sus ya inciertas vidas. Los tatuajes tenían que expresar emociones simples, no pensamientos abstractos. Zeliha aprendió bien la lección y lanzó una nueva serie, una colección de imágenes titulada «Tratamiento para el mal de amores».

Todos los tatuajes de esta colección especial se dirigían a una sola persona: el ex amante. Los abandonados y los despechados, los heridos y los airados llevaban una fotografía del ex amante al que no podían dejar de amar pero que querían borrar de sus vidas para siempre. La tía Zeliha estudiaba la fotografía y se devanaba los sesos hasta encontrar el animal al que esa persona se parecía. El resto era relativamente fácil. Dibujaba el animal y luego lo tatuaba en el cuerpo del desolado cliente. El proceso se adscribía a la antigua práctica chamánica de interiorizar y a la vez exteriorizar los propios tótems. Para fortalecerse a uno mismo había que aceptar al antagonista, darle la bienvenida y luego transformarlo. El ex amante quedaba interiorizado, inyectado en el cuerpo, y a la vez exteriorizado en la superficie de la piel. Con el ex amante situado en ese umbral entre interior y exterior, y hábilmente transformado en animal, la relación de poder del que abandona y el abandonado cambiaba. Ahora el amante tatuado se sentía superior, como si poseyera la llave del alma de su ex. En cuanto se alcanzaba esta etapa y el ex amante perdía su atractivo, los que sufrían de mal de amores podían por fin librarse de su obsesión, porque el amor ama el poder. Por eso podemos enamorarnos de los demás con un amor suicida, pero rara vez podemos sentir amor por aquellos que se enamoran de manera suicida de nosotros.

En Estambul, una ciudad de corazones rotos, la tía Zeliha no tardó en ampliar el negocio y hacerse famosa, sobre todo en los círculos bohemios.

Ahora Asya apartó la vista para no tener que mirar más a su madre, la madre a la que nunca llamaba «mamá» y de la que tal vez esperaba distanciarse al convertirla en «tía». La inundaba una oleada de autocompasión. Qué imperdonable injusticia por parte de Alá, crear una hija mucho menos hermosa que su propia madre.

—¿No entendéis por qué Asya no quiere tarta este año? —preguntó la tía Zeliha cuando terminó de inspeccionar su manicura—. ¡Tiene miedo de engordar!

Aunque sabía muy bien que era un grave error mostrar su genio delante de su madre, Asya gritó furiosa:

—¡Eso no es verdad!

La tía Zeliha cedió con una chispa pícara en los ojos.

—Vale, cariño, si tú lo dices…

Entonces Asya advirtió la bandeja que llevaba la tía Feride. Era una enorme bola de carne y una bola de masa más grande todavía. Esa noche tendrían *mantı* para cenar.

—¿Cuántas veces tengo que deciros que no me gusta el *mantı*? —gritó—. Sabéis que ya no como carne.

Su propia voz le pareció rara, ronca y ajena.

—Ya os he dicho que tiene miedo de engordar.

La tía Zeliha negó con la cabeza y se apartó un mechón de pelo negro que le caía en la cara.

—¿Es que no has oído nunca la palabra «vegetariano»?

Asya también movió la cabeza, aunque se resistió a apartarse un mechón de pelo por no imitar los gestos de su madre.

—Claro que sí —respondió la tía Zeliha, alzando los hombros—. Pero no olvides, cariño —prosiguió en un tono más suave, que sabía más persuasivo—, que tú eres una Kazancı, no una vegetariana.

Asya tragó saliva. De pronto tenía la boca seca.

—¡Y a los Kazancı nos encanta la carne roja! ¡Cuanto más roja y grasienta, mejor! Y si no me crees, pregúntale a Sultán Quinto, ¿verdad, Sultán?

Zeliha se volvió hacia el obeso gato que yacía en su cojín de terciopelo junto a la puerta del balcón. El animal se volvió hacia ella con ojos nublados y entornados, como si la hubiera comprendido perfectamente y estuviera de acuerdo.

—En este país hay gente tan pobre —comentó con reproche la tía Banu mientras volvía a barajar el tarot— que ni siquiera sabrían a qué sabe la carne roja si no fuera por las limosnas que les dan los benevolentes musulmanes durante la fiesta del Sacrificio. Es la única comida decente que tienen. Ve a preguntar a esos pobres indigentes lo que significa de verdad ser vegetariano. Deberías dar las gracias por cada bocado de carne que se te pone en el plato, porque es un símbolo de riqueza.

—¡Esto es una casa de locos! Estamos todos locos, ¡pero todos! —Asya pronunció su mantra con voz teñida de derrota—. Me voy, señoras. Podéis comer lo que os dé la gana. ¡Yo ya llego tarde a mi clase de ballet!

Nadie advirtió que había lanzado la palabra «ballet» como un esputo, pero a la vez asqueada de no poder dominar el impulso de escupirlo.

5

Vainilla

El Café Kundera era una pequeña cafetería situada en una callejuela sinuosa del lado europeo de Estambul. Era el único bar de la ciudad donde no se dedicaba energía alguna a la conversación y se daba propina a los camareros para que te trataran mal. Nadie sabía por qué le habían puesto el nombre del famoso escritor, una ignorancia magnificada por el hecho de que dentro no había nada, nada en absoluto, que recordara a Milan Kundera ni a ninguna de sus novelas.

De las cuatro paredes colgaban cientos de marcos de todos los tamaños y colores, una multitud de fotografías, pinturas y dibujos, tantos que era fácil dudar que hubiera una pared detrás. Daba la impresión de que el local estaba construido con marcos en lugar de ladrillos. Y en todos los marcos, sin excepción, aparecía la imagen de un camino o carretera. Anchas autopistas de Estados Unidos, carreteras infinitas de Australia, bulliciosas autovías de Alemania, glamurosos bulevares de París, atestadas calles de Roma, estrechos caminos del Machu Picchu, olvidados trayectos de caravanas en África del Norte y mapas de viejas vías comerciales por la Ruta de la Seda siguiendo los pasos de Marco Polo. Había caminos de todo el mundo. Los clientes estaban a gusto con la decoración. Pensaban que era una útil alternativa a las inútiles charlas que no llevaban a ninguna parte. Cuando no tenían ganas de hablar, escogían una imagen, dependiendo de la mesa a la que estuvieran sentados y de dónde desearan ser transportados ese día en concreto. Clavaban la mirada empañada en el camino escogido y partían poco a poco a tierras lejanas, ansiando estar allí, en cualquier sitio menos en aquel bar. Al día siguiente viajarían a otra parte.

Por muy lejos que te llevaran esas imágenes, lo cierto era que ninguna de ellas tenía nada que ver con Milan Kundera. Se decía que cuando abrieron la cafetería el escritor andaba por Estambul, y de camino a otra parte se detuvo allí por casualidad a tomar un capuchino. El capuchino no era muy bueno, tampoco le gustó la galleta de vainilla que le sirvieron, pero pidió otra e incluso escribió un poco, porque nadie le había molestado, ni siquiera reconocido. Ese día, el bar fue bautizado con su nombre. Según otra teoría, el dueño de la cafetería era un ávido lector de Kundera. Después de devorar sus libros y conseguir que se los firmara todos, decidió dedicar el local a su autor favorito. Esto sería más plausible si el dueño de la cafetería no fuera un músico y cantante de mediana edad, de aspecto bronceado y atlético, con tan profundo desprecio por el mundo literario que no se dignaba siquiera leer las letras de las canciones que su grupo tocaba las noches de los viernes.

La auténtica razón de que el bar se llamase Kundera, afirmaban otros, era que aquel punto del espacio no era más que un producto fallido de la imaginación del autor. El bar era un sitio ficticio con clientes ficticios. Un tiempo atrás Kundera había comenzado a escribir sobre aquel lugar, como parte de un nuevo proyecto, y así le insufló vida y caos, pero no tardaron en distraerle otros asuntos más importantes (invitaciones, debates y premios literarios), y en la vorágine olvidó aquel sórdido tugurio de Estambul, de cuya existencia él era el único responsable. Desde entonces, los clientes y camareros del Café Kundera se debatían con la sensación de vacío, hundidos en desconsolados escenarios futuristas, mohínos ante el café turco servido en tazas de exprés, esperando encontrar un sentido a su vida en algún drama intelectual en el que interpretarían el papel principal. Entre todas las teorías sobre la génesis del nombre del bar, esta última era la más defendida. Aun así, de vez en cuando algún nuevo parroquiano o alguien con necesidad de llamar la atención aventuraba otra explicación, y durante una efímera tregua los otros clientes le creían, jugando con la nueva hipótesis, hasta que se aburrían y volvían a hundirse en sus pantanos de abatimiento.

Ese día, cuando el Dibujante Dipsómano comenzó a barajar la idea de una nueva teoría sobre el nombre del bar, todos sus amigos y hasta su mujer se sintieron obligados a escucharle con atención, en señal de reconocimiento por haber reunido por fin el valor para hacer lo que todo el mundo llevaba suplicándole desde siempre: entrar en Alcohólicos Anónimos.

Sin embargo, todos los de la mesa se mostraban más atentos con él que de costumbre por otra razón. Ese día le habían denunciado por segunda vez por insultar al primer ministro en tira cómica, y si el día del juicio el juez le declaraba culpable de los cargos, iría tres años a la cárcel. El Dibujante Dipsómano era famoso por una serie de tiras cómicas políticas en las que representaba a todo el gabinete como un rebaño de ovejas, y al primer ministro como un lobo con piel de cordero. Ahora que le habían prohibido utilizar esta metáfora, pensaba dibujar al gabinete como una manada de lobos y al primer ministro como un chacal disfrazado de lobo. Si también le arrebataban esta caricatura, tenía una estrategia de salida: ¡pingüinos! Estaba decidido a dibujar a todos los miembros del Parlamento como pingüinos vestidos de esmoquin.

—¡Esta es mi nueva teoría! —dijo el Dibujante Dipsómano, ajeno a la compasión que había provocado y algo sorprendido al ver tanto interés por parte de la audiencia, e incluso de su mujer.

Era un hombre grandullón de nariz patricia, pómulos altos, ojos azul intenso y un gesto amargo en la boca. Hacía mucho que conocía bien la pena y la melancolía. Sin embargo, tras enamorarse en secreto de una mujer inalcanzable, su pesimismo se había duplicado.

Viéndolo era difícil creer que se ganaba la vida con el humor, y que tras aquel rostro sombrío fluían los chistes más graciosos. Siempre notorio bebedor, últimamente sus problemas con el alcohol se habían disparado. Comenzó a despertarse en lugares de dudosa reputación donde nunca había estado. Pero la gota que colmó el vaso fue la mañana en que se encontró en el patio de una mezquita, tirado en la piedra donde se lavaba a los muertos. Por lo visto había perdido el sentido mientras intentaba orquestar su propio funeral. Cuando logró abrir los ojos al amanecer, vio a su lado a un joven imán, que de camino a la oración matutina se sobresaltó al tropezar con un extraño que roncaba en la piedra de los muertos. Después de aquello, los amigos del Dibujante Dipsómano, e incluso su mujer, se alarmaron de tal manera que le apremiaron para que buscara ayuda profesional y tratara de enderezar su vida. Ese día, por fin, había asistido a una reunión de Alcohólicos Anónimos y había jurado dejar la bebida. Por eso todos los presentes, incluso su mujer, estaban dispuestos a escuchar cualquiera que fuera su teoría.

—Este bar se llama así porque la palabra «Kundera» es un código. El quid de la cuestión no es el nombre en sí, sino qué significa ese nombre.

—¿Y qué significa? —preguntó el Guionista No Nacionalista de Películas Ultranacionalistas, un hombre bajo, flaco y adusto, con la barba teñida de gris ceniza desde el día en que concluyó que las mujeres jóvenes prefieren hombres maduros. Era guionista y creador de *Timur Corazón de León*, una popular serie de televisión sobre un fornido héroe nacional capaz de aniquilar batallones enteros de enemigos y convertirlos en sangriento puré. Cuando le preguntaban sobre su programa de televisión y sus películas, de tan mal gusto, se defendía arguyendo que era nacionalista de profesión, pero un auténtico nihilista por elección. Ese día se había presentado con otra novia: una mujer guapa y llamativa aunque superficial. No le había confesado que en los círculos masculinos tenían un nombre para las mujeres como ella: «aperitivos»; no eran el plato principal, por supuesto, pero sí una buena tapita. Sin dejar de atracarse de anacardos, lanzó una carcajada al tiempo que rodeaba con el brazo a su nueva chica:

—Venga, ¡dinos cuál es el código!

—Aburrimiento —contestó el Dibujante Dipsómano con una vaharada de humo. De todas partes ascendían volutas de humo, puesto que todos los clientes fumaban como carreteros, y su tenue nubecilla se unió perezosamente a la densa nube gris que pendía sobre la mesa.

El único que no fumaba era el Columnista Gay en el Armario. Detestaba el olor del tabaco. Todos los días, nada más llegar a casa, se quitaba de inmediato la ropa para librarse del hedor del Café Kundera. Sin embargo, no protestaba cuando otros fumaban. Ni dejaba de ir al bar. Acudía con regularidad porque le gustaba formar parte de aquel grupo variopinto; además, sentía una secreta atracción por el Dibujante Dipsómano.

No es que el Columnista Gay en el Armario quisiera tener ninguna relación física con el dibujante. Imaginárselo desnudo ya le daba escalofríos. No era cuestión de sexo, se decía, sino de espíritus afines. Además, en su camino había dos grandes obstáculos. En primer lugar, el Dibujante Dipsómano era estrictamente heterosexual y las posibilidades de que cambiara de acera parecían remotas. En segundo lugar, estaba loquito por Asya, aquella chica taciturna, algo que a esas alturas todo el mundo sabía menos ella.

De manera que el Columnista Gay en el Armario no albergaba ninguna esperanza de liarse con el Dibujante Dipsómano. Solo quería tenerlo cerca. De vez en cuando sentía un súbito estremecimiento cuando el dibujante, al ir a coger un vaso o un cenicero, le tocaba sin querer la mano o el hombro. A pesar de todo, en sus ansias por asegurar que no sentía el más mínimo interés por él, ni por ningún hombre, de hecho, a veces el columnista trataba al dibujante con mucha distancia, denigrando de pronto sus opiniones sin venir a cuento. Era una historia complicada.

—Aburrimiento —repitió el Dibujante Dipsómano después de apurar su café con leche—. El aburrimiento es el resumen de nuestras vidas. Nos revolcamos en el hastío un día tras otro. ¿Por qué? Porque el miedo al encuentro traumático con nuestra propia cultura no nos deja abandonar esta madriguera. Los políticos occidentales suponen que hay un abismo cultural entre la civilización oriental y la occidental. ¡Ojalá fuera tan sencillo! El verdadero abismo cultural se abre entre turcos y turcos. Somos un puñado de urbanitas cultos rodeados de palurdos y catetos. Han conquistado toda la ciudad.

Echó una mirada de soslayo a las ventanas, como temeroso de que fuera a atacarles una horda de paletos armados de piedras y garrotes.

—Las calles son suyas, las plazas son suyas, los transbordadores son suyos. Cualquier espacio abierto es suyo. Tal vez dentro de unos años este bar será el único lugar que nos quede, nuestra última zona liberada. Venimos aquí corriendo todos los días para refugiarnos de ellos. ¡Sí, de ellos! ¡Que Dios me salve de mi propia gente!

—Lo que dices es poesía —comentó el Poeta Excepcionalmente Malo. Como era tan excepcionalmente malo, lo consideraba todo poesía.

—Estamos atrapados. Atrapados entre Oriente y Occidente. Entre el pasado y el futuro. Por una parte están los laicos representantes de la modernidad, tan orgullosos del régimen que han construido que delante de ellos no se puede ni soltar una palabra de crítica. Tienen al ejército y a la mitad del Estado de su lado. Por otra parte están los tradicionales convencionales, tan enamorados del pasado otomano que no se puede ni soltar una palabra de crítica. Tienen de su parte a la sociedad en general y a la otra mitad del país. ¿Qué nos queda a nosotros?

Volvió a ponerse el cigarrillo entre los labios pálidos y cuarteados, donde lo dejó durante su prolongada queja.

—Los modernos nos dicen que hay que avanzar, pero no tenemos fe en su idea de progreso. Los tradicionales nos dicen que hay que ir hacia atrás, pero no queremos volver a su ideal de orden. Atrapados entre las dos partes, damos dos pasos hacia delante y uno atrás, como hacía la banda del ejército otomano. ¡Y ni siquiera tocamos un instrumento! ¿Hacia dónde podríamos escapar? Tampoco somos una minoría. Ojalá fuéramos una minoría étnica o un pueblo indígena protegido por las Naciones Unidas. Por lo menos así tendríamos algunos derechos básicos. Sin embargo, a los nihilistas, pesimistas y anarquistas no nos consideran una minoría, aunque seamos una especie en extinción. Cada vez quedamos menos. ¿Hasta cuándo podremos sobrevivir?

La cuestión quedó flotando pesadamente sobre sus cabezas, por debajo de la nube de humo. La esposa del dibujante, una mujer nerviosa de grandes ojos sombríos que acumulaban demasiadas ofensas, mejor dibujante que su marido aunque mucho menos apreciada, rechinó los dientes, indecisa entre meterse con el que había sido su compañero durante doce años, como le habría gustado hacer, o apoyar su frenesí pasara lo que pasase, como haría una esposa ideal. Se desagradaban sinceramente el uno al otro y a pesar de todo se mantenían aferrados a su matrimonio, ella con la esperanza de vengarse, él con la esperanza de que la cosa mejorara. Ahora hablaban con palabras y gestos que se robaban el uno al otro. Hasta sus caricaturas eran ya parecidas. Dibujaban cuerpos deformados y se inventaban retorcidos diálogos entre gente deprimida en situaciones dramáticas y sarcásticas.

—¿Sabes lo que somos? La escoria de este país. Una pulpa patética y rancia, nada más. A todo el mundo, menos a nosotros, le obsesiona entrar en la Unión Europea, sacar beneficios, tener acciones, comprarse un coche mejor y tener una novia mejor…

El Guionista No Nacionalista de Películas Ultranacionalistas se agitó nervioso.

—Aquí es donde entra Kundera —prosiguió el Dibujante Dipsómano sin advertir la metedura de pata—. La idea de levedad impregna nuestras vidas en forma de vacío sin sentido. Nuestra existencia es *kitsch*, una mentira bonita que nos ayuda a desafiar la realidad de la muerte y la mortalidad. Precisamente esto es…

El tintineo de unas campanillas interrumpió sus palabras. La puerta del Café Kundera se abrió de golpe y entró una chica con cara de cabreo y aspecto de estar tan agotada como una anciana.

—¡Eh, Asya! —gritó el guionista, como si fuera la esperada salvadora que acabaría con aquella estúpida conversación—. ¡Aquí! ¡Estamos aquí!

Asya Kazancı les dedicó media sonrisa y su frente se arrugó como si dijera: «Bueno, ¿por qué no echar un rato con vosotros? De todas formas, qué más da. La vida es una mierda». Despacio, como lastrada por invisibles sacos de inercia, se acercó a la mesa, los saludó a todos con gesto inexpresivo, se sentó y se puso a liar un cigarrillo.

—¿Qué haces aquí a estas horas? ¿No tenías que estar en el ballet? —preguntó el Dibujante Dipsómano, olvidando su soliloquio. Sus ojos parpadearon con interés, un signo que advirtieron todos menos su mujer.

—Pues ahí estoy justamente: en mi clase de ballet. Y en este momento —Asya puso el tabaco en el papel de liar— estoy realizando uno de los saltos más difíciles, uniendo las pantorrillas en el aire entre cuarenta y cinco y noventa grados: ¡cabriolé!

—¡Vaya! —sonrió el dibujante.

—Luego hago un salto de giro —prosiguió Asya—. Pie derecho

delante, *demi plié*, ¡salto! —Alzó en el aire la bolsa de cuero del tabaco—. Gira ciento ochenta grados —ordenó, dándole la vuelta a la bolsa y salpicando un poco de tabaco en la mesa—. ¡Y aterriza con el pie izquierdo! —La bolsa cayó junto al cuenco de anacardos—. Luego repítelo todo otra vez para volver a la posición de salida. *Emboîté!*

—Bailar es como escribir poesía con el cuerpo —murmuró el Poeta Excepcionalmente Malo.

Un triste letargo se asentó entre ellos. En algún lugar, a lo lejos, hervían los ruidos de la ciudad, una amalgama de sirenas, bocinas, gritos y risas acompañados por el graznido de las gaviotas. Entraron algunos clientes, otros salieron. Un camarero se cayó con una bandeja llena de vasos, otro cogió una escoba y se puso a barrer los cristales. Los clientes lo miraban con indiferencia. Aquí los camareros cambiaban con frecuencia. El horario era muy largo y el sueldo no gran cosa. No obstante, de momento jamás se había marchado ninguno, sino que los despedían. Así era el Café Kundera. Una vez entrabas, quedabas atado a él hasta que el lugar te escupía.

Media hora después, en la mesa de Asya Kazancı algunos pidieron café, el resto, cerveza. En la segunda ronda, los del café tomaron cerveza y los de la cerveza, café. Y así siempre. Solo el dibujante permaneció fiel a sus cafés con leche y a mordisquear las galletas de vainilla que servían con ellos, aunque a esas alturas su exasperación era ya visible. En cualquier caso, nada se hacía con armonía; aun así en aquella disonancia yacía una insólita cadencia. Eso era lo que a Asya más le gustaba del bar: la comatosa indolencia y la ridícula discordia. Estambul vivía en una prisa constante, pero en el Café Kundera prevalecía el letargo. Fuera del bar las personas se pegaban unas a otras para disfrazar su soledad, fingiendo estar mucho más unidas de lo que estaban en realidad, mientras que en el bar pasaba justo lo contrario: todo el mundo pretendía un desapego que no sentía. Aquel local era la negación de toda la ciudad. Asya dio una calada al cigarrillo, disfrutando plenamente de la inacción hasta que el dibujante miró su reloj y se volvió hacia ella.

—Son las ocho menos veinte, cariño. Se acabó la clase.

—Ay, ¿tienes que irte? Mira que es antigua tu familia —saltó la novia del guionista—. ¿Por qué te obligan a ir a clases de ballet cuando es evidente que a ti no te gusta?

Aquel era el problema que surgía con todas las novias fugaces que llevaba el guionista. Impulsadas por el deseo de hacerse amigas de todos los miembros del grupo, hacían demasiadas preguntas personales y demasiados comentarios personales, sin darse cuenta, las desgraciadas, de que era precisamente lo contrario, la falta de cualquier interés serio y sincero en la intimidad de los otros, lo que unía al grupo.

—¿Cómo puedes aguantar a todas esas tías? —insistió la novia del guionista, que no supo interpretar el gesto de Asya—. Dios, tantas mujeres haciendo de madre bajo el mismo techo… Vamos, yo no lo aguantaría ni un minuto.

Eso ya fue demasiado. En un grupo tan ecléctico como aquel había reglas no escritas que no podían violarse. Asya respiró profundamente. No le gustaban las mujeres, lo cual le habría resultado más fácil de no haber sido una mujer. Cada vez que conocía a alguna sucedía lo mismo: o bien esperaba a ver cuándo la odiaría, o bien la odiaba desde el primer momento.

—Yo no tengo una familia en el sentido normal de la palabra. —Asya le dirigió una mirada condescendiente, esperando acallar así cualquier cosa que la otra pensara decir a continuación. Mientras tanto, advirtió un cuadro con un reluciente marco plateado en la pared, justo por encima del hombro derecho de su oponente. Era la imagen de una carretera hacia la laguna Roja, en Bolivia. ¡Sería genial estar allí ahora mismo! Asya terminó el café, apagó el cigarrillo y comenzó a liarse otro mientras mascullaba:

—Somos una manada de hembras forzadas a vivir juntas. Yo a eso no lo llamo una familia.

—Pero precisamente la familia es eso, cariño —protestó el Poeta Excepcionalmente Malo. En momentos como aquel recordaba que era el mayor del grupo, no solo por edad, sino también por los errores cometidos. Casado y divorciado tres veces, cada una de sus ex mujeres se había marchado de Estambul para alejarse de él todo lo posible. Tenía hijos de cada matrimonio, a los que iba a ver muy de vez en cuando, pero de los que siempre se proclamaba orgulloso propietario. Blandiendo un dedo paternal, añadió—: Recuerda que todas las familias felices se parecen entre sí, pero cada familia infeliz es infeliz a su manera.

—Para Tolstói era muy fácil soltar esas tonterías —comentó la mujer del Dibujante Dipsómano encogiéndose de hombros—. Tenía una mujer que se encargaba de todos los detalles, que crió a la docena de hijos que tuvieron y que trabajó como una mula para que su majestad, el gran Tolstói, pudiera concentrarse y escribir novelas.

—¿Y qué quieres? —preguntó el Dibujante Dipsómano.

—¡Reconocimiento! Eso es lo que quiero. Quiero que el mundo entero admita que, de haber tenido la oportunidad, la mujer de Tolstói podía haber sido mejor escritora que él.

—¿Por qué? ¿Solo por ser mujer?

—Porque era una mujer de mucho talento oprimida por un hombre de mucho talento —saltó su esposa.

—Ah.

Disgustado, el Dibujante Dipsómano llamó al camarero y, para decepción de todos, pidió una cerveza. Pero cuando se la sirvieron debió de sentir una especie de remordimiento, porque de pronto cambió de tema y se embarcó en un discurso sobre los beneficios del alcohol.

—Este país debe su libertad a esta pequeña botella que con tanta libertad sostengo en mi mano. —El dibujante alzó la voz por encima de la sirena de una ambulancia que se oía en la calle—. Ni las reformas sociales, ni las regulaciones políticas. Ni siquiera la guerra de la Independencia. Es esta botella lo que distingue a Turquía de los demás países musulmanes. Esta cerveza —la levantó como para brindar— es el símbolo de la libertad y la sociedad civil.

—Venga ya. ¿Desde cuándo ser un asqueroso borracho es un símbolo de libertad? —le reprendió bruscamente el guionista.

Los otros no lo siguieron. Debatir era un derroche de energía. Preferían escoger un cuadro y concentrarse en la imagen de una carretera.

—Desde el día que el alcohol fue prohibido y denigrado en todo el Oriente Próximo musulmán —gruñó el Dibujante Dipsómano—. Piensa en la historia otomana. En las tabernas, en los *mezes* para acompañar las copas… Parece que la gente lo pasaba bien. Nosotros, como nación, disfrutamos del alcohol, ¿por qué no podemos aceptarlo? A nuestra sociedad le gusta beber once meses al año, luego, de pronto, le entra el pánico, se arrepiente y ayuna en ramadán, para volver a la botella cuando termina el mes sagrado. Os aseguro que si aquí nunca se decretó la *sharia* y si los fundamentalistas jamás lograron el éxito que tuvieron en otros lugares, fue gracias a esta retorcida tradición. Gracias al alcohol en Turquía tenemos algo parecido a la democracia.

—Bueno, ¿entonces por qué no bebemos? —La mujer del dibujante le dedicó una sonrisa cansina—. ¿Y qué mejor razón para beber que don Puntitas? ¿Cómo se llamaba… Cecche?

—Cecchetti —la corrigió Asya, todavía lamentando el día en que se emborrachó lo bastante para dar al grupo una charla sobre la historia del ballet y mencionar de pasada el nombre de Cecchetti. Les encantó. Desde aquel día, de vez en cuando alguien de la mesa proponía un brindis en su honor, en honor del bailarín que había introducido las puntas.

—Así que si no fuera por él los bailarines no podrían andar de puntillas, ¿eh? —se burlaba alguno de ellos.

—Pero ¿en qué estaría pensando? —añadía siempre otro, y todo el mundo se echaba a reír.

El grupo era un organismo autorregulado donde las diferencias individuales se exponían pero jamás asumían el control, como si el organismo tuviera una vida independiente y más allá de las personalidades que lo componían. Con ellos Asya Kazancı encontraba la paz interior. El Café Kundera era su santuario. En casa de las Kazancı siempre tenía que corregirse, luchar por una perfección que escapaba a su comprensión, mientras que en el Café Kundera nadie la obligaba a cambiar, pues allí imperaba la convicción de que los seres humanos eran por naturaleza imperfectos e incorregibles.

Es cierto que no eran los amigos ideales que sus tías habrían elegido para ella. Por edad, algunos de ellos podría haber sido su padre. Pero ella, que era la más joven, disfrutaba viéndolos tan niños. Era bastante reconfortante comprobar que en esta vida nada mejoraba con los años. El adolescente malhumorado terminaba siendo un adulto malhumorado. El comportamiento era siempre el mismo. Sin duda eso era un poco sombrío, no obstante, se consolaba Asya, por lo menos demostraba que una no tenía que convertirse en otra persona, no tenía que convertirse en algo más, como sus tías le exigían constantemente, día y noche. Puesto que nada iba a cambiar con el tiempo y aquel carácter hosco se quedaría con ella para siempre, podía seguir siendo ella misma, la misma persona hosca.

—Hoy es mi cumpleaños —anunció Asya, sorprendiéndose a sí misma; no había tenido ninguna intención de dar aquella información.

—¿Ah, sí? —preguntó alguien.

—¡Qué casualidad! También es el cumpleaños de mi hija pequeña —exclamó el Poeta Excepcionalmente Malo.

—¿Ah, sí? —le tocó ahora a Asya preguntar.

—¡Naciste el mismo día que mi hija! ¡Géminis!

El poeta negó con su esponjosa cabeza con júbilo y mucho teatro.

—Piscis —le corrigió Asya.

Y se acabó. Nadie intentó abrazarla ni ahogarla a besos, igual que a nadie se le pasó por la cabeza pedir una tarta. El poeta le recitó un poema espantoso, el dibujante se bebió tres cervezas en su honor y la mujer del dibujante le hizo una caricatura en una servilleta: una joven huraña con el pelo de punta, tetas enormes y nariz afilada bajo unos ojos penetrantes y astutos. Los demás le llevaron otro café y al final no le dejaron pagar nada. Así de sencillo. No es que no se tomaran el cumpleaños de Asya en serio. Al contrario, se lo tomaron tan en serio que no tardaron en reflexionar en voz alta sobre la noción de tiempo y la mortalidad, y enseguida pasaron a la cuestión de cuándo iban a morir y si existía una vida después de la muerte.

—Desde luego que hay otra vida, y va a ser peor que esta —era la opinión general del grupo—. Así que hay que disfrutar del tiempo que nos queda.

Algunos meditaron sobre el tema, otros se detuvieron a medio camino para huir por alguna de las carreteras de la pared. Se lo tomaron con calma, como si nadie les esperase fuera, como si fuera no hubiera nada; sus muecas poco a poco se tornaron sonrisas beatíficas o indiferencia. No tenían energía, no tenían pasión ni necesidad de más conversación, de manera que se fueron hundiendo en las lodosas aguas de la apatía, preguntándose por qué demonios aquel local se llamaba Café Kundera.

Esa noche a las nueve, después de una cena formal, con las luces apagadas y entre canciones y palmas, Asya Kazancı sopló las velas de su tarta con tres capas de manzana caramelizada (extremadamente dulce) y glaseado de limón (extremadamente amargo). Solo pudo apagar la tercera parte. Del resto se encargaron sus tías, su abuela y Petite-Ma, soplando en todas direcciones.

—¿Cómo ha ido hoy la clase de ballet? —preguntó la tía Feride mientras volvía a encender las luces.

—Bien —sonrió Asya—. Me duele un poco la espalda porque nos obligan a hacer muchos estiramientos, pero bueno, no me puedo quejar, he aprendido muchos movimientos nuevos...

—¿Ah, sí? —se oyó una voz suspicaz. Era la tía Zeliha—. ¿Como cuál?

—Bueno... —Asya dio el primer bocado a la tarta—. A ver. He aprendido el *petit jeté*, que es un saltito, y la *pirouette* y el *glissade*.

—Esto es como matar dos pájaros de un tiro —comentó la tía Feride—. Pagamos por las clases de ballet, pero al final acaba aprendiendo ballet y francés a la vez. ¡Nos ahorramos un montón de dinero!

Todo el mundo asintió, todos menos la tía Zeliha, que con una chispa de escepticismo en el abismo de sus ojos de jade acercó la cara a la de su hija y dijo con tono casi inaudible:

—¡Enséñanoslo!

—¿Estás loca? —Asya dio un respingo—. ¡Eso no se puede hacer aquí en medio del salón! Tengo que estar en el estudio y trabajar con una profesora. Primero calentamos y estiramos, y nos concentramos. Y siempre hay música... *Glissade* significa deslizarse, ¿lo sabías? ¿Cómo me voy a deslizar aquí en la alfombra? ¡No se puede hacer ballet así sin más!

Una sonrisa taciturna se perfiló en los labios de la tía Zeliha, que se pasaba los dedos por el pelo negro. No dijo nada más. Parecía más interesada en comerse la tarta que en discutir con su hija. Pero su sonrisa fue suficiente para enfurecer a Asya, que apartó su plato y se levantó.

Esa noche, a las nueve y cuarto, en el salón del que en otros tiempos fuera un opulento *konak* de Estambul, ahora antiguo y ruinoso, Asya Kazancı hacía pasos de ballet en una alfombra turca, la cabeza en una romántica pose, los brazos estirados, las manos suavemente curvadas para que el dedo medio tocara el pulgar, mientras su mente era un torbellino de rabia y resentimiento.

6

Pistachos

Armanoush Tchajmajchian miraba a la cajera de Un Lugar para Libros Limpio y Bien Iluminado, que metía una a una las doce novelas que acababa de comprar en una mochila de lona mientras esperaba a que se procesara su tarjeta de crédito. Cuando por fin le dieron el recibo, lo firmó intentando no mirar el total. ¡Había vuelto a gastarse todos los ahorros del mes en libros! Era un auténtico ratón de biblioteca, un rasgo no muy prometedor puesto que para los chicos no tenía ningún valor, y por lo tanto solo servía para preocupar más a su madre sobre sus posibilidades de pescar un marido rico. Esa misma mañana su madre le había hecho prometer por teléfono que no diría ni una palabra sobre libros cuando saliera esa noche. Armanoush notó una oleada de angustia en el estómago al pensar en su inminente cita. Después de un año sin salir con nadie (un solemne tributo a sus veintiún años de soltería crónica salpicada de pseudocitas desastrosas), hoy por fin Armanoush Tchajmajchian volvería a darle una oportunidad al amor.

Si bien su pasión por los libros había sido una razón fundamental de su recurrente incapacidad para mantener una relación normal con el sexo opuesto, había otros dos factores que avivaban las llamas de su fracaso. El primero y más importante: Armanoush era guapa, demasiado guapa. Con un cuerpo bien proporcionado, un rostro delicado, pelo ondulado rubio oscuro, enormes ojos de color gris azulado y una nariz afilada con un pequeño caballete que en otros podría parecer un defecto, pero que en ella no hacía más que añadir un aire de seguridad en sí misma, su atractivo físico combinado con su inteligencia intimidaba a los jóvenes. No es que prefirieran una mujer fea, o que no supieran apreciar la inteligencia; sencillamente, no sabían dónde encasillarla: en el grupo de mujeres con las que se morían por acostarse (las guapas), en el grupo donde buscaban consejo (las amigas), o en el de las mujeres con las que esperaban casarse a la larga (las de tipo novia). Armanoush, que era lo bastante sublime para ser todo eso a la vez, terminó no siendo nada.

El segundo factor, que también estaba fuera de su control, era más complicado: sus parientes. La familia Tchajmajchian, en San Francisco, y su madre, en Arizona, tenían puntos de vista diametralmente opuestos en cuanto al hombre adecuado para Armanoush. Todos los años desde que era pequeña Armanoush pasaba casi cinco meses en San Francisco (vacaciones de verano, la semana de primavera y frecuentes visitas los fines de semana) y los otros siete meses en Arizona, así que había tenido la oportunidad de descubrir por sí misma lo que cada bando esperaba de ella y hasta qué punto eran irreconciliables esas expectativas. Lo que hacía feliz a un grupo, angustiaría al otro. Para no disgustar a nadie, Armanoush había intentado salir con chicos armenios en San Francisco, y con cualquiera que no fuera armenio en Arizona. Pero sin duda el destino le tomaba el pelo, porque en San Francisco solo se había sentido atraída por los no armenios, mientras que los tres jóvenes de los que se había enamorado en Arizona resultaron ser norteamericanos de origen armenio, para gran decepción de su madre.

Echándose a la espalda las ansiedades junto con la pesada mochila, cruzó Opera Plaza mientras el viento silbaba y gemía sobrenaturales melodías. Vislumbró a una joven pareja en el Max's Opera Café que o bien aborrecían los sándwiches de ternera apilados ante ellos o bien acababan de pelearse. «Gracias a Dios que estoy sola», se dijo Armanoush medio en broma antes de girar hacia Turk Street. Años atrás, cuando todavía no había cumplido los veinte, Armanoush le enseñó la ciudad a una chica de Nueva York, de origen armenio. Al llegar a esta calle a la chica se le cayó el alma a los pies.

—¡Turk Street! ¡Calle de los turcos! ¿Es que están en todas partes?

Armanoush recordó lo mucho que le sorprendió la actitud de la chica. Intentó explicarle que la calle se llamaba así por Frank Turk, un abogado que había sido teniente de alcalde y formaba parte de la historia de la ciudad.

—Ya —interrumpió su amiga, mostrando muy poco interés por la historia urbana—. Da igual, ¿acaso no están en todas partes?

Pues sí, estaban en todas partes, incluso uno de ellos se había casado con su madre. Pero Armanoush guardó para sí esta información.

Evitaba hablar del padrastro con sus amigos armenios. Tampoco hablaba de él con los que no eran armenios. Ni siquiera con los que no tenían otro interés en la vida que no fuera ellos mismos, y por lo tanto no les importaba absolutamente nada la historia del conflicto entre turcos y armenios. Daba igual, Armanoush sabía que los secretos se extienden más deprisa que el polvo en el viento, por eso mantenía su silencio. Si no le cuentas a nadie lo extraordinario, todo el mundo supone que es normal. Armanoush lo descubrió a muy temprana edad. Puesto que su madre era una *odar*, ¿qué podía ser más normal que casarse con otro *odar*? En general, eso era lo que sus amigos suponían, e imaginaban que el padrastro de Armanoush sería estadounidense, supuestamente del Medio Oeste.

En Turk Street pasó junto a un hostal de orientación gay, una frutería de Oriente Próximo y un pequeño mercado tailandés, y paseó junto a viandantes de todas clases y colores hasta subir por fin al tranvía de Russian Hill. Con la frente apoyada en la ventana polvorienta, reflexionaba sobre el «otro yo» de los laberintos de Borges mientras observaba la tenue bruma que se disipaba en el horizonte. Armanoush también tenía otro yo, y siempre lo mantenía a raya fuera donde fuese.

Le gustaba estar en aquella ciudad, su brío y su vigor le palpitaban en las venas. Desde que era pequeña le había gustado ir a San Francisco y vivir con su padre y la abuela Shushan. A diferencia de su madre, su padre no había vuelto a casarse. Armanoush sabía que había tenido novias, pero no le había presentado a ninguna, bien porque las relaciones no eran bastante serias, o bien porque su padre tuvo miedo de disgustarla de alguna manera. Probablemente se trataba de esto último, una actitud más propia de Barsam Tchajmajchian. Armanoush estaba convencida de que su padre era la persona menos egoísta y machista sobre la faz de la tierra, y todavía le pasmaba que hubiera podido acabar con una mujer tan egocéntrica como Rose. No es que Armanoush no quisiera a su madre. Sí la quería, a su manera, pero a veces se sentía asfixiada por el amor insatisfecho de Rose. En esas ocasiones se escapaba a San Francisco, a los brazos de la familia Tchajmajchian, donde le aguardaba un amor satisfecho aunque igualmente exigente.

En cuanto bajó del tranvía se apresuró. Matt Hassinger pasaría a recogerla a las siete y media. Tenía menos de una hora y media para prepararse, lo cual básicamente consistía en ducharse y ponerse un vestido, tal vez el turquesa, que según todo el mundo le sentaba tan bien. Eso sería todo. Ni joyas ni maquillaje. No pensaba emperifollarse para esta cita y desde luego tampoco esperaba gran cosa de ella. Si funcionaba, bien, estupendo. Pero también estaba preparada por si no funcionaba. Y así, bajo la niebla que cubría la ciudad, Armanoush llegó a las seis y diez de la tarde al piso de dos baños que su abuela tenía en Russian Hill, un animado barrio erigido en una de las colinas más empinadas de San Francisco.

—¡Hola, cariño! ¡Bienvenida a casa!

Sorprendentemente no fue su abuela, sino la tía Surpun la que abrió la puerta.

—Te he echado de menos —canturreó con afecto—. ¿Qué has hecho todo el día? ¿Qué tal te ha ido?

—Pues bien —contestó Armanoush con tranquilidad, preguntándose qué hacía allí su tía más joven un martes por la tarde.

La tía Surpun vivía en Berkeley, donde llevaba toda la vida dando clases, por lo menos desde que Armanoush era pequeña. Iba a San Francisco en su coche los fines de semana, pero era insólito que apareciera un día de diario. Aun así la cuestión dejó de preocuparla en cuanto se dispuso a contar cómo le había ido el día.

—Me he comprado unos libros —comentó efusivamente, con la cara radiante.

—¡Libros! ¿Ha dicho libros? ¿Otra vez? —chilló desde dentro una voz conocida.

¡Parecía la tía Varsenig! Armanoush colgó el impermeable y se alisó el pelo agitado por el viento, sin dejar de preguntarse qué hacía allí también la tía Varsenig. Sus hijas gemelas volvían esa tarde de Los Ángeles, donde habían participado en un torneo de baloncesto. La tía Varsenig estaba tan emocionada con la competición que llevaba tres días casi sin dormir, hablando constantemente por teléfono con sus hijas o su entrenador. Y ahora, el día que el equipo regresaba, en lugar de plantarse en el aeropuerto con horas de antelación, como era su costumbre, estaba en casa de la abuela poniendo la mesa.

—Sí, he dicho «libros» —contestó Armanoush, echándose al hombro la mochila de lona al pasar por el espacioso salón.

—No le hagas caso. Es que se está haciendo vieja y cada día está más gruñona —comentó con voz alegre la tía Surpun, que la había seguido hasta el salón—. Estamos todas orgullosísimas de ti, cariño.

—Claro que estamos orgullosas de ella, pero también podría comportarse de acuerdo a su edad —protestó la tía Varsenig mientras ponía el último plato de porcelana sobre la mesa. Luego abrazó a su sobrina—. Las chicas de tu edad se dedican a ponerse guapas, ¿sabes? No es que te haga falta, por supuesto, pero si solo piensas en leer, leer y leer, ¿dónde va a acabar esto?

—Pues verás, los libros no son como las películas, que al final sale un cartel que pone «FIN». Cuando leo un libro, no me parece que haya terminado nada. Así que empiezo otro.

Armanoush guiñó un ojo, sin adivinar lo guapa que estaba bajo la luz del sol que se desvanecía en la sala. Dejó la mochila en la butaca de la abuela y la vació al instante, como una niña ansiosa por ver un juguete nuevo. Los libros cayeron uno sobre otro: *El Aleph* de Borges, *La conjura de los necios* de John Kennedy Toole, *Su pasatiempo favorito* de William Gaddis, *El manejo del dolor* de Bharati Mukheryee, *Narciso y Golmundo* de Hesse, *Los reyes del mambo tocan canciones de amor* de Oscar Hijuelos, *Paisaje pintado con té* de Pavič, *La mujer amarilla y la belleza del espíritu* de Silko y dos de Milan Kundera, su autor favorito: *El libro de la risa y el olvido*, y *La vida está en otra parte*. Algunos eran nuevos para ella, otros los había leído hacía años pero quería releerlos.

Armanoush sabía, tal vez no racionalmente pero sí de forma instintiva, que la resistencia de la familia Tchajmajchian a su pasión por los libros se debía en realidad a un motivo más hondo y oscuro que la mera necesidad de recordarle lo que solían hacer las chicas de su edad. No solo por ser mujer, sino también por ser armenia esperaban que evitara por todos los medios convertirse en una bibliófila. Armanoush tenía la sensación de que tras las constantes protestas de la tía Varsenig por su afición a la lectura yacía una preocupación más honda: el afán de supervivencia. Sencillamente no quería que su sobrina brillara demasiado, que destacara demasiado en el rebaño. Los escritores, poetas, artistas e intelectuales habían sido los primeros dentro del *millet* armenio en ser eliminados por el antiguo gobierno otomano. Primero se libraron de los «cerebros», luego procedieron a extraditar al resto: el pueblo llano. Como muchas familias armenias en la diáspora, sanos y salvos en San Francisco pero nunca del todo tranquilos, los Tchajmajchian se sentían a la vez encantados y molestos cuando uno de sus niños leía demasiado, pensaba demasiado o se apartaba demasiado de los caminos trillados.

Aunque todos los libros eran potencialmente dañinos, los peores eran las novelas. El camino de la ficción podía engañarte con facilidad y arrastrarte a un universo de historias donde todo es fluido, quijotesco y tan abierto a las sorpresas como una noche sin luna en el desierto. Antes de darte cuenta podías dejarte llevar hasta perder el contacto con la realidad, esa rigurosa e implacable verdad de la que ninguna minoría debería alejarse demasiado para no acabar desprotegida cuando cambiaran los vientos y llegaran los malos tiempos. Era absurdo pensar con ingenuidad que las cosas no pueden torcerse, porque siempre se tuercen. La imaginación es una magia peligrosa y cautivadora para aquellos forzados a ser realistas, y las palabras pueden ser venenosas para los que están destinados a ser silenciados. Si un hijo de los supervivientes quería leer y cavilar, debía hacerlo calladamente, con aprensión, de manera discreta, sin llamar la atención. Si tenía mayores ambiciones, debería al menos albergar solo deseos sencillos, templados en pasión y ambición, como si le hubieran robado la energía y ya solo tuviera fuerza suficiente para ser mediocre. Con un destino y una familia como aquella, Armanoush tuvo que aprender a ocultar sus talentos y esforzarse por no brillar con demasiada fuerza.

El penetrante olor a especias que salía de la cocina la sacó de sus ensoñaciones.

—Bueno —exclamó Armanoush, volviéndose hacia la más parlanchina de sus tres tías—. ¿Te quedas a cenar?

—Solo un ratito, cariño —murmuró la tía Varsenig—. Tengo que marcharme pronto al aeropuerto, las gemelas vuelven hoy. He pasado por aquí para traeros un poco de *mantı* casero y… —La tía Varsenig estaba radiante de orgullo—. ¿Sabes qué? ¡Tenemos *bastırma* de Eriván!

—Dios, no pienso comer *mantı* y muchísimo menos *bastırma*. —Armanoush arrugó la frente—. No puedo apestar a ajo esta noche.

—No pasa nada. Si te lavas los dientes y tomas un chicle de menta no se te notará el mal sabor de boca.

Era la tía Zarouhi, que entraba con un plato de *musaqqa* con una bonita decoración de perejil y rodajas de limón. Dejó la fuente en la mesa y abrió los brazos para recibir a su sobrina. Armanoush la abrazó preguntándose qué hacía allí la tía Zarouhi. Empezaba a comprenderlo. Era una casualidad muy bien planeada que toda la familia Tchajmajchian apareciera de pronto en casa de la abuela Shushan justo cuando Armanoush iba a salir con un chico. Todas habían llegado con un pretexto distinto, pero con el mismo y exacto objetivo: querían ver, probar y juzgar con sus propios ojos a ese Matt Hassinger, el afortunado joven que iba a salir con la niña de sus ojos esa tarde.

Armanoush clavó en sus tías una mirada que rayaba en la desesperación. ¿Qué podía hacer? ¿Cómo podía ser independiente con todas ellas tan cerca? ¿Cómo podía convencerlas de que no tenían que preocuparse por ella cuando había tantas cosas en la vida de qué preocuparse? ¿Cómo podía liberarse de su herencia genética, sobre todo si en parte se sentía tan orgullosa de ella? ¿Cómo podía defenderse de la bondad de sus seres queridos? ¿Se podía luchar contra la bondad?

—¡Eso no sirve de nada! Ni la pasta de dientes, ni los chicles, ni siquiera esos espantosos enjuagues de menta. ¡No hay nada en la tierra capaz de quitar el olor del *bastırma*! Tarda una semana en desaparecer del todo. Si comes *bastırma* hueles, sudas y respiras *bastırma* durante días. ¡Hasta el pis te huele a *bastırma*!

—¿Qué tiene que ver hacer pis con salir con un chico? —preguntó pasmada la tía Varsenig a la tía Surpun en cuanto Armanoush se dio la vuelta.

Todavía protestando pero sin querer discutir con ellas, la joven se dirigió al cuarto de baño, donde encontró al corpulento tío Dikran a gatas, con la cabeza dentro del armario que había bajo el lavabo.

—¿Tío? —Armanoush estuvo a punto de lanzar un chillido.

—¡Holaaaa! —exclamó Dikran Stamboulian desde el armario.

—Esta casa está llena de personajes de Chéjov —masculló Armanoush entre dientes.

—Si tú lo dices —replicó la voz debajo del lavabo.

—Tío, ¿qué estás haciendo?

—Tu abuela siempre se queja de los grifos viejos de esta casa, ¿sabes? Así que esta tarde me he dicho: ¿por qué no cierro la tienda temprano, me paso por casa de Shushan y le arreglo las malditas tuberías?

—Sí, ya veo. —Armanoush disimuló una sonrisa—. ¿Dónde está la abuela, por cierto?

—Echándose una siesta. —Dikran salió arrastrándose del armario para coger una herramienta y se metió dentro otra vez—. Es la edad, ¿qué se le va a hacer? ¡El cuerpo necesita dormir! Pero se despertará antes de las siete y media, tú no te preocupes.

¡Las siete y media! Era como si todos los miembros de la familia hubieran programado una alarma biológica para el momento en que Matt Hassinger llamara al timbre de la puerta.

—¿Me pasas la llave inglesa más fina? —dijo una voz exasperada—. Esta no funciona.

Armanoush miró con una mueca la caja de herramientas que había en el suelo, donde relucían más de cien artefactos de todos los tamaños. Le tendió unas tenazas, un taladro y una bomba para pruebas hidrostáticas HTP300, antes de dar por fin con la llave inglesa, que tampoco pareció funcionar. Viendo que no podía ducharse con Dikran el Fontanero Imposible metido en faena, Armanoush fue al dormitorio de su abuela, abrió un poco la puerta y se asomó. La mujer dormía con un sueño ligero, pero con la maravillosa placidez que solo alcanzan las ancianas que viven rodeadas de sus hijos y sus nietos. A medida que envejecía necesitaba dormir más durante el día. Por la noche, sin embargo, estaba tan despierta como siempre. El insomnio de Shushan no había disminuido ni un ápice con la vejez. Su familia pensaba que el pasado no la dejaba descansar, solo le permitía aquellas fugaces siestas. Armanoush cerró la puerta y la dejó dormir.

La mesa estaba lista cuando volvió al salón. También le habían puesto un cubierto a ella. ¿Cómo demonios querían que comiera si tenía una cita en menos de una hora? Prefirió no preguntar. Mostrarse demasiado razonable en esa familia sería un error garrafal. Podría picar un poco, para tenerlos a todos contentos. Además, le gustaba aquella comida. Su madre, en Arizona, quería mantener la cocina armenia tan lejos de su casa como fuera posible, y disfrutaba como una loca despreciándola delante de sus amigos y vecinos. Le gustaba sobre todo llamar la atención sobre dos platos, que vilipendiaba públicamente en cuanto tenía ocasión: los pies de ternera y los intestinos rellenos. Armanoush recordó una vez que Rose se quejaba ante la señora Grinnell, la vecina de al lado:

—¡Qué asco! —exclamó la señora Grinnell con cierto tono de repugnancia—. ¿De verdad se comen los intestinos?

—¡Huy, sí! —afirmó Rose con vehemencia—. Créame, se los comen. Los aliñan con ajo y hierbas, los rellenan de arroz y los devoran.

Las dos mujeres soltaron unas risitas condescendientes, y seguramente se habrían reído un poco más si el padrastro de Armanoush no se hubiera vuelto para comentar con mirada hastiada:

—¿Y qué pasa? Me parece que es como el *mumbar*. Deberíais probarlo, está buenísimo.

—¿También es armenio? —preguntó la señora Grinnell en un susurro cuando Mustafa salió de la sala.

—¡Claro que no! Lo que pasa es que tienen algunas cosas en común.

El timbre de la puerta sonó con estridencia, arrancó a Armanoush de su trance y provocó en todos los demás un brinco de pánico. Ni siquiera eran las siete en punto. Por lo visto la puntualidad no era uno de los méritos de Matt Hassinger. Como si alguien hubiera pulsado un botón, las tres tías se lanzaron hacia la puerta y frenaron antes de abrirla. El tío Dikran escondió la cabeza en el armario donde seguía trabajando y la abuela Shushan abrió los ojos del susto. Solo Armanoush mantuvo la calma y la compostura. Con pasos intencionadamente medidos se acercó a la puerta bajo la atenta mirada de sus tías, y la abrió.

—¡¡Papá!! —exclamó encantada—. Pensaba que tenías una reunión esta tarde. ¿Cómo es que llegas tan temprano?

Antes de terminar de hacer la pregunta, Armanoush ya sabía la respuesta.

Barsam Tchajmajchian esbozó una sonrisa que le marcó hoyuelos en las mejillas y abrazó a su hija con los ojos brillantes de orgullo y una pizca de ansiedad.

—Al final se ha tenido que posponer la reunión. —En cuanto se alejó de su hija susurró a sus hermanas—: ¿Ha llegado ya?

Durante los últimos treinta minutos antes de que compareciera Matt Hassinger todo el mundo se puso nervioso menos Armanoush. Le hicieron ponerse varios vestidos y desfilar con cada uno de ellos, hasta que llegaron unilateralmente a una decisión: el turquesa. Completaron el atuendo con unos pendientes a juego, un bolso de cuentas burdeos que según la tía Varsenig añadiría un toque femenino, y una suave rebeca negra, por si hacía frío. Esa era otra cuestión que Armanoush no pensaba desafiar. El mundo fuera de la casa familiar se parecía al Ártico a ojos de los Tchajmajchian. «Fuera» significaba «tierra gélida», y para adentrarte en ella tenías que llevar una rebeca, preferiblemente tejida a mano. Esto lo sabía en parte desde su infancia, tras pasar sus primeros años bajo las aterciopeladas mantas que le tejía su abuela con las iniciales cosidas en los rebordes. Dormir sin que nada te cubriera el cuerpo era impensable, y salir a la calle sin rebeca sería un craso error. Igual que la casa necesitaba un techo, los seres humanos necesitaban una segunda piel entre ellos y el resto del mundo para sentirse seguros y abrigados.

Cuando Armanoush accedió a ponerse la rebeca y se acabó el tema del vestido, salieron con otra exigencia, una exigencia paradójica, excepto para los Tchajmajchian. Querían que se sentara con ellos a la mesa y comiera, para estar fuerte y preparada para la cena de esa noche.

—Pero, cariño, si comes como un pajarito. ¡No me digas que ni siquiera vas a probar mi *mantı*! —gimió la tía Varsenig con un cucharón en la mano y tal consternación en sus oscuros ojos castaños que Armanoush se preguntó si no estaría más preocupada por una cuestión de vida o muerte que por un cuenco de *mantı*.

—Tía, no puedo —suspiró Armanoush—. Ya me habéis llenado el plato de *jadayıf*. Me lo termino y ya tengo suficiente.

—Como no querías oler a carne y ajo —apuntó la tía Surpun en tono travieso, te hemos servido *ekmek jadayıf*, para que te huela el aliento a pistachos.

—¿Y por qué quiere oler a pistachos? —preguntó pasmada la abuela Shushan, que se había perdido el primer episodio del debate, aunque de todas formas no habría entendido nada.

—Yo no quiero oler a pistachos.

Armanoush abrió mucho los ojos, desesperada, y se volvió hacia su padre para hacerle una señal de socorro, esperando que la salvara.

Pero antes de que Barsam Tchajmajchian pudiera pronunciar una palabra, empezó a sonar el móvil de Armanoush. La chica hizo una mueca al ver la pantalla. Número privado. Podría ser cualquiera, incluso Matt Hassinger para cancelar la cena con alguna excusa absurda. Armanoush se quedó con el móvil en la mano, incómoda, hasta que por fin se decidió a contestar, esperando que no fuera su madre.

Era ella.

—Cariño, ¿te están tratando bien? —fue lo primero que preguntó.

—Sí, mamá —contestó Armanoush con voz apagada. A esas alturas estaba más o menos acostumbrada. Desde que era pequeña, cada vez que se quedaba en casa de los Tchajmajchian su madre se comportaba como si su vida corriera peligro.

—Amy, no me digas que todavía estás en casa…

Armanoush también estaba relativamente acostumbrada a eso. Cuando sus padres se separaron, su madre también se separó de su nombre. Dejó de llamarla Armanoush, como si necesitara cambiar el nombre de su hija para seguir queriéndola. Y Armanoush todavía no se lo había contado a los Tchajmajchian. Ciertos asuntos debían mantenerse en secreto, aunque ella ya ocultaba demasiadas cosas.

—¿Por qué no contestas? —insistió su madre—. ¿No ibas a salir esta noche?

Armanoush guardó silencio, consciente de que todos los presentes estaban escuchando.

—Sí, mamá —fue lo único que respondió tras una violenta pausa.

—No te habrás echado atrás, ¿verdad?

—No, mamá. Pero ¿por qué tu número de teléfono está oculto?

—Bueno, tengo mis razones, como cualquier madre. No siempre contestas si sabes que soy yo. —La voz de Rose se había ido apagando con desolación, luego volvió a ascender—: ¿Va a conocer Matt a la familia?

—Sí, mamá.

—¡Ni se te ocurra! Ese sería el peor error de tu vida. Le darán un susto de muerte. No conoces a tus tías, eres tan buena que no sabes ver el mal. Aterrorizarán a ese pobre chico con preguntas e interrogatorios.

Armanoush no dijo nada. Se oían ruidos extraños y sospechaba que su madre se estaba cepillando el pelo al tiempo que le soltaba aquella bronca.

—Cariño, ¿por qué no contestas? ¿Están ahí todos? —preguntó Rose. Se oyó otro rumor apagado; ya no parecía un cepillo del pelo, sino más bien un líquido espeso que caía sin salpicar, o para ser exactos, una cucharada de masa de tortitas cayendo en una sartén caliente—. Ay, qué pregunta más tonta. Claro que estarán ahí. Todos, seguro. Todavía me odian, ¿verdad?

Armanoush no tenía respuesta. Se imaginaba a su madre en la oscura cocina de armarios laminados color salmón claro, que nunca podía renovar como deseaba por falta de tiempo y dinero, con el pelo en un moño suelto, el teléfono inalámbrico pegado a la oreja y una espumadera en la mano, haciendo una montaña de tortitas como si hubiera un ejército de niños en casa, para al final comérselas todas ella. También se imaginó a su padrastro, Mustafa Kazancı, sentado a la mesa de la cocina, removiendo el café mientras hojeaba el *Arizona Daily Star*.

Después de licenciarse en la Universidad de Arizona y casarse con Rose, Mustafa empezó a trabajar en una compañía de minerales de la región, y por lo que Armanoush podía ver, le gustaba el mundo de las rocas y las piedras más que cualquier otra cosa. No era un mal hombre, en todo caso algo aburrido. Parecía que nada en la vida le apasionaba. No había vuelto a Estambul en Dios sabe cuánto tiempo, aunque su familia vivía allí. A veces Armanoush tenía la impresión de que quería romper con su pasado, pero no sabía por qué. Había intentado hablar con él unas cuantas veces sobre 1915 y lo que los turcos les habían hecho a los armenios. «Yo de esas cosas no sé mucho —replicaba Mustafa, apartándola con modales suaves pero tensos—. Todo eso es historia. Deberías hablar con historiadores.»

—Amy, ¿quieres decirme algo? —Ahora Rose parecía irritada.

—Mamá, tengo que colgar. Ya te llamo luego.

Se oyó un brusco chasquido acompañado de un susurro. Quizá su madre había echado a la sartén otra tortita, o había estallado en sollozos. Armanoush prefería pensar lo primero.

Volvió a la mesa con un cabreo de espanto, se sentó, agarró la cuchara y, sin mirar a nadie a los ojos, se zampó lo que tenía delante, aunque no era eso lo que quería. Le hicieron falta unas cuantas cucharadas más para darse cuenta de su error.

—¿Por qué estoy comiendo *manti*? —exclamó de pronto.

—No lo sé, cariño —replicó la tía Varsenig, mirándola asustada, como si fuera una criatura desconocida—. Te lo he puesto por si querías probarlo. Y parece que sí te apetecía.

Ahora Armanoush tenía ganas de llorar. Pidió permiso para dejar la mesa y salió disparada al baño para lavarse los dientes, arrepintiéndose ya profundamente de todo aquel estúpido asunto de la cita. Se miró al espejo con un tubo de pasta de dientes medio estrujado en una mano y en la cara la expresión de quien está a punto de renunciar para siempre a la sociedad y convertirse en un solitario eremita en alguna montaña dejada de la mano de Dios. ¿Qué podía hacer la pobre pasta blanqueadora Colgate Total contra el infame *manti*? ¿Y si llamaba a Matt Hassinger para cancelarlo todo? Lo único que quería era echarse en la cama saturada de desesperación y leer las novelas que se había comprado. Leer y leer hasta que le sangrara la nariz y se le cerraran los ojos. Eso era lo único que quería.

—Deberías haberte quedado en la cama leyendo —le reprochó a la conocida cara que veía en el espejo.

—¡Qué tontería! —Era la tía Zarouhi, que acababa de aparecer junto a ella en el espejo—. Eres una chica muy guapa que se merece al mejor hombre del mundo. A ver, un poco de glamour femenino, señorita. ¡Píntate esos labios!

Armanoush se pintó. En la barra de labios no ponía «glamour femenino», pero casi: «glamour cereza», anunciaba. Se aplicó carmín con generosidad, luego se frotó los labios con una servilleta y se lo quitó casi todo. Justo en ese momento sonó el timbre. ¡Las siete y treinta y dos! La puntualidad sí parecía contarse entre los méritos de Matt Hassinger, al fin y al cabo.

Un minuto después Armanoush sonreía en la puerta a un chico muy arreglado, notablemente ilusionado y bastante desconcertado. Matt Hassinger era tres años menor que ella, una trivialidad que Armanoush no había considerado necesario contar a nadie, pero que ahora era evidente en su cara. Tal vez porque se había hecho algo en el pelo tan corto o porque se había puesto una ropa que normalmente no llevaría, un blazer marrón oscuro de borreguillo y unos pantalones color verde pastel de Ralph Lauren. Parecía un adolescente disfrazado de adulto. Entró con un enorme ramo de tulipanes rojos en la mano izquierda, sonrió a Armanoush y luego descubrió a la audiencia y se quedó petrificado. Toda la familia Tchajmajchian se había arracimado detrás de Armanoush.

—Entra, jovencito —invitó la tía Varsenig en su tono más alentador, que resultaba también el más intimidante.

Matt Hassinger estrechó la mano de todos, mientras notaba cómo se le clavaban en la cara sus miradas penetrantes. Perdió la confianza y empezó a sudar. Uno le cogió las flores y otro le cogió la chaqueta. Aunque sin la chaqueta se sentía como un pavo desplumado, se dirigió al salón y se dejó caer en la primera silla que vio. Todos los demás se sentaron cerca, formando un semicírculo a su alrededor. Charlaron un poco del tiempo, de los estudios de Matt (estaba estudiando derecho, lo cual podía ser bueno y malo), de la familia de Matt (era hijo único, lo cual podía ser bueno y malo), de los padres de Matt (ambos eran abogados, lo cual podía ser bueno y malo), del nivel de conocimientos de Matt sobre los armenios (no sabía gran cosa, lo cual era malo, pero estaba ansioso por aprender más, lo cual era bueno), y luego volvieron de nuevo al tiempo hasta que se hizo un irritante silencio. Durante casi cinco minutos nadie pronunció palabra, pero todos sonreían radiantes como si tuvieran algo atascado en la garganta y les pareciera muy gracioso. Estaban a punto de dejar este violento estado para entrar en un funesto punto muerto cuando sonó de nuevo el móvil. Armanoush miró la pantalla: número privado. Apagó el sonido del teléfono y lo dejó en modo vibrador. Arqueó las cejas y frunció los labios en un gesto de «da igual» dirigido a Matt, gesto que ni él ni nadie entendió.

A las ocho menos cuarto Armanoush Tchajmajchian y Matt Hassinger estaban por fin en la calle, circulando en un Suzuki Verona rojo veneciano por Hyde Street en dirección a un restaurante del que Matt había oído hablar mucho y que suponía que sería encantador y romántico: Skewed Window.

—Espero que te guste la fusión asiática con cierta influencia caribeña —bromeó con una risita, divertido por sus propias palabras—. Es un sitio muy recomendado.

Decir que era «muy recomendado» no suponía ninguna garantía para Armanoush, sobre todo porque siempre recelaba de los *best seller* «muy recomendados». De todas formas no puso objeción, esperando que su escepticismo se viera refutado al final de la noche.

Sin embargo, resultó ser justo lo contrario. El Skewed Window, un lugar de reunión muy frecuentado por intelectuales urbanos y artistas, era cualquier cosa menos un restaurante encantador y romántico. Estaba en un garaje de estilo moderno, con techos altísimos, lámparas *art déco* y las paredes cubiertas de arte abstracto contemporáneo. Los camareros, vestidos de negro de la cabeza a los pies, correteaban de un lado a otro como una colonia de hormigas que acabara de descubrir un montón de azúcar. Servían platos de diseño convencidos de que los clientes pronto serían reemplazados por otros, que probablemente dejarían mejor propina. En cuanto al menú, era incomprensible. Por si los ingredientes no fueran ya bastante desconcertantes, cada plato hacía referencia, en la forma, la presentación y la guarnición, a una obra abstracta expresionista.

El chef holandés había tenido tres aspiraciones en la vida: ser filósofo, pintor y chef. Tras fracasar estrepitosamente en filosofía y arte cuando era joven, no vio razón para no plasmar sus poco apreciados talentos en la cocina. Y así se enorgullecía de materializar lo abstracto y reinsertar en el cuerpo humano una obra de arte surgida del deseo del artista de exteriorizar sus emociones internas. En el Skewed Window se consideraba que la cena era menos culinaria que filosófica, y que el acto de comer tenía que ser guiado no por la necesidad primordial de llenar el estómago o suprimir el hambre, sino por una sublime danza catártica.

Tras numerosos intentos fallidos de elegir lo que iban a comer, Armanoush decidió apostar por el tartar de atún *ahi* de sésamo con foie gras *yakiniku*, y Matt optó por probar el entrecot con salsa de crema de mostaza en un lecho de vinagreta de fruta de la pasión y jícama. No sabía qué vino sería el adecuado para aquellos platos, pero como quería causar buena impresión leyó la carta de vinos y, tras cinco minutos de puro pasmo, hizo lo que hacía siempre cuando no tenía ni idea de qué elegir: pidió el vino guiándose por el precio. El cabernet sauvignon de 1997 parecía perfecto, bastante caro pero no fuera de su alcance. Y así, al pedir la comida intentaron leer en la cara del camarero si habían acertado o no, pero lo único que vieron fue una página en blanco de profesional cortesía.

Charlaron un poco, él de la carrera a la que aspiraba, ella de la infancia que quería destruir; él de sus planes futuros, ella de los restos del pasado; él de sus expectativas en la vida, ella de recuerdos familiares. El móvil sonó justo cuando iban a abordar otro tema de conversación. Armanoush miró fastidiada el número. No era conocido, pero tampoco era privado, de manera que contestó.

—Amy, ¿dónde estás?

—¡Mamá! —balbuceó Armanoush perpleja—. ¿Cómo has… ? ¿Cómo es que has cambiado de número?

—Ah, es que te llamo desde el móvil de la señora Grinnell —confesó Rose—. No tendría que recurrir a estas tretas si te dignaras contestar mis llamadas, por supuesto.

Armanoush parpadeó inexpresiva mientras el camarero le ponía delante un plato de peculiar aspecto, donde se combinaban tonos de rojo, beige y blanco. Sobre una salsa distribuida a brochazos emborronados yacían tres trozos redondos y rojos de atún crudo y una yema de huevo amarillo fuerte, formando entre todos una patética cara de ojos huecos. Con el móvil todavía en la oreja pero ya sin escuchar a su madre, Armanoush frunció los labios intentando averiguar cómo comerse una cara.

—Amy, ¿por qué no me contestas? ¿No me vas a conceder al menos la mitad de los derechos que tienen los Tchajmajchian?

—Mamá, por favor —dijo Armanoush, porque era una pregunta que solo podía responderse suplicando a su madre que no la hiciera. Hundió los hombros, como si el peso de su cuerpo se hubiera doblado. ¿Por qué era tan difícil comunicarse con su madre?

Con una rápida excusa y la promesa de llamarla en cuanto volviera a casa, colgó y apagó el móvil. Miró un instante a Matt para ver si le había molestado la interrupción, pero al ver que todavía estaba inspeccionando su comida, decidió no preocuparse. El plato de Matt era rectangular en lugar de redondo, y la comida estaba dividida en dos zonas separadas por una línea perfectamente recta de crema de mostaza. Lo que le había impactado no era tanto el diseño y los colores como lo impecable del arreglo. Tragó saliva, temeroso de estropear aquella perfecta cuadrícula.

Sus platos eran réplicas de dos cuadros expresionistas. El de Armanoush era *La puta ciega*, de Francesco Boretti, mientras que el de Matt se inspiraba en un cuadro de Mark Rothko con el acertado título de *Sin título*. Tan absortos estaban ambos en sus platos que ninguno de ellos oyó al camarero cuando les preguntó si les parecía todo bien.

El resto de la noche fue agradable, pero solo hasta el punto que puede definir la palabra «agradable». La comida resultó ser deliciosa, y enseguida engullir obras de arte les pareció normal, tanto que cuando llegaron los postres Matt no tuvo ningún problema en estropear las impecables líneas de arándanos de su *April Blues Bring May Yellows* de Peter Kitchell, y Armanoush ni siquiera vaciló al hundir la cuchara en la trémula y aterciopelada crema que representaba la *Sustancia reluciente* de Jackson Pollock. Sin embargo, en la conversación no lograron ni la mitad de los progresos que habían hecho comiendo. No es que a Armanoush no le gustara estar con Matt, ni que no lo encontrara atractivo. Pero era evidente que faltaba algo, y no era un detalle, una pieza del conjunto, sino que más bien el conjunto se deshacía en pedazos por esa parte que faltaba. Tal vez la comida era demasiado filosófica. En cualquier caso, Armanoush había comprendido sus límites. Estaba claro que no se enamoraría de Matt Hassinger. Tras hacer este descubrimiento, dejó de dudar y su interés por él quedó convertido en mera simpatía.

De camino a casa pararon el coche y pasearon un poco por Columbus Avenue, ambos callados y pensativos. La brisa cambió y por un fugaz instante Armanoush percibió el olor penetrante y salado del mar y deseó estar en la playa, ansiosa por huir de aquel momento. Al llegar a la librería City Lights, sin embargo, no pudo evitar animarse al ver en el escaparate uno de sus libros favoritos: *Una tumba para Boris Davidovich*.

—¿Has leído ese libro? ¡Es estupendo! —exclamó.

Al oír un rotundo «no», empezó a relatar el primer cuento del libro, y luego todos los demás, los siete. Puesto que pensaba sinceramente que no se podía entender del todo el libro sin trazar antes un mapa del abrupto terreno de la literatura de la Europa del Este, dedicó a esta labor los siguientes diez minutos, rompiendo así la promesa que le había hecho a su madre esa misma mañana de no decir ni una palabra sobre libros, al menos durante la primera cita.

Una vez de vuelta en Russian Hill, ante la casa de la abuela Shushan, se quedaron frente a frente, conscientes de que la velada había terminado. Deseaban que el final fuera mejor que la cena, y solo se les ocurrió que debían besarse de verdad, tal como ocurría en sus fantasías. Pero resultó ser un beso dulce, sellado con compasión por Armanoush y con admiración por Matt, puesto que ambos estaban muy lejos de la pasión.

—Mira, llevo toda la noche queriendo decirte una cosa —balbuceó Matt, como hundido bajo el peso de la incómoda verdad que estaba a punto de declarar—. Tienes un olor increíble… Muy poco común, muy exótico. Hueles a…

—¿A qué? —Armanoush palideció. En su mente se había formado la imagen de un humeante plato de *mantı*.

Matt Hassinger la rodeó con el brazo y susurró:

—A pistachos. Sí, hueles a pistachos.

A las once y cuarto Armanoush sacó un manojo de llaves para abrir las numerosas cerraduras de la puerta de la abuela Shushan, temiendo encontrarse a toda la familia en el salón, hablando de política, tomando té y comiendo fruta mientras la esperaban.

Pero la casa estaba oscura y desierta. Su padre y su abuela se habían ido a dormir y los demás se habían marchado. En la mesa había un plato con dos manzanas y dos naranjas cuidadosamente peladas y evidentemente dispuestas para ella. Armanoush cogió una manzana que ya empezaba a ennegrecerse. Se le cayó el alma a los pies. Mordió la manzana en la fantasmagórica serenidad de la noche, cansada y triste. Pronto tendría que volver a Arizona, y no estaba segura de poder soportar el envolvente universo de su madre. Aunque le gustaba San Francisco, y tal vez se pudiera tomar libre el semestre para quedarse con su padre y la abuela Shushan, por otro lado no podía evitar la sensación de que allí faltaba algo, una parte de su identidad sin la cual no podía empezar a vivir su propia vida. La deslucida cita con Matt Hassinger no había hecho sino reforzar esa sensación. Ahora se sentía más sabia, más al tanto de su situación, pero entristecida.

Se descalzó y corrió a su cuarto, con el plato de fruta. Se hizo una cola de caballo, se quitó el vestido turquesa y se puso el pijama de seda que había comprado en Chinatown. Luego cerró la puerta de la habitación y encendió el ordenador. Solo tardó unos minutos en alcanzar el único remanso de paz donde refugiarse en momentos así: el Café Constantinopolis.

El Café Constantinopolis era un chat, o como lo llamaban los asiduos, un cibercafé, inicialmente diseñado por varios estadounidenses de origen griego, sefardí y armenio que, aparte de vivir en Nueva York, tenían un rasgo fundamental en común: todos eran de familias procedentes de Estambul. La página web se abría con una canción conocida: «Estambul era Constantinopla. / Ahora es Estambul, no Constantinopla…».

Con la melodía aparecía la silueta de la ciudad bajo la cúpula del titilante colorido del atardecer, velos sobre velos de amatista y negro y amarillo. En mitad de la pantalla llameaba la flecha, que había que pulsar para entrar en el chat. Se necesitaba una contraseña. Como muchos bares reales, este en teoría estaba abierto a todo el mundo, pero en la práctica reservado a los asiduos. De este modo, aunque aparecían un día sí y otro también numerosos invitados nuevos, el grupo central era siempre más o menos el mismo. Cuando se accedía al chat, la silueta se desvanecía por abajo y se abría como un telón antes de la función. Al entrar al cibercafé se oían campanillas y luego la misma melodía, ahora como música de fondo.

Una vez dentro, Armanoush descartó los foros «Solterosarmenios» y «Solterosgriegos», «Todosolteros», y pulsó el «Árbol de Anoush», un foro donde solo se encontraban los asiduos y aquellas personas con aficiones culturales. Armanoush había descubierto el grupo hacía diez meses, y desde entonces entraba casi todos los días. Aunque algunos miembros se comunicaban de vez en cuando durante el día, las auténticas discusiones se desarrollaban siempre de noche, después del ajetreo cotidiano. A Armanoush le gustaba imaginarse aquel foro como el sombrío bar lleno de humo ante el que pasaba de camino a casa. El Café Constantinopolis era también un santuario donde podías dejar tu aburrido yo verdadero en la puerta, como quien deja una gabardina empapada en el vestíbulo para que se seque.

La sección «Árbol de Anoush» del Café Constantinopolis estaba formada por siete miembros permanentes, cinco armenios y dos griegos. No se conocían en persona y jamás habían sentido la necesidad de hacerlo. Todos provenían de ciudades diferentes y tenían vidas y profesiones muy distintas. Usaban apodos. El de Armanoush era Madame Mi Alma Exiliada. Lo había elegido como tributo a Zabel Yessaian, la única mujer novelista que los Jóvenes Turcos habían puesto en su lista negra en 1915. Zabel fue una persona fascinante. Nacida en Constantinopla, pasó gran parte de su vida en el exilio y llevó una agitada vida como novelista y columnista. Armanoush tenía una foto suya en la mesa, donde se veía a la mujer lanzando una perturbadora mirada bajo el ala de su sombrero hacia un punto desconocido que quedaba fuera de la imagen.

Los otros miembros del «Árbol de Anoush» tenían distintos apodos por razones que nadie preguntaba. Todas las semanas elegían un tema de discusión. Aunque estos variaban enormemente, siempre debían girar en torno a su historia y cultura común; «común» muchas veces significaba «enemigo común»: los turcos. Nada une a la gente más deprisa y con más fuerza (aunque de forma efímera y poco estable) que un enemigo común.

Esa semana el tema era «Los jenízaros». Al repasar los posts más recientes, se alegró de que el Barón Baghdassarian estuviera conectado. No sabía gran cosa de él, aparte de que era nieto de supervivientes, como ella, y que hervía de ira, a diferencia de ella. A veces podía ser muy duro y escéptico. Durante los últimos meses, a pesar de la ambigüedad que encerraba el ciberespacio, o tal vez precisamente gracias a ello, Armanoush se había ido sintiendo, sin darse cuenta, atraída por él. El día no era completo si no leía sus mensajes. Y fuera lo que fuese ese sentimiento (amistad, cariño o pura curiosidad), Armanoush sabía que era mutuo.

La gente que cree que el gobierno otomano fue justo no sabe nada de la paradoja jenízara. Los jenízaros eran niños cristianos capturados y convertidos por el estado otomano, que les daba la oportunidad de ascender por el escalafón social a expensas de despreciar a su propio pueblo y olvidar su propio pasado. Hoy, para cualquier minoría, la paradoja jenízara sigue siendo igual de importante. ¡Vosotros, hijos de expatriados! Tenéis que plantearos esta cuestión ancestral una y otra vez: ¿cuál sería vuestra postura con respecto a esta paradoja? ¿Vais a aceptar el papel del jenízaro? ¿Abandonaréis vuestra comunidad para reconciliaros con los turcos? ¿Dejaréis que borren el pasado para que, como dicen, podamos caminar todos hacia *delante*?

Pegada a la pantalla, Armanoush dio un mordisco a la manzana y masticó nerviosa. Nunca había sentido tal admiración por un hombre (aparte de su padre, por supuesto, pero eso era distinto). El Barón Baghdassarian tenía algo que la cautivaba y la asustaba a la vez. No le daba miedo, ni le asustaban las cosas que con tanto atrevimiento declaraba. En cualquier caso, tenía miedo de sí misma. Las palabras del Barón tenían un enorme alcance, eran capaces de desenterrar a esa otra Armanoush que había en su interior y que todavía no había salido a la luz, una criatura críptica que dormía un sueño profundo.

Armanoush todavía le daba vueltas a este alarmante asunto cuando vio un largo mensaje de Lady Pavo Real/Siramark, una estadounidense armenia experta en vinos que trabajaba para una bodega de California, viajaba con frecuencia a Eriván y era conocida por sus divertidas e inteligentes comparaciones entre Estados Unidos y Armenia. Ese día había enviado un test para que cada uno pudiera medir su grado de «armenidad».

1. Creciste durmiendo bajo mantas tejidas a mano e ibas al colegio con rebecas tejidas a mano.

2. Te regalaban un libro del alfabeto armenio por tu cumpleaños hasta que tuviste seis o siete años.

3. Tienes una imagen del monte Ararat en tu casa, garaje u oficina.

4. Estás acostumbrado a que te quieran y te mimen en armenio, te regañen y te castiguen en inglés y te eviten en turco.

5. Ofreces a tus invitados *hummus* con nachos y crema de berenjena con galletas de arroz.

6. Conoces bien el sabor del *mantı*, el olor del *sudžuk* y la maldición del *bastırma*.

7. Te irritas y te agobias con facilidad por cosas triviales, pero consigues mantener la calma cuando pasa algo verdaderamente grave.

8. Te has operado la nariz, o planeas hacerlo.

9. Tienes un tarro de Nocilla en la nevera y un tablero de tavla en el desván.

10. Tienes una alfombra preciosa en el salón.

11. No puedes evitar la tristeza al bailar «Lorke Lorke», aunque la melodía sea alegre y no entiendas la letra.

12. En tu casa existe la arraigada costumbre de reuniros todas las noches para tomar fruta después de cenar y tu padre todavía te pela las naranjas, tengas la edad que tengas.

13. Tus parientes siguen atiborrándote de comida y no aceptan un «estoy lleno» por respuesta.

14. El sonido del *duduk* te da escalofríos y no puedes evitar preguntarte cómo puede llorar con tanta pena una flauta de madera de albaricoquero.

15. En el fondo sabes que siempre habrá en tu pasado muchas cosas que nunca te permitirán averiguar.

Tras contestar afirmativamente todas y cada una de las preguntas, Armanoush hizo avanzar el texto para conocer su puntuación:

0-3 puntos: Lo siento, colega, tú eres de fuera.

4-8 puntos: Pareces alguien de fuera que está dentro. Posiblemente estás casado con un armenio.

9-12 puntos: Casi con toda seguridad eres armenio.

13-15 puntos: No hay duda: eres un armenio orgulloso.

Armanoush sonrió ante la pantalla. Y en ese momento se dio cuenta de algo que ya sabía. Tenía que ir allí. Eso era lo que necesitaba con urgencia: un viaje. Tenía que viajar a su pasado para poder vivir su propia vida. Al caer sobre ella el peso de esta nueva revelación, experimentó el impulso de mandar un mensaje, aparentemente a todo el mundo, pero dirigido al Barón Baghdassarian en particular:

La paradoja jenízara es estar desagarrado entre dos estadios de la existencia encontrados. Por un lado, se acumulan los restos del pasado: un útero de ternura y pena, una sensación de injusticia y discriminación. Por el otro, brilla el futuro prometido: un refugio decorado con los símbolos y adornos del éxito, una sensación de seguridad como jamás se ha experimentado antes, la comodidad de unirse a la mayoría y por fin ser considerado una persona normal.

¡Hola, Madame Mi Alma Exiliada! Me alegro de que hayas vuelto. Me encanta oír a la poetisa que llevas dentro.

Era el Barón Baghdassarian. Armanoush no pudo evitar leer en voz alta la última frase: «Me encanta oír a la poetisa que llevas dentro». Perdió el hilo de sus pensamientos, aunque solo fue un momento.

Creo que me identifico con la paradoja jenízara. Como hija única de padres divorciados y resentidos provenientes de distintas culturas.

Se interrumpió; le incomodaba revelar su historia personal, pero el impulso de proseguir era demasiado fuerte.

Como hija única de un padre armenio, hijo a su vez de supervivientes, y con una madre de Elizabethtown (Kentucky), sé lo que es estar desgarrada entre dos bandos opuestos, incapaz de pertenecer del todo a ninguno de ellos, fluctuando constantemente entre dos estadios de la existencia.

Hasta entonces jamás había escrito nada tan personal y directo a nadie del grupo. Con el corazón acelerado, tomó aliento. ¿Qué iba a pensar ahora de ella el Barón Baghdassarian? ¿Escribiría sus reflexiones más sinceras?

Debe de ser duro. Para la mayoría de los armenios en la diáspora, Hai Dat es la única ancla psicológica que tenemos para mantener una identidad. Tu situación es distinta, pero al final todos somos estadounidenses y armenios, y esa pluralidad es buena siempre que no perdamos el ancla.

Esa era Penosa Convivencia, un ama de casa infelizmente casada con el redactor jefe de una destacada revista del Área de la Bahía.

Pluralidad significa ser más que uno. Pero ese no era mi caso. Yo nunca he podido llegar a ser armenia —escribió Armanoush, dándose cuenta de que estaba a punto de hacer una confesión—. Necesito encontrar mi identidad. ¿Sabes qué he estado pensando en secreto? Ir a ver la casa de mi familia en Turquía. Mi abuela siempre habla de la maravillosa casa de Estambul. Iré a verla con mis propios ojos. Es un viaje al pasado de mi familia, pero también a mi futuro. La paradoja jenízara me atormentará si no hago algo por descubrir mi pasado.

Espera, espera, espera —escribió alarmada Lady Pavo Real/Siramark—. ¿Qué demonios piensas hacer? ¿Ir sola a Turquía? ¿Es que te has vuelto loca?

Puedo buscar contactos. No es tan difícil.

¿Y cómo, Madame Mi Alma Exiliada? —insistió Lady Pavo Real/Siramark—. ¿Hasta dónde crees que podrás llegar con ese nombre en el pasaporte?

¿Por qué no te vas derecha a una comisaría de Estambul para que te detengan tranquilamente? —terció Anti-Javurma, que cursaba Estudios de Oriente Próximo en la Universidad de Columbia.

Armanoush pensó que aquel sería el momento apropiado para confesar otra verdad fundamental de su vida. Puede que no me resulte tan difícil buscar contactos, porque mi madre ahora está casada con un turco.

Se produjo una inquietante pausa. Durante un largo minuto nadie escribió nada, de manera que Armanoush prosiguió:

Se llama Mustafa, es geólogo y trabaja para una empresa de Arizona. Es un buen tipo, pero no le interesa en absoluto la historia y desde que llegó a Estados Unidos, hace unos veinte años, jamás ha vuelto a su casa. Ni siquiera invitó a su familia a la boda. Hay algo que huele mal, pero ignoro qué es. Él no habla nunca de esas cosas. Sé que tiene una familia numerosa en Estambul. Una vez le pregunté cómo eran sus parientes y me contestó: «Bueno, pues gente normal, como tú y yo».

No parece el hombre más sensible del mundo, precisamente. Bueno, eso si es que los hombres pueden tener sentimientos —arremetió Hija de Safo, una camarera lesbiana que había encontrado trabajo hacía poco en un sórdido bar de reggae de Brooklyn.

Desde luego que no —añadió Penosa Convivencia—. ¿Tiene corazón?

Desde luego que sí. Quiere a mi madre, y mi madre a él —replicó Armanoush. Se dio cuenta de que era la primera vez que reconocía el amor entre su madre y su padrastro, como si los viera a través de otros ojos—. En fin, el caso es que puedo quedarme con su familia. Al fin y al cabo soy su hijastra y supongo que tendrían que aceptarme en su casa. De lo que no tengo ni idea es de cómo me recibirán los turcos corrientes, quiero decir, una familia turca auténtica, no esos intelectuales americanizados.

¿De qué vas a hablar con turcos corrientes? —preguntó Lady Pavo Real/Siramark—. Mira, hasta los que están bien educados son nacionalistas o ignorantes. ¿Tú crees que la gente corriente tendrá algún interés en aceptar verdades históricas? ¿Esperas que digan: «Ay, sí, sentimos haberos aniquilado y deportado, y luego haberlo negado todo alegremente»? ¿Por qué quieres buscarte problemas?

Eso lo entiendo. Pero deberíais intentar comprenderme a mí también —se desanimó de pronto Armanoush. Al revelar un secreto tras otro se le había disparado la sensación de estar sola en este mundo enorme, algo que siempre había sabido pero a lo que todavía, como si esperase el momento propicio, no se había enfrentado—. Todos vosotros habéis nacido en la comunidad armenia y nunca habéis tenido que demostrar que pertenecéis a ella, mientras que yo estoy atrapada en este umbral desde el día que nací, siempre fluctuando entre una orgullosa pero traumatizada familia armenia, y una madre histéricamente antiarmenia. Para poder llegar a ser armenia americana como vosotros, necesito encontrar primero mi naturaleza armenia. Si para eso hace falta viajar al pasado, pienso viajar, por mucho que digan o hagan los turcos.

Pero ¿cómo te van a dejar tu padre y su familia viajar a Turquía? —Era Alex el Estoico, un americano de Boston, de origen griego, que disfrutaba de esta vida mientras hiciera sol y tuviera buena comida y mujeres guapas. Como leal seguidor de Zenón creía que había que hacer lo posible por no forzar los límites de cada cual y estar satisfecho con lo que se tiene—. ¿No crees que tu familia de San Francisco se va a preocupar?

¿Preocupar? Armanoush hizo una mueca al pensar en las caras de sus tías y su abuela. Se iban a morir de preocupación.

No tienen que saber nada, por su propio bien. Se acercan las vacaciones de primavera y puedo pasar los diez días en Estambul. Mi padre pensará que estoy en Arizona con mi madre, y mi madre creerá que sigo aquí en San Francisco. Nunca hablan entre ellos. Y mi padrastro nunca habla con su familia de Estambul, así que nadie se enterará de nada. Será un secreto. —Armanoush miró la pantalla con ojos entornados, como pasmada por lo que acababa de escribir—. Si sigo llamando a mi madre todos los días y a mi padre cada dos o tres, lo tendré todo bajo control.

¡Un plan genial! Podrías enviar informes al café todos los días desde Estambul —sugirió Lady Pavo Real/Siramark.

¡Vaya! Serás nuestra reportera de guerra —se entusiasmó Anti-Javurma. Pero siguió una pausa todavía más larga, nadie se unió a la broma.

Armanoush se reclinó en la silla. En la honda quietud de la noche se oía la serena respiración de su padre y a su abuela dando vueltas en la cama. Notó que su cuerpo se inclinaba hacia un lado, como si una parte de ella ansiara pasar toda la noche en aquella silla para saber qué era el insomnio, mientras que la otra parte quería ir a la cama y caer en un sueño profundo. Masticó el último bocado de manzana, y sintió una descarga de adrenalina al pensar en su arriesgada decisión.

Por fin apagó la lámpara de la mesa; el ordenador emitía una luz nebulosa. Pero justo cuando estaba a punto de salir del Café Constantinopolis, apareció un texto en la pantalla.

Te lleve donde te lleve tu viaje interior, por favor, cuídate, mi querida Madame Mi Alma Exiliada, y no dejes que los turcos te traten mal.

Era el Barón Baghdassarian.

7

Trigo

Llevaba despierta más de dos horas, pero Asya Kazancı seguía en la cama bajo el edredón de plumas, escuchando el guirigay de sonidos que solo se oye en Estambul, mientras componía mentalmente un meticuloso manifiesto personal de nihilismo.

Artículo uno: si no encuentras una razón por la que te guste tu vida, no finjas que te gusta.

Reflexionó sobre esta declaración y decidió que era bastante adecuada para ser la primera línea del manifiesto. Mientras continuaba con el segundo artículo, alguien dio un frenazo en la calle. Al instante se oyó al conductor maldiciendo a voz en cuello a algún peatón que se había echado de pronto a la carretera, atravesando un cruce en diagonal y con el semáforo en rojo. El conductor siguió chillando hasta que el zumbido de la ciudad se tragó su voz.

Artículo dos: la inmensa mayoría de la gente no piensa nunca, y los que piensan nunca son una inmensa mayoría. Elige tu bando.

Artículo tres: si no puedes elegir, limítate a existir; sé un champiñón o una planta.

—¡No puedo creer que sigas en la misma postura que hace una hora y media! ¿Qué demonios haces en la cama, so vaga?

Era la tía Banu, que se había asomado sin molestarse en llamar primero a la puerta. Esa mañana llevaba un llamativo pañuelo en la cabeza, de un rojo tan deslumbrante que a lo lejos parecía un gigantesco tomate maduro.

—Nos hemos terminado todo un samovar de té mientras esperábamos a la reina. ¡Venga, espabila! ¿No hueles el *sucuk* a la parrilla? ¿No tienes hambre? —Y cerró la puerta de golpe sin esperar respuesta.

Asya masculló entre dientes mientras se subía el edredón hasta la barbilla y se daba media vuelta.

Artículo cuatro: si no te interesan las respuestas, no preguntes.

En el típico ajetreo de los desayunos de fin de semana se oía el agua cayendo del diminuto grifo del samovar, los siete huevos hirviendo frenéticos en el cazo, las lonchas de *sucuk* chisporroteando en la parrilla y alguien cambiando constantemente de canal en la televisión, pasando de dibujos animados a videoclips de música pop y de ahí a las noticias locales e internacionales. Asya sabía sin necesidad de verlo que era la abuela Gülsüm quien estaba a cargo del samovar y que la tía Banu preparaba el *sucuk*, ahora que había recuperado su incomparable apetito tras los cuarenta días de penitencia sufí y se había declarado vidente con gran éxito. Asya sabía también que era la tía Feride la que cambiaba de canal, incapaz de decidirse por ninguno y con sitio suficiente en el vasto territorio de su esquizofrenia para absorberlos todos, dibujos animados y música pop y noticias a la vez, igual que aspiraba a realizar múltiples tareas en la vida sin lograr terminar ninguna.

Artículo cinco: si no tienes motivos o capacidad para conseguir nada, limítate a practicar el arte de llegar a ser.

Artículo seis: si no tienes motivos o capacidad para practicar el arte de llegar a ser, limítate a ser.

—¡¡Asya!! —La puerta se abrió de golpe y la tía Zeliha irrumpió en la habitación con sus ojos verdes llameando como dos piedras de jade—. ¿Cuántos emisarios tenemos que enviarte para que vengas a desayunar?

Artículo siete: si no tienes motivos o capacidad para ser, limítate a soportar.

—¡¡¡Asya!!!
—¡¡¿Qué?!!
La cabeza de Asya apareció de debajo del edredón como una bola de furia rizada y negra. Se levantó de un brinco y dio una patada a las zapatillas color lavanda que había junto a la cama. Falló una, pero la otra logró catapultarla directamente sobre la cómoda, donde golpeó el espejo antes de caer al suelo. Luego se remangó el amplio pantalón del pijama de forma bastante graciosa, lo cual, la verdad sea dicha, no contribuyó demasiado al efecto dramático que quería generar.

—¡Por Dios! ¿Es que no se puede tener un momento de paz un domingo por la mañana?

—Lamentablemente en este mundo no existe un momento que dure dos horas —señaló la tía Zeliha, después de observar la inquietante trayectoria de la zapatilla—. ¿Por qué quieres sacarme de quicio? Si estás atravesando una fase de rebelión adolescente, llegas tarde, señorita. Eso lo tenías que haber hecho hace cinco años. Acuérdate de que ya tienes diecinueve.

—Sí, la edad que tenías tú cuando me tuviste sin estar casada —rugió Asya, sin poder evitar ser tan brutal.

La tía Zeliha se quedó observándola desde la puerta con la mirada decepcionada de un artista que ha pasado toda la noche bebiendo y trabajando en una obra de arte con gran satisfacción para encontrarse, a la mañana siguiente, con el caos que ha creado estando borracho. A pesar del desengaño, no dijo nada durante un instante, hasta que por fin sus labios se curvaron formando una sonrisa taciturna, como si acabara de darse cuenta de que la cara que miraba era de hecho su propia imagen en el espejo: tan parecida y aun así tan distante. Si bien las diferencias físicas eran evidentes, su hija había resultado ser como ella.

En cuanto a la personalidad, era igual de escéptica, indisciplinada y amargada que ella a la edad de Asya. Sin darse cuenta siquiera, había pasado a su hija el papel de la inconformista de la familia Kazancı. Por suerte, Asya no parecía todavía hastiada ni dominada por la angustia, era demasiado joven. Pero la tentación de derribar el edificio de su propia existencia brillaba suavemente en sus ojos: el dulce atractivo de la autodestrucción que solo sufren los sofisticados o los saturninos.

Sin embargo, la tía Zeliha veía con claridad que Asya apenas se le parecía físicamente. No era una mujer hermosa y quizá nunca lo sería. El problema no era un cuerpo o una cara raros, ni mucho menos. De hecho, vistos de uno en uno, todos sus rasgos eran hermosos: tenía la altura y el peso adecuados, el pelo negro rizado, un mentón bonito… No obstante, al ponerlo todo junto fallaba la combinación. Tampoco es que fuera fea, en absoluto. Si acaso mediocre, una imagen agradable de mirar pero que nadie recordaría. Su cara era tan anodina que quien la conocía por primera vez solía tener la impresión de que ya la había visto antes. Era de una mediocridad única. Más que «guapa», el mejor cumplido que podría recibir de momento era «mona», lo cual estaba muy bien, solo que Asya atravesaba dolorosamente una fase de su vida en la que este adjetivo le dolía. Con veinte años más vería su cuerpo de forma diferente. Era una de esas mujeres que, sin ser guapas en la adolescencia ni atractivas en la juventud, llegan a ser bastante hermosas en la madurez; eso si aguantaba hasta entonces.

Por desgracia, Asya no contaba siquiera con el más leve atisbo de fe. Era demasiado mordaz para tener confianza en el paso del tiempo. Llevaba dentro un fuego ardiente que carecía de la más mínima creencia en la bondad del orden divino. También en ese aspecto se parecía mucho a su madre. Con esa fibra moral y con aquel ánimo, no podía de ninguna manera tener fe ni paciencia para esperar el día en que la vida pondría su cuerpo a su favor. En aquella época, la tía Zeliha veía claramente que la conciencia de su mediocridad física, entre otras cosas, escocía a su hija. Si pudiera decirle que la belleza solo atrae a los peores chicos. Si pudiera hacerle comprender que era una suerte no nacer demasiado guapa, que así tanto hombres como mujeres serían más benévolos con ella, y que su vida sería mejor, sí, mucho mejor sin la belleza exquisita que ahora tanto deseaba.

Sin pronunciar palabra, la tía Zeliha se acercó a la cómoda, cogió la zapatilla y colocó el par, ahora reunido, ante los pies descalzos de Asya. Luego se incorporó ante su amotinada hija, que al instante alzó el mentón y enderezó la espalda como un orgulloso prisionero de guerra que hubiera rendido las armas pero no su dignidad.

—¡Andando! —ordenó la tía Zeliha. Mudas, madre e hija echaron a andar hacia el salón.

La mesa plegable llevaba tiempo dispuesta para el desayuno. A pesar del mal humor, Asya no pudo pasar por alto que cuando la mesa estaba así engalanada combinaba perfectamente, casi de manera pintoresca, con la enorme alfombra cuyos intrincados motivos florales relucían bordeados por una bonita franja color coral. Igual que la alfombra, la mesa parecía adornada por un artista. Había aceitunas negras, pimientos rojos rellenos de aceitunas verdes, queso blanco, queso trenzado, queso de cabra, huevos duros, miel en panal, nata de búfala, mermelada casera de albaricoque, mermelada casera de frambuesa y unos cuencos de porcelana llenos de tomates con menta bañados en aceite de oliva. De la cocina emanaba el delicioso olor del *börek* recién hecho; queso blanco, espinacas, mantequilla y perejil fundiéndose entre finas capas de hojaldre.

Petite-Ma, de noventa y seis años, se sentaba en un extremo de la mesa, tan delgada como la fina taza que tenía en las manos. Miraba el canario, que gorjeaba en su jaula junto al balcón, con expresión absorta y algo aturdida, como si acabara de descubrirlo. Tal vez era así. Había entrado en la quinta etapa del alzhéimer y empezaba a confundir las caras más conocidas y los hechos de su vida.

La semana anterior, por ejemplo, hacia el final de la oración de la tarde, en cuanto se inclinó para poner la frente en la alfombrilla para la *sajda*, se le olvidó qué debía hacer después. Las palabras de la oración que iba a pronunciar se unieron de pronto formando una larga cadena que se alejaba como una oruga negra y peluda llena de patas. Al cabo de un rato la oruga se detuvo, se volvió y saludó a Petite-Ma desde lejos, como rodeada de muros de cristal, visible pero inalcanzable. Perdida y confusa, Petite-Ma se quedó sentada frente a la *qibla*, pegada a la alfombrilla, con el velo y las cuentas para la oración en la mano, inmóvil y muda, hasta que alguien advirtió la situación y la levantó.

—¿Cómo seguía? —preguntó alarmada Petite-Ma cuando la hicieron tumbarse en el sofá y le pusieron blandos cojines bajo la cabeza—. En la *sajda* hay que decir *Subhana rabbiyal-ala*. Hay que decirlo por lo menos tres veces. Yo lo he dicho. Lo he dicho tres veces. *Subhana rabbiyal-ala, Subhana rabbiyal-ala, Subhana rabbiyal-ala* —repitió, absurda y frenética—. ¿Y luego qué? ¿Qué venía luego?

Quiso la suerte que fuera la tía Zeliha la que estaba a su lado cuando Petite-Ma hizo la pregunta. Puesto que no tenía ninguna práctica en el *namaz* ni, de hecho, en ningún otro deber religioso, ignoraba de qué estaba hablando su abuela. Pero quería ayudar, mitigar la angustia de la anciana de cualquier manera, así que cogió el sagrado Corán y lo hojeó hasta encontrar un versículo que pareciera ofrecer algún consuelo:

—Mira lo que dice: «Cuando se convoque a la oración del viernes, acudid al recuerdo de Alá. Y cuando haya terminado la oración, id a vuestras cosas y buscad la gracia de Alá, recordando mucho a Alá para que prosperéis» (62:9-10).

—¿Qué quieres decir? —se extrañó Petite-Ma, más perdida que nunca.

—Quiero decir que ahora que la oración ha terminado, de una manera u otra, ya puedes dejar de pensar en eso. Es lo que pone aquí, ¿no? Venga, Petite-Ma, atiende tus cosas... y ven a cenar con nosotros.

Funcionó. Petite-Ma dejó de preocuparse por las palabras olvidadas y cenó con ellas tranquilamente. Sin embargo, incidentes como este ocurrían con alarmante frecuencia. A veces Petite-Ma, a menudo apagada y retraída, no recordaba las cosas más sencillas, como dónde estaba, el día de la semana o quiénes eran esas desconocidas sentadas con ella a la mesa. A pesar de todo, en ciertos momentos costaba creer que estaba enferma, puesto que su mente parecía tan clara como el cristal veneciano recién pulido. Esa mañana era difícil saberlo. Era demasiado temprano para saberlo.

—¡Buenos días, Petite-Ma! —exclamó Asya, moviendo sus pies lavanda hacia la mesa, después de lavarse por fin la cara y los dientes. Se inclinó sobre la anciana para darle dos cariñosos besos.

Desde que era pequeña Asya tenía reservado un lugar especial en su corazón para Petite-Ma. La quería con locura. A diferencia de otros miembros de la familia, Petite-Ma siempre había sido capaz de querer sin asfixiar. Nunca atosigaba, ni criticaba, ni hería. Su instinto protector no era posesivo. De vez en cuando ponía en secreto granos de trigo santificados con oraciones en los bolsillos de Asya para librarla del mal de ojo. Aparte de su cruzada contra el mal de ojo, lo que mejor y más hacía era reírse, hasta el día en que su enfermedad empeoró. Antes Asya y ella se reían mucho juntas, Petite-Ma con largas retahílas de carcajadas melodiosas, Asya con súbitos estallidos profundos y resonantes. Ahora, a pesar de su honda preocupación por el bienestar de su bisabuela, Asya, cuya independencia se veía constantemente negada, respetaba el reino autónomo de la amnesia donde la anciana había entrado. Y cuanto más se alejaba Petite-Ma de ellos, más cercana la sentía Asya.

—Buenos días, mi pequeña bisnieta —contestó Petite-Ma, impresionando a todos con la claridad de su memoria.

—Finalmente la princesa gruñona está despierta —trinó la tía Feride sin mirarla, sentada con el mando a distancia en la mano.

Parecía jovial a pesar de su voz de arenga. Esa misma mañana se había teñido el pelo de rubio claro, casi ceniza. A esas alturas Asya sabía muy bien que un cambio radical de peinado era señal de un cambio radical de humor. Observó a la tía Feride en busca de rastros de locura, pero aparte de que parecía absorta en la televisión, fascinada con un cantante de pop terriblemente malo que daba brincos en un baile demasiado ridículo para ser real, Asya no notó nada.

—Tienes que arreglarte, que nuestra invitada viene hoy —informó la tía Banu mientras entraba en el salón con la bandeja de *börek* recién sacado del horno, visiblemente contenta con sus hidratos de carbono diarios—. Tenemos que dejar lista la casa antes de que llegue.

Asya se sirvió té del humeante samovar intentando apartar a Sultán Quinto del pequeño grifo.

—¿Por qué estáis todas tan emocionadas con esa americana?

—preguntó con tono aburrido. Bebió un sorbo de té, hizo una mueca y fue a coger el azúcar. Uno, dos… llenó el diminuto vaso con cuatro terrones.

—¿Cómo que por qué estamos todas tan emocionadas? ¡Es una invitada! Viene desde el otro lado del globo.

La tía Feride estiró los brazos como un saludo nazi para indicar lo lejos que estaba el otro lado del globo. Este concepto agitó su voz, al aparecer en su mente el mapa global atmosférico y de corrientes oceánicas. La última vez que la tía Feride había visto un mapamundi de papel estaba en el instituto. Nadie sabía que se había aprendido de memoria hasta el más mínimo detalle del mapa, y hoy seguía grabado en su mente con la misma viveza que el primer día.

—Y lo más importante, es una invitada que nos manda tu tío —añadió la abuela Gülsüm, que mantenía tenazmente su reputación de haber sido Iván el Terrible en otra vida.

—¿Mi tío? ¿Qué tío? ¿El que no he visto en mi vida? —Asya probó el té. Todavía estaba amargo. Echó otro terrón de azúcar—. ¡Venga, despertad de una vez! El hombre del que estáis hablando no ha venido a vernos ni una sola vez desde que pisó suelo americano. Lo único que hemos recibido de él para demostrar que sigue vivo es alguna que otra postal con paisajes de Arizona —declaró Asya con una expresión cargada de veneno—. Cactus bajo el sol, cactus al atardecer, cactus con flores púrpura, cactus con pájaros rojos… El tío ni se molesta en variar de estilo.

—También nos manda fotos de su mujer —añadió la tía Feride para ser justa.

—¡Como si a mí me importaran esas fotos! Esposa gorda y rubia sonriendo ante su casa de adobe, donde, por cierto, jamás nos han invitado; esposa gorda y rubia sonriendo en el Gran Cañón; esposa gorda y rubia sonriendo con un sombrero mexicano gigantesco; esposa gorda y rubia sonriendo con un coyote muerto en el porche;

esposa gorda y rubia sonriendo mientras hace tortitas en la cocina…
¿No estáis hasta las narices de que nos mande todos los meses las poses de esa perfecta desconocida? Y además, ¿por qué nos sonríe? ¡Si ni siquiera la conocemos, por Dios! —Asya se tomó el té de un trago, aunque estaba casi hirviendo.

—Los viajes son arriesgados. Las carreteras están llenas de peligro. Hay secuestros de aviones, accidentes de coche… hasta los trenes descarrilan. Ayer mismo murieron ocho personas en un accidente de coche en la costa del Egeo —informó la tía Feride. Incapaz de mirar a nadie a la cara, sus ojos trazaron círculos nerviosos en torno a la mesa hasta aterrizar en una aceituna negra que había en su plato.

Siempre que la tía Feride daba alguna truculenta noticia de la tercera página de la prensa sensacionalista turca, se producía un espinoso silencio. Esta vez no fue diferente. En la subsiguiente pausa la abuela Gülsüm hizo una mueca, disgustada de que menospreciaran así a su hijo. La tía Banu se estiró las puntas del velo. La tía Cevriye intentó acordarse de qué animal era el coyote; tras veinticuatro años trabajando de maestra era estupenda para dar respuestas y espantosa para hacer preguntas, y por tanto no se atrevía a preguntárselo a nadie. Petite-Ma dejó de mordisquear el *sucuk* de su plato. La tía Feride intentó recordar algún otro accidente sobre el que hubiera leído, pero en lugar de más noticias macabras recordó el sombrero azul que llevaba la mujer americana de Mustafa en una de las fotografías (ay, si pudiera encontrar algo parecido en Estambul lo llevaría día y noche). Mientras tanto nadie advirtió la súbita expresión angustiada de la tía Zeliha.

—¡Tenemos que afrontar la realidad! —anunció Asya muy segura—. Lleváis un montón de años adorando al tío Mustafa como el único y precioso hijo de esta familia, y el caso es que en cuanto voló del nido se olvidó de vosotras. ¿No es evidente que le importa una mierda la familia? Entonces, ¿por qué tiene que importarnos él a nosotras?

—El chico está ocupado —interrumpió la abuela Gülsüm. Mustafa, el único hijo, era su favorito, por encima de cualquiera de sus hijas, que eran demasiadas—. No es fácil vivir en el extranjero. América está muy lejos.

—Sí, claro que está muy lejos, sobre todo si se tiene en cuenta que hay que atravesar a nado el océano Atlántico y a pie todo el continente europeo —replicó Asya, dando un mordisco al queso blanco para calmar la quemadura que se había hecho en la lengua con el té. Se sorprendió al comprobar que el queso era buenísimo, blando y salado, como a ella le gustaba. Le resultó difícil quejarse y disfrutar de la comida al mismo tiempo, de manera que se quedó callada y masticó nerviosa.

Aprovechando el instante de calma, la tía Banu se embarcó en una historia con moraleja, como solía hacer en los momentos de agitación. Trataba de un hombre que decidió dar vueltas y vueltas al mundo para escapar de su mortalidad. Vagó por todos los rincones, de norte a sur y de este a oeste. En uno de sus numerosos viajes, se encontró de pronto en El Cairo con Azrail, el ángel de la muerte. Azrail clavó en él su penetrante mirada con expresión misteriosa. No dijo una palabra, ni lo siguió. El hombre huyó de El Cairo enseguida, y viajó sin parar hasta llegar a una pequeña y tranquila aldea de China. Sediento y cansado, se metió en la primera taberna que encontró. Allí, junto a su mesa, le esperaba pacientemente Azrail, esta vez con cara de alivio. «Me sorprendió mucho verte en El Cairo —dijo con su voz ronca—, porque tu destino decía que nos encontraríamos aquí en China.»

Asya se sabía la fábula de memoria, igual que las muchas historias que se narraban una y otra vez bajo aquel techo. Lo que no entendía, y no creía que entendería nunca, era por qué a sus tías les hacía tanta ilusión contar una historia que todos conocían hasta el último detalle. El ambiente del salón se tornó acogedor, demasiado protegido, envuelto por las olas de la rutina, como si la vida fuera un largo e ininterrumpido ensayo y todos hubieran memorizado el texto. Durante unos minutos, mientras las mujeres que la rodeaban saltaban de un chismorreo a otro y una historia daba pie a otra, Asya se animó, ahora una chica muy distinta de la de esa mañana. A veces ella misma se pasmaba ante su propia inconsistencia. ¿Cómo podía sentir tanta rabia por las personas a las que más quería? Su estado de ánimo era como un yoyó, subiendo y bajando, ahora airado ahora satisfecho. En ese aspecto también se parecía a su madre.

La monótona voz de un vendedor de *simit* entró por la ventana abierta y taladró la incesante charla. La tía Banu corrió a asomarse.

—¡*Simitero*! ¡*Simitero*! ¡Venga aquí! —chilló—. ¿A cómo van?

Ya sabía cuánto costaba el *simit*, por supuesto. La frase, más que una pregunta, era un ritual obedientemente respetado. Por eso, en cuanto la pronunció, añadió sin aguardar respuesta:

—Bueno, denos ocho *simits*.

Todos los domingos por la mañana compraban ocho *simits*, uno para cada miembro de la familia y otro por el hermano ausente, ahora tan lejos.

—Ay, huelen que alimentan —sonrió Banu mientras volvía a la mesa con los *simits* en ambos brazos, como un acróbata de circo a punto de hacer malabarismos con los aros. Los fue dejando delante de cada cual, soltando semillas de sésamo por todas partes.

Visiblemente relajada ahora que tenía una buena reserva de carbohidratos, la tía Banu empezó a devorarlos, combinando *simit* con *börek*, y *börek* con pan. Pero poco después, impelida tal vez por un ardor de estómago o una súbita idea, asumió una expresión sombría, como cuando comunicaba a una clienta el mal presagio aparecido en las cartas del Tarot.

—Todo depende de cómo se vean las cosas. —La tía Banu alzó las cejas, traicionando la gravedad de lo que estaba a punto de anunciar—. Había una vez, en los viejos tiempos del Imperio otomano, dos cesteros muy trabajadores. Uno tenía fe y el otro siempre estaba de mal humor. Un día el sultán llegó a la aldea y les dijo: «Os llenaré las cestas de trigo, y si cuidáis bien de ese trigo, el grano se convertirá en monedas de oro». El primer cestero aceptó la oferta muy contento y llenó sus cestas. El segundo cestero, que era tan gruñón como tú, cariño, rehusó el regalo del sultán. ¿Sabes lo que pasó al final?

—Desde luego que sí —contestó Asya—. ¿Cómo no voy a saber el final de un cuento que habré escuchado más de cien veces? Pero lo que tú no sabes es el daño que hacen estas historias a la imaginación de un niño. Por culpa de esta ridícula fábula me pasé los años de preescolar durmiendo con un grano de trigo bajo la almohada, pensando que al día siguiente se habría convertido en una moneda de oro. ¿Y luego qué? Empiezo a ir al colegio y un día les cuento a los demás niños que pronto voy a ser rica con mi trigo que se convertirá en oro, y de pronto resulta que soy el hazmerreír de la clase. Me convertisteis en una idiota.

De todos los traumas que Asya había sufrido en su infancia, el que recordaba con más amargura era el incidente del trigo. Fue entonces cuando volvió a oír la palabra que la seguiría en años venideros, siempre en los momentos más inesperados: «¡Bastarda!».

—Escucha, Asya, puedes seguir gruñendo cuanto quieras, pero en cuanto llegue nuestra invitada, deberías cerrar el pico y ser agradable con ella. Hablas inglés mejor que yo y que nadie de la familia.

No era modestia por parte de la tía Banu, pues aunque al decir aquello parecía que supiera un poco de inglés, en realidad no hablaba ni una palabra. Es cierto que había estudiado inglés en el instituto, pero si había aprendido algo lo había olvidado por completo. El arte de la clarividencia no requería idiomas, y jamás le apremió la necesidad de estudiarlos. En cuanto a la tía Feride, nunca tuvo el más mínimo interés por aprender inglés, y en el colegio escogió alemán. Y como aquello coincidió con el momento en que se despreocupó de cualquier asignatura que no fuera geografía, tampoco había progresado mucho con el alemán. Petite-Ma y la abuela Gülsüm quedaban descalificadas, de manera que solo la tía Zeliha y la tía Cevriye tenían bastantes conocimientos de inglés para pasar del nivel de principiante al intermedio. Pero había una gran diferencia entre el dominio que ambas tenían del idioma. La tía Zeliha hablaba un inglés de la calle, entretejido de modismos y argot, que practicaba casi todos los días con los extranjeros que visitaban su estudio de tatuaje, mientras que la tía Cevriye hablaba el inglés académico, orientado hacia la gramática y congelado en el tiempo, que se enseñaba en los institutos y solo en los institutos. De manera que la tía Cevriye podía distinguir oraciones simples, complejas y compuestas, identificar subordinadas adverbiales, adjetivas y sustantivas, incluso reconocer calificativos mal puestos en una estructura sintáctica, pero era incapaz de hablar.

—Así pues, querida, tú vas a ser la intérprete. Nos traducirás a nosotros sus palabras, y a ella las nuestras. —La tía Banu entornó los ojos y arrugó la frente para dar a entender la magnitud de lo que iba a anunciar—: Como un puente tendido entre dos culturas, conectarás Oriente y Occidente.

Asya frunció la nariz, como si acabara de captar un hedor espantoso que nadie más percibiera, y frunció los labios como para decir: «¡Qué más quisieras!».

Mientras tanto, sin que ninguna de ellas se diera cuenta, Petite-Ma se había levantado de la silla para acercarse al piano, que nadie había tocado desde hacía años. De vez en cuando utilizaban la tapa cerrada como mesa auxiliar para platos y fuentes que no cabían en la otra.

—Es maravilloso que tengáis las dos la misma edad —concluyó la tía Banu su soliloquio—. Os haréis amigas.

Asya se quedó mirándola con renovado interés, preguntándose si algún día dejaría de considerarla una niña. Cuando era pequeña, cada vez que venía a casa otra niña, sus tías las juntaban y ordenaban: «¡A jugar! ¡A ser amigas!».

Tener la misma edad significaba automáticamente llevarse bien. De alguna forma los compañeros se consideraban piezas del mismo puzzle y se esperaba que de pronto encajaran a la perfección.

—Será muy emocionante. Y cuando vuelva a su país, os podéis escribir cartas —trinó la tía Cevriye.

Era una gran partidaria de las amistades por correo. Como camarada-profesora del régimen de la república turca, estaba convencida de que todo ciudadano turco, por muy baja que fuera su posición en la sociedad, tenía el deber de representar orgullosamente a la madre patria ante todo el mundo, ¿y qué mejor oportunidad que una correspondencia internacional para representar al propio país?

—Podéis intercambiar cartas entre San Francisco y Estambul —murmuró la tía Cevriye casi para sus adentros. Puesto que cartearse con una desconocida sin un propósito educativo era totalmente inconcebible para ella, pasó a dar un sermón sobre la subyacente razón pedagógica—. El problema que tenemos los turcos es que siempre se nos malinterpreta y no nos entienden. Los occidentales deben ver que no somos para nada como los árabes. Este es un estado laico moderno.

La tía Feride subió de pronto el volumen del televisor y un nuevo videoclip turco de música pop las distrajo a todas. Al mirar a la estrafalaria cantante, Asya reconoció aquel peinado. Su mirada fue una y otra vez de la pantalla a la tía Feride, y supo dónde se había inspirado su nuevo estilo.

—A los americanos les han lavado el cerebro los griegos y los armenios, que por desgracia llegaron a Estados Unidos antes que los turcos —prosiguió la tía Cevriye—. Y así han llegado a creer que Turquía es el país de *El expreso de medianoche*. Tú le enseñarás a la chica americana que Turquía es un país precioso, y promocionarás la amistad internacional y el entendimiento cultural.

Asya suspiró, exasperada, y podía haberse quedado más o menos así si la tía mayor no hubiera resultado ser imparable.

—Además, con ella mejorarás tu inglés, y quizá le puedas enseñar turco. ¿Verdad que sería una amistad maravillosa?

Amistad… Hablando de amistad, Asya se levantó, cogió su *simit* a medio comer y se dispuso a salir para ver a algunos amigos de verdad.

—¿Adónde vas, señorita? El desayuno no se ha terminado —declaró la tía Zeliha, abriendo la boca por primera vez desde que se habían sentado a la mesa. Después de trabajar seis días a la semana de doce a nueve en el ajetreado estudio de tatuaje, era la que más saboreaba la lenta flojera de los desayunos de domingo.

—Es que hay un festival de cine chino —contestó Asya, con la voz algo tensa, esforzándose por parecer seria y sincera—. Un profesor nos ha pedido que vayamos este fin de semana a ver una película, porque luego tenemos que hacer una crítica y un trabajo de análisis.

—Pero ¿qué clase de trabajo es ese? —La tía Cevriye alzó una ceja, siempre suspicaz ante cualquier técnica pedagógica poco convencional.

Pero la tía Zeliha no insistió.

—Muy bien, vete a ver tu película china —cedió—. Pero no llegues tarde. Te quiero en casa antes de las cinco. Esta tarde iremos al aeropuerto a recoger a nuestra invitada.

Asya cogió su bolso hippy y se apresuró hacia la puerta. Cuando estaba a punto de salir le llegó un sonido inesperado. Alguien tocaba el piano: tímidas y desvencijadas notas buscando una melodía largo tiempo perdida.

Una expresión de reconocimiento asomó al rostro de Asya al tiempo que murmuraba:

—¡Petite-Ma!

Petite-Ma había nacido en Tesalónica y era muy pequeña cuando emigró con su madre viuda a Estambul. Era el año 1923. Nadie olvidaba esta fecha, porque coincidió con la proclamación de la moderna república turca.

—Tú y la república llegasteis juntas a esta ciudad. Y yo os esperaba a las dos desesperado —le diría amorosamente su marido, Rıza Selim Kazancı, años después—. Las dos pusisteis fin para siempre a los viejos regímenes, la una en el país y la otra en mi casa. Cuando vinisteis a mí, mi vida se hizo alegre.

—Cuando llegué a ti estabas triste pero eras fuerte. Yo te di alegría y tú me diste fuerzas —replicaba Petite-Ma.

Lo cierto es que Petite-Ma, tan guapa y sociable, tenía a los dieciséis años una cola de pretendientes que se extendía de un extremo al otro del viejo puente Galata. Entre todos los candidatos que llamaron a su puerta para pedir su mano, hubo uno y solo uno que le gustó desde el momento en que lo vio tras la celosía: un hombre alto y corpulento que atendía al nombre de Rıza.

Tenía barba espesa y fino bigote, ojos oscuros y por lo menos treinta y tres años más que ella. Había estado casado anteriormente y se rumoreaba que su esposa, una mujer sin corazón, les había abandonado a él y a su hijo. Tras la traición de su esposa, solo con un niño pequeño, se había negado durante mucho tiempo a volverse a casar; prefería vivir solo en su mansión familiar. Y allí permaneció, alimentando su fortuna, que compartía con sus amigos, y su ira, que reservaba para sus enemigos. Era un negociante autodidacta; primero fue un artesano que fabricaba calderos, luego un empresario con bastante olfato para meterse en el negocio de la confección de banderas en el momento adecuado y el lugar preciso. En los años veinte, la nueva república turca todavía hervía de fervor y el trabajo manual, aunque sistemáticamente venerado en la propaganda del gobierno, daba poco dinero. El nuevo régimen necesitaba profesores que inculcaran el patriotismo en sus alumnos, financieros que ayudaran a generar una burguesía nacional y fabricantes de banderas que adornaran el país entero con la enseña turca, pero desde luego no requería caldereros. Así es como Rıza Selim entró en la industria de las banderas.

A pesar de que su nuevo negocio le daba dinero a espuertas y amigos con influencia, en 1925, cuando la Ley de Apellidos obligó a todos los ciudadanos turcos a llevar un apellido, Rıza Selim se inspiró en su primer oficio y decidió apellidarse Kazancı.

Aunque de elegante aspecto y definitivamente acomodado, dada su edad y el trauma de su primer matrimonio (quién sabe por qué le abandonó su esposa; tal vez era un pervertido, murmuraban las mujeres), Rıza Selim Kazancı era uno de los últimos hombres del mundo que la madre de Petite-Ma habría querido por marido para su adorada hijita. Sin duda tenía que haber mejores candidatos. Pero, ignorando las persistentes objeciones de su madre, Petite-Ma se negó a escuchar a nadie, salvo a su corazón. Tal vez porque vio algo en los oscuros ojos de Rıza Selim Kazancı que le hizo comprender que tenía un don del que carece casi todo el mundo: la capacidad de amar a otro ser humano más que a uno mismo. Pese a su juventud y poca experiencia, a los dieciséis años Petite-Ma tenía la suficiente sensibilidad para darse cuenta de la excepcional dicha que podría suponer ser amada y adorada por un hombre con tal don. Los ojos de Rıza Selim Kazancı eran tiernos y chispeantes, como su voz. Aquel hombre tenía algo que le daba seguridad, con él se sentía amada y protegida, aunque estuviera rodeado de turbulencias. Rıza Selim no la abandonaría.

Pero Rıza Selim Kazancı la atraía también por otra razón. La verdad es que su pasado la fascinó mucho antes que él. Percibía lo mucho que su alma había padecido por el abandono de su primera mujer, y estaba segura de poder restañar esas heridas. Al fin y al cabo, las mujeres disfrutan haciéndose cargo del sufrimiento ajeno. Petite-Ma enseguida tomó una decisión. Se casaría con él y nadie, ni siquiera el destino, podría evitarlo.

Rıza Selim Kazancı, a su vez, sería digno de la profunda e intuitiva confianza de Petite-Ma hasta su último aliento. Aquella mujer rubia de ojos azules que llegó a él con un esponjoso gato blanco como la nieve en lugar de una dote adecuada, fue la delicia de su vida. No hubo día en que se negara a complacer cualquier petición de ella, por muy caprichosa que pareciera. Sin embargo, no se puede decir lo mismo de su hijo: Levent Kazancı, que tenía seis años cuando se conocieron, jamás aceptó a Petite-Ma como madre. Se le resistió y la ridiculizó siempre que pudo durante años, hasta salir de la infancia con una amargura reprimida, si es que se puede salir de la infancia cuando uno lleva tanto rencor dentro.

En una época en que un matrimonio sin hijos era, si no una señal de enfermedad incurable, sí un sacrilegio, Petite-Ma y Rıza Selim Kazancı no tuvieron hijos. No porque él fuera demasiado viejo, sino porque al principio ella era demasiado joven y no tenía interés en criar niños, y cuando cambió de opinión, él sí era ya demasiado viejo. Levent Kazancı sería el único descendiente, un papel que no le entusiasmaba.

A pesar de que la acritud de su hijastro la entristecía y ofendía, Petite-Ma era una muchacha vital y extrovertida, de gran imaginación y una lista de ambiciones aún mayor. En este mundo había cosas mucho más interesantes que criar niños, entre ellas aprender a tocar el piano. Al poco tiempo destacaba en el mejor lugar del salón un piano Bentley hecho por Stroud Piano Co., Ltd., en Inglaterra. Con este piano Petite-Ma comenzó sus primeras clases con su primer profesor, un ruso blanco que se había instalado en Estambul huyendo de la revolución bolchevique. Petite-Ma era su mejor alumna. No solo tenía talento, sino también la perseverancia necesaria para que el piano se convirtiera en un compañero de por vida más y no en un fugaz pasatiempo.

Rachmaninoff, Borodin y Chaikovski eran sus favoritos. Siempre que estaba sola en casa, tocando con Pachá Primero en el regazo, interpretaba obras de esos compositores. Cuando tocaba para los invitados, sin embargo, elegía un repertorio totalmente distinto. Un repertorio occidental: Bach, Beethoven, Mozart, Schumann y, en las veladas especiales con oficiales del gobierno y sus afectadas esposas, sobre todo Wagner. Después de la cena los hombres se reunían junto a la chimenea con una copa en la mano para hablar de política mundial. Al final de los años veinte la política nacional solo podía ser venerada o reafirmada, y cuanto más alto mejor, puesto que las paredes oían. Por lo tanto, cada vez que surgía la necesidad de una discusión auténtica, la nueva élite política y cultural de la república turca se centraba al instante en la política mundial, que era un desastre en sí misma y en consecuencia siempre era interesante hablar de ella.

Mientras tanto las damas se arracimaban en el otro extremo de la casa, con su licor de menta en copas de cristal, inspeccionando la ropa de las demás. En la sección de las damas había dos clases de mujeres totalmente diferentes: las profesionales y las esposas.

Las profesionales eran las mujeres-camarada, el epítome de la «nueva fémina turca», idealizada, glorificada y defendida por la élite reformista. Estas mujeres eran las nuevas profesionales: abogadas, profesoras, juezas, directoras, oficinistas, intelectuales… A diferencia de sus madres, no estaban confinadas en casa y tenían la oportunidad de ascender en el escalafón social, económico y cultural, siempre que dejaran en el camino su sexualidad y su feminidad. Solían vestir trajes de chaqueta en tonos marrones, negros y grises, los colores de la castidad, la modestia y la militancia. Llevaban el pelo corto, nada de maquillaje, nada de adornos. Sus cuerpos eran asexuados.

Cada vez que las esposas se reían con esas risitas molestas y coquetas, las profesionales tensaban los dedos en torno a los pequeños bolsos de cuero que llevaban bajo el brazo, como si guardaran en ellos información secreta y hubieran jurado protegerla a cualquier precio. Las esposas, por el contrario, acudían a estas fiestas con trajes de noche de satén blanco, rosa pálido y azul pastel, los colores de la finura femenina, la inocencia y la vulnerabilidad. No les agradaban mucho las profesionales, a quienes consideraban más «camaradas» que mujeres, y a las profesionales les disgustaban ellas, a quienes consideraban más «concubinas» que mujeres. El caso es que nadie encontraba que las otras fueran lo bastante «mujeres».

Cada vez que se intensificaba la tensión entre camaradas y concubinas, Petite-Ma, que no se identificaba con ningún grupo, hacía una discreta señal a la criada para que sirviera licor de menta en copas de cristal y pasteles de almendra en bandejas de plata. Había descubierto que esta combinación era lo único que calmaba los nervios de todas y cada una de las mujeres turcas de la sala, independientemente del bando al que pertenecieran.

Ya avanzada la fiesta, Rıza Selim Kazancı llamaba a su mujer para que tocara el piano ante sus honorables invitados. Petite-Ma nunca se negaba. Además de los compositores occidentales, tocaba himnos nacionales que exudaban fervor patriótico. Los invitados vitoreaban y aplaudían. En 1933, cuando se compuso el himno del décimo aniversario, «La marcha de la República», tuvo que tocarlo una y otra vez. El himno se oía por todas partes, incluso en sueños le resonaba en los oídos. En aquella época hasta los niños se dormían en sus cunas con este animado himno a modo de nana.

Así que, en un momento en que las mujeres turcas vivían una transformación radical en la esfera pública gracias a una serie de reformas sociales, Petite-Ma saboreaba su propia independencia dentro de la esfera privada de su hogar. Aunque su interés por el piano no menguó jamás, Petite-Ma pronto ideó una serie de nuevas diversiones. En los años siguientes aprendió francés, escribió cuentos que nunca se publicarían, destacó en distintas técnicas de pintura al óleo, se emperifolló con lustrosos zapatos y vestidos de satén, arrastró a su marido a bailar, organizó extravagantes fiestas y jamás realizó una sola tarea casera. Rıza Selim Kazancı accedía sin reservas a cualquier cosa que su animada mujer le pidiera. Era por lo general un hombre sereno con gran estima por los demás y un profundo sentido de la justicia. Sin embargo, como les ocurría a muchas otras personas hechas con el mismo molde, si algo se rompía en su interior no podía ser reparado. Por eso sacaba lo peor de sí mismo cuando se hablaba de cierto tema: su primera mujer.

Años después, cuando Petite-Ma le preguntaba cualquier cosa sobre ella, Rıza Selim Kazancı todavía se hundía en el silencio con los ojos ensombrecidos por una melancolía muy extraña en él.

—¿Qué mujer abandona a su propio hijo? —decía entonces, con una mueca de odio.

—Pero ¿no quieres saber qué le ha pasado?

Petite-Ma se acercó para sentarse en su regazo, acariciándole suavemente el mentón tratando de animarle a afrontar la cuestión.

—No tengo ningún interés por el destino de esa zorra.

Rıza Selim Kazancı se tensó, sin molestarse en bajar la voz para que Levent no le oyera hablar mal de su madre.

—¿Se fue con otro? —insistió Petite-Ma, consciente de que estaba sobrepasando sus límites, pero segura de que no sabría del todo cuáles eran sus límites hasta haberlos sobrepasado.

—¿Por qué metes la nariz en asuntos que no te conciernen? —le espetó Rıza Selim Kazancı—. ¿Piensas hacer como ella o qué?

Y así Petite-Ma averiguó cuáles eran sus límites.

Excepto cuando surgía el tema de su primera mujer, su vida fluyó con tranquilidad en los años siguientes. Estaban cómodos y satisfechos, algo del todo inusual dado que las familias que los rodeaban eran totalmente diferentes. Su satisfacción era motivo de envidia para parientes, amigos y vecinos que se metían en sus vidas a la primera ocasión. El tema más recurrente era la falta de hijos. Muchos intentaron convencer a Rıza Selim Kazancı para que se casara con otra mujer antes de que fuera demasiado tarde. Como la nueva ley civil impedía a los hombres tener más de una esposa, debería divorciarse de aquella que, a esas alturas, todo el mundo sospechaba era estéril o rebelde. Rıza Selim Kazancı hizo oídos sordos a tales consejos.

El día que murió, una muerte inesperada pero común en las anteriores generaciones de hombres Kazancı, Petite-Ma creyó en el mal de ojo por primera vez en su vida. Estaba convencida de que había sido la mirada de la gente envidiosa que los rodeaba lo que había penetrado las paredes de su feliz *konak* para matar a su marido.

Hoy apenas recordaba todo eso. Mientras sus arrugados y huesudos dedos acariciaban el viejo piano, los días de Petite-Ma con Rıza Selim Kazancı parpadearon a lo lejos como un apagado y viejo faro que la guiara trastabillando por las turbulentas aguas del alzhéimer.

En un piso renovado frente a la torre Galata, un barrio donde las calles jamás dormían y los adoquines guardaban numerosos secretos, bajo los rayos del atardecer reflejados en las ventanas de edificios decrépitos y entre los chillidos de las gaviotas, se encontraba Asya Kazancı, desnuda e inmóvil en un diván, como una estatua que absorbiera el talento del artista que la hubiera tallado en un bloque de mármol. Su mente vagaba en una tierra de fantasía y el denso humo que acababa de inhalar se enroscaba dentro de ella quemándole los pulmones, llenándola de euforia, hasta que por fin lo exhaló despacio, con reticencia.

—¿Qué estás pensando, cariño?

—Estoy trabajando en el artículo ocho de mi manifiesto personal de nihilismo —contestó, abriendo unos ojos brumosos.

Artículo ocho: si entre la sociedad y el ser se abre un cavernoso abismo atravesado solo por un débil puente, más vale quemar ese puente y quedarse del lado del ser, sano y salvo, a menos que lo que se persiga sea justamente el abismo.

Asya dio otra calada y retuvo el humo.

—Ven, que ya te lo doy yo —dijo el Dibujante Dipsómano, quitándole el porro de las manos. Se inclinó hacia ella, pegando el pecho peludo contra su torso. Asya abrió la boca como un polluelo ciego pidiendo alimento. Él exhaló el hilo de humo directamente en su boca y ella lo inhaló ansiosa, como el sediento bebiendo agua.

Artículo nueve: si el abismo interior te atrae más que el mundo exterior, más te vale caer en él, caer en ti mismo.

Repitieron el acto, él echándole el humo en la boca, ella inhalándolo una y otra vez, hasta liberar por fin la última nube de humo que desapareció por su garganta.

—Seguro que ahora te sientes mejor —susurró el Dibujante Dipsómano, reflejando en su rostro el deseo de más sexo—. No hay mejor cura que un buen polvo y un buen petardo.

Asya se mordió la boca por dentro para dominar las ganas de objetar. Se limitó en cambio a volver la cabeza hacia la ventana abierta y estirar los brazos como dispuesta a abrazar a la ciudad entera, con todo su caos y esplendor.

Él, mientras tanto, estaba ocupado perfeccionando su sentencia.

—Vamos a ver. No hay nada más sobrevalorado que un mal polvo y nada más infravalorado que una buena...

—Mierda —apuntó Asya.

El Dibujante Dipsómano se levantó asintiendo con vehemencia, ataviado solo con sus bóxers de seda, con la ligera barriga al aire. Se acercó torpemente al CD para poner una canción, que resultó ser una de las favoritas de Asya: «Hurt», de Johnny Cash. Regresó al diván al ritmo de la apertura de la canción, con los ojos brillantes: «I hurt myself today / To see if I still feel...».

Asya arrugó la cara como si le hubieran pinchado con una aguja invisible.

—Es una pena...

—¿El qué es una pena, cariño?

Ella se quedó mirándolo con unos enormes ojos atribulados, que parecían los de alguien tres veces más viejo.

—Es una mierda —gimió—. Los mánagers esos, los organizadores, como se llamen, planifican las giras europeas, las giras asiáticas e incluso las giras de la Unión Soviética en plan «viva la *perestroika*»... Pero los aficionados a la música de Estambul no entramos en ninguna definición geográfica. Nos filtramos por las rendijas. ¿Sabes? En Estambul no tenemos los conciertos que queremos solo por la posición geoestratégica de la ciudad.

—Sí, deberíamos ir todos al puente del Bósforo a soplar cuanto podamos para empujar la ciudad hacia el oeste. Y si eso no funciona, lo intentaremos hacia el otro lado, a ver si podemos ir para el este —rió—. No es nada bueno estar en medio. A la política internacional no le gusta la ambigüedad.

Pero Asya, en las nubes, no le oyó. Encendió otro porro y se lo puso entre los labios agrietados. Inhaló una honda calada de indiferencia, ignorando después la sensación de los dedos de él en la piel, su lengua en la boca.

—Tenía que haber habido alguna manera de ver a Johnny Cash antes de que se muriera. Joder, el tío tenía que haber venido a Estambul. Se murió sin saber que aquí tenía auténticos fans…

El Dibujante Dipsómano esbozó una tierna sonrisa. Le besó el pequeño lunar de la mejilla izquierda, le acarició suavemente el cuello, hasta que sus manos comenzaron a descender hacia los generosos pechos para cubrírselos. El beso fue atrevido, sin prisas, pero a la vez elaborado con cierta fuerza, casi con crueldad.

—¿Cuándo volveremos a vernos? —preguntó él con ojos brillantes.

—Cuando nos encontremos en el Café Kundera, supongo —contestó ella indiferente, apartándose. Al ver que se alejaba, él se acercó.

—Pero ¿cuándo nos veremos aquí, en mi casa?

—Quieres decir cuándo nos veremos aquí en tu picadero, ¿no? —le espetó Asya, sin querer ya dominar sus ganas de morder—. ¡Porque los dos sabemos perfectamente que esta no es tu casa! Tu casa es donde está tu esposa de hace mil años, mientras que esto es tu picadero secreto donde puedes beber y follar sin que tu esposa se entere de nada. Aquí es donde te tiras a tus nenas, cuanto más jóvenes, más superficiales y más colocadas, mejor.

El Dibujante Dipsómano suspiró y se bebió de un trago la mitad de su copa de *rakı*. Parecía tan desolado que por un segundo Asya temió que fuera a gritarle o a echarse a llorar; no podía imaginar que con tanto dolor alguien pudiera mantener la calma. Pero él se limitó a murmurar con voz alicaída:

—A veces puedes ser muy cruel.

La sala se llenó de un silencio inquietante, amortiguado por los gritos de los niños que jugaban al fútbol en la calle. A juzgar por el tono de los chillidos, a uno de los chavales acababan de sacarle una tarjeta roja y todos los jugadores de su equipo discutían con el árbitro, fuera quien fuera.

—Tienes un lado muy oscuro, Asya. —La voz del Dibujante Dipsómano venía de lejos—. Como no se te ve en esa cara tan dulce, es difícil notarlo a primera vista. Pero lo tienes. Tienes un potencial sin fondo para la destrucción.

—Bueno, yo no me dedico a destruir a nadie, ¿verdad? —Asya sintió la necesidad de defenderse—. Lo único que quiero es ser libre y ser yo misma y todas esas chorradas… Ojalá me dejaran en paz…

—Ojalá te dejaran en paz para poder destruirte mejor y más deprisa, ¿no? ¿Es eso lo que quieres? Vas hacia la autodestrucción como las polillas a la luz.

Asya lanzó una risa tensa.

—Cuando bebes, bebes hasta el extremo, cuando criticas, derribas, cuando te hundes, caes hasta el fondo. La verdad es que no sé cómo acercarme a ti. Estás tan llena de ira, cariño…

—A lo mejor es porque nací bastarda —comentó Asya, dando otra calada—. Ni siquiera sé quién es mi padre. Yo no pregunto nunca, y mi familia no me dice nada. A veces, cuando mi madre me mira, creo que ve a mi padre en mi cara, pero jamás dice ni una palabra. Todas fingimos que no hay ningún padre. Más bien que solo hay el Padre, con mayúsculas. Con Alá ahí en el cielo dispuesto a cuidarnos, ¿quién necesita otro padre? ¿Acaso no somos todos Sus hijos? No es que mi madre se crea esas idioteces, te aseguro que es la mujer más escéptica que he conocido jamás. Precisamente ese es el problema, que mi madre y yo nos parecemos muchísimo y aun así estamos muy lejos.

Exhaló una nube de humo en dirección a la mesa de caoba donde el Dibujante Dipsómano guardaba algunas de sus mejores obras, aquellas que temía que su mujer pudiera destrozar en una de sus frecuentes peleas. También estaban allí los primeros bocetos del «Político Anfibio» y el «Rhinoceros Politicus», dos nuevas series en las que identificaba a los miembros del Parlamento turco con distintos animales. Pensaba publicarlas pronto, sobre todo ahora que el tribunal había accedido a posponer indefinidamente su sentencia de tres años de cárcel por dibujar al primer ministro como un lobo con piel de cordero. El principal requisito para el aplazamiento era que no volviera a cometer la ofensa, cosa que él estaba decidido a hacer. ¿Qué sentido tenía luchar por la libertad de expresión, pensaba, si no se luchaba primero por la libertad del humor?

En una esquina de la mesa, bajo la luz ocre de una lámpara de cuello de ganso *art déco*, había una enorme escultura de madera tallada a mano: Don Quijote inclinado sobre un libro, perdido en sus cavilaciones. A Asya le gustaba mucho.

—En mi familia son una panda de fanáticas de la limpieza, empeñadas en limpiar la mugre y el polvo de los recuerdos. Siempre hablan del pasado, pero de una versión corregida. Esa es la técnica de los Kazancı para enfrentarse a los problemas: si algo te molesta, cierra los ojos, cuenta hasta diez, desea que no hubiera pasado nunca y de pronto, ¡puf!, nunca ha pasado. ¡Hurra! Todos los días nos tenemos que tragar una nueva píldora de falsedad…

¿Qué estaría leyendo Don Quijote?, se preguntó Asya en su enajenada mente. ¿Qué ponía en aquella página? ¿Se habría molestado el escultor en escribir unas cuantas palabras? Se levantó de un brinco y se acercó con curiosidad a la escultura. Vaya, no había palabras en la página de madera. Dio una larga calada antes de volver a su asiento para seguir quejándose.

—Me pone negra ver tanto hogar, dulce, hogar, una patética copia de la familia feliz. ¿Sabes? A veces envidio a mi Petite-Ma, que tiene ya casi cien años. ¡Ojalá tuviera yo su enfermedad! Bondadoso alzhéimer que marchita la memoria.

—Eso no es bueno, cariño.

—Puede que no sea bueno para la gente que te rodea, pero para uno mismo sí es bueno —insistió Asya.

—Bueno, por lo general las dos cosas van relacionadas.

Asya no le hizo caso.

—¿Sabes? Hoy Petite-Ma abrió el piano después de un montón de años y se puso a tocar unas notas disonantes. Es deprimente. Una mujer que antes interpretaba a Rachmaninoff y ahora no puede tocar ni una cancioncilla infantil.

Se interrumpió un momento, pensando en lo que acababa de decir. A veces hablaba antes de pensar.

—Pero lo que quiero decir es que ella eso no lo sabe, ¡nosotros, sí! —exclamó con fingido entusiasmo—. El alzhéimer no es tan terrible como parece. El pasado solo es una cadena de la que debemos liberarnos, una carga insoportable. Ojalá pudiera no tener pasado. Ojalá pudiera ser una persona anónima, empezar de cero y quedarme allí siempre. Ligera como una pluma. Sin familia, recuerdos ni mierdas de esas.

—Todo el mundo necesita un pasado. —El Dibujante Dipsómano bebió un sorbo con una expresión que oscilaba entre el lamento y la ira.

—¡A mí no me incluyas porque yo desde luego no lo necesito!

Asya cogió el Zippo de la mesa y lo abrió con el pulgar para cerrarlo de inmediato con un agudo chasquido. Le gustaba el sonido, así que repitió la acción varias veces, sin saber que estaba sacando de quicio al Dibujante Dipsómano. ¡Clic! ¡Clic! ¡Clic!

—Tengo que irme. —Le tendió el mechero y se puso a buscar la ropa—. Mi querida familia me ha asignado una importante misión. Tengo que ir al aeropuerto con mi madre para recibir a mi amiga americana por correspondencia.

—¿Te carteas con una americana?

—Algo así. Es una chica que ha aparecido de pronto. Un día me levanto y me encuentro una carta en el buzón, adivina de dónde. ¡De San Francisco! Es de una tal Amy. Dice que es la hijastra de mi tío Mustafa. ¡Si ni siquiera sabíamos que el menda tuviera una hijastra! Así que ahora de pronto nos damos cuenta de que su mujer había estado casada antes. ¡Y no nos lo había dicho! A mi abuela casi le da un ataque al saber que la esposa de su hijito del alma no era virgen cuando se casó a los veinte años. No, no, nada de virgen: ¡una divorciada!

Asya se interrumpió para presentar sus respetos a la canción que empezaba a sonar: «It Ain't Me, Babe». Silbó la melodía y esbozó con la boca las palabras antes de retomar su discurso.

—En fin, el caso es que de pronto esta tal Amy nos manda una carta diciendo que estudia en la Universidad de Arizona y que está muy interesada en conocer otras culturas y está deseando conocernos algún día, bla, bla, bla. Y a continuación suelta la bomba: «A propósito, voy a Estambul dentro de una semana. ¿Me puedo quedar en vuestra casa?».

—¡Vaya! —exclamó el Dibujante Dipsómano mientras echaba tres cubitos de hielo en el *rakı* que acababa de servirse—. Pero ¿no dice por qué viene a Estambul precisamente? ¿Viene solo de turista?

—No lo sé —masculló Asya, de rodillas en el suelo buscando un calcetín debajo del sofá—. Pero si está en la universidad, seguro que está haciendo algún trabajo sobre «el islam y la opresión de la mujer» o «precedentes patriarcales en Oriente Próximo». Si no, por qué coño querría quedarse en nuestra casa de locos, o más bien de locas, cuando hay tantísimos hoteles en la ciudad, baratos y enrollados. Estoy convencida de que querrá interrogarnos a todas sobre la situación de la mujer en los países musulmanes y toda esa…

—¡Mierda! —concluyó la frase el Dibujante Dipsómano.

—¡Justo! —exclamó Asya triunfal al encontrar el calcetín perdido. Se puso la falda y la camisa en un instante y se pasó un cepillo por el pelo.

—Bueno, pues llévala algún día al Café Kundera.

—Ya se lo diré, pero seguro que prefiere ir a un museo —gruñó

Asya mientras se ponía las botas de cuero. Echó un vistazo alrededor por si se le olvidaba algo—. Bueno, lo cierto es que tendré que pasar bastante tiempo con ella, mi familia me está dando la tabarra para que la lleve a todas partes y que la niña flipe con Estambul. Quieren que cuando vuelva a América se ponga a cantar alabanzas.

A pesar de las ventanas abiertas la sala seguía oliendo a marihuana, *rakı* y sexo. Johnny Cash seguía cantando.

Asya cogió su bolso y echó a andar hacia la puerta, pero justo cuando estaba a punto de marcharse, el Dibujante Dipsómano le bloqueó el paso. La miró a los ojos, le agarró los hombros y suavemente la atrajo hacia él. Sus ojos oscuros tenían las bolsas y las ojeras típicas de los alcohólicos, de los que sufren o de ambos.

—Querida Asya —suspiró mientras el rostro se le iluminaba con una compasión que ella no le había visto nunca—. A pesar del veneno que llevas dentro, o tal vez precisamente por eso, eres, de alguna manera, muy especial. Te siento como un alma gemela. Y te quiero. Me enamoré de ti el primer día que apareciste por el Café Kundera, con esa cara de angustia. No sé si esto significa algo para ti, pero te lo voy a decir igualmente. Antes de que salgas de aquí, tienes que comprender que esto no es un picadero, y que no traigo aquí a mis «nenas». Vengo aquí a beber y dibujar y deprimirme, a deprimirme y dibujar y beber, y a veces, a dibujar y deprimirme y beber… Y ya está.

Totalmente estupefacta, Asya se aferró al pomo de la puerta y se quedó inmóvil un instante en el umbral. Sin saber dónde poner las manos, se las metió en los bolsillos y tocó lo que parecían migas. Sacó las manos y se vio las puntas de los dedos cubiertas de las semillas marrones que consagraba Petite-Ma para protegerla del mal de ojo.

—¡Mira! Trigo… trigo… —Asya arrastraba la palabra de todas las maneras posibles—. Petite-Ma intenta protegerme del mal. —Abrió la mano y le dio un grano de trigo. Y en cuanto lo hizo se sonrojó como si acabara de revelar un secreto íntimo.

Con las mejillas todavía encarnadas, la amargura interior ya sin la brida del descaro, Asya abrió la puerta. Salió lo más deprisa que pudo y vaciló un segundo antes de dar media vuelta. Parecía querer decir algo, pero se limitó a darle un fuerte abrazo. Luego bajó disparada cinco tramos de escaleras y corrió con toda su alma huyendo de los tormentos que la perseguían.

8

Piñones

—ero ¿cómo puede estar durmiendo todavía? —preguntó
Asya, señalando con el mentón hacia su dormitorio.

En el camino de vuelta del aeropuerto se había enterado
consternada de que sus tías habían colocado otra cama enfrente de
la suya para convertir su único espacio privado bajo aquel techo en
«la habitación de las chicas». Bien porque siempre estaban buscando
nuevas formas de atormentarla, o bien porque su cuarto tenía mejores vistas y querían dar una buena impresión a su invitada. O quizá
habían visto en aquel arreglo una nueva oportunidad de acercar a las
chicas en su PPAIEC (Proyecto de Promoción de Amistad Internacional y Entendimiento Cultural). Asya, a quien no le apetecía en absoluto compartir su espacio personal con una perfecta desconocida y que
sin embargo no podía protestar delante de la invitada, había accedido de mala gana. Pero su tolerancia rozaba el límite. Como si no bas-
tara con haber puesto a la americana en su cuarto, ahora las mujeres
Kazancı parecían decididas a no empezar a cenar sin que se persona-
ra la invitada de honor. Por eso, aunque hacía más de una hora que
habían puesto la comida en la mesa y todo el mundo se había sentado, incluido Sultán Quinto, nadie había cenado, ni siquiera el gato.
Cada veinte minutos más o menos, alguien se levantaba a calentar las
lentejas y recalentar la carne, llevando las cazuelas del salón a la cocina y de la cocina al salón mientras Sultán Quinto iba detrás del olor

con suplicantes maullidos. Y así estaban, pegadas a las sillas, viendo la televisión con el volumen al mínimo y hablando en susurros. Sin embargo, puesto que constantemente picoteaban de un plato u otro, todas menos Sultán Quinto habían ya comido más de lo habitual.

—A lo mejor ya está despierta y se ha quedado en la cama porque es demasiado tímida. ¿Voy a echar un vistazo? —sugirió Asya.

—Tú te quedas aquí, señorita. Deja dormir a la chica.

La tía Zeliha enarcó una ceja. Con un ojo en la pantalla y otro en el mando a distancia, la tía Feride asintió:

—Necesita dormir, por el *jet lag*. Además de las corrientes oceánicas, ha atravesado varias zonas horarias.

—Bueno, por lo menos hay alguien en esta casa que se puede quedar en la cama todo el tiempo que quiera —gruñó Asya.

En ese instante se empezó a oír de fondo una chispeante música y saltó a la pantalla el programa que todas esperaban: la versión turca de *El aprendiz*. Contemplaron en embelesado silencio al Donald Trump turco que apareció tras las relucientes cortinas de satén de una espaciosa oficina con unas magníficas vistas sobre el puente del Bósforo. Tras una rápida mirada condescendiente a los dos equipos dispuestos a oír sus órdenes, el empresario les informó de sus inminentes tareas. Cada equipo tenía que diseñar una botella de agua con gas, encontrar la manera de fabricar noventa y nueve y luego venderlas lo más deprisa posible al mayor precio posible en uno de los barrios más lujosos de la ciudad.

—¡Bah! ¡Yo a eso no lo llamo reto! —exclamó Asya—. Si quieren un reto de verdad, que envíen a los concursantes a los barrios más religiosos y conservadores de Estambul a vender vino tinto.

—Ay, cállate —saltó la tía Banu con un suspiro. No le gustaba que su sobrina se burlara constantemente de la religión y la religiosidad. En ese aspecto era evidente a quién se parecía Asya: a su madre. Si la blasfemia se heredaba genéticamente de madre a hija, más o menos como el cáncer de pecho, ¿para qué intentar corregirla? De manera que volvió a suspirar.

Ignorando la angustia que causaba a su tía, Asya se encogió de hombros.

—Pero ¿por qué no? Sería mucho más creativo que esta infundada imitación de América a lo turco. Habría que amalgamar siempre el material técnico tomado de Occidente con los rasgos particulares de la cultura a la que se dirige uno. Eso es lo que yo llamo un Donald Trump ingeniosamente turco. Debería, por ejemplo, pedir a los concursantes que vendieran cerdo empaquetado en un barrio musulmán. Eso sí, eso sí que es un reto. A ver cómo florecen las estrategias de marketing.

Antes de que nadie pudiera comentar nada, se abrió la puerta del dormitorio con un crujido y salió Armanoush Tchajmajchian, algo tímida y un poco mareada. Llevaba unos desvaídos tejanos y una camiseta azul marino lo bastante larga y grande para ocultar las líneas de su cuerpo. Mientras hacía la maleta para el viaje a Turquía, le dio muchas vueltas a la ropa que se llevaría y acabó eligiendo la más modesta para no parecer rara en un lugar conservador. Así pues, fue para ella toda una sorpresa encontrarse en el aeropuerto a la tía Zeliha con una falda escandalosamente corta y unos tacones todavía más escandalosos. Lo que la sobresaltó todavía más, sin embargo, fue ver después a la tía Banu con velo y un vestido largo, y averiguar lo religiosa que era y que rezaba cinco veces al día. Que las dos mujeres, a pesar de su aspecto y personalidad tan diferentes, fueran hermanas y vivieran bajo el mismo techo era un enigma sobre el que Armanoush tendría que reflexionar durante un tiempo.

—¡Bienvenida, bienvenida! —exclamó alegremente la tía Banu, pero al instante se quedó sin más vocabulario en inglés.

Mientras la observaban acercarse, las cuatro tías juguetearon nerviosas en la mesa, incómodas por la falta de confianza, sin que se desdibujaran sus sonrisas de oreja a oreja. Curioso por el olor de la desconocida, Sultán Quinto dio un brinco para trazar un círculo alrededor de Armanoush olisqueando sus zapatillas, hasta que decidió que allí no había nada interesante.

—Lo siento mucho, no sé cómo he podido dormir tanto —balbuceó Armanoush muy despacio en inglés.

—Pues claro, tu cuerpo necesitaba las horas de sueño. Es un vuelo muy largo —contestó la tía Zeliha. Aunque tenía un marcado pero melodioso deje y tendía a acentuar mal las sílabas, parecía bastante cómoda expresándose en inglés—. ¿No tienes hambre? Espero que te guste la comida turca.

La tía Banu, capaz de reconocer la palabra «comida» en cualquier idioma, salió disparada hacia la cocina a por las lentejas. Sultán Quinto, casi como un robot, saltó por encima de su cojín para seguirla, maullando y suplicando sin cesar.

Una vez sentada en la silla que le habían reservado, Armanoush contempló por primera vez el salón. Miró alrededor deprisa, cautelosa, deteniéndose en ciertos puntos: el aparador de palisandro tallado con puertas de cristal, donde estaban las tazas de café doradas, los juegos de té y varias antigüedades; el viejo piano contra la pared; la exquisita alfombra; los múltiples tapetes de encaje en las mesas, en las butacas de terciopelo e incluso sobre el televisor; el canario en una ornamentada jaula colgada en la puerta del balcón; los cuadros en las paredes (un bucólico paisaje al óleo demasiado pintoresco para ser real, un calendario con una foto distinta para cada mes, todas de algún monumento cultural o natural de Turquía, un amuleto contra el mal de ojo, un retrato de Atatürk con esmoquin ondeando el sombrero hacia una multitud que no aparecía en el cuadro). Toda la habitación palpitaba de recuerdos y vívidos tonos (azul, granate, verde mar, turquesa), y brillaba con tal luminosidad que parecía que hubiera muchas más lámparas de las que en realidad había.

A continuación Armanoush miró los platos dispuestos en la mesa con creciente interés.

—¡La mesa está preciosa! —se admiró—. Son mis platos favoritos. Veo que habéis hecho *hummus*, *baba gonoush*, *yalancı sarma*... ¡Anda, si habéis hecho hasta *churek*!

—¡Aaaah! ¿Hablas turco? —preguntó la tía Banu, perpleja. Volvía de la cocina con una cazuela humeante en las manos, seguida de Sultán Quinto.

Armanoush negó con la cabeza, entre divertida y solemne, como lamentando decepcionar tantas expectativas.

—No, no, no hablo el idioma turco, por desgracia, pero supongo que sí hablo la cocina turca.

La tía Banu, que no había entendido estas últimas palabras, se volvió hacia Asya desesperada, pero la chica no parecía tener el más mínimo interés en cumplir con su papel de traductora, absorta como estaba en el reto planteado por el Donald Trump turco. Los concursantes tenían ahora que sumergirse en la industria textil para rediseñar los uniformes amarillos y celestes de uno de los mayores equipos de fútbol de la liga nacional. El diseño que los mismos jugadores consideraran el mejor ganaría el concurso. También en este caso, Asya tenía en mente una prueba alternativa, pero decidió callársela. A decir verdad la americana había resultado ser mucho más guapa de lo que imaginaba. Bueno, no es que imaginara nada, pero en el fondo Asya creía, o tal vez esperaba, que sería una rubia estúpida la que apareciera en el aeropuerto.

Por alguna razón incomprensible, Asya quería enfrentarse a la invitada, sin embargo, le faltaba no tanto el motivo como la energía. Por esa razón prefería mantenerse distante y reservada para dejar claro que rechazaba de plano aquella ostentación de hospitalidad turca de sus tías.

—Bueno, cuéntanos —dijo la tía Feride tras inspeccionar el pelo de la americana y decidir que era demasiado anodino—. ¿Cómo es América?

Lo absurdo de la pregunta fue suficiente para que Asya perdiera la compostura, por muy decidida que estuviera a guardar distancias. Clavó una mirada afligida en su tía. Pero si Armanoush también había encontrado la pregunta ridícula, no se le notó. Se le daban bien las tías. Eran su especialidad. Con la mejilla izquierda algo abultada por un bocado de *hummus*, contestó:

—Está bien, bien. Es un país muy grande, ¿sabéis? Según donde vivas, hay muchas Américas.

—Preguntadle cómo está Mustafa —pidió la abuela Gülsüm, ignorando este último dato, que no había entendido.

—Está bien, trabaja mucho —replicó Armanoush, escuchando a la vez la melodiosa voz de la tía Zeliha, que traducía sus palabras—. Tienen una casa estupenda y dos perros. El desierto es precioso. Y siempre hace buen tiempo en Arizona, muy agradable, mucho sol…

Cuando terminaron las lentejas y los entrantes, la abuela Gülsüm y la tía Feride fueron a la cocina para volver cada una con una bandeja enorme, caminando perfectamente sincronizadas con pasos bien marcados.

—Tenéis *pilaf*. —Armanoush se inclinó sonriendo para ver los platos—. Hay *turşu* y…

—¡Vaya! —exclamaron las tías al unísono, impresionadas por aquel dominio de la cocina turca.

Armanoush advirtió de pronto el último plato que habían puesto en la mesa.

—¡Ay, ojalá pudiera ver esto mi abuela! Esto sí que es un lujo, *kaburga*…

—¡Vaya! —repitió el coro. Hasta Asya se animó con súbito interés.

—¿En América hay muchos restaurantes turcos? —preguntó la tía Cevriye.

—En realidad, conozco estos platos porque también pertenecen a la cocina armenia —contestó Armanoush despacio. Se había presentado como Amy, la hijastra de Mustafa, una chica estadounidense de San Francisco, y tenía pensado ir revelando poco a poco el secreto sobre la otra parte de su identidad cuando hubiera logrado cierto grado de confianza mutua. Pero mira por dónde al final se había lanzado de cabeza como una loca al meollo del asunto.

Tensa pero sin perder la seguridad en sí misma, Armanoush enderezó la espalda y recorrió la mesa con la mirada para ver la reacción de todos. Las caras inexpresivas que encontró la impulsaron a explicarse mejor.

—Soy armenia… bueno, armenia americana.

Esta vez nadie tradujo sus palabras. No hizo falta. Las cuatro tías sonrieron a la vez, cada una a su manera: una con cortesía, la segunda preocupada, la tercera con curiosidad y la última afable. Pero la reacción más visible fue la de Asya. Olvidándose del programa de televisión, miró a la invitada con auténtico interés por primera vez, dándose cuenta de que después de todo tal vez el objeto de su visita no era hacer un trabajo sobre «el islam y la mujer».

—¿Ah, sí? —Había abierto la boca por fin, y se inclinó apoyando los codos sobre la mesa—. Dime, ¿es verdad que System of a Down nos odia?

Armanoush no tenía ni idea de qué le hablaba. Un rápido vistazo a su alrededor le indicó que no era la única sorprendida. Las tías también parecían perplejas.

—Es un grupo de rock que me gusta mucho. Son armenios y hay muchas leyendas urbanas que cuentan que odian a los turcos y no quieren que ningún turco disfrute de su música. Lo preguntaba solo por curiosidad. —Asya se encogió de hombros, visiblemente molesta por haber dado esta explicación a un grupo de personas tan ignorantes.

—No sé nada de ellos. —Armanoush frunció los labios. De pronto se sentía diminuta, débil y vulnerable, una extraña sola en una tierra extraña—. Mi familia era de Estambul. Bueno, mi abuela. —Señaló con el dedo a Petite-Ma, como si necesitara a una anciana para ilustrar mejor la historia.

—Pregúntale cómo se apellida su familia. —La abuela Gülsüm dio un codazo a Asya, como si poseyera la llave de un archivo secreto escondido en el sótano donde se guardaran perfectamente ordenados los expedientes de todas las familias estambulíes, presentes y pasadas.

—Tchajmajchian —contestó Armanoush cuando le tradujeron la pregunta—. Me podéis llamar Amy si queréis, pero mi nombre completo es Armanoush Tchajmajchian.

A la tía Zeliha se le iluminó el semblante.

—¡Eso siempre me ha parecido interesante! —exclamó—. Los turcos siempre añaden el sufijo «cı» a todas las palabras que puedan generar nombres de profesiones. Mira el apellido de nuestra familia: Kanzan-cı, «caldereros». Y ahora veo que los armenios hacen lo mismo. Çakmak... Çakmakçı, Çakmakçı-yan.

—Pues es una cosa más en común —sonrió Armanoush. Había algo en la tía Zeliha que le había gustado desde el primer momento. Tal vez su aspecto, con ese llamativo anillo en la nariz, las minifaldas y el abundante maquillaje. O tal vez era su mirada. Tenía la mirada de una persona que sabía comprender sin juzgar.

—Mirad, tengo la dirección de la casa. —Armanoush se sacó un papel del bolsillo—. Aquí nació mi abuela Shushan. Si me pudierais indicar por dónde está, me gustaría ir allí algún día.

Mientras la tía Zeliha leía lo escrito en el papel, Asya advirtió que algo incomodaba a la tía Feride, que miraba aterrorizada la puerta entreabierta del balcón, como quien se encuentra ante una situación peligrosa sin saber hacia dónde correr.

Asya se inclinó hacia un lado y, por encima del humeante *pilaf*, le susurró a su tía loca:

—¡Eh! ¿Qué pasa?

La tía Feride también se inclinó por encima del humeante *pilaf* y entonces, con una chispa en sus ojos gris verdosos murmuró:

—Se rumorea que los armenios vuelven a sus antiguas casas para desenterrar los cofres que escondieron allí sus abuelos antes de huir. —Entornó los ojos y alzó un poco la voz—. Oro y joyas —resolló. Luego se interrumpió para reflexionar hasta llegar a un amistoso acuerdo consigo misma—. ¡Oro y joyas!

Asya tardó unos segundos en entender de qué hablaba su tía.

—¿Comprendes lo que estoy diciendo? Esta chica ha venido a por el cofre de un tesoro —añadió la tía Feride muy emocionada, contemplando el contenido de un cofre imaginario, el rostro iluminado con el sabor de la aventura y el brillo de los rubíes.

—¡Tienes toda la razón! —exclamó Asya—. ¿No te lo había dicho? Cuando bajó del avión llevaba una pala y una carretilla por todo equipaje…

—¡Ay, calla! —saltó la tía Feride, ofendida. Se cruzó de brazos y se arrellanó en la silla.

Mientras tanto la tía Zeliha, que había detectado una inquietud mucho más profunda en Armanoush, preguntaba:

—Así que has venido a ver la casa de tu abuela. ¿Por qué se marchó?

Armanoush deseaba contestar la pregunta pero algo la frenaba. ¿Era demasiado pronto para que lo supieran? ¿Qué podía revelar y qué no? Y si no lo hacía ahora, ¿cuándo? Además, ¿por qué esperar? Bebió un sorbo de té y con voz lánguida, casi trémula, explicó:

—Los obligaron a marcharse. —En cuanto lo dijo, desapareció su fatiga y alzó el mentón—. El padre de mi abuela, Hovhannes Stamboulian, era escritor y poeta. Era un hombre eminente y muy respetado en la comunidad.

—¿Qué dice? —La tía Feride, que había entendido la primera parte de la frase pero no el resto, le dio un codazo a Asya.

—Dice que la suya era una familia muy destacada de Estambul —susurró Asya.

—*Dedim sana altın liralar icin gelmiş olmalı...* ¡Os digo que ha venido a buscar monedas de oro!

Asya miró al techo con menos sarcasmo del que pretendía antes de concentrarse de nuevo en la historia de Armanoush.

—Me han contado que era un hombre de letras. Lo que más le gustaba en el mundo era leer y meditar. Mi abuela dice que me parezco a él. Yo también leo mucho —añadió Armanoush con una tímida sonrisa.

Algunas de sus oyentes sonrieron también, y cuando les llegó la traducción, sonrieron todas.

—Pero por desgracia su nombre estaba en la lista. —Armanoush tanteaba el terreno.

—¿Qué lista? —quiso saber la tía Cevriye.

—La lista de intelectuales armenios que había que eliminar. Líderes políticos, poetas, escritores, miembros del clero... Eran en total doscientas treinta y cuatro personas.

—Pero ¿por qué? —preguntó la tía Banu, una pregunta que Armanoush eludió.

—El 24 de abril, un sábado, a medianoche, decenas de notables armenios que vivían en Estambul fueron detenidos y llevados a la fuerza a la jefatura de policía. Todos se habían vestido bien, se habían arreglado como para asistir a una ceremonia. Todos llevaban cuellos inmaculados y trajes elegantes. Todos eran hombres de letras. Los retuvieron en la jefatura sin darles ninguna explicación, hasta que al final los deportaron a Ayash o a Chankiri. Los del primer grupo estaban en peores condiciones que el segundo. En Ayash no hubo supervivientes. Los que se llevaron a Chankiri fueron muriendo poco a poco. Mi bisabuelo estaba entre ellos. Cogieron el tren de Estambul a Chankiri bajo la supervisión de los soldados turcos. Tenían que recorrer andando los cinco kilómetros de la estación a la ciudad. Hasta entonces los habían tratado decentemente, pero durante el trayecto desde la estación les pegaron con palos y mangos de picos. El legendario músico Komitas se volvió loco a resultas de lo que vio. Una vez en Chankiri los liberaron con una condición: estaba prohibido salir de la ciudad. Así que alquilaron habitaciones para vivir con los del pueblo. Todos los días los soldados se llevaban a dos o tres para dar un paseo, y luego los soldados volvían solos. Un día también se llevaron a dar un paseo a mi bisabuelo.

La tía Banu, todavía sonriendo, miró a derecha e izquierda, primero a su hermana y luego a su sobrina, para ver quién iba a traducir todo aquello, pero, sorprendida, solo vio perplejidad en los rostros de las traductoras.

—En fin, es una historia muy larga. No quiero alargarla con todos los detalles. Cuando su padre murió, mi abuela Shushan tenía tres años. Era la más pequeña de cuatro hermanos, y la única chica. La familia se había quedado sin patriarca. La madre de mi abuela se había quedado viuda. Era complicado quedarse en Estambul con los niños, así que fue a refugiarse a casa de su padre, que estaba en Sivas. Pero en cuanto llegaron, comenzaron las deportaciones. Ordenaron a la familia que dejara su casa y sus pertenencias para marchar con otros miles de personas a un destino desconocido.

Armanoush observó con atención a su audiencia y decidió terminar la historia.

—Caminaron y caminaron. La madre de mi abuela murió en el camino, y los viejos no tardaron en caer también. Los hijos, al quedarse sin padres que los cuidaran, se perdieron unos a otros en la confusión y el caos. Pero después de pasar meses separados, milagrosamente, los hermanos se reunieron de nuevo en Líbano, con la ayuda de un misionero católico. La única que faltaba entre los supervivientes era mi abuela Shushan. Nadie sabía qué había sido de la niña. Nadie sabía que se la habían llevado de vuelta a Estambul para meterla en un orfanato.

Asya advirtió de reojo que su madre la miraba intensamente. Al principio sospechó que intentaba indicarle que censurara la historia al traducirla, pero luego se dio cuenta de que lo que asomaba en los impresionantes ojos de su madre no era más que interés en el relato de Armanoush. Tal vez ella también se preguntaba qué partes de aquella difícil historia estaba su hija dispuesta a traducir para las mujeres Kazancı.

—El hermano mayor de mi abuela Shushan tardó diez largos años en dar con ella, pero por fin mi tío abuelo Yervant la encontró y se la llevó a América con el resto de la familia —añadió suavemente Armanoush.

La tía Banu volvió la cabeza y empezó a desgranar las cuentas de su rosario de ámbar entre sus dedos huesudos y sin manicura, mientras murmuraba:

—«Todo lo que hay en la tierra perecerá, pero por siempre perdurará el rostro de tu Señor, lleno de majestad, abundancia y honor».

—Pero no lo entiendo. —La tía Feride fue la primera en manifestar dudas—. ¿Qué les pasó? ¿Se murieron solo por andar?

Antes de traducir aquello, Asya echó un vistazo a su madre para ver si debía seguir traduciendo. La tía Zeliha enarcó las cejas y asintió.

Al oír la pregunta, Armanoush guardó silencio un momento y acarició el colgante de san Francisco de Asís de su abuela. Vio a Petite-Ma, sentada al otro extremo de la mesa. Su cetrino rostro surcado de las arrugas de tantos años la miraba con una expresión de compasión tan profunda que Armanoush solo pudo pensar en dos posibilidades: o no había prestado ninguna atención a la historia, y su mente estaba en otra parte, o había escuchado con tanta atención la historia que había llegado a vivirla, y su mente estaba en otra parte.

—Se les negó agua, comida y descanso. Los obligaron a recorrer una larga distancia a pie, a todos: mujeres, algunas de ellas embarazadas, niños, ancianos, enfermos y débiles. —La voz de Armanoush se desvaneció—. Muchos murieron de hambre, a otros los ejecutaron.

Esta vez Asya lo tradujo todo sin dejarse una palabra.

—¿Quién cometió esa atrocidad? —exclamó la tía Cevriye como si se dirigiera a una clase de alumnos indisciplinados.

La tía Banu se unió a la reacción de su hermana, aunque ella tendía más a la incredulidad que a la ira. Con los ojos muy abiertos tironeaba las puntas de su velo, como hacía siempre en momentos de tensión, y luego pronunció una oración, como hacía siempre que tirar del pañuelo no la llevaba a ninguna parte.

—Mi tía pregunta quién hizo eso —tradujo Asya.

—Los turcos —contestó Armanoush, sin prestar atención a las implicaciones.

—¡Qué vergüenza! ¡Qué pecado! ¿Es que no son humanos? —soltó la tía Feride.

—Desde luego que no. ¡Algunas personas son monstruos! —declaró la tía Cevriye sin entender que las repercusiones podrían ser mucho más complejas de lo que ella querría reconocer. Tras ejercer veinte años de profesora de historia turca, estaba tan acostumbrada a trazar una frontera impermeable entre el pasado y el presente, entre el Imperio otomano y la moderna república turca, que había escuchado todo el relato como una mala noticia de un país lejano. El nuevo Estado de Turquía había sido creado en 1923 y hasta ahí se extendía la historia de este régimen. Lo que pudiera haber pasado o no antes de esa fecha pertenecía a otra era y a otra gente.

Armanoush las miró una por una, pasmada. Era un alivio que la familia no se hubiera tomado aquello tan mal como ella temía, pero, por otro lado, no estaba segura de si se lo habían tomado de alguna manera. Es cierto que no se habían negado a creerla ni la habían atacado con objeciones. De hecho, habían escuchado con atención y todas parecían apesadumbradas. Pero ¿hasta dónde llegaba su compasión? ¿Y qué esperaba ella exactamente? Armanoush estaba un poco desconcertada. Se preguntó si habría sido distinto de haber estado hablando con un grupo de intelectuales.

Poco a poco se fue dando cuenta de que tal vez lo que esperaba era que admitieran una culpa, o por lo menos se disculparan. Pero nadie había pedido perdón, no porque no se hubieran compadecido, puesto que parecía que sí, sino porque no veían relación alguna entre aquellos crímenes y ellas mismas. Armanoush, como armenia, encarnaba los espíritus de muchas generaciones pasadas de su pueblo, mientras que, en general, los turcos no tenían esa noción de continuidad con sus predecesores. Los armenios y los turcos vivían en dos marcos temporales distintos. Para los armenios el tiempo era un ciclo donde el pasado se encarnaba en el presente y el presente daba a luz al futuro. Para los turcos, el tiempo era una línea formada de guiones separados, donde el pasado terminaba en un punto muy concreto y el presente empezaba de cero, y entre uno y otro no había sino ruptura.

—¡Pero si no has comido nada! Anda, niña, que has hecho un viaje muy largo. Come —dijo la tía Banu, recurriendo al tema de la comida, uno de los dos remedios que conocía para la pena.

—Está muy bueno, gracias. —Armanoush cogió el tenedor. Habían preparado el arroz exactamente igual que su abuela, con mantequilla y piñones fritos.

—¡Bien, bien! ¡Come, come! —La tía Banu asintió tan vigorosamente como pudo.

A Asya se le cayó el alma a los pies al ver que Armanoush aceptaba cortésmente la oferta y cogía el tenedor para volver a su *kaburga*. Ella bajó la cabeza, había perdido el apetito. No era la primera vez que escuchaba la historia de la deportación de los armenios. Había oído algo antes, algunas cosas a favor y la mayoría en contra. Pero era muy distinto oírselo contar a una persona de primera mano. Asya jamás había conocido a nadie tan joven con una memoria tan vieja.

Sin embargo, la nihilista que había en ella no tardaría mucho en rechazar la aflicción. Se encogió de hombros. ¡Bah! El mundo era una mierda de todas formas. Pasado y futuro, aquí o allí... era lo mismo. El mismo sufrimiento en todas partes. O Dios no existía o estaba demasiado distante para ver la miseria en la que nos había hundido a todos. La vida era malvada y cruel, y muchas otras cosas que estaba cansada de saber desde hacía tiempo. Deslizó su brumosa mirada hacia la pantalla donde el Donald Trump turco acribillaba a preguntas a los tres miembros más culpables del grupo perdedor. El uniforme que habían diseñado para el equipo de fútbol era tan espantoso que hasta el más complaciente de los jugadores se había negado a llevarlo. Ahora había que despedir a alguien. Como si una mano invisible hubiera pulsado un botón, los tres concursantes empezaron a insultarse unos a otros para evitar ser eliminados.

Asya, retraída, esbozó una sonrisa desdeñosa. Ese era el mundo donde vivían. Historia, política, religión, sociedad, competición, marketing, mercado libre, lucha de poder, todos apuñalándose unos a otros por un bocado de triunfo... Ella desde luego no necesitaba nada de toda aquella...

...mierda.

Con un ojo todavía en la pantalla, Asya, que había recuperado el apetito, adelantó bruscamente la silla para servirse. Cogió un trozo grande de *kaburga* y comenzó a comer. Al levantar la cabeza se encontró con la penetrante mirada de su madre, y apartó deprisa la vista.

Después de la cena Armanoush se retiró al cuarto de las chicas para hacer dos llamadas telefónicas. La primera a San Francisco. Tenía delante un póster de Johnny Cash, colgado en la pared justo encima de la mesa.

—¡Abuela, soy yo! —exclamó emocionada. Pero al instante se interrumpió—. ¿Qué es eso que se oye de fondo?

—Ah, no es nada, cariño. Están arreglando las tuberías del baño. Resulta que tu tío Dikran las rompió el otro día y hemos tenido que llamar al fontanero. Cuéntame, ¿qué tal todo?

Armanoush, que se esperaba la pregunta, le habló de su rutina diaria en Arizona. Aunque se sentía fatal con la mentira, intentó mitigar su incomodidad pensando que era lo mejor. ¿Cómo le iba a decir a su abuela: «No estoy en Arizona. Estoy en la ciudad donde naciste»?

Después de colgar aguardó unos minutos. Respiró hondo, hizo acopio de valor y llamó de nuevo, decidida a mantener la calma y no parecer demasiado exasperada, una promesa que le costó mantener en cuanto oyó la voz histérica de su madre.

—Amy, cariño, ¿por qué no me has llamado antes? ¿Cómo estás? ¿Qué tiempo hace en San Francisco? ¿Te están tratando bien?

—Sí, mamá, estoy bien. El tiempo… —Armanoush lamentó no haber mirado en internet el tiempo que hacía en San Francisco—. Bien, un poco de viento, como siempre.

—Sí —interrumpió Rose—. Te he llamado un montón de veces, pero tenías el móvil apagado. ¡Ay, estaba preocupadísima!

—Mamá, escucha, por favor. —Armanoush se sorprendió del tono decidido de su propia voz—. Me siento muy incómoda cuando me llamas tanto a casa de la abuela. Mira, a partir de ahora vamos a hacer una cosa, ¿vale? Tú no me llames más, ya te llamaré yo. Por favor.

—¿Te están obligando a decir eso? —preguntó Rose, suspicaz.

—No, mamá, claro que no, por Dios. Te lo estoy pidiendo yo.

Rose aceptó el trato, aunque de muy mala gana. Se quejó de que no tenía tiempo para ella, que se pasaba el día en el trabajo o limpiando la casa. Pero luego se animó contándole que había rebajas en Home Depot y que Mustafa y ella habían decidido poner una cocina nueva.

—A ver, dame tu opinión —pidió entusiasmada—. ¿Qué te parece la madera de cerezo? ¿Crees que quedaría bien en nuestra cocina?

—Sí, supongo…

—Eso mismo pienso yo. Pero ¿y el roble oscuro? Aunque es un poco más caro, tiene muchísima clase. ¿Cuál crees que quedaría mejor?

—No sé, mamá, el roble oscuro también es bonito.

—Sí, pero no me estás ayudando mucho —suspiró Rose.

Cuando colgó, Armanoush miró a su alrededor y le embargó una honda soledad. Las alfombras turcas, las lámparas de las mesillas pasadas de moda, los muebles desconocidos, libros y periódicos en otro idioma… De pronto sintió un pánico que no sentía desde que era pequeña.

En una ocasión, cuando tenía seis años, iba en el coche con su madre y se quedaron sin gasolina en un lugar solitario, en Arizona. Tuvieron que esperar casi una hora hasta que pasó otro vehículo. Rose sacó el pulgar y un camión se detuvo para recogerlas. Dentro iban dos hombres que daban miedo, fuertes, rudos y hoscos. Las llevaron sin decir una palabra hasta la gasolinera más cercana. Una vez que el camión se alejó, Rose abrazó a Armanoush con los labios trémulos, llorando de terror.

—¡Ay, Dios! ¿Y si hubieran sido mala gente? Podían habernos secuestrado, violado, asesinado, y nadie habría encontrado nuestros cuerpos. ¿Cómo he podido correr ese riesgo?

Ahora mismo Armanoush sentía algo parecido, si bien no tan dramático. Estaba en Estambul, en casa de unos desconocidos sin que nadie de su familia lo supiera. ¿Cómo podía haber sido tan impulsiva?

¿Y si eran mala gente?

9

Piel de naranja

Al día siguiente Asya Kazancı y Armanoush Tchajmajchian salieron temprano del *konak* para buscar la casa en la que había nacido la abuela Shushan. No les costó encontrar el barrio, una zona encantadora y distinguida en la parte europea de la ciudad. Pero la casa ya no existía. Habían construido un moderno bloque de cinco plantas. Todo el primer piso era un restaurante de elegante aspecto, especializado en pescado. Antes de entrar Asya se miró en el cristal y se atusó el pelo mientras observaba descontenta sus pechos.

Todavía era demasiado temprano para comer y dentro no había nadie, excepto unos cuantos camareros que barrían del suelo los restos del día anterior, y un cocinero robusto de rosadas mejillas que preparaba en la cocina los *mezes* y los platos principales bajo una nube de apetitosos olores. Asya habló con todos, preguntándoles sobre el pasado del edificio, pero los camareros habían llegado a la ciudad hacía poco, emigrantes de una aldea kurda del sureste, y el cocinero, aunque llevaba más tiempo viviendo en Estambul, no recordaba nada de la historia de aquella calle.

—De las familias antiguas de Estambul, muy pocas se quedaron en su lugar de nacimiento —explicó el cocinero con aire de autoridad, mientras destripaba y limpiaba una enorme caballa—. Antes la ciudad era muy cosmopolita. —Partió la espina de la caballa primero por encima de la cola y luego bajo la cabeza—. Teníamos vecinos judíos, un montón. También griegos, armenios... Yo de niño le compraba el pescado a un pescador griego. El sastre de mi madre era armenio, el jefe de mi padre, judío. Estábamos todos mezclados.

—Pregúntale por qué han cambiado las cosas —pidió Armanoush a Asya.

—Porque Estambul no es una ciudad —contestó el cocinero. Se le iluminó el semblante ante la importancia de lo que estaba diciendo—. Parece una ciudad, pero no lo es. Es una ciudad-barco. ¡Vivimos en un barco!

Con estas palabras alzó el pescado por la cabeza y comenzó a moverle la espina de un lado a otro. Por un instante Armanoush imaginó que la caballa era de porcelana y se haría añicos en las manos del cocinero. Pero en unos segundos el hombre había logrado sacar entera toda la espina. Satisfecho consigo mismo, prosiguió:

—Aquí todos somos pasajeros, vamos y venimos en grupos, se van los judíos, vienen los rusos. El barrio de mi hermano está lleno de moldavos... Mañana se irán y vendrán otros. Así funcionan las cosas...

Dieron las gracias al cocinero y dirigieron una última mirada a la caballa, que con la boca abierta aguardaba a que la rellenaran.

Asya, decepcionada, y Armanoush, afligida, salieron del restaurante ante un exquisito paisaje del Bósforo, que resplandecía bajo el sol de finales de invierno. Se llevaron las manos a los ojos para protegerse de la luz. Ambas respiraron hondo y supieron de inmediato que la primavera flotaba en el aire.

Como no tenían mejores planes, pasearon por el barrio y compraron algo en casi todos los puestos callejeros que encontraron: maíz dulce, mejillones rellenos, sémola *halvah* y por fin una bolsa grande de pipas. Con cada nueva golosina atacaban un nuevo tema, y hablaron de muchas cosas excepto de los tres tabúes de rigor entre jovencitas que todavía no se conocen: sexo, hombres y padres.

—Me gusta tu familia —comentó Armanoush—. Está llena de vida.

—Sí, ya, qué me vas a contar —replicó Asya, haciendo tintinear sus muchas pulseras. Llevaba una falda larga hippy, de color verde con flores granates, un bolso hecho de retales y mucha bisutería: collares de cuentas de cristal, pulseras y anillos de plata en casi todos los dedos. Junto a ella Armanoush, con sus tejanos y su chaqueta de tweed, se sentía mal vestida.

—Tiene una desventaja —comentó Asya—. Es agotador nacer en una casa llena de mujeres, donde todas te quieren tantísimo que acaban asfixiándote con su cariño; una casa donde, siendo la única niña, debes ser más madura que todos los adultos. Les agradezco que me mandaran a un colegio de primera, y seguramente me dieron la mejor educación posible en este país. Pero el problema es que quieren que sea lo que ellas no pudieron lograr en la vida, ¿sabes a qué me refiero?

Armanoush, por desgracia, lo sabía.

—Así que me he tenido que partir los cuernos para realizar todos sus sueños al mismo tiempo. Empecé a estudiar inglés con seis años, lo cual está muy bien si la cosa se hubiera quedado ahí. Pero no, al año siguiente tuve un profesor particular de francés. A los nueve años me obligaron a estudiar violín todo el curso, aunque era evidente que no tenía ni interés ni talento. Después abrieron una pista de patinaje cerca de mi casa y mis tías decidieron que tenía que hacerme patinadora. Ya fantaseaban con verme con un vestidito relumbrante haciendo elegantes piruetas al ritmo de nuestro himno nacional. ¡Iba a ser la Katarina Witt turca! Así que me tocó ponerme a dar vueltas por el hielo y caerme de culo doscientas mil veces para intentar hacer una pirueta. Todavía me dan escalofríos cuando oigo el ruido de los patines rascando el hielo.

Armanoush logró dominar la risa por pura cortesía aunque, con la imagen de Asya haciendo piruetas en una competición internacional, era muy difícil.

—Luego vino la época en la que esperaban que llegara a ser una corredora de larga distancia. ¡Si me entrenaba lo suficiente, podría ser una atleta maravillosa y representar a Turquía en los Juegos Olímpicos! ¿Me imaginas compitiendo en la maratón femenina con estas tetorras? ¡Por Dios bendito!

Esta vez Armanoush no contuvo la risa.

—Mira, las atletas, yo no sé cómo lo hacen, pero tienen el pecho más plano que una tabla de mármol. Deben de tomar hormonas masculinas o algo para aplastarse las tetas. Pero las mujeres como yo no estamos formadas para ser atletas, va contra las leyes más básicas de la física. El cuerpo se mueve aumentando la velocidad de acuerdo con la ley de aceleración. El cambio de velocidad es proporcional a la magnitud de la fuerza ejercida sobre el cuerpo y la dirección en que se ejerce. ¿Y qué pasa? Pues que las tetas también aceleran, aunque se muevan a su ritmo, totalmente disonante, arriba, abajo, arriba, abajo, hasta que al final te van parando. ¡La ley de la inercia más la ley de la gravitación universal! Es imposible ganar. ¡Joder, aquello era una vergüenza! —exclamó animada Asya—. Menos mal que esa etapa no duró mucho. Luego fui a clases de pintura, y por último me obligaron a aprender ballet hasta que mi madre se enteró hace poco de que me saltaba las clases y por fin me dejó en paz.

Armanoush asintió con la familiaridad de quien identifica fragmentos de su propia historia en la historia de otro. Sabía muy bien lo que era aquel «amor sofocante» de sus tías, pero no se sentía cómoda hablando de ello, de manera que preguntó:

—Hay una cosa que no entiendo. La mujer con quien viniste al aeropuerto, la del aro en la nariz… —Armanoush soltó una risita, pero se dominó al instante—. Zeliha. Es tu madre, ¿no? Pero no la llamas «mamá».

—Es verdad. Es un poco confuso todo. Vamos, hasta yo me confundo a veces —comentó Asya mientras encendía el primer cigarrillo del día. Ya había advertido lo poco que le gustaba a Armanoush el tabaco. Aunque seguía estudiando a su nueva amiga, ya clasificaba a Armanoush como «chica de buenos modales». Si en su forma de vivir, tan decentemente estéril, un cigarrillo era una blasfemia, pensaba Asya, Armanoush jamás podría aceptar ninguna de sus otras malas costumbres. Exhaló el humo en dirección contraria, tan lejos de Armanoush como pudo, aunque el viento lo devolvió directamente contra ellas.

—Ni siquiera recuerdo cuándo empecé a llamar «tía» a mi madre, no sé qué edad tenía. A lo mejor desde el principio, no lo sé.

La voz de Asya era poco más que un susurro, pero sus ojos llameaban.

—Verás, es que crecí con todas mis tías haciendo el papel de madre. Mi tragedia es que en cierto modo era hija única de cuatro mujeres. La tía Feride, como te habrás dado cuenta, está un poco chalada y no se casó. Ha tenido un montón de trabajos. Cuando pasaba por una fase maníaca, era una vendedora genial. La tía Cevriye estaba felizmente casada, pero perdió a su marido y la alegría de vivir. A partir de entonces se dedicó a dar clases de historia nacional. Entre tú y yo, creo que no le gusta el sexo y las necesidades del cuerpo humano le parecen repugnantes. Luego está la mayor, la tía Banu. Es la sal de la tierra. Sigue casada oficialmente, pero casi no ve a su marido. Su matrimonio fue muy trágico. Tenía dos hijos preciosos, pero murieron. Es que los hombres de esta familia tienen una maldición. No sobreviven.

Armanoush suspiró sin saber cómo interpretar aquel comentario.

—Verás, yo entiendo que la tía Banu necesite buscar refugio en Alá —añadió Asya, acariciando las cuentas de su collar—. En fin, el caso es que cuando nací me encontré rodeada de cuatro tías-madres o cuatro madres-tías. O las llamaba a todas «mamá», o tenía que llamar a mi madre «tía Zeliha». En cierto modo esto me pareció lo más fácil.

—Pero ¿ella no se ofendió?

La expresión de Asya se animó al ver un carguero color óxido que navegaba en alta mar. Le gustaba ver los barcos deslizarse por el Bósforo, imaginar cómo sería la tripulación, intentar ver la ciudad con los ojos de un marino siempre en movimiento, un marino sin puerto donde desembarcar ni la necesidad de tenerlo.

—¿Ofenderse? ¡Qué va! Es que ella solo tenía diecinueve años cuando se quedó embarazada. Por raro que parezca, eso de que no la llamara «mamá» debió de ser un alivio para ella. Todas eran mis «tías», y de alguna forma el título ocultaba un poco el pecado de mi madre a ojos de la sociedad. No había ninguna madre pecadora a la que señalar con el dedo. De hecho, creo que me animaron a llamarla «tía» al menos al principio, y luego ya se quedó la costumbre.

—A mí me cae muy bien —comentó Armanoush. Pero luego se interrumpió, algo confusa—. ¿De qué pecado estás hablando?

—Ah, lo de tener una hija ilegítima. Mi madre es… —Asya arrugó la nariz buscando la palabra precisa—. Es… la oveja negra de la familia. La guerrera rebelde que tuvo una hija fuera del matrimonio.

Un buque cisterna ruso pasó de largo, enviando pequeñas olas a la orilla. Era un enorme barco petrolero.

—Ya me di cuenta de que tu padre no aparecía por ninguna parte, pero pensé que se había muerto o algo —balbuceó Armanoush—. Lo siento.

—Sientes que mi padre no esté muerto —se rió Asya. Echó una fugaz mirada a Armanoush, que se había puesto como un tomate—. Pero sí, tienes razón —añadió, con una chispa de rabia en los ojos—. Yo también lo siento. Vaya, que si mi padre se hubiera muerto, por lo menos se acabaría esta nebulosa. Eso es lo que más rabia me da. No puedo evitar pensar que podría ser cualquiera. Cuando no tienes ni la más remota idea de la clase de hombre que es tu padre, tu imaginación llena el vacío. A lo mejor lo veo en la tele o escucho su voz en la radio todos los días sin saberlo. O igual me lo encuentro cara a cara alguna vez, en algún sitio. Me imagino que igual he ido con él en el mismo autobús, o que es el profesor con quien hablo después de clase, el fotógrafo de la exposición que he ido a ver, este vendedor callejero… Nunca se sabe.

El sujeto de su atención era un hombre de entre cuarenta y cincuenta años, enjuto y nervudo, de fino bigote. En la vitrina que tenía delante se apilaban decenas de tarros gigantes con conservas de todo tipo que él, con ayuda de una licuadora, convertía en zumo. Al ver que las dos chicas le miraban, el hombre sonrió. Armanoush volvió la cara al instante, mientras que Asya fruncía el entrecejo.

—¿Quieres decir que tu madre no te ha contado quién es tu padre? —preguntó Armanoush con delicadeza.

—¡Mi madre es única en su especie! No me dice nada que no quiera decirme. Es la mujer más terca que he conocido en mi vida, tiene una voluntad de hierro. No creo que las otras sepan tampoco quién es mi padre. Dudo que mi madre se lo haya dicho a nadie. Y además, aunque supieran algo, no me lo contarían. A mí nadie me dice nada. Soy una marginada en esa casa, eternamente exiliada de los espantosos secretos familiares. Con la excusa de protegerme, me aislaron. —Asya escupió una cáscara de pipa—. Y con el tiempo, el juego se hizo recíproco: ellas se apartaban de mí, yo me apartaba de ellas.

Las dos aminoraron el paso a la vez. A un kilómetro de distancia, en el mar, pasaba un pequeño barco donde, entre otros pasajeros, iba un hombre con un cigarrillo recién encendido en una mano y en la otra un fantástico ramo de globos relucientes de color amarillo, naranja y púrpura. Tal vez era un cansado vendedor de globos, padre de muchos hijos, que tomaba un atajo de una costa a la otra de regreso a su casa, sin saber la increíble y bella imagen que ofrecía, arrastrando una lluvia de colores y un hilo de humo sobre las olas azules.

Ante la escena exquisita, totalmente inesperada, Armanoush y Asya se quedaron inmóviles, observando el barco en silencio hasta que los globos desaparecieron en el horizonte.

—¿Vamos a sentarnos un rato? —sugirió Asya; como si ver aquello la hubiera agotado.

Cerca había un viejo bar al aire libre.

—Bueno, dime, ¿qué música te gusta? —preguntó Asya en cuanto pidieron las bebidas, ella un té con limón y Armanoush una Coca-Cola Light con hielo. La pregunta era un claro intento de conocerla mejor, puesto que la música era la principal conexión de Asya con el mundo.

—La música clásica, la música étnica, la música armenia y el jazz. ¿Y a ti?

—Yo voy por otro lado. —Asya se sonrojó sin saber por qué—. Durante una época escuchaba rollo duro: música alternativa, punk, pospunk, metal industrial, death metal, darkwave, psicodelia, y también un poco de third-wave ska y algo de gótico, esas cosas.

—¿Sí? —Armanoush estaba acostumbrada a considerar «esas cosas» un género perdido compartido por adolescentes decadentes y adultos sin rumbo con más rabia que personalidad.

—Sí, pero luego, hace algún tiempo, me quedé colgada de Johnny Cash. Y se acabó. Desde entonces no oigo otra cosa. Me gusta Cash. Me deprime tantísimo que me quita la depresión.

—Pero ¿no oyes nada de aquí? Como música turca… pop turco…

—¡¡¡Pop turco!!! ¡Ni loca! —Asya manoteó espantada, como si tratara de apartar a un vendedor pesado.

Viendo hasta dónde podría llegar, Armanoush no insistió. Era posible, dedujo, que los turcos sufrieran una especie de odio hacia sí mismos.

Pero Asya apuró su té y añadió:

—A la tía Feride le gustan esas cosas. Aunque, para ser sincera, no sé muy bien si lo que le interesa es la música o el peinado de los cantantes.

Con la segunda Coca-Cola Light a medias, Armanoush le preguntó a Asya qué libros leía.

—Libros. Ay, sí, me han salvado la vida, la verdad. Me encanta leer, pero no ficción...

De pronto llegó al bar un ruidoso grupo de chicos y chicas, que se sentaron a la mesa de enfrente. De inmediato empezaron a burlarse de todo y de todos. Se rieron de las sillas de plástico burdeos, de las vitrinas de cristal donde se exponía un modesta selección de refrescos, de los errores en la traducción inglesa del menú y de la camiseta que llevaban los camareros con la frase I LOVE ESTAMBUL. Asya y Armanoush acercaron sus sillas.

—Leo filosofía, filosofía política sobre todo. Benjamin, Adorno, Gramsci, un poco de Žižek... y especialmente Deleuze. Esas cosas. Me gustan. Me gustan las abstracciones, supongo. Y la filosofía me encanta. Sobre todo la filosofía existencial. —Asya encendió otro cigarrillo y preguntó a través del humo—: ¿Y tú?

Armanoush dio una larga lista de novelistas, principalmente de Rusia y la Europa del Este.

—¿Lo ves? —Asya alzó las manos con las palmas hacia arriba, como para indicar la situación de ambas—. Cuando se trata de tu ocupación favorita, tampoco tienes un gusto restringido a tu país... Tu lista de lecturas no parece muy armenia.

Armanoush enarcó las cejas.

—La literatura necesita libertad —dijo moviendo la cabeza—. Y nosotros no hemos tenido mucha, ¿no te parece?

Viendo hasta dónde podía llegar, Asya no insistió. Era posible, dedujo, que los armenios pasaran por la autocompasión.

Los adolescentes de la otra mesa se pusieron a jugar a las películas. Cada equipo asignaba una película a un miembro del equipo rival, que luego tenía que representarla para que la adivinaran. Una chica pelirroja con pecas comenzó a representar la película que le había tocado, y cada vez que hacía un gesto los otros estallaban en ruidosas carcajadas. Era curioso ver cómo un juego basado en el silencio podía provocar tanto estrépito.

Tal vez por el ruido, la contención que había impulsado a Armanoush a no traspasar sus límites desapareció.

—La música que te gusta es muy occidental. ¿Por qué no escuchas tus raíces de Oriente Próximo?

—¿Qué quieres decir? —preguntó Asya, perpleja—. Nosotros somos occidentales.

—No, no sois occidentales. Los turcos son de Oriente Próximo, pero no sé por qué lo negáis constantemente. Y si nos hubierais dejado quedarnos en nuestra casa, nosotros también seríamos de Oriente Próximo, en lugar de convertirnos en un pueblo disperso —replicó Armanoush, y al instante se sintió incómoda, porque no pretendía ser tan brusca.

Asya se mordió la boca por dentro, y al final lo único que dijo fue:

—¿A qué te refieres?

—¿Que a qué me refiero? Pues a esa idiotez panturca y panislámica del sultán Hamid. Me refiero a las matanzas de Adana de 1909 o a las deportaciones de 1915... ¿Te suena de algo? ¿Es que no has oído hablar del genocidio armenio?

—Solo tengo diecinueve años —se desentendió Asya.

Los adolescentes de la otra mesa prorrumpieron en gritos cuando la chica de las pecas no logró representar su película a tiempo y la sustituyó un nuevo jugador, un chico guapo y delgado a quien la nuez de Adán le subía y bajaba en el cuello con cada gesto. El muchacho alzó tres dedos, indicando que el título de la película tenía tres palabras. Procedió a representar la segunda directamente. Alzó las dos manos, cogió algo redondo imaginario, lo olió y lo estrujó. Los miembros de su equipo no lo entendían, y los del otro se burlaban.

—¿Es eso una excusa? —Armanoush miró a Asya a los ojos—. ¿Cómo puedes ser tan apática?

Asya desconocía el significado de esa palabra y no tuvo inconveniente en aceptar el adjetivo hasta encontrar un diccionario inglés-turco. Se quedó inmóvil un instante que le pareció eterno, disfrutando de la breve reaparición del sol tras las densas nubes. Por fin murmuró:

—Te fascina la historia.

—¿Y a ti no? —replicó Armanoush, en tono a la vez incrédulo y despectivo.

—¿Para qué sirve? —fue la cortante respuesta—. ¿Por qué debería yo saber nada del pasado? Los recuerdos son una carga.

Armanoush volvió la cabeza y sin querer clavó la vista en los adolescentes. Se fijó en los gestos del chico guapo. Asya también se volvió, y sin darse cuenta siquiera, gritó la respuesta:

—¡Naranja!

Los adolescentes se volvieron a mirarlas y estallaron en carcajadas. Asya se puso como un tomate, Armanoush sonrió. Pagaron la cuenta deprisa y se marcharon.

—¿Qué película incluye la palabra «naranja»? —preguntó Armanoush en cuanto llegaron al paseo marítimo.

—*La naranja mecánica*, supongo.

—¡Ah, sí! Oye, lo de la fascinación por la historia —comenzó, poniendo sus pensamientos en orden—. Debes comprender que, a pesar del dolor que comporta, la historia es lo que nos mantiene vivos y unidos.

—Pues eso es todo un privilegio.

—¿Qué quieres decir?

—Que esa sensación de continuidad es un privilegio. Te hace formar parte de un grupo con un gran sentimiento de solidaridad —contestó Asya—. A ver, no me malinterpretes, comprendo lo trágico que ha sido el pasado para tu familia, y respeto que quieras mantener vivos los recuerdos a toda costa para que el sufrimiento de tus antepasados no se olvide. Pero justamente en eso somos diferentes. La tuya es una cruzada por la memoria, mientras que yo preferiría ser como Petite-Ma, sin memoria ninguna.

—¿Por qué te da tanto miedo el pasado?

—¡No me da miedo! —protestó Asya. El caprichoso ir y venir del viento agitaba su falda larga y dispersaba de un lado a otro el humo del cigarrillo—. Es que no quiero tener nada que ver con él, y ya está.

—Eso no tiene sentido —insistió Armanoush.

—Quizá no. Pero sinceramente, alguien como yo no puede estar obsesionada con el pasado. ¿Sabes por qué? —preguntó por fin tras una larga pausa—. No porque lo encuentre doloroso ni porque no me importe, sino porque no sé nada del pasado, aunque creo que es mejor conocer los hechos pasados que no saber nada en absoluto.

Armanoush parecía perpleja.

—Pero si acabas de decir que no quieres conocer tu pasado. Ahora dices lo contrario.

—¿Sí? A ver cómo te lo explico. Mira, con respecto a ese tema estoy llena de contradicciones. —Dirigió a la chica una mirada traviesa, pero enseguida su voz se tornó más seria—. Lo único que sé de mi pasado es que algo iba mal, y no consigo enterarme de qué era. Para mí la historia empieza hoy, ¿entiendes? No hay continuidad en el tiempo. No puedes sentirte apegada a tus antepasados si ni siquiera sabes quién es tu padre. Es posible que nunca llegue a saber ni su apellido. Y si sigo pensando en ello, me volveré loca. Así que me digo: ¿para qué desenterrar los secretos? ¿No ves que el pasado es un círculo vicioso? Es un bucle. Nos absorbe y nos hace correr como un hámster en una rueda. Así nos vamos repitiendo una y otra vez.

Paseaban por calles sinuosas, y cada barrio parecía tan distinto que Armanoush comenzó a pensar que Estambul era un laberinto urbano, ciudades dentro de una ciudad.

A las tres de la tarde, agotadas y hambrientas, entraron a un restaurante, según Asya, imprescindible, porque era donde servían el mejor pollo *döner* de la ciudad. Pidieron un *döner* cada una y un vaso grande de batido de yogur.

—Tengo que confesar —murmuró Armanoush tras una pausa— que Estambul es distinto de lo que esperaba. Es más moderno y menos conservador de lo que me temía.

—Pues deberías decírselo a mi tía Cevriye; le encantará. ¡Me dará una medalla por haber representado tan bien a mi país!

Y se rieron juntas por primera vez desde que se conocían.

—Hay un sitio al que quiero llevarte un día —comentó Asya—. Es un bar pequeñito donde solemos reunirnos. El Café Kundera.

—¿De verdad? ¡Es uno de mis autores favoritos! —exclamó encantada Armanoush—. ¿Por qué se llama así?

—Bueno, eso es un debate constante. En realidad cada día sacamos una teoría nueva.

De camino al *konak*, Armanoush cogió de pronto la mano de Asya y le dio un apretón.

—Me recuerdas a un amigo mío. —Y por un instante la miró como si supiera algo y no pudiera contarlo—. Nunca he conocido a nadie tan perspicaz y... tan... tan empático que fuera a la vez tan estricto y... tan... tan polémico. ¡Solo una persona! Me recuerdas a mi amigo más peculiar: el Barón Baghdassarian. Os parecéis tanto que podríais ser almas gemelas.

—¿Ah, sí? —preguntó Asya, intrigada por el nombre—. ¿Qué pasa? ¿De qué te ríes?

—Perdona, es que el destino tiene mucha guasa. De toda la gente que conozco, resulta que el Barón Baghdassarian es el más… ¡el más antiturco!

Esa noche, cuando las mujeres Kazancı ya se habían ido a dormir, Armanoush salió de la cama en pijama, encendió la tenue lámpara de la mesa y procurando no hacer ruido, encendió el portátil. Nunca se había dado cuenta del estrépito que hacía al conectarse a internet. Marcó el número de teléfono, buscó la página y escribió la contraseña para entrar en Café Constantinopolis.

¿Dónde estabas? ¡Nos tenías muy preocupados! ¿Cómo estás?

Las preguntas llovían de todo el mundo.

Estoy bien —escribió Madame Mi Alma Exiliada—. Pero no he podido ver la casa de mi abuela. Han construido encima un edificio moderno y feo. Ha desaparecido. No ha quedado ni rastro… Ningún indicio, ni documentos, ni recuerdos de la familia armenia que vivía en esa casa a principios de siglo.

Lo siento, cariño —contestó Lady Pavo Real/Siramark—. ¿Cuándo vuelves?

Me quedo hasta que acabe la semana. —Le contestó Madame Mi Alma Exiliada—. Esto es toda una aventura. La ciudad es preciosa. Se parece en algunas cosas a San Francisco: las calles empinadas, la constante brisa del mar y la niebla, y las caras bohemias en los lugares más inesperados. Es un laberinto urbano. Más que una ciudad, parece varias ciudades en una. A propósito, la cocina es fantástica. Aquí cualquier armenio estaría en el cielo.

Armanoush se detuvo de pronto al darse cuenta alarmada de lo que acababa de escribir.

Quiero decir en cuanto a la comida —se apresuró a añadir.

¡Eh, Madame Mi Alma Exiliada! Eras nuestra reportera y ahora hablas como una turca. No te habrán turquificado, ¿verdad? —Era Anti-Javurma.

Armanoush respiró hondo.

Todo lo contrario. No me había sentido tan armenia en mi vida. Para experimentar plenamente mi condición de armenia tenía que venir a Turquía y conocer a los turcos.

La familia con la que estoy es muy interesante, un poco loca, pero tal vez todas las familias estén algo locas. Lo que pasa es que aquí hay algo surrealista. La irracionalidad es parte de la racionalidad cotidiana. Es como estar en una novela de García Márquez. Una de las hermanas se dedica a hacer tatuajes, otra es vidente, otra es profesora de historia nacional y la última es una excéntrica que no hace nada, o como diría Asya, una chiflada de profesión.

¿Quién es Asya? —tecleó al instante Lady Pavo Real/Siramark.

Es la hija de la casa. Una joven con cuatro madres y sin padre. Todo un carácter. Llena de rabia, sátira e ingenio. Sería un gran personaje de Dostoievski.

Armanoush se preguntó dónde demonios estaría el Barón Baghdassarian.

Madame Mi Alma Exiliada, ¿has hablado con alguien del genocidio? —quiso saber Penosa Convivencia.

Sí, varias veces, pero es muy difícil. Las mujeres de la casa escucharon la historia de mi familia con sincero interés y compasión, pero es lo máximo a lo que llegan. El pasado, para los turcos, es como otro mundo.

Si hasta las mujeres se quedan en eso, no puedo esperar nada en absoluto de los hombres —terció la Hija de Safo.

En realidad todavía no he tenido ocasión de hablar con ningún hombre —escribió Madame Mi Alma Exiliada, que acababa de darse cuenta de esto—. Pero Asya me va a llevar a un bar donde se reúnen regularmente. Supongo que allí conoceré a alguno.

Ten cuidado si bebes con ellos. El alcohol hace aflorar lo peor de las personas. —Era Alex el Estoico.

No creo que Asya beba. ¡Son musulmanes! Lo que sí hace es fumar como un carretero.

En Armenia la gente fuma mucho también —replicó Lady Pavo Real/ Siramark—. Hace poco volví a Eriván. El tabaco está matando al país.

Armanoush se agitó en su silla. ¿Dónde estaba el Barón? ¿Por qué no escribía nada? ¿Estaría enfadado con ella? ¿Se habría acordado de ella siquiera? Habría seguido atormentándose con preguntas de no ser por la siguiente línea que apareció en pantalla.

Cuéntanos, Madame Mi Alma Exiliada, desde que has llegado a Turquía, ¿has reflexionado sobre la paradoja jenízara?

¡Era él! ¡Él! ¡Él! Armanoush releyó el texto y contestó:

Sí. —Pero no supo qué más poner.

Como si hubiera advertido su vacilación, el Barón Baghdassarian, prosiguió:

Es un detalle por tu parte llevarte tan bien con la familia. Y te creo cuando dices que son buenas personas, interesantes a su manera. Pero ¿no te das cuenta? Eres su amiga solo mientras niegues tu propia identidad. Así ha sido siempre con los turcos a lo largo de la historia.

Armanoush frunció los labios entristecida. Al otro lado de la habitación, Asya se agitó y se dio la vuelta en la cama murmurando algo incomprensible, sumida al parecer en una pesadilla. Lo que estuviera diciendo, lo repitió varias veces.

Lo único que pedimos los armenios es el reconocimiento de nuestra pérdida y nuestro dolor, que es el requisito fundamental para que florezcan las genuinas relaciones humanas. Lo que les decimos a los turcos es: mirad, estamos llorando, llevamos llorando ya casi un siglo porque perdimos a nuestros seres queridos, nos echaron de nuestras casas, nos desterraron de nuestra tierra, nos han tratado como animales, nos han matado como ovejas. Nos han negado hasta una muerte decente. Ni siquiera el dolor infligido a nuestros abuelos hiere tanto como esta sistemática negación.

Si dices esto, ¿cuál será la respuesta de los turcos? ¡Nada! Solo hay una manera de entablar amistad con los turcos: estar tan desinformados y ser tan olvidadizos como ellos.

Puesto que no quieren unirse a nosotros para reconocer el pasado, esperan que nos unamos a ellos para ignorarlo.

De pronto se oyó un golpecito en la puerta, y luego muchos más. Armanoush se hundió en la silla con el corazón en la garganta, e impulsivamente apagó la pantalla del ordenador.

—¿Sí? —susurró.

La puerta se abrió despacio y la tía Banu asomó la cabeza. Llevaba un pañuelo rosado y suelto y un camisón largo de colores pálidos. Se había levantado para rezar y había visto la luz que salía del cuarto de las chicas.

Con la incomodidad de no hablar inglés pintada en la cara, hizo una serie de gestos, como si ella también estuviera jugando a las películas. Negó con la cabeza, arrugó la frente y luego, sonriente, blandió un dedo. Armanoush lo interpretó como: «Estudias mucho. No te canses demasiado».

Después la tía Banu tendió el plato que llevaba en la mano e hizo gesto de comer, ambos ademanes demasiado evidentes para necesitar interpretación. Sonrió, le dio a Armanoush una palmadita en el hombro, dejó el plato junto al portátil y se marchó cerrando la puerta suavemente. En el plato había dos naranjas, peladas y cortadas.

Armanoush encendió de nuevo la pantalla y dio un mordisco a una rodaja de naranja, mientras pensaba de nuevo qué le contestaría al Barón Baghdassarian.

10

Almendras

Al quinto día de su estancia, Armanoush había descubierto ya la rutina matutina del *konak* Kazancı. Los días laborables el desayuno estaba ya servido a las seis de la mañana y se quedaba en la mesa hasta las nueve y media. Mientras tanto, el samovar hervía constantemente y cada hora se preparaba de nuevo el té. En lugar de sentarse todas a la mesa al mismo tiempo, las Kazancı iban llegando a su aire, dependiendo de su trabajo, su estado de ánimo o su horario. Así, a diferencia de la cena, que era un evento totalmente sincronizado, el desayuno de los días laborables parecía un tren matutino que se detuviera en distintas estaciones donde bajaban y subían diversos pasajeros.

Casi siempre era la tía Banu quien ponía la mesa, la primera en levantarse para la oración del alba. Salía de la cama murmurando «Así es» mientras el muecín de la mezquita más cercana bramaba: «Rezar es mejor que dormir». Luego iba al baño y se preparaba para la oración: se lavaba la cara, los brazos hasta los codos y los pies hasta los tobillos. A veces el agua estaba helada, pero no le importaba. «El alma necesita tiritar para despertar —se decía—. El alma necesita tiritar.» Tampoco le importaba que el resto de la familia durmiera. Rezaba con el doble de intensidad para que ellas también recibieran el perdón.

Así, esa mañana, mientras el muecín coreaba: «Alá es el más grande, Alá es el más grande», la tía Banu ya había abierto los ojos en la cama y tendía la mano hacia la bata y el velo. Pero a diferencia de los otros días, sentía el cuerpo pesado, muy pesado. El muecín llamaba: «Doy testimonio de que no hay más Dios que Alá», y la tía Banu seguía sin poder levantarse. Ni siquiera cuando oyó: «Venid a rezar», y luego: «Venid al bien» pudo incorporarse en la cama. Era como si esa parte del cuerpo se le hubiera quedado sin sangre y fuera un saco pesado e inmóvil.

«Rezar es mejor que dormir. Rezar es mejor que dormir.»

—¿Qué os pasa, chicos? ¿Por qué no dejáis que me mueva? —preguntó la tía Banu con tono exasperado.

Los dos *yinn* sentados en sus hombros se miraron uno al otro.

—A mí no me lo preguntes. Díselo a él, que es quien está creando problemas —dijo doña Dulce desde su hombro derecho.

Como el nombre sugería, doña Dulce era una *yinni* buena, una justa. Tenía el rostro afable y resplandeciente, un halo de color ciruela, rosa y púrpura alrededor de la cabeza, el cuello fino y elegante; donde terminaba el cuello y debería empezar el torso le nacía un hilillo de humo. Al no tener cuerpo era como un busto en un pedestal, lo cual le parecía estupendo. A diferencia de las humanas, las mujeres *yinn* no tienen que batallar por un cuerpo proporcionado.

La tía Banu confiaba mucho en doña Dulce porque no era una de esas renegadas, sino una *yinni* devota y bondadosa que se había convertido al islam desde el ateísmo, una enfermedad que proliferaba entre los *yinn*. Doña Dulce visitaba con frecuencia mezquitas y santuarios, y era muy docta en temas coránicos. A lo largo de los años la tía Banu y ella se habían hecho muy amigas. No era así con Don Amargo, que estaba hecho con otro molde y venía de lugares donde el viento jamás cesaba de aullar. Don Amargo era muy viejo, incluso para ser un *yinni*, y por tanto tenía mucho más poder de lo que él mismo fingía, porque como todo el mundo sabe, los *yinn* son más poderosos cuanto más viejos.

La única razón de que don Amargo viviera en la casa Kazancı era que la tía Banu lo había atrapado hacía años, la última mañana de sus cuarenta días de penitencia. Desde entonces lo mantenía bajo control, sin quitarse nunca el talismán que lo retenía cautivo. Atar a un *yinni* no era cosa fácil. Lo primero y más importante era adivinar su nombre y no equivocarse. Era un juego letal, porque si el *yinni* averiguaba primero el nombre de la persona, se convertía en amo y la persona en esclava. Incluso cuando, tras adivinar su nombre, se tenía al *yinni* bajo control, sería un craso error dar por sentada la autoridad sobre él. A lo largo de la historia humana solo el gran Salomón había sido capaz de derrotar a los *yinn*, a ejércitos de *yinn*, pero hasta él necesitó la ayuda de un anillo de hierro mágico. Puesto que nadie podía igualar al gran Salomón, solo a un idiota narcisista se le ocurriría enorgullecerse de haber capturado a un *yinni*, y la tía Banu era cualquier cosa menos eso. Aunque don Amargo le había servido ya durante más de seis años, ella consideraba su relación como un contrato temporal que tenía que renovarse cada poco tiempo. Nunca lo había tratado con crueldad ni condescendencia, porque sabía que los *yinn*, a diferencia de los humanos, recordaban de por vida el daño recibido. No olvidaban jamás una injusticia. La memoria de los *yinn*, como un aplicado secretario que anotara cada incidente con sumo detalle, lo registraba todo para poder evocarlo algún día. Por lo tanto, la tía Banu siempre había respetado los derechos de su cautivo y jamás había abusado de su poder.

Aun así, podría haber utilizado su autoridad de manera muy distinta, pidiendo ganancias materiales como dinero, joyas o fama. No lo había hecho porque sabía que eso no eran más que ilusiones, y a los *yinn* se les daba especialmente bien crear ilusiones. Además, la fortuna que se adquiere de forma súbita es siempre una fortuna robada a otro, puesto que en la naturaleza no existe el vacío puro y los destinos de los seres humanos están interrelacionados como puntadas en un encaje. De ahí que todos aquellos años la tía Banu, prudente, se abstuviera de pedir ganancias materiales. De hecho, a don Amargo solo le había pedido una cosa: conocimiento.

Conocimiento sobre hechos pasados, individuos sin identificar, disputas de propiedad, conflictos familiares, secretos desenterrados, misterios sin resolver: lo que más necesitaba para poder ayudar a sus numerosas clientas. Si una determinada familia había perdido hacía tiempo un documento valioso, acudía a la tía Banu para localizarlo. O si una mujer sospechaba haber sido víctima de un mal hechizo, iba a preguntarle quién había perpetrado el sortilegio. Una vez le llevaron a una mujer embarazada; había enfermado de pronto y veían con alarma que empeoraba día tras día. Después de consultar con sus *yinn*, la tía Banu le dijo a la mujer que acudiera al limonero sin frutos de su jardín, donde encontraría una bolsa de terciopelo negro con una pastilla de jabón de aceite de oliva que tenía la marca de sus propias uñas: un hechizo realizado por un vecino envidioso. Sin embargo, la tía Banu no le dijo el nombre del vecino, para que no se crearan más rencillas. Al cabo de unos días le llegó la noticia de que la mujer embarazada se había recuperado enseguida y estaba bien. Así era como Banu había empleado los servicios de don Amargo. Excepto en una ocasión. Solo una vez le había pedido un favor personal, solo para ella, una cuestión rigurosamente confidencial: ¿quién era el padre de Asya?

Don Amargo le dio una respuesta, la respuesta, pero ella, indignada, se había negado en redondo a creerlo, aunque sabía perfectamente que un *yinni* esclavizado jamás puede mentir a su amo. Se negó a creerlo hasta que un día su corazón dejó de desafiar lo que su mente llevaba mucho tiempo reconociendo. A partir de entonces la tía Banu no volvió a ser la misma. Todavía se preguntaba una y otra vez si habría sido mejor no saberlo, puesto que el conocimiento en ese caso solo le había traído sufrimiento y pena, la maldición del sabio. Hoy, años después del incidente, la tía Banu planeaba pedir otro favor personal a don Amargo. Por eso estaba tan débil esa mañana. Los pensamientos contradictorios que se agitaban en su interior la habían debilitado frente a su esclavo, que a cada dilema de su ama se hacía más y más pesado en su hombro izquierdo.

¿Debía hacerle a don Amargo otra pregunta personal, tras lo mucho que se había arrepentido de haberlo hecho la primera vez? Quizá era el momento de poner fin al juego y quitarse el talismán, liberando así al *yinni* de una vez por todas. Podía seguir cumpliendo con sus deberes de vidente con ayuda de doña Dulce. Sus poderes quedarían algo menguados, pero bueno. ¿No le bastaba con eso? Una parte de ella la advertía contra la maldición del sabio, y se apartaba asustada de la desgarradora agonía que supone saber demasiado. La otra parte, sin embargo, se moría por saber más, siempre curiosa. Don Amargo era muy consciente del dilema y parecía estar disfrutando; le presionaba con insistencia el hombro izquierdo, y así doblaba el peso de sus cavilaciones.

—Bájate de mi hombro —ordenó la tía Banu, y pronunció la oración que el Corán recomendaba para cuando uno se enfrentaba a un *yinni* de armas tomar. Don Amargo, de pronto muy obediente, se bajó de un brinco y la dejó levantarse.

—¿Me vas a liberar? —preguntó, leyéndole la mente—. ¿O vas a usar mis poderes para una información específica?

Un susurro escapó de los labios de la tía Banu, pero más que un «sí» o un «no», pareció un gemido. Se sentía muy pequeña en la cavernosa inmensidad de la tierra, el cielo, las estrellas y el dilema que le pulverizaba el alma.

—Me puedes hacer la pregunta que te mueres por hacer desde que la americana os contó todas esas cosas tristes de su familia. ¿No quieres saber si es cierto o no? ¿No quieres ayudarla a descubrir la verdad? ¿O reservas tus poderes solo para tus clientas? —la desafió don Amargo, con un febril brillo de triunfo en sus ojos saltones, negros como el carbón. Luego, súbitamente plácido, añadió—: Te lo puedo decir, soy bastante viejo para saberlo. Estuve allí.

—¡Cállate! —exclamó la tía Banu, casi chillando. Notaba el estómago revuelto y el ardor de la bilis amarga en la garganta—. No quiero saberlo. No tengo ninguna curiosidad. Lamento el día en que te pregunté por el padre de Asya. Ay, Dios, ojalá no lo hubiera hecho. ¿De qué sirve el conocimiento si no se puede cambiar nada? Es un veneno que te deja impedida para siempre. No puedes vomitarlo y no te puedes morir. No quiero que vuelva a pasarme… Además, ¿tú qué sabes?

No podía imaginar siquiera por qué había soltado esa última pregunta porque era perfectamente consciente de que si quería conocer el pasado de Armanoush, don Amargo era el más apropiado para contárselo, puesto que era un *gulyabani*, el más traicionero de todos los *yinn*, pero también el más experto en tragedias.

Infortunados soldados a los que mataron en una emboscada a kilómetros de sus casas; trotamundos muertos de frío en las montañas; víctimas de la plaga exiliadas en el desierto; viajeros a los que los bandidos robaron y asesinaron; exploradores perdidos en medio de ninguna parte; criminales deportados que fueron a encontrar la muerte en alguna isla remota… los *gulyabani* lo habían visto todo. Presenciaron el exterminio de batallones enteros en sangrientos campos de batalla, pueblos condenados a morir de hambre y caravanas reducidas a cenizas por el fuego enemigo. Los *gulyabani* habían contemplado todos y cada uno de estos estragos. Eran especialmente famosos por acechar a los que estaban perdidos en el desierto sin agua ni comida. Cada vez que alguien moría sin una lápida, aparecían junto al cadáver. Si querían podían disfrazarse de plantas, rocas o animales, y de buitres en particular. Espiaban las calamidades, observando la escena desde un lado o desde arriba, aunque también podían acechar caravanas, robar la comida que un indigente necesitaba para sobrevivir, asustar a los peregrinos durante su viaje sagrado, atacar procesiones o susurrar una aterradora melodía de muerte en los oídos de los condenados a galeras o de los que debían emprender la marcha de la muerte. Eran los espectadores de esos momentos de los cuales los seres humanos no dejaban testimonio ni documentos escritos, los malvados testigos de la maldad que los seres humanos son capaces de infligirse unos a otros. En consecuencia, razonaba la tía Banu, si era cierto que la familia de Armanoush había sido forzada a emprender una marcha de la muerte en 1915, tal como ella sostenía, don Amargo lo sabría.

—¿No me vas a preguntar nada? —insistió don Amargo, sentado en el borde de la cama, disfrutando enormemente del dilema de la tía Banu—. Yo era un buitre —añadió en tono amargo—. Lo vi todo. Los vi caminar y caminar y caminar, mujeres y niños. Volé sobre ellos trazando círculos en el cielo azul, esperando a que cayeran de rodillas...

—¡Cállate! —gimió la tía Banu—. ¡Cállate! No quiero saberlo. No olvides quién manda aquí.

—Sí, ama. —Don Amargo se encogió—. Tus deseos son órdenes para mí, y así será mientras lleves ese talismán. Pero si quieres saber qué le pasó a la familia de esa chica en 1915, solo tienes que preguntármelo. Mi memoria puede ser tuya, ama.

La tía Banu se sentó en la cama mordiéndose los labios con fuerza para aparentar decisión, puesto que no tenía la más mínima intención de mostrarse débil ante don Amargo. Intentaba ser fuerte, pero el aire empezó a oler a polvo y moho, como si la habitación hubiera iniciado un proceso de putrefacción. O el momento presente se estaba descomponiendo deprisa en un residuo del tiempo, o la putrefacción del pasado se filtraba al presente. Las puertas del tiempo aguardaban a abrirse. Para mantenerlas cerradas y para que todo siguiera en su lugar, la tía Banu cogió el Sagrado Corán con cubierta nacarada que guardaba en un cajón de la mesilla. Abrió una página al azar y leyó: «Estoy más cerca de ti que tu propia yugular» (50:16).

—Alá —suspiró—. Estás más cerca de mí que mi propia yugular. Ayúdame con este dilema. Dame la paz del ignorante o dame la fuerza para soportar el conocimiento. Te doy las gracias sea cual sea tu opción, pero por favor no me dejes sin fuerzas y con conocimiento a la vez.

Con esta oración la tía Banu se levantó de la cama, se puso la bata y con rápidos y suaves pasos fue de puntillas al baño para prepararse para la oración de la mañana. Miró el reloj del aparador: las ocho menos cuarto. ¿Tanto tiempo se había pasado en la cama discutiendo con don Amargo, discutiendo con su conciencia? Se lavó deprisa la cara, las manos y los pies, volvió a la habitación con el vaporoso pañuelo de oración en la cabeza, tendió la pequeña alfombra y se dispuso a rezar.

Si la tía Banu había llegado tarde para poner la mesa del desayuno esa mañana, Armanoush sería una de las últimas en advertirlo. Había estado conectada a internet hasta muy tarde, luego por la mañana se quedó dormida y le habría gustado seguir durmiendo aún más. Se agitó, dio vueltas, se subió y bajó la manta sobre el pecho, haciendo todo lo posible por volver a dormirse. Por fin abrió un ojo pesado y vio a Asya en la mesa, leyendo un libro y oyendo música con los auriculares puestos.

—¿Qué estás oyendo? —preguntó en voz alta.

—¿Eh? —gritó Asya—. ¡A Johnny Cash!

—¡Ah, claro! ¿Y qué lees?

—*El hombre irracional: un estudio sobre la filosofía existencial* —replicó la otra a voces.

—¿No es eso también un poco irracional? ¿Cómo puedes oír música y concentrarte en la filosofía existencial al mismo tiempo?

—Cuadran perfectamente —aseguró Asya—. Tanto Johnny Cash como la filosofía existencial ahondan en el alma humana para verla por dentro y, al no gustarles lo que encuentran, la dejan abierta.

Antes de que Armanoush pudiera reflexionar sobre ello, alguien llamó a la puerta para que no perdieran el último tren del desayuno.

Encontraron la mesa puesta solo para las dos, pues todo el mundo había terminado ya. La abuela y Petite-Ma habían ido a ver a un pariente, la tía Cevriye al colegio, la tía Zeliha a su estudio de tatuaje y la tía Feride estaba en el baño tiñéndose el pelo de rojo. La única tía que quedaba en el salón parecía curiosamente malhumorada.

—¿Qué pasa, te han dejado tirada tus *yinn*? —preguntó Asya.

La tía Banu, en lugar de contestar, se fue a la cocina. En las siguientes dos horas reorganizó los tarros de cereales que se alineaban en los estantes, barrió el suelo, hizo galletas de pasas y almendras, lavó las frutas de plástico del mostrador y frotó concienzudamente una mancha fosilizada de mostaza que había en la esquina de la cocina. Cuando por fin volvió al salón, se encontró a las chicas todavía en la mesa, burlándose de todas y cada una de las escenas de *La maldición de la hiedra del enamoramiento*, el culebrón más largo de la historia de la televisión turca. Sin embargo, en lugar de molestarse porque se rieran de algo que ella apreciaba, la tía Banu se sorprendió. Le sorprendió darse cuenta de que se le había olvidado por completo su programa favorito y se lo había perdido por primera vez en mucho tiempo. Hasta ese día, la única vez que había dejado de verlo había sido años atrás, durante su período de penitencia. E incluso entonces, que Alá la perdonara, había pensado en *La maldición de la hiedra del enamoramiento*, preguntándose qué estaría pasando mientras ella expiaba sus pecados. Pero ahora que no había razones para perdérselo, ¿cómo se le había podido pasar? ¿Tan preocupada estaba? ¿Era posible estar tan confusa y no advertirlo siquiera?

De pronto vio que las dos chicas la miraban y se sintió incómoda, quizá porque se dio cuenta también de que ahora que se había terminado el capítulo estarían buscando un nuevo blanco para sus burlas.

Pero Asya parecía tener otra cosa en la cabeza.

—Armanoush quería pedirte si podías echarle las cartas.

—¿Por qué quiere que le eche las cartas? —replicó la tía Banu—. Dile que es una joven muy guapa e inteligente con un brillante futuro. Solo los que no tienen futuro necesitan saberlo.

—Pues entonces léele unas avellanas tostadas —insistió Asya, saltándose la traducción.

—Eso ya no lo hago —contestó la tía Banu, contrita—. Al final resultó que no era tan buen método.

—Verás, es que mi tía es una vidente muy positivista. Mide científicamente el margen de error en cada adivinación —le contó Asya a Armanoush en inglés, pero luego volvió a asumir un tono serio en turco—. Bueno, pues entonces léenos los posos de café.

—Ah, eso ya es otra cosa —convino la tía Banu, incapaz de negarse a una taza de café—. Eso sí que puedo leerlo en cualquier momento.

El café de Armanoush no tenía azúcar y el de Asya tenía de sobra, aunque esta no quería que le leyeran los posos. Lo que buscaba era la cafeína, no su destino. Cuando Armanoush terminó el café, la tía Banu puso el plato encima y movió la taza formando tres círculos horizontales. Luego la volcó sobre el platillo dejando que los posos bajaran lentamente para formar dibujos. Al cabo de unos veinte minutos, cuando el fondo de la taza se había enfriado, le dio la vuelta y comenzó a hacer su lectura moviendo la vista en el sentido de las manecillas del reloj.

—Veo a una mujer muy preocupada.

—Será mi madre —suspiró Armanoush.

—Está agobiada. Piensa todo el tiempo en ti, te quiere mucho, pero su alma está inquieta. Luego hay una ciudad con puentes rojos. Hay agua, el mar, viento y… niebla. Ahí veo una familia, muchas cabezas. Mirad, mucha gente, mucho amor, mucha comida también…

Armanoush asintió, algo avergonzada de que desvelaran así su entorno.

—Luego… —La tía Banu se saltó las malas noticias asentadas en el fondo: flores que pronto se esparcirían sobre una tumba, muy, muy lejos. Giró la taza entre sus dedos regordetes. Siguió hablando en voz más alta de lo que pretendía, y todas se sobresaltaron—. ¡Ah! Hay un joven a quien le importas mucho. Pero ¿por qué está tras un velo? Bueno, es algo que parece un velo.

A Armanoush le dio un vuelco el corazón.

—¿Podría ser una pantalla de ordenador? —preguntó Asya con picardía, justo cuando Sultán Quinto le saltaba al regazo.

—No veo ordenadores en los posos de café —objetó la tía Banu. No le gustaba incorporar la tecnología a su universo parapsicológico.

Guardó un silencio solemne, giró el plato unos centímetros y se quedó inmóvil. Ahora parecía inquieta.

—Veo a una chica de tu edad. Tiene el pelo rizado, negro, muy negro… un pecho abundante…

—Gracias, tía, ya capto el mensaje —rió Asya—. Pero no tienes que meter a tu familia en todas las tazas que lees, eso se llama nepotismo.

La tía Banu parpadeó, impasible.

—Hay una cuerda, una cuerda fuerte y gruesa con un nudo en el extremo, como un lazo. Vosotras dos vais a estar unidas con un fuerte lazo… Veo un vínculo espiritual…

Para decepción de las chicas, la tía Banu no dijo nada más. Dejó la taza en el plato y la llenó de agua, para que los dibujos se desvanecieran antes de que ninguna otra persona, con buenas o malas intenciones, pudiera echar un vistazo. Eso era lo bueno de leer los posos del café: que a diferencia del destino escrito por Alá, aquellos dibujos se podían borrar.

Cogieron el transbordador camino del Café Kundera para que Armanoush pudiera ver la ciudad en toda su grandeza y esplendor. Como el transbordador mismo, los pasajeros tenían un aire de lasitud, que quedó rápidamente barrido por un súbito viento en cuanto el barco entró en el mar azul. El rumor de la multitud se amplificó durante un largo minuto para luego desvanecerse en un monótono zumbido que acompañaba otros ruidos: el estruendo del motor fueraborda, el chapaleo de las olas y los chillidos de las gaviotas. Armanoush advirtió encantada que las perezosas gaviotas de la orilla los acompañaban. Casi todo el mundo les echaba trozos de *simit*; esa rosquilla de pan con sésamo era una golosina que las aves carnívoras encontraban irresistible.

En el banco que tenían enfrente iban una mujer corpulenta ataviada con ropa clásica y su hijo adolescente, uno junto al otro y a un mundo de distancia. Por la cara de la mujer Armanoush supo que no le entusiasmaba el transporte público, que despreciaba a las masas y, de haber podido, habría tirado al mar a todos los pasajeros mal vestidos. Oculto tras unas gafas de gruesa montura, el hijo parecía algo avergonzado de la altanería de su madre. Eran como personajes de Flannery O'Connor, pensó Armanoush.

—Cuéntame más cosas de ese tal Barón —pidió de pronto Asya—. ¿Cómo es? ¿Qué edad tiene?

Armanoush se sonrojó. Bajo la vívida luz del sol de invierno, que brillaba entre las densas nubes, su rostro era el de una joven enamorada.

—No lo sé, no lo conozco en persona. Nos comunicamos por internet. Pero admiro su inteligencia y su pasión, supongo.

—¿Y no quieres conocerlo algún día?

—Pues sí y no —confesó Armanoush. Partió un trozo del *simit* que había comprado en el pequeño y atestado bar del barco y se inclinó sobre la borda, esperando que se acercara una gaviota.

—No tienes que esperar a que vengan —sonrió Asya—. Tú tira el trozo al aire y una gaviota lo cogerá al instante.

Armanoush obedeció y de pronto apareció una gaviota y se tragó la golosina.

—Me muero por saber más cosas de él, pero en el fondo no quiero conocerlo nunca. Cuando sales con alguien se acaba la magia, y no podría soportar que pasara eso con él. Es demasiado importante para mí. La pareja y el sexo son ya otra historia, bastante espinosa.

Entraban en la pantanosa zona de los tabúes. Una buena señal que indicaba que se estaban haciendo amigas.

—¡Magia! —exclamó Asya—. ¿Y quién necesita la magia? Las historias de Laila y Majnun. Yusuf y Zulaika, la Polilla y la Vela o el Ruiseñor y la Rosa... Maneras de amarse en la distancia, aparearse sin tocarse siquiera. ¡El amor platónico! La escala del amor por la que se supone que hay que subir cada vez más alto, hasta el éxtasis del yo y el otro. Platón considera que cualquier contacto físico es corrupto e innoble porque cree que el verdadero objetivo de Eros es la belleza. ¿Y no hay belleza en el sexo? Pues según Platón, no. Él va tras «objetivos más sublimes». Pero entre tú y yo, me parece que el problema de Platón, como el de tantos otros, es que nunca echó un buen polvo.

Armanoush miró pasmada a su amiga.

—Pensaba que te gustaba la filosofía... —balbuceó, sin saber muy bien por qué lo decía.

—Admiro la filosofía —concedió Asya—. Pero eso no significa que tenga que estar de acuerdo con los filósofos.

—O sea, que por lo visto no te entusiasma el amor platónico, ¿no?

Ese sí era un dato que Asya prefería reservarse, no porque no pudiera contestar la pregunta, sino porque temía las implicaciones de la respuesta. No quería intimidar a Armanoush, tan cortés y educada. ¿Cómo demonios explicarle que, aunque solo tenía diecinueve años, había conocido las manos de muchos hombres y no sentía por ello la más mínima culpa? Además, ¿cómo decir la verdad sin dar a una extranjera una impresión equivocada sobre «la castidad de las chicas turcas»?

Aquella especie de «responsabilidad nacional» era totalmente ajena a Asya Kazancı. Nunca se había sentido parte de una colectividad, y no tenía ninguna intención de hacerlo, ni ahora ni en el futuro. Aun así, ahí estaba, interpretando como mejor sabía el papel, alguien que de la noche a la mañana se había hecho patriota. ¿Podría abandonar esa identidad nacional para volver a la suya propia, auténtica y pecadora? ¿Podía decirle a Armanoush que estaba absolutamente convencida de que solo cuando te has acostado con un hombre puedes estar segura de que es la persona apropiada para ti? ¿Que solo en la cama salían a la superficie los complejos más hondos e inescrutables, y que por mucho que la gente pensara, el sexo era de hecho algo más sensual que físico? ¿Cómo podía confesar que había tenido muchas relaciones, demasiadas, como si quisiera vengarse de los hombres, y que todavía no sabía de qué iba a vengarse? Había tenido muchos amantes, a veces simultáneos, aventuras polígamas que siempre habían acabado en sufrimiento, y había acumulado así un montón de secretos cuidadosamente apartados de las paredes de la casa Kazancı. ¿La entendería Armanoush sin juzgarla? ¿Podría de verdad ver su alma desde las alturas de aquella torre estéril donde vivía?

¿Podría Asya confesar que una vez intentó suicidarse? Una desagradable experiencia de la que extrajo dos lecciones básicas: que tomarse las pastillas de la chiflada de su tía no es la mejor manera de matarse y que si te quieres suicidar más te vale tener a mano una razón por si sobrevives, puesto que la única pregunta que oirás en todas partes será: «¿Por qué?». ¿Podría admitir que jamás había sido capaz de encontrar la respuesta a esa pregunta? Solo recordaba que era demasiado joven, demasiado alocada, demasiado furiosa, demasiado intensa para el universo donde vivía. ¿Tendría todo eso algún sentido para Armanoush? ¿Podría entonces revelar que hacía poco había avanzado un poco hacia la estabilidad y la tranquilidad, puesto que ahora tenía una relación monógama, aunque con un hombre casado que le doblaba la edad, al que veía de vez en cuando para compartir sexo y algún porro y refugiarse de la soledad? ¿Cómo podía contarle a Armanoush que, en realidad, era más bien un desastre?

Así que, en lugar de contestar, Asya sacó un walkman de la mochila y pidió permiso para oír una canción, solo una canción. Una dosis de Cash era justo lo que necesitaba. Ofreció uno de los auriculares a Armanoush, que lo aceptó con recelo y preguntó:

—¿Qué canción de Johnny Cash vamos a escuchar?

—«Dirty Old Egg-Suckin' Dog».

—¿Así se llama la canción? No la conozco.

—Sí —contestó Asya muy seria—. Escucha…

Primero un apático preludio, luego melodías country fusionadas con los chillidos de las gaviotas y las voces turcas de fondo.

Armanoush estaba demasiado aturdida por el contraste entre la letra y el entorno para disfrutar del tema. Se le ocurrió que la canción era como Asya: llena de contradicciones y genio, y en absoluta falta de armonía con el medio; sensible, reactiva y a punto de explotar en cualquier momento. Se reclinó en el asiento. El murmullo de fondo disminuyó hasta convertirse en un tedioso zumbido, los trozos de *si-*

mit desaparecían en el aire, en la brisa flotaba un toque de encantamiento, el transbordador se deslizaba suavemente y los fantasmas de todos los peces del pasado nadaban con él, en aquel mar de un denso y viscoso azul.

Cuando terminó la canción ya habían llegado a puerto. Algunos pasajeros saltaron antes de que el barco atracara. Armanoush contempló aquellas acrobacias sorprendida por los muchos talentos que los estambulíes habían desarrollado para adaptarse al ritmo de la ciudad.

Quince minutos después la destartalada puerta de madera del Café Kundera se abrió con un estridente tintineo y entraron Asya Kazancı, con un vestido hippy malva, y su invitada, con unos vaqueros y un suéter sencillo. El grupo habitual estaba en el lugar habitual con su actitud habitual.

—¡Hola a todos! —exclamó Asya—. Esta es Amy, una amiga de América.

—¡Hola, Amy! —saludaron al unísono—. ¡Bienvenida a Estambul!

—¿Es la primera vez que vienes? —preguntó alguien.

Luego los demás empezaron el interrogatorio:

—¿Te gusta la ciudad?

—¿Te gusta la comida?

—¿Hasta cuándo te quedas?

—¿Piensas volver?

A pesar de la calurosa bienvenida, todos recuperaron rápidamente su característica postura de absoluta languidez, puesto que no había nada que pudiera perturbar el pausado ritmo del Café Kundera. Quienes necesitaran velocidad y variación harían bien en marcharse, porque eso abundaba en la calle. En aquel lugar eran obligatorias la indolencia y la eterna recurrencia, las fijaciones, repeticiones y obsesiones. Aquel lugar era para los que no querían tener nada que ver con una visión global de las cosas, si es que eso existía.

Durante las breves pausas entre preguntas, Armanoush observó el lugar y a la gente, intuyendo a qué se debía el nombre del bar. La constante tensión entre la vulgar realidad y la traicionera fantasía, la noción de la «gente de fuera» contra «nosotros los de dentro», la onírica cualidad del lugar y, por último, la sombría expresión de las caras, como si estuvieran cavilando qué opción tomar: llevar el peso de alborotados idilios o tornarse medio reales con la levedad del ser... todo evocaba una escena de una novela de Kundera. Sin embargo, ellos ni podían ni querían saberlo. Estaban demasiado involucrados, eran parte del asunto, como el pez que no puede jamás comprender la inmensidad del mar que habita desde la borrosa lente de las aguas que lo rodean.

La semejanza del bar con una escena de Kundera no hizo sino aumentar el interés de Armanoush. Advirtió muchas otras cosas; por ejemplo, que todos los del grupo hablaban inglés, aunque con acento y faltas gramaticales. En general no parecían tener problemas para pasar del turco al inglés. Al principio atribuyó esta facilidad a su confianza en sí mismos, pero al final de la tarde ya sospechaba que el factor primordial no era su confianza con el inglés, sino su falta de confianza con cualquier idioma. Hablaban y se comportaban como si por mucho que dijeran, no importaba cómo, no pudieran de verdad expresar del todo su ser más íntimo, como si a la postre el idioma no fuese más que un cadáver apestoso de palabras huecas podridas por dentro.

Armanoush advirtió también que la inmensa mayoría de las imágenes de carreteras colgadas en las paredes mostraba países occidentales o lugares exóticos. Muy pocas hacían referencia a algo intermedio. No sabía cómo interpretar esta observación. Tal vez allí el vuelo de la imaginación oscilara entre trasladarse a Occidente o huir a una lejana tierra exótica.

Entró en el bar un vendedor callejero moreno y delgado, casi ocultándose de los camareros para que no lo echaran. Llevaba una enorme bandeja de almendras amarillas, sin pelar, sobre cubitos de hielo.

—¡Almendras! —exclamó, como si fuera el nombre de alguien a quien buscara desesperadamente.

—¡Aquí! —llamó el Dibujante Dipsómano, como respondiendo al nombre.

Las almendras combinaban a la perfección con la cerveza que bebía en ese momento. A estas alturas ya había abandonado Alcohólicos Anónimos, no tanto por una cuestión de adicción como de sinceridad. No le parecía sincero declararse alcohólico cuando no lo era. Así pues había decidido convertirse en su propio supervisor. Hoy, por ejemplo, solo bebería tres cervezas. Ya había tomado una y le quedaban dos. Luego pararía. Sí, aseguró a todos, era capaz de imponerse esta disciplina sin la patética guía profesional de nadie. Con esta decisión en mente, compró cuatro cucharones de almendras y las apiló en el centro de la mesa para que todos pudieran alcanzarlas.

Mientras tanto Armanoush no dejaba de pensar. Miró al camarero, un tipo flaco con pinta de estar perdido, que tomaba el pedido de todos, y le sorprendió un poco ver a tanta gente bebiendo. Recordó la generalización que había hecho la noche pasada sobre los musulmanes y el alcohol. ¿Debería hablarles a sus amigos del Café Constantinopolis sobre la afición de los turcos al alcohol? ¿Hasta qué punto debería revelarles todo lo que estaba sucediendo?

Unos minutos después volvió el camarero con una jarra grande de espumosa cerveza para el Dibujante Dipsómano y una jarra de tinto seco para todos los demás. Mientras el hombre servía el oscuro líquido escarlata en las elegantes copas, Armanoush aprovechó para observar a la gente de la mesa. Imaginó que la mujer tan tensa sentada junto al hombre corpulento de la nariz bulbosa sería su mujer. Sentada a su lado pero a kilómetros de distancia. Examinó uno por uno a la mujer del Dibujante Dipsómano, al Dibujante Dipsómano, al Columnista Gay en el Armario, al Poeta Excepcionalmente Malo, al Guionista No Nacionalista de Películas Ultranacionalistas y… no pudo evitar detenerse algo más en la joven morenita y sexy sentada frente a ella, que no parecía parte del grupo sino más bien y en todo caso torpemente anexionada a él. Era sin lugar a dudas una adicta al móvil. No dejaba de jugar con su reluciente teléfono rosa, abriéndolo sin razón aparente, pulsando un botón u otro, enviando o recibiendo mensajes, absorta en el pequeño artilugio. De vez en cuando se inclinaba sobre el hombre barbudo que tenía al lado para besuquearle la oreja. Era evidente que se trataba de la nueva novia del Guionista No Nacionalista de Películas Ultranacionalistas.

—Ayer me hice un tatuaje.

La frase estaba tan fuera de contexto que Armanoush no supo al principio si iba dirigida a alguien, y mucho menos a ella. Pero por puro aburrimiento o en un intento de congraciarse con la otra reciente incorporación al grupo, la nueva novia del Guionista No Nacionalista de Películas Ultranacionalistas hablaba con ella.

—¿Quieres verlo?

Era una orquídea silvestre, más roja que un demonio, enroscada en torno a su ombligo.

—Genial —comentó Armanoush.

La mujer sonrió complacida.

—Gracias —dijo mientras se limpiaba los labios dándose golpecitos con la servilleta, aunque no había comido nada.

Asya también la había estado observando, aunque con una mirada mucho más crítica. Como siempre, al conocer a una nueva fémina solo tenía dos opciones: esperar a ver cuándo empezaría a odiarla o tomar un atajo y odiarla de inmediato. Escogió esto último.

Se reclinó en la silla y cogió la copa entre el pulgar y el índice, observando el líquido rojo. Ni siquiera al empezar a hablar apartó la vista del vino.

—De hecho, si recordamos lo antigua que es la práctica de los tatuajes… —Pero no terminó la frase, sino que empezó otra—: Al principio de los años noventa unos exploradores encontraron un cuerpo muy bien conservado en los Alpes italianos. Tenía más de cinco mil años, y cincuenta y siete tatuajes en el cuerpo. ¡Los tatuajes más viejos del mundo!

—¿De verdad? —preguntó Armanoush—. ¿Y qué tatuajes se hacían entonces?

—A menudo se tatuaban animales, los tótems… seguramente burros, ciervos, búhos, carneros… y serpientes, claro. Fijo que había mucha demanda de serpientes.

—¡Vaya, más de cinco mil años! —exclamó la nueva novia del Guionista No Nacionalista de Películas Ultranacionalistas.

—¡Pero seguro que no tenía ningún tatuaje en el ombligo! —la arrulló él. Y los dos se echaron a reír, luego se besaron y se hicieron unos mimos.

—A veces relacionamos los tatuajes con la originalidad, la inventiva e incluso lo moderno. Pero, de hecho, los tatuajes alrededor del ombligo son una de las costumbres más antiguas de la humanidad. Te recuerdo que a finales del siglo XIX un grupo de arqueólogos occidentales descubrió el cuerpo momificado de una princesa egipcia. Se llamaba Amunet. ¿Y sabes qué? Tenía un tatuaje. ¿Y sabes dónde? —Asya se volvió directamente hacia el guionista para mirarle a los ojos—. ¡En el ombligo!

El guionista parpadeó, confuso ante tanta información. Su nueva novia también parecía impresionada.

—¿Cómo sabes todo eso? —preguntó.

—Su madre tiene un estudio de tatuaje —terció el Dibujante Dipsómano sin apartar la mirada de Asya. Se hundió en su silla, resistiendo el impulso de besar sus furiosos labios, resistiendo el impulso de pedir otra cerveza, resistiendo el impulso de dejar de hacerse pasar por el hombre que no era.

Asya mientras tanto, con un humor muy diferente, se disponía a lanzar otro ataque contra la chica nueva. Se inclinó hacia delante con expresión dura.

—Además, los tatuajes pueden ser muy peligrosos.

Esperó unos segundos a que asimilara bien la noción de peligro.

—Hay que desinfectar muy bien los instrumentos, pero la verdad es que nunca se puede estar seguro al cien por cien de que se ha eliminado el riesgo de contagio, que desde luego es un tema muy grave puesto que la técnica más común de tatuar consiste en inyectar tinta en la piel mediante agujas…

Pronunció la palabra «agujas» en tono tan amenazador que todos notaron un escalofrío. Solo el Dibujante Dipsómano la observaba con un brillo travieso en los ojos, disfrutando del espectáculo.

—La aguja entra y sale de la piel a un ritmo aproximado de tres mil veces por minuto —prosiguió Asya. Se puso a meter y sacar un cigarrillo del paquete como ilustrando la técnica, hasta que finalmente lo encendió. Su interlocutora intentó sonreír ante aquel gesto tan abiertamente sexual, pero la mirada de Asya le truncó la sonrisa.

—Entre las muchas enfermedades que se pueden contraer en un estudio de tatuaje están la infección de la sangre y la hepatitis. El tatuador cada vez tiene que abrir un nuevo paquete estéril de agujas y lavarse las manos con agua caliente y jabón, y encima utilizar desinfectantes y llevar guantes de látex… Teóricamente, claro. Porque, vamos, ¿quién se molesta con tanto preparativo?

—Pues el mío hizo todo eso. Las agujas eran nuevas y tenía las manos limpias —aseguró en turco la nueva novia, con cierto pánico en la voz.

Pero Asya no cedió y prosiguió en inglés.

—Sí, ya. Por desgracia con eso no basta. ¿Y la tinta? ¿Sabías que no solo hay que usar agujas nuevas, sino también tinta nueva? Hay que usar tinta nueva en cada sesión y con cada cliente.

—La tinta… —Ahora la chica parecía preocupada de verdad.

—¡Justo, la tinta! —decretó Asya—. Después de un tatuaje pueden surgir muchas infecciones solo por la tinta. Una de las más comunes es la del *Staphylococcus aureus*, que por desgracia —arrugó la frente— se sabe que provoca un daño cardíaco serio.

Aunque intentó no perder la calma aparente, al oír esto la chica palideció. En ese momento sonó su móvil, pero ni se molestó en mirarlo.

—¿Has consultado a un médico antes de hacerte el tatuaje? —preguntó Asya con una expresión preocupada que esperaba resultara persuasiva.

—Pues no —contestó la chica. Ahora estaba muy seria, con nuevas arrugas en torno a los labios y los ojos.

—¿Ah, no? Bueno, da igual, no te preocupes. —Asya alzó las manos—. Es casi seguro que no te va a pasar nada.

Entonces se arrellanó en la silla. El Dibujante Dipsómano y Armanoush sonrieron, pero nadie más reaccionó.

El dibujante decidió entrar en el juego, y se volvió hacia Asya divertido y malicioso.

—Se lo puede quitar si quiere, ¿no? Es posible quitarlo, ¿no?

—Es posible, aunque es un proceso muy doloroso y bastante peliagudo en el mejor de los casos. Se pueden elegir tres métodos: cirugía, tratamiento con láser o dermoabrasión.

Con estas palabras Asya cogió una almendra y la peló. Ninguno de los presentes, ni siquiera Armanoush, pudo evitar mirar la almendra con horror. Satisfecha por el interés de su audiencia, Asya se echó a la boca la almendra pelada y masticó con ganas. La nueva novia la miraba con ojos como platos.

—Yo personalmente no recomendaría la dermoabrasión. Sin embargo, los otros métodos tampoco son mejores. Hay que buscar un buen dermatólogo, muy bueno, o un cirujano plástico. Vale una fortuna, pero ¿qué se le va a hacer? Cada visita es un dineral, y hay que ir varias veces. Y luego, aunque te quiten el tatuaje, te queda una cicatriz, además de la decoloración de la piel, claro. Para que te quiten eso hay que ir a otro cirujano plástico. Y ni siquiera así el resultado está totalmente garantizado.

Armanoush tuvo que pellizcarse para no reírse.

—Bueno, ¿por qué no bebemos? —interrumpió la mujer del Dibujante Dipsómano, con una sonrisa cansada—. ¿Y qué mejor razón para beber que don Puntillas? ¿Cómo se llamaba? ¿Cecche?

—Cecchetti —corrigió Asya, lamentando de nuevo el día que se emborrachó tanto como para dar una conferencia sobre la historia del ballet.

—Sí, sí, Cecchetti. —El Poeta Excepcionalmente Malo se echó a reír y le explicó a Armanoush—: Gracias a él, los bailarines tienen que agotarse andando de puntillas, ¿sabes?

—¿En qué estaría pensando? —añadió otro. Y todo el mundo estalló en carcajadas.

—Dinos, Amy, ¿de dónde eres? —preguntó el Poeta Excepcionalmente Malo alzando la voz sobre el eterno murmullo del bar.

—La verdad es que Amy es un diminutivo de Armanoush —terció Asya, todavía con ganas de provocar—. Es armenia americana.

La expresión «armenia» no habría sorprendido a nadie en el Café Kundera, pero «armenia americana» era harina de otro costal. Los armenios armenios no representaban ningún problema: cultura similar, dificultades similares. Pero un armenio americano era alguien que despreciaba a los turcos. Todas las cabezas se volvieron hacia Armanoush, con miradas que revelaban un interés teñido de alarma, como si la chica fuera una llamativa caja de contenido desconocido.

Dentro de la caja podía haber un regalo tan exquisito como el envoltorio, o podía haber una bomba. Armanoush cuadró los hombros, como preparándose para recibir un golpe. No obstante, tras frecuentar el Café Kundera durante tantos años, el grupo había asimilado demasiado la languidez del local para que la emoción fuera más que momentánea.

Asya, sin embargo, no dejó que la tensión se desvaneciera.

—¿Sabíais que la familia de Armanoush era de Estambul? —comentó entre dos almendras—. Los sometieron a todo tipo de sufrimientos en 1915… Muchos murieron durante las deportaciones, de hambre, de cansancio, por la brutalidad…

Silencio absoluto. Ni un comentario. Asya tiró un poco más de la cuerda bajo la mirada preocupada del Dibujante Dipsómano.

—Pero a su bisabuelo lo mataron antes, sobre todo por… —Asya se volvió hacia Armanoush, aunque lo que decía iba dirigido a los miembros del grupo—. ¡Por ser un intelectual! —Tomó un sorbo de vino lentamente—. El caso es que los intelectuales armenios fueron los primeros a quienes ejecutaron, para dejar a la comunidad sin los cerebros dirigentes.

El silencio no tardó ahora en romperse.

—Eso no fue así. —El Guionista No Nacionalista de Películas Ultranacionalistas meneó la cabeza con vehemencia—. Eso no lo hemos oído nunca. —Dio una calada a su pipa y miró a Armanoush a los ojos entre las volutas de humo—. Mira… —Su voz era ahora un susurro compasivo—. Siento mucho lo de tu familia y te ofrezco mis condolencias. Pero debes entender que eran tiempos de guerra. Murió mucha gente de ambos bandos. ¿Tienes idea de cuántos turcos murieron a manos de los armenios rebeldes? ¿Has pensado alguna vez en la otra parte de la historia? ¡Seguro que no! ¿Y el sufrimiento de las familias turcas? Aunque es todo muy trágico, las circunstancias de 1915 no son las de ahora. Los tiempos eran muy distintos. Entonces ni siquiera existía un Estado turco, sino el Imperio otomano, por Dios. La era premoderna y sus tragedias premodernas.

Armanoush apretó los labios con tanta fuerza que palidecieron. Tenía tantas objeciones que no sabía ni por dónde empezar. Cómo le hubiera gustado que el Barón Baghdassarian estuviera allí.

El silencio de Armanoush fue roto al instante por Asya.

—¿Ah, sí? ¡Yo pensaba que no eras nacionalista!

—¡Y no lo soy! —exclamó el hombre, alzando la voz un par de octavas. Se acarició la barba para no perder los estribos—. Pero respeto las verdades históricas.

—A la gente le han lavado el cerebro —apuntó su nueva novia, tratando de apoyar a su amante y a la vez vengarse por la conversación sobre el tatuaje.

Asya y Armanoush se miraron. En ese fugaz instante volvió a aparecer el camarero para llevarse la jarra de vino vacía y poner otra llena.

—¿Sí? ¿Y cómo lo sabes? A lo mejor a vosotros también os han lavado el cerebro —comentó Armanoush por fin.

—Sí, ¿tú qué sabes? —repitió Asya—. ¿Qué sabemos de 1915? ¿Cuántos libros habéis leído sobre el tema? ¿Cuántos puntos de vista controvertidos habéis comparado y contrastado? ¿Qué investigaciones, qué estudios…? ¡Seguro que no habéis leído nada! Pero estáis convencidísimos, eso sí. ¿Acaso no nos tragamos todo lo que nos echan? Cápsulas de información, cápsulas de desinformación. Todos los días nos tragamos un puñado.

—Estoy de acuerdo. El sistema capitalista anula nuestros sentimientos y recorta nuestra imaginación —terció el Poeta Excepcionalmente Malo—. Este sistema es responsable del desencanto del mundo. Solo la poesía puede salvarnos.

—Mira —replicó el otro—, a diferencia de la mayoría de los turcos, yo he investigado mucho sobre este episodio debido a mi traba-

jo. Escribo escenas para películas históricas. Leo historia constantemente. Así que si digo esto no es porque lo haya oído por ahí ni porque me tengan desinformado. ¡Todo lo contrario! Hablo como una
persona que ha realizado una meticulosa investigación sobre el tema.
—Hizo una pausa para tomar un sorbo de vino—. Estas afirmaciones
de los armenios se basan en la exageración y la distorsión. Vamos,
hombre, si algunos hasta llegan a decir que matamos a dos millones
de armenios. Ningún historiador en su sano juicio se tomaría eso en
serio.

—Aunque hubiera sido uno, ya sería demasiado —saltó Asya.

El camarero reapareció con una nueva jarra en la mano y una expresión preocupada en el rostro. Le hizo un gesto al Dibujante Dipsómano:

—¿Quiere seguir pidiendo?

La respuesta fue un gesto con el pulgar hacia arriba. Tras haber
tomado hacía rato sus tres cervezas y fiel a su decisión de mantenerse
en ese número, el Dibujante Dipsómano se había pasado al vino.

—Te voy a decir una cosa, Asya —comenzó el Guionista No Nacionalista de Películas Ultranacionalistas mientras se servía otra copa—. Sabes lo de los infames juicios de las brujas de Salem, ¿no?
Pues lo más interesante es que casi todas las mujeres acusadas de bru-
jería hicieron confesiones muy parecidas y mostraron síntomas parecidos, incluso se desmayaron al mismo tiempo… ¿Mentían? ¡No!
¿Estaban fingiendo? ¡No! Sufrían de histeria colectiva.

—¿Eso qué significa? —preguntó Armanoush, apenas capaz de
controlar su ira.

—Sí, ¿eso qué coño significa? —repitió Asya sin controlar su ira.

El guionista permitió que una cansada sonrisa cruzara sus sombríos rasgos.

—Existe una cosa que se llama histeria colectiva. No estoy diciendo que los armenios estén histéricos ni nada de eso, no me enten-

dáis mal. Pero es un hecho científico que las colectividades son capaces de manipular las creencias, los pensamientos y hasta las reacciones físicas de sus miembros. Si oyes la misma historia constantemente, una y otra vez, al final la asimilas sin darte cuenta. Y desde ese momento deja de ser la historia de otra persona, de hecho ya no es ni siquiera una historia, sino la realidad, ¡tu realidad!

—Es como estar hechizado —comentó el Poeta Excepcionalmente Malo.

Asya se pasó una mano por el pelo, se hundió en la silla, exhaló humo y dijo:

—Te voy a decir yo qué es la histeria. Histeria son todos esos guiones que has escrito hasta ahora, toda la serie de *Timur Corazón de León*, el turco hercúleo y musculoso que corretea de una aventura a otra contra el bizantino idiota. Eso es lo que yo llamo histeria. Y cuando lo conviertes en un programa de televisión y haces que millones de personas «asimilen» tu espantoso mensaje, se convierte en histeria colectiva.

Esta vez fue el Columnista Gay en el Armario quien habló:

—Sí, todos esos héroes turcos tan vulgares y tan machos para ridiculizar el afeminamiento del enemigo son signos de autoritarismo.

—Pero a vosotros ¿qué os pasa? —protestó el guionista. Le temblaba el labio de rabia—. Sabéis perfectamente que no me creo esa basura. Sabéis que esos programas son solo puro entretenimiento.

Armanoush hizo lo posible por calmar las aguas.

—Aquella foto —dijo, señalando la pared—, la del marco color zanahoria, es de Arizona. Es una carretera que mi madre y yo tomábamos muchas veces cuando yo era pequeña.

—Arizona —murmuró el Poeta Excepcionalmente Malo, suspirando como si aquel nombre significara para él una tierra de utopía, una especie de Shangri-La.

Sin embargo, Asya no pensaba zanjar el asunto.

—Pero es que esa es la cuestión. Lo que tú has estado haciendo es incluso peor. Si creyeras en lo que haces, si tuvieras la más mínima fe en esas películas, cuestionaría tu opinión, pero al menos no tu sinceridad. Escribes esos guiones para las masas. Los escribes y los vendes y ganas un montón de dinero. Y luego vienes aquí a refugiarte en este bar de intelectuales y te pones a burlarte de esas películas con nosotros. ¡Menuda hipocresía!

El rostro del guionista perdió todo color, adquirió una expresión dura y los ojos una mirada gélida.

—Pero ¿tú quién coño te crees que eres? ¡La bastarda hablando de hipocresía! ¿Por qué no te vas por ahí a buscar a tu padre en lugar de venir aquí a darme la murga?

Fue a coger su copa de vino pero no le hizo falta, puesto que esta vez era el vino el que se acercaba a él. El Dibujante Dipsómano, levantándose de un brinco, cogió una copa y se la tiró al guionista. Falló por los pelos: la copa golpeó un marco en la pared y derramó vino por todas partes, pero sorprendentemente no se rompió. Tras errar el tiro, el Dibujante Dipsómano se arremangó.

Aunque apenas tenía la mitad de la envergadura del dibujante y estaba igual de borracho, el guionista se las apañó para esquivar el primer golpe. Luego se retiró a toda prisa a un rincón, sin perder de vista la salida.

No lo vio venir. El Columnista Gay en el Armario se levantó bruscamente y salió disparado hacia el rincón con la jarra en la mano. Al instante el guionista estaba tirado en el suelo con una brecha en la frente. Apretándose una ensangrentada servilleta contra la cabeza como un herido de guerra, miró primero al columnista, luego al dibujante y luego hacia un rincón.

Pero al fin y al cabo el Café Kundera es un cómodo y lóbrego bar de intelectuales donde el ritmo de la vida, para bien o para mal, jamás se perturba. No es lugar para una pelea de borrachos. Y antes de que el guionista dejara de sangrar, todos los clientes habían vuelto a lo que estaban haciendo antes de la interrupción: unos sonriendo, otros charlando ante un vino o un café y algunos otros con la mirada perdida por las fotografías enmarcadas que colgaban de las paredes.

11

Orejones de albaricoque

Casi ha amanecido, falta un instante para cruzar ese misterioso umbral entre la noche y el día. Es el único momento en que todavía se puede encontrar solaz en los sueños, aunque sea demasiado tarde para formarlos de nuevo.

Si hay un ojo en el séptimo cielo, una mirada celestial que lo observa todo desde las alturas, tendría que vigilar Estambul durante mucho tiempo para vislumbrar quién hizo qué tras las puertas cerradas y quién profirió blasfemias. Desde los cielos la ciudad posiblemente parezca una fulgurante constelación de destellos, como fuegos artificiales que explotan en la oscuridad. Ahora mismo el trazado urbano relumbra con brillos naranja, rojo y ocre. Es una configuración de chispas; cada punto de luz, una persona despierta. La mirada celestial, desde las alturas, debe de ver todas estas bombillas encendidas aquí y allá en perfecta armonía, parpadeando sin parar, como si enviaran un mensaje críptico a Dios.

Aparte de los centelleos dispersos, la oscuridad todavía es densa en Estambul. En los sucios callejones que serpentean por los barrios viejos, en los bloques modernos que se aglomeran en los distritos nuevos, o en los lujosos barrios residenciales, todo el mundo duerme. Menos algunos.

Algunos estambulíes se han levantado, como siempre, antes que otros. Los imanes de la ciudad, por ejemplo: los viejos y los jóvenes, los de voz dulce y los de voz no tan dulce. Los imanes de las numerosas mezquitas son los primeros en despertar, listos para llamar a los creyentes a la oración matutina. Luego están los vendedores de *simit*. También ellos están despiertos, de camino a sus respectivas panaderías para recoger los bollos de crujiente sésamo que venderán a lo largo del día. Así que también los panaderos están despiertos. La mayoría de ellos solo duerme unas cuantas horas antes de empezar a trabajar, mientras que otros jamás duermen de noche. Todos los días, sin excepción, los panaderos encienden los hornos en plena noche, para que antes del amanecer las panaderías de la ciudad se inunden del delicioso olor del pan.

Las limpiadoras también están despiertas. Mujeres de todas las edades se levantan temprano y cogen al menos dos o tres autobuses para llegar a las casas de los pudientes, donde frotarán, lavarán y pulirán durante todo el día. Este es otro mundo. Las mujeres adineradas siempre llevan maquillaje y jamás muestran su edad. A diferencia de los maridos de las limpiadoras, los maridos de las zonas residenciales siempre están ocupados, son sorprendentemente corteses y algo afeminados. El tiempo no es un bien que escasee en estos barrios. La gente lo utiliza con la libertad y la despreocupación con que usa el agua caliente.

Ahora amanece. La ciudad es en este momento una entidad gomosa, casi gelatinosa, un cuerpo amorfo medio líquido, medio sólido.

Para la mirada celestial en las alturas, la casa Kazancı debe de parecer una reluciente esfera de chispas esparcidas entre las sombras de la noche. La mayoría de las habitaciones están oscuras y en silencio, pero en algunas hay luz.

Una de las habitantes de la casa despierta a esta hora es Armanoush. Se desveló temprano y al instante entró en internet, ansiosa por contarles a los miembros del Café Constantinopolis el turbulento incidente del día anterior. Les habló de los círculos bohemios en

Estambul y de la pelea, describiendo todos los personajes y todos los detalles del Café Kundera. Ahora les está haciendo un meticuloso retrato del Dibujante Dipsómano, explicando la nueva función que había adjudicado al vino que estaban tomando.

El dibujante parece divertido —escribe Anti-Javurma—. ¿Me estás diciendo que podría ir a la cárcel por dibujar al primer ministro como un pingüino? ¡El humor es un asunto muy serio en Turquía!

Sí, el hombre parece un gran tipo —conviene Lady Pavo Real/Siramark—. Cuéntanos algo más sobre él.

Pero por lo visto alguien tiene una interpretación muy distinta del incidente.

Vamos, chicos, ni él ni ningún otro personaje de ese bar cutre tienen nada bueno ni interesante. ¿Es que no lo veis? Son todo caras y nombres de la parte bohemia, vanguardista y artistilla de Estambul. La típica élite de un país del Tercer Mundo, que se odia a sí misma más que a nada en el mundo.

Armanoush da un respingo ante aquel duro mensaje del Barón Baghdassarian y mira a su alrededor.

Asya duerme al otro lado de la habitación con Sultán Quinto acurrucado sobre su pecho, unos auriculares en las orejas y un libro abierto en la mano: *Totalidad e infinito. Ensayo sobre la exterioridad*, de Emmanuel Lévinas. Hay también una funda de CD junto a la cama: Johnny Cash vestido de negro de pies a cabeza, contra un cielo gris, sombrío, flanqueado por un perro y un gato, mirando con expresión adusta algo mucho más allá de la imagen. Asya se ha dormido con el walkman programado en repetición constante. En ese aspecto también es hija de su madre, perfectamente capaz de bregar con todo tipo de voces pero incapaz de afrontar el silencio.

Armanoush no distingue la letra desde donde está, pero oye el ritmo. Le gusta oír la voz de barítono de Cash, que llega a la habitación desde los auriculares, y también los diversos sonidos que circulan dentro y fuera: las oraciones matutinas que resuenan en mezquitas lejanas; el ruido del lechero al dejar las botellas delante de la frutería al otro lado de la calle; la sorprendente cadencia de la respiración de Sultán Quinto y Asya, una fusión de ronquidos y ronroneos, aunque no siempre es fácil distinguir quién emite unos y otros, y el repiqueteo de sus propios dedos en el teclado, buscando la mejor respuesta para el Barón Baghdassarian. Ya casi ha llegado la mañana, y aunque no ha dormido suficiente se siente eufórica, con la sensación triunfal de haber derrotado al sueño.

En el piso de abajo está la habitación de la abuela Gülsüm. Sin duda la abuela podría haber sido Iván el Terrible en otra vida, pero su aspereza no carece de sentido. Como muchas personas que terminan amargadas, ella también tiene una historia. Se crió en un pueblecito de la costa egea, donde la existencia era idílica, si bien con muchas carencias. Se casó con un Kazancı, una familia mucho más adinerada, mucho más refinada que la suya, pero también más infortunada. Soportó la tensión de ser la novia joven y rural del hijo único de una pareja con clase pero proclive al desastre. Le cargaron sobre los hombros la misión de tener hijos varones, cuantos más mejor, puesto que nunca se sabía cuánto sobrevivirían. Sin embargo dio a luz a una niña tras otra, con la angustia de ver a su marido alejarse más de ella con cada nueva hija.

Levent Kazancı era un hombre atormentado que no vacilaba en utilizar el cinturón para disciplinar a su mujer y sus hijas. Un hijo, si Alá les hubiera otorgado un hijo, todo habría sido distinto. Tres hijas seguidas, y luego el sueño, el cuarto vástago, por fin varón. Confiando en que su destino hubiera cambiado, lo intentaron de nuevo, el quinto, pero volvió a ser niña. Aun así, Mustafa era suficiente, era todo lo que necesitaban para continuar el linaje familiar. Mustafa, mimado, consentido, malcriado, siempre favorito por encima de sus hermanas, siempre caprichoso... Hasta que la melodía cesó y la oscuridad y la desesperanza se asentaron en el sueño: Mustafa se marchó a Estados Unidos para no volver nunca.

La abuela Gülsüm era una mujer que no había conocido el amor recíproco; una de esas mujeres que envejecen no poco a poco, sino de repente, saltando de la virginidad a las arrugas, sin tener la ocasión de vivir entre una y otras. Se había dedicado en cuerpo y alma a su único hijo y lo amaba a menudo a expensas de sus hijas, queriendo encontrar en él solaz por todo lo que la vida le había arrebatado. Pero cuando se fue a Arizona, la existencia del chico se redujo a cartas y postales. Jamás había vuelto a Estambul para ver a su familia. La abuela Gülsüm enterró el hondo dolor de sentirse rechazada. Con el tiempo su corazón se fue endureciendo cada vez más. Hoy tenía el aspecto de quien ha luchado para lograr el desapego y está decidido a conservarla.

En la esquina derecha del primer piso duerme Petite-Ma, las mejillas arreboladas, la boca abierta, roncando plácidamente. Junto a su cama, un armarito de cerezo y, sobre él, el Sagrado Corán, un libro sobre santos musulmanes y una preciosa lámpara que irradia una suave luz verde artemisa. Junto al libro hay un rosario ocre con una piedra de ámbar que cuelga del extremo, y un vaso medio lleno de agua con su dentadura postiza.

Hace mucho que el tiempo perdió para ella su naturaleza lineal. En la autopista de la historia ya no hay señales, ni luces de advertencia, ni direcciones. Ella es libre de moverse en cualquier sentido y de cambiar de carril. Puede detenerse en mitad de la carretera, quedarse parada, rechazar la obligación de seguir adelante, puesto que su vida ya no progresa, sino que es una repetición perpetua de momentos aislados.

Estos días acuden a ella ciertos recuerdos de la infancia, escenas tan vívidas como si estuvieran sucediendo ahora mismo. Se ve como una niña de ocho años, rubia y de ojos azules, en Tesalónica con su madre, las dos llorando en silencio por la muerte de su padre en las guerras de los Balcanes; luego se ve en Estambul, a finales de octubre, durante la proclamación de la moderna república turca. Banderas. Ve muchas banderas, rojo y blanco, la luna y la estrella, flameando al viento como ropa recién lavada. Tras las banderas acecha la cara de Rıza Selim, su densa barba, sus ojos intensos y sombríos. Luego se ve de joven, sentada ante su piano Bentley, tocando alegres melodías para invitados bien vestidos.

En la pequeña habitación que hay encima de la de Petite-Ma duerme la tía Cevriye, sumida en la pesadilla que tantas veces ha tenido los últimos años. Vuelve a ir al colegio, con un feo uniforme gris ceniza. El director la llama a la pizarra para hacer un examen oral. Ella empieza a sudar mientras se acerca con paso vacilante, los pies pesados. Las preguntas no tienen sentido. La tía Cevriye se entera de que no se ha graduado en el instituto. Ha habido un error en los papeles y ahora tiene que pasar este curso para terminar los estudios y hacerse profesora. Y cada vez se despierta exactamente en el mismo punto: el director saca la hoja de calificaciones y una pluma estilográfica de tinta roja, y escribe un enorme cero rojo junto al nombre de Cevriye.

Ha sido una pesadilla recurrente durante los últimos diez años, desde que perdió a su marido. Lo encarcelaron por soborno, un cargo que la tía Cevriye siempre se negó a creer. Y cuando solo quedaba un mes para que lo pusieran en libertad, murió mientras era testigo de una pelea, por culpa de un estúpido cable eléctrico. En sus sueños la tía Cevriye contemplaba esta escena una y otra vez y veía al culpable (tenía que haber un culpable) que había puesto allí el cable y había matado a su marido. Soñaba que estaba en la puerta de la prisión. El resto de la escena cambiaba en cada ocasión. A veces aguardaba allí para escupirle a la cara al asesino en cuanto saliera de la cárcel, otras veces lo observaba desde lejos, y otras le pegaba un tiro cuando caminaba bajo el sol.

Después de perder a su marido, la tía Cevriye vendió su casa y se unió a las otras hijas que habían aceptado vivir bajo el mismo techo.

En los primeros meses, lo único que hizo fue llorar. Empezaba el día mirando fotografías de su marido, hablando con ellas, sollozando delante de cada una, y terminaba el día agotada de tanta pena, los ojos hinchados como dos bolsas de rojo sufrimiento, la nariz pelada de tanto llorar... Ese fue su estado hasta que una mañana, al volver del cementerio, encontró que todas las fotos habían desaparecido.

—¿Qué has hecho con sus fotos? —exclamó, segura de a quién debía acusar—. Devuélvemelas.

—No —contestó la abuela Gülsüm, seca y severa—. Las fotografías están guardadas. No te vas a pasar la vida llorando. Para que sane el corazón, los ojos necesitan dejar de verlas una temporada.

Nada sanó. En todo caso, Cevriye se acostumbró a visualizar a su marido sin las fotografías. De vez en cuando se sorprendía rediseñando su cara, adornándolo con un bigote entrecano o más mechones de pelo aquí y allí. La desaparición de las fotografías coincidió con la transformación de la tía Cevriye en devota profesora de historia nacional turca.

En la habitación de enfrente duerme la tía Feride, una mujer lista y creativa, una mujer collage. Si pudiera mantener unidas las piezas... Es inusual ser tan sensible, fantástico y a la vez aterrador. Puesto que en cualquier momento puede suceder cualquier cosa, jamás está segura del terreno que pisa. No tiene sensación de seguridad ni de continuidad. Todo llega en partes y trozos que claman por unirse y a pesar de todo desafían cualquier noción de unidad. De vez en cuando sueña con tener un amante. Quiere un amor que la absorba hasta el punto de aceptar sus numerosas ansiedades, excentricidades y anormalidades. Un amante que la adore tal como es. La tía Feride no quiere un amor que acepte su parte buena pero rechace su lado oscuro. Ella necesita a alguien que esté a su lado a las duras y a las maduras, en la cordura y en la locura. Por eso tal vez a los locos les cuesta más encontrar pareja, piensa; no porque estén chiflados, sino porque es difícil encontrar a alguien que esté dispuesto a amar a tanta gente en una sola persona.

Pero eso es hablar por hablar. En los sueños reales, la tía Feride no ve amantes sino collages abstractos. Por la noche crea mosaicos de fantásticos colores y múltiples formas geométricas. El viento sopla con fuerza, las corrientes oceánicas se deslizan y el mundo se convierte en un orbe de infinitas posibilidades. Todo lo que se construye se puede deconstruir al mismo tiempo. Los médicos le han dicho que se lo tome con calma, que siga la medicación. Pero poco saben de esta dialéctica. Hacer y destruir, hacer y destruir, hacer y destruir. La mente de la tía Feride es un excelente artista, un gran creador de collages.

Junto a la habitación de la tía Feride está el baño, y a continuación el cuarto de la tía Zeliha. Está despierta. Sentada muy derecha en la cama, mirando la habitación como si fuera de otra persona, como si estuviera memorizando los detalles para sentirse más cerca del extraño al que pertenece.

Mira su ropa, las decenas de faldas, todas cortas, todas llamativas, su manera de protestar contra los códigos morales. En las paredes hay fotos y pósters de tatuajes. La tía Zeliha se acerca ya a los cuarenta años, pero su habitación parece, en muchos aspectos, la de una adolescente. Según su manera de pensar, quien sea incapaz de rebelarse, quien carezca de la capacidad de disentir, no está vivo de verdad. La resistencia es la clave de la vida. El resto de las personas puede ser de dos clases: los vegetales, satisfechos con todo, y los vasos de té, que a pesar de estar descontentos con muchas cosas, no tienen la fuerza necesaria para enfrentarse a ellas. Estos últimos son los peores. La tía Zeliha ideó la regla de los vasos tiempo atrás, cuando le daba por hacer reglas.

La regla de hierro de la prudencia de la mujer estambulí: si eres tan frágil como un vaso de té, trata de no tropezar jamás

con agua hirviendo y confía en casarte con un marido ideal, o haz que te follen y te rompan lo antes posible. Otra posibilidad: deja de ser una mujer-vaso de té.

Ella optó por la tercera opción. La tía Zeliha aborrecía la fragilidad. Hasta el día de hoy era la única de las mujeres Kazancı capaz de enfurecerse con los vasos de té cuando se rompían por la presión.

La tía Zeliha coge un paquete de Marlboro Light de la mesilla de noche y enciende un cigarrillo. La edad no ha variado sus hábitos de fumadora. Sabe que su hija también fuma. Parece una advertencia chillona de un folleto del Ministerio de Sanidad: «Los hijos de padres adictos al tabaco tienen tres veces más probabilidades de ser fumadores». A la tía Zeliha le preocupa el bienestar de Asya, pero es sensata y sabe que si interviene demasiado y muestra señales de falta de confianza solo obtendrá una reacción negativa. Es difícil fingir que no estás preocupada, y es duro que tu propia hija te llame «tía». No lo soporta. Sin embargo, todavía piensa que quizá es mejor para las dos. De alguna manera eso ha liberado a la hija y a la madre. Las dos tenían que distanciarse nominalmente para poder acercarse física y espiritualmente. Alá es su único testigo. El único problema es que no cree que Alá exista.

Da una calada, pensativa, la retiene un instante y por fin exhala una furiosa nube de humo. Si Alá existe y sabe tanto, ¿por qué no hizo nada con todo su saber? ¿Por qué deja que pase lo que pasa? No, la tía Zeliha es muy firme, de ninguna manera cederá ante la religión. Siempre ha sido agnóstica, y agnóstica morirá. Sincera y pura en su blasfemia. Si Alá de verdad existe, debería apreciar su sincero rechazo, su opción de vincularse solo a una minoría selecta en lugar de dejarse camelar por las egocéntricas súplicas de los fanáticos religiosos, que están en todas partes.

En la habitación que hay en la otra punta del segundo piso está la tía Banu, también despierta a estas horas. La tercera persona despierta en la casa Kazancı. Esta mañana le pasa algo raro. Está muy pálida y sus enormes ojos castaños parpadean preocupados. Se mira en el espejo que tiene delante y ve una mujer envejecida antes de tiempo. Por primera vez desde hace muchos años echa de menos a su marido, el marido del que se alejó pero que nunca abandonó del todo.

Es un buen hombre que merece mejor esposa. Nunca la ha tratado mal ni le ha dirigido una mala palabra, pero después de perder a sus dos hijos, la tía Banu no podía soportar seguir viviendo con él. De vez en cuando va a su antigua casa, como una extraña que conoce los detalles de un lugar por una sensación de *déjà vu*. Siempre compra de camino orejones de albaricoque, los que a él más le gustan. Una vez allí hace un poco de limpieza, cose algún botón, cocina unos cuantos platos, sus favoritos, y ordena la casa. No es que haya gran cosa que ordenar, puesto que su marido es un hombre ordenado. Mientras la tía Banu trabaja, él la mira de cerca.

Al final del día siempre pregunta:

—¿Te quedas?

Y la respuesta de ella es siempre la misma:

—Hoy no.

Antes de marcharse añade:

—Hay comida en la nevera. No te olvides de calentar la sopa, cómete el *pilaki* en dos días, que si no se estropea. Acuérdate de regar las violetas. Las he cambiado de sitio y están junto a la ventana.

Él asiente y murmura suavemente, como hablando para sus adentros:

—No te preocupes, sé cuidarme. Y gracias por los orejones…

Luego la tía Banu vuelve a la casa Kazancı. Y así ha sido día tras día, año tras año.

La mujer del espejo parece vieja esta noche. La tía Banu siempre pensó que envejecer deprisa era el precio de su profesión. La inmensa mayoría de las personas envejece un poco cada año, pero no los videntes, que envejecen a cada historia. De haberlo querido, la tía Banu podría haber solicitado una compensación. Pero igual que jamás pidió a sus *yinn* ninguna ganancia material, tampoco había pedido belleza física. Tal vez lo hiciera algún día. De momento Alá le había dado la fuerza para seguir adelante sin reclamar nada. Pero hoy la tía Banu va a solicitar un favor.

«Alá, dame conocimiento, porque no puedo resistir la necesidad de saber, pero dame también la fuerza para soportar la información. Amén.»

Saca de un cajón un rosario de jade y acaricia las cuentas.

—Muy bien, estoy lista. Vamos a empezar. ¡Que Alá me ayude!

Doña Dulce, con las piernas colgando en el estante donde está la lámpara de gas, hace una mueca, descontenta con el papel de observadora en el que de pronto se encuentra, descontenta con las cosas de las que pronto será testigo en aquella habitación. Mientras tanto don Amargo sonríe amargamente, la única manera en que sabe hacerlo. Está contento. Por fin la tía Banu se ha convencido, y no por la presión de don Amargo, sino por su propia curiosidad mortal. No ha podido resistir las ganas de saber. Esas ansias eternas de conocimiento… Al fin y al cabo, ¿quién puede resistirse a ellas?

Ahora la tía Banu y don Amargo viajarán juntos en el tiempo. De 2005 a 1915. Parece un largo viaje, pero en términos de años *gulyabani* son solo unos pasos.

Delante del espejo, entre los *yinn* y su ama, hay un cuenco de plata con agua consagrada de la Meca. Dentro del cuenco hay agua plateada, y dentro del agua, una historia, igualmente plateada.

12

Semillas de granada

Hovhannes Stamboulian acarició la mesa de nogal tallada a mano, ante la que llevaba sentado desde primera hora de la tarde, y sintió la suave y pulida superficie deslizarse bajo sus dedos. El anticuario judío que se la vendió había asegurado que esos muebles eran escasos porque resultaban muy difíciles de fabricar. Se tallaban de los nogales de las islas del Egeo y se adornaban con diminutos cajones y compartimientos secretos a modo de fino bordado. A pesar de la delicadeza de sus ornamentos, la mesa era tan recia que podía durar varias generaciones.

—La mesa les sobrevivirá a usted y a sus hijos —comentó con una risotada el anticuario, como si el hecho de que sus mercancías sobrevivieran a sus clientes fuera para él un chiste recurrente—. ¿No le parece sublime que un trozo de madera viva más que nosotros?

Aunque sabía que el comentario trataba de demostrar la calidad de sus productos, Hovhannes Stamboulian notó una punzada de tristeza.

Aun así compró la mesa. Y junto a ella adquirió también un broche: un elegante broche con forma de granada, delicadamente cubierto de hilos de oro, algo agrietado en el centro, con relumbrantes rubíes rojos a modo de semillas. Era la pieza de un diestro artesano armenio de Sivas, le dijeron. Hovhannes Stamboulian la compró para regalársela a su mujer. Pensaba dársela esa noche, después de cenar, o mejor, antes, en cuanto terminara con ese capítulo.

De todos los capítulos que había escrito, este era el más exigente. De haber sabido que resultaría tan agotador, tal vez habría abandonado el proyecto. Pero estaba metido hasta el cuello en el libro, y la única manera de salir era seguir adelante con él. Hovhannes Stamboulian, poeta y columnista de renombre, estaba escribiendo en secreto un libro que se salía por completo de su campo. Quizá sería rechazado, ridiculizado o vilipendiado. En un momento en que todo el Imperio otomano estaba saturado de grandiosas empresas, movimientos revolucionarios y divisiones nacionalistas, en un momento en que la comunidad armenia estaba preñada de innovadoras ideologías y ardientes debates, él, en la intimidad de su casa, estaba escribiendo un libro infantil.

Escribir un libro para niños en armenio era algo que jamás se había hecho, algo casi inconcebible. ¿Por qué no había ni una sola obra de este género? ¿Era porque la minoría armenia se había convertido en una sociedad incapaz de considerar niños a sus niños? ¿Era porque la infancia se consideraba una futilidad, si no un lujo, negada a una minoría que necesitaba hacerse adulta lo más deprisa posible? ¿O porque los intelectuales de Estambul habían sido apartados de las tradiciones orales fielmente transmitidas de abuelas a nietos armenios?

El libro se titulaba *La paloma perdida y el país maravilloso*. Hablaba de una paloma que se había perdido en el cielo azul cuando volaba con su familia y amigos sobre un país de ensueño. La paloma se detenía en numerosas aldeas, pueblos y ciudades, en busca de sus seres queridos, y en cada sitio oía una nueva historia.

Así Hovhannes Stamboulian reunía en el libro viejos cuentos populares armenios, la mayoría de los cuales se habían transmitido de generación en generación, aunque algunos se hubieran perdido. Durante toda la obra se había mantenido fiel a la autenticidad de cada cuento, sin cambiar apenas una palabra, pero ahora planeaba terminarla con un cuento de su cosecha. Una vez acabado, el libro se publicaría en Estambul, y luego se distribuiría en las mayores ciudades, como Adana, Harput, Van, Trebisonda y Sivas, donde habitaban gran número de armenios. Aunque los musulmanes habían comenzado a utilizar la imprenta hacía unos dos siglos, la minoría armenia imprimía sus propios libros y textos desde mucho antes.

Hovhannes Stamboulian quería que los padres armenios leyeran estos cuentos a sus hijos al acostarlos cada noche. Lo irónico era que el libro le había tenido tan ocupado los últimos dieciocho meses que no había podido pasar demasiado tiempo con sus propios hijos. Todos los días después de comer entraba en esta habitación, se sentaba a su mesa y escribía el tiempo que fuera necesario. Todas las noches, cuando salía de la habitación, sus hijos ya estaban dormidos. La necesidad de escribir lo había hechizado por completo. Pero por suerte estaba a punto de acabar. Esa tarde iba a escribir el último capítulo, el más exigente de todos. Cuando terminara bajaría, ataría todas las páginas con una cinta, escondería el broche de oro dentro del nudo, y le tendería el paquete a su esposa. *La paloma perdida y el país maravilloso* iba dedicado a ella.

«Léelo, por favor —pensaba decir—. Si no es bastante bueno, quiero que lo quemes. Entero. Te prometo que ni siquiera te preguntaré por qué. Pero si piensas que es bueno, quiero decir bastante bueno para que lo publiquen y distribuyan, llévaselo a Garabed Effendi, de la editorial Dawn Publishers.»

Hovhannes Stamboulian respetaba la opinión de su esposa por encima de cualquier otra. Tenía un gusto sofisticado para el arte y la literatura. Gracias a su hospitalidad, aquel terroso *konak* junto al Bósforo había sido durante años un centro de reunión para intelectuales y artistas, visitado por incontables hombres de letras, algunos eminentes escritores y otros aspirantes a serlo. Acudían a comer, beber, leer, reflexionar y discutir fervientemente las obras de los otros, y aún más fervientemente las suyas propias.

Había volado demasiado, y la paloma perdida estaba cansada y sedienta, de manera que se posó en una rama cubierta de nieve. Era la rama de un granado, a punto de florecer. Se llenó el pico de nieve y después de apagar así su sed, empezó a llorar por sus padres.

—No llores, paloma —le dijo el granado—. Te voy a contar una historia. Es la historia de una paloma perdida.

Hovhannes Stamboulian se interrumpió sin saber muy bien qué había roto su concentración. Suspiró, exasperado, de un modo que hasta le sorprendió. Durante la última hora más o menos, su mente había sido un campo de batalla lleno de pensamientos sombríos. Le costó mucho comprender por qué estaba tan preocupado, como si su mente operase por voluntad propia, contemplando inefables inquietudes. Pero fuera cual fuese la razón de su desasosiego, debía librarse de su letargo. Era el último capítulo, el último cuento. Tenía que ser bueno. Frunció los labios y siguió escribiendo.

—Pero si estás hablando de mí. ¡Yo soy esa paloma! —exclamó asombrada la paloma perdida.

—¿Ah, sí? —dijo el granado, aunque no parecía extrañado—. Pues entonces escucha tu propia historia… ¿No quieres conocer tu futuro?

—Solo si es feliz —contestó la paloma perdida—. No quiero saber nada si es triste.

De pronto un ruido de cristales rotos rompió el silencio. Hovhannes Stamboulian dio un respingo en la silla, dejó de escribir y de forma instintiva se volvió hacia la ventana, paralizado, todo oídos. Durante un largo rato no oyó más que el aullido del viento. Curiosamente el silencio le pareció más ominoso que aquel espeluznante estrépito. Una quietud fantasmal y densa poblaba la noche, mientras que el viento rugía como temeroso de la ira de un Dios furioso por razones que los mortales ignoraban. En contraste con el viento que fustigaba los muros, en la casa todo estaba más callado que de costumbre. Hovhannes Stamboulian sintió tal irritación por aquel inusual silencio que casi fue un alivio oír unos ruidos provenientes del piso inferior. Alguien correteó de un extremo a otro de la casa, y luego de vuelta. Unos pasos abrasivos, aterrados, apresurados como si huyeran de algo o de alguien.

Debía de ser Yervant, pensó, mientras una nueva preocupación asomaba a sus ojos, una mirada aprensiva y pensativa. Su hijo mayor, Yervant, siempre había sido díscolo y bullicioso, pero últimamente su rebeldía había alcanzado límites intolerables. La verdad es que Hovhannes Stamboulian se sentía algo culpable por no pasar con él tanto tiempo como debía. Era evidente que el muchacho echaba de menos a su padre. Comparados con él, sus otros tres hijos, dos niños y una niña, eran tan dóciles que parecía que la frenética energía del hermano mayor obrara sobre ellos un efecto letárgico. Los dos chicos pequeños se llevaban tres años, pero eran ambos obedientes. Luego venía la menor, la única niña de la familia, la pequeña Shushan.

—No te preocupes, pajarillo. —El granado sonrió y se sacudió la nieve de las ramas—. La historia que te voy a contar tiene un final feliz.

Abajo los pasos en el pasillo se multiplicaron de forma alarmante. Ahora parecía que hubiera decenas de Yervants corriendo desobedientes de un extremo al otro con fuertes pisadas. Pero en mitad de todos los correteos, de pronto le pareció oír una voz, tan inesperada y brusca que casi dudó de haberla oído, una voz severa y ronca que restalló un segundo. Y nada más. Después se hizo de nuevo el silencio, como si todo hubieran sido imaginaciones suyas.

En circunstancias normales habría salido corriendo de la habitación para ver si todo iba bien. Sin embargo, esa noche no era una noche normal. No quería que lo molestaran, no ahora que estaba a punto de llegar al final de dieciocho meses de trabajo. Hovhannes Stamboulian se agitó angustiado como un buceador que se hubiera sumergido demasiado y no pudiera obligar a su cuerpo a nadar hacia la superficie. El torbellino de escribir era cavernoso y envolvente, pero también atractivo. Las palabras brincaban en el papel reseco, suplicándole que llevara este último cuento hasta el final, que las guiara hacia su tan esperado destino.

—*Muy bien* —*convino la paloma perdida*—. *Cuéntame mi historia. Aunque te advierto que como oiga algo triste, abriré las alas y echaré a volar.*

Hovhannes Stamboulian sabía lo que el granado iba a replicar y cómo empezaba el último cuento, pero antes de poder ponerlo sobre el papel, algo cayó al suelo en alguna parte y se hizo añicos. Entre el estrépito captó un resoplido, y si bien fue corto y apagado, reconoció al instante el sollozo de su mujer. Se levantó de un salto, totalmente arrancado ya del abismo de su escritura, y salió a la superficie como un pez muerto.

Mientras corría hacia las escaleras, Hovhannes Stamboulian se acordó de la discusión que había tenido esa mañana con Kirkor Hagopian, un eminente abogado y miembro del Parlamento otomano.

—Son malos tiempos, muy malos tiempos. Prepárate para lo peor —fue lo primero que murmuró Kirkor cuando se encontraron en la barbería—. Primero llamaron a filas a los armenios. «¿Acaso no somos todos iguales, no somos todos otomanos?», dijeron. «¡Musulmanes y no musulmanes, lucharemos juntos contra el enemigo!» Pero luego desarmaron a los soldados armenios como si ellos fueran el enemigo. A continuación reunieron a los hombres armenios en batallones de trabajo. Y ahora, amigo mío, hay rumores… Algunos dicen que lo peor está por venir.

Aunque sinceramente preocupado, a Hovhannes Stamboulian la noticia no le impactó demasiado. Era demasiado viejo para ser llamado a filas, y sus hijos demasiado jóvenes. El único de la familia con edad para el servicio militar era el hermano pequeño de su mujer, Levon. No obstante, se había librado durante las guerras de los Balcanes porque en el proceso de selección entró en la categoría de «desatendidos»: los hombres cuyas familias dependían únicamente de ellos se libraban del reclutamiento. Sin embargo, aquella vieja regla otomana quizá estaba cambiando. Hoy en día nadie podía estar del todo seguro. Al principio de la Primera Guerra Mundial, anunciaron que solo reclutarían a los que tuvieran poco más de veinte años, pero en cuanto la guerra se recrudeció, llamaron a filas a los que tenían más de treinta e incluso más de cuarenta.

Hovhannes Stamboulian no estaba hecho para el combate. Ni para el duro trabajo manual. Él amaba la poesía, amaba las palabras, sentía cada letra del alfabeto armenio en su lengua y su piel. Tras una profunda reflexión dedujo que lo que la minoría armenia necesitaba no eran armas, como declaraban algunos revolucionarios, sino libros, muchos libros. Aunque tras la Tanzimat se fundaron nuevos colegios, se requerían profesores más cultivados y de mente más abierta, y mejores libros. Se habían hecho algunos progresos tras la revolución de 1908. La población armenia había apoyado a los Jóvenes Turcos con la esperanza de que trataran a los no musulmanes de manera justa y decente. Los Jóvenes Turcos habían declarado en su proclamación:

Todos los ciudadanos disfrutarán de libertad e igualdad absolutas, sin tener en cuenta religión o nacionalidad, y estarán sujetos a las mismas obligaciones. Todos los otomanos, siendo iguales ante la ley en cuanto a derechos y deberes relativos al Estado, serán elegibles para puestos del gobierno, según su capacidad y educación individual.

Es cierto que no habían cumplido su promesa, abandonando el otomanismo multinacional por el turquismo, pero las potencias europeas vigilaban de cerca el imperio. Seguro que intervendrían si sucedía algo nefasto. Hovhannes Stamboulian creía que bajo las presentes circunstancias el otomanismo era la mejor opción para los armenios, no las ideas radicales. Turcos, griegos, armenios y judíos habían vivido juntos durante siglos y todavía podían encontrar la manera de coexistir bajo el mismo techo.

—No entiendes nada, ¿verdad? —saltó furioso Kirkor Hagopian—. ¡Vives en tus cuentos de hadas!

Hovhannes Stamboulian nunca lo había visto tan nervioso y desafiante. A pesar de todo no estuvo de acuerdo con él.

—Pues yo no creo que el fanatismo nos ayude —contestó, apenas en un susurro.

Estaba convencido de que el celo nacionalista solo serviría para sustituir un sufrimiento por otro y que iría inevitablemente en contra de los pobres y los desposeídos. Al final las minorías se apartaban de la entidad mayor a un precio muy alto, solo para crear sus propios déspotas. El nacionalismo no era más que un reabastecimiento de opresores. En lugar de ser oprimido por alguien de otra etnia, acababas oprimido por alguien de tu mismo grupo.

—¡Fanatismo! —El rostro de Kirkor Hagopian se contorsionó en una mueca de pesimismo—. Llueven las noticias de muchísimos pueblos de Anatolia. ¿No te has enterado de los incidentes de Adana? Entran en las casas armenias con el pretexto de buscar armas y se dedican al saqueo. ¿Es que no lo entiendes? Van a exiliar a todos los armenios. ¡A todos! Y tú estás traicionando a tu propio pueblo.

Hovhannes Stamboulian se quedó callado un rato, mordisqueándose las puntas del bigote. Luego murmuró despacio pero con seguridad:

—Tenemos que trabajar unidos, judíos, cristianos y musulmanes. Llevamos siglos y siglos viviendo bajo el mismo techo imperial. Hemos vivido juntos todo este tiempo, aunque con desigualdades. Ahora podemos hacer que haya justicia para todos, juntos podemos transformar este imperio.

Fue entonces cuando Kirkor Hagopian pronunció aquellas lúgubres palabras, con una expresión cada vez más sombría:

—Despierta, amigo mío, ya no existe eso de «juntos». Cuando una granada se rompe, las semillas se dispersan, no se pueden volver a unir.

Ahora, inmóvil en la escalera, escuchando el fantasmal silencio de la casa, Hovhannes Stamboulian no pudo evitar visualizar esa imagen: una granada rota, roja y triste. Llamó asustado a su mujer:

—¡Armanoush! ¡Armanoush!, ¿dónde estás?

Debían de estar todos en la cocina, pensó, y bajó corriendo al primer piso.

Al comienzo de la Primera Guerra Mundial se había declarado una movilización general. Aunque en Estambul todo el mundo hablaba de ello, fue en los pequeños pueblos donde se notaron más los efectos. Tocaban por las calles los tambores repitiendo una y otra vez: «Seferberliktir! Seferberliktir!». Reclutaron para el ejército a muchos jóvenes armenios. Más de trescientos mil. Al principio les dieron armas, como a sus compañeros musulmanes. Pero al cabo de poco tiempo se las hicieron devolver. A diferencia de los soldados musulmanes, los armenios fueron destinados a batallones de trabajo especiales. Por todas partes corría el rumor de que el mismo Enver

Pasha había tomado esta decisión: «Necesitamos mano de obra para construir las carreteras para los soldados», había anunciado.

Luego llegaron peores noticias, esta vez sobre los batallones de trabajo. Se decía que todos los armenios estaban empleados en la dura labor de construcción de carreteras, aunque algunos habían pagado su *bedel* y deberían estar exentos. Que si bien los batallones tenían que abrir carreteras, eso no era más que un pretexto, porque en realidad les obligaban a cavar fosas, hondas y anchas, suficientes para... Se decía que los armenios eran enterrados en las mismas fosas que se les había forzado a cavar.

—¡Las autoridades turcas han anunciado que los armenios van a pintar los huevos de Pascua con su propia sangre! —Eso fue lo que Kirkor Hagopian declaró antes de salir de la barbería.

Hovhannes Stamboulian no daba mucho crédito a estos rumores. Pero sí reconocía que corrían malos tiempos.

Ya en el primer piso llamó a su esposa de nuevo y suspiró al no obtener respuesta. Cuando salió al patio y pasó junto a la larga mesa de cerezo donde desayunaban con el buen tiempo, le vino a la mente una nueva escena para su libro.

> —Escucha, pues, tu historia —dijo el granado, sacudiendo unas cuantas ramas y salpicando copos de nieve—. Érase una vez un reino donde las criaturas de Dios eran tan abundantes como los granos de trigo, y hablar demasiado era un pecado.
>
> —Pero ¿por qué? —preguntó la paloma—. ¿Por qué era un pecado hablar demasiado?

La puerta de la cocina estaba cerrada. Era raro a aquella hora del día. Armanoush estaría allí trabajando con Marie, la criada que llevaba con ellos cinco años, con los niños arracimados en torno a ellas. Nunca cerraban la puerta.

Hovhannes Stamboulian tendió la mano hacia el pomo, pero antes de poder girarlo la vieja puerta de madera se abrió desde dentro y se encontró cara a cara con un soldado turco, un sargento. Ambos se quedaron tan sorprendidos que pasaron un largo minuto mirándose mutuamente con cara de pasmo. Fue el sargento el primero en salir de su estupor. Dio un paso atrás y miró a Hovhannes Stamboulian de arriba abajo. Era un hombre moreno que podía haber tenido un rostro terso y joven de no ser por la dureza de su mirada.

—¿Qué está pasando aquí? —exclamó Hovhannes Stamboulian. Vio a su mujer, a sus hijos y a Marie en fila contra la pared del fondo, uno al lado de otro, como niños castigados.

—Tenemos órdenes de registrar la casa —declaró el sargento. No había hostilidad en su voz, pero tampoco simpatía. Parecía cansado, como si quisiera terminar lo antes posible y marcharse—. ¿Podría, por favor, indicarnos dónde está su estudio?

Volvieron a la parte de atrás de la casa y subieron pesadamente la gran escalera curva, Hovhannes Stamboulian delante, el sargento y sus hombres detrás. Una vez en el estudio, los soldados se dispersaron, cada uno hacia un mueble distinto. Registraron los armarios, los cajones y todos los anaqueles de la pared cubierta de estanterías. Hojearon cientos de libros buscando documentos ocultos entre las páginas, revisaron sus libros favoritos, desde *Las flores del mal* de Baudelaire y *Las quimeras* de Gérard de Nerval, hasta *Las noches* de Alfred de Musset y *Los miserables* y *Nuestra Señora de París* de Victor Hugo. Mientras un musculoso soldado hojeaba con ojillos suspicaces *El contrato social* de Rousseau, Hovhannes Stamboulian no pudo evitar reflexionar sobre los pasajes que el hombre miraba sin ver realmente:

El hombre nace libre pero vive encadenado. En realidad la diferencia es que el salvaje vive en sí mismo, mientras que el hombre so-

cial, siempre fuera de sí, no sabe vivir más que en la opinión de los de-
más, y de ese juicio deduce el sentimiento de su propia existencia.

Cuando terminaron con los libros empezaron a registrar los numeroso cajones de la mesa de nogal. Entonces uno de los soldados vio el broche de oro. Se lo entregó al sargento, que cogió la pequeña granada, la sopesó en la mano, la rotó en el aire para ver mejor los rubíes y luego se la devolvió a Hovhannes Stamboulian con una sonrisa.

—No debería dejar a la vista una joya tan preciosa. Tome —le dijo con un aire de plácida cortesía.

—Sí, muchas gracias. Es un regalo para mi mujer —contestó Hovhannes Stamboulian con voz queda.

El sargento le ofreció una cálida sonrisa «de hombre a hombre». Pero al instante su expresión cambió de la cordialidad al enfado, y cuando volvió a hablar, su voz ya no tenía el mismo tono amable.

—Dígame lo que pone aquí —ordenó, señalando un fajo de papeles que había encontrado en un cajón, todos escritos con el alfabeto armenio.

Hovhannes Stamboulian reconoció de inmediato el poema que había compuesto en una ocasión en que estuvo enfermo con fiebre muy alta. Fue durante el otoño anterior. Se pasó tres días seguidos en cama sin poder moverse, tiritando y sudando al mismo tiempo como si todo su cuerpo se hubiera convertido en un barril de agua lleno de agujeros que rezumaba constantemente. Armanoush no se apartó de su lado, poniéndole compresas frías de agua con vinagre en la frente y frotándole el pecho con cubitos de hielo. Y por fin, al final del tercer día, cuando la fiebre remitió, le acudió a la mente un poema, que él recibió contento como una compensación por su sufrimiento. Aunque no era en absoluto religioso, sí creía firmemente en las compensaciones divinas, que según él llegaban no con grandes manifestaciones, sino mediante pequeñas señales y regalos como aquel.

—¡Léalo! —El sargento le tendió los papeles.

Hovhannes Stamboulian se puso las gafas y con voz trémula leyó los primeros versos:

> El niño llora dormido sin saber por qué,
> un callado pero interminable sollozo de anhelo,
> imposible el consuelo,
> así es como te anhelo a ti...

—¡Eso es poesía! —bramó el sargento, enfatizando la última palabra con un tono que parecía de decepción.

—Sí —asintió Hovhannes Stamboulian, sin saber si aquello era bueno o malo.

Pero la chispa que vio en los ojos del sargento no parecía tan hostil. Tal vez le había gustado. Tal vez ahora se marcharía y se llevaría a sus soldados.

—Hov-han-nes Stam-bou-li-an —masculló el sargento, arrastrando las palabras—. Es usted un hombre erudito, un hombre culto. Es bien conocido y muy respetado. ¿Por qué un hombre sofisticado como usted conspiraría con un puñado de innobles insurgentes?

Hovhannes Stamboulian alzó los ojos oscuros del papel y parpadeó confuso. No sabía qué decir en su defensa, puesto que no tenía idea de qué le acusaban.

—Los insurgentes armenios... Leen sus poemas y luego se rebelan contra el sultanato otomano —afirmó el sargento, arrugando la frente, pensativo—. Los impulsa a la revolución.

De pronto Hovhannes Stamboulian entendió de qué se le acusaba y la gravedad de los cargos.

—Oficial —comenzó, mirando fijamente al sargento, temeroso de que, si desviaba la mirada, el único puente de comunicación entre ellos se desintegraría para siempre—. Usted es también un hombre educado y comprenderá la dificultad de mi situación. Mis poemas son eco de mi imaginación. Yo los escribo y los publico, pero no puedo controlar quién los lee ni con qué intenciones.

El sargento, que seguía pensativo, hizo crujir sus nudillos uno por uno. Luego carraspeó, como para acentuar la importancia de su discurso.

—Entiendo perfectamente el dilema. Sin embargo, sí puede usted controlar sus propias palabras, puesto que es usted quien las escribe. Usted es el poeta...

Desesperado, intentando mitigar el pánico que sentía crecer rápidamente, Hovhannes Stamboulian miró alrededor de la sala hasta clavar la mirada en su hijo mayor, que se asomaba a la puerta. ¿Cuándo había salido de la cocina? ¿Cuánto tiempo llevaba observándolos? El niño tenía las mejillas arreboladas por la intensidad de su furia contra los soldados. Pero en su expresión había algo más. El joven rostro de Yervant parecía curiosamente nervioso y de alguna manera sabio. Hovhannes Stamboulian le sonrió, intentando convencerle de que todo iba bien, y luego le hizo un gesto para que volviera con su madre. Yervant no se movió.

—Lo siento, pero tendrá que venir con nosotros —dijo el sargento.

—No puedo... —comenzó automáticamente Hovhannes Stamboulian, aunque sabía lo pobre que era su excusa. «Esta noche tengo que terminar mi libro... Es el último capítulo...» De manera que se limitó a pedir permiso para hablar con su mujer.

Antes de que se lo llevaran, lo último que se grabó en su memoria fue la cara de su mujer, con las pupilas dilatadas y los labios pálidos. Armanoush no lloraba ni parecía conmocionada. En todo caso parecía agotada, como si el tiempo que había pasado de pie le hubiera robado toda la energía. Ahora deseaba poder coger sus manos frías, abrazarla y susurrarle que fuera fuerte, siempre fuerte, por sus hijos y por el que venía de camino. Armanoush estaba embarazada de cuatro meses.

Cuando lo empujaron a la calle oscura, rodeado de soldados, Hovhannes Stamboulian recordó que no le había dado el regalo a su mujer. Se metió las manos en los bolsillos y fue un alivio no tocar con los dedos la granada de oro. Se la había dejado en casa, en el cajón de la mesa. Esbozó una dulce sonrisa al pensar en la alegría que se llevaría Armanoush cuando la encontrara.

En cuanto los soldados se marcharon, se oyeron unos rápidos pasos en la puerta. Era la vecina turca de la casa de al lado, una mujer regordeta y afable, siempre alegre, aunque ahora desde luego no lo parecía. Su rostro aterrado ayudó a Armanoush a salir del trance y a ser consciente del miedo. Armanoush atrajo a Yervant hacia ella y con labios trémulos susurró:

—Ve, hijo mío, ve a casa de tu tío Levon… Dile que venga enseguida. Cuéntale lo que ha pasado.

La casa del tío Levon estaba cerca, tras la esquina de la plaza del mercado. Vivía solo en una modesta casa de dos pisos, con el taller en la planta baja. Cuando le negaron la mano de una hermosa mujer armenia a la que había amado en su juventud, y a la que tal vez todavía amaba, decidió no casarse. Pasó los años trabajando en su taller, que era famoso por la calidad de su productos. El tío Levon era fabricante de calderos, y hacía los mejores calderos de todo el imperio.

Una vez en la calle, Yervant dio unos cuantos pasos hacia la casa del tío Levon, pero de pronto se detuvo, dio media vuelta, y echó a correr hacia donde se habían llevado a su padre. Aunque recorrió la calle de un extremo a otro, no encontró señales de Hovhannes Stamboulian. Ni una. Nada. Era como si tanto su padre como los soldados turcos se hubieran desvanecido.

Llegó poco después a casa del tío Levon; arriba no había nadie. Llamó a la puerta del taller, esperando encontrarlo allí. No era raro que el tío Levon se quedara trabajando hasta tarde en la tienda. Fue el aprendiz quien abrió, Rıza Selim, un callado y diligente adolescente turco de piel tan blanca como la porcelana y el pelo negro azabache formando apretados rizos en torno a la cabeza.

—¿Dónde está mi tío? —preguntó Yervant.

—El maestro Levon no está —contestó Rıza Selim con una voz estrangulada que apenas salía de su garganta—. Esta tarde han venido los soldados y se lo han llevado.

Nada más pronunciar estas ominosas palabras, Rıza Selim dejó escapar las lágrimas que estaba conteniendo. El chico era huérfano y el tío Levon había sido como un padre para él los últimos seis años.

—No sé qué hacer. Estoy esperando…

De vuelta a su casa, Yervant recorrió a la carrera las sinuosas y empinadas calles en todas direcciones, buscando algo, cualquier cosa que pudiera ser un signo auspicioso. Pasó ante cafeterías vacías, plazas mugrientas, casas ruinosas de las que emanaban olor a *türlü* y llantos infantiles. El único signo de vida fue un gatito marrón que maullaba lastimero junto a una sucia alcantarilla, lamiéndose el diminuto vientre donde tenía un buen corte. La sangre se había coagulado en torno a una profunda e hinchada herida.

Años más tarde, cuando pensaba en su padre, Yervant recordaría aquel gatito solitario en la calle oscura y desierta. Incluso en Sivas, la pequeña aldea armenia católica de Pirkinik donde fueron a buscar refugio con el abuelo y la abuela, y de donde una noche los echaron los soldados que irrumpieron en su casa; incluso cuando se encontró caminando entre miles de armenios exhaustos, famélicos y molidos a palos, escoltados por soldados a caballo; incluso cuando renqueaba por una larga y densa alfombra de barro, vómito, sangre y excrementos; incluso cuando no sabía cómo acallar el llanto de su hermana pequeña, Shushan, y luego un día, en medio de la confusión, le soltó la mano una fracción de segundo y la perdió de vista; incluso cuando veía los pies de su madre inflamados hasta convertirse en dos cojines azules de dolor cubiertos de venas púrpura y sangre; incluso cuando su madre murió, callada y ligera como una hoja de sauce seca llevada por una ráfaga de viento; incluso cuando veía los cadáveres hinchados y apestosos a lo largo del camino y los establos llenos de fuego y humo; incluso cuando no les quedaba nada para comer y él y sus hermanos pastaban hierba como las ovejas del desierto sirio; incluso cuando los salvó un grupo de misioneros americanos que se dedicaban a buscar huérfanos armenios perdidos por toda la ruta del exilio; incluso durante el largo camino de vuelta hacia el colegio americano de Sivas, que hacía las veces de santuario, y cuando de allí los enviaron a América; incluso cuando años más tarde logró por fin dar con su hermanita Shushan en Estambul y llevársela a San Francisco; e incluso después de muchas comidas felices rodeado de sus hijos y nietos, aquel gatito permanecía grabado en su memoria.

—Ya basta —exclamó la tía Banu, encogiéndose. Se quitó el pañuelo de la cabeza y cubrió el cuenco con él—. Ya no quiero ver más, ya sé lo que quería saber…

—Pero no lo has visto todo —protestó don Amargo con su voz rasposa—. Todavía no te he hablado de los piojos.

—¿Los pi… piojos? —tartamudeó la tía Banu. El impulso que la había llevado a poner fin a la sesión parecía haberse desvanecido. Cogió el pañuelo y volvió a mirar el cuenco.

—Pues sí, los piojos, mi ama, un detalle muy importante —insistió don Amargo—. ¿Recuerdas cuando la pequeña Shushan se soltó de la mano de su hermano mayor y de pronto se perdió en la multitud? Pues cogió los piojos de una familia a la que se había acercado con la esperanza de conseguir un poco de comida. La familia casi no tenía nada, de manera que la echaron. Unos días después la pequeña Shushan ardía de fiebre: ¡tifus!

La tía Banu lanzó un fuerte y prolongado suspiro.

—Yo estaba allí, lo vi todo. Shushan cayó de rodillas. En aquella caravana de gente no había nadie en condiciones de ayudarla, así que la dejaron tirada en el suelo, con la frente cubierta de sudor y el pelo lleno de piojos.

—¡Ya basta! —La tía Banu se levantó.

—Pero ¿no vas a escuchar la mejor parte? ¿No quieres saber qué le pasó a la pequeña Shushan? —preguntó don Amargo, haciéndose el ofendido—. Querías conocer a la familia de tu invitada, ¿no es así? Pues bien, esa pequeña Shushan de mi historia es la abuela de tu invitada.

—Sí, eso ya me lo había imaginado. Sigue.

—¡Muy bien! —exclamó don Amargo, saboreando su triunfo—. Cuando el convoy desapareció y la pequeña Shushan quedó medio muerta en el camino, dos mujeres de una aldea turca cercana la encontraron. Eran madre e hija. Se llevaron a su casa a la niña enferma y la bañaron con jabón de Alepo y le quitaron los piojos con pociones hechas con hierbas del valle. La alimentaron y la curaron. Tres semanas después pasó por la aldea un oficial de alto rango con sus hombres para interrogar a los aldeanos y averiguar si habían visto a algún huérfano armenio por la zona. La madre turca escondió a Shushan en el arcón de la dote de su hija, para salvarla. Un mes más tarde la niña estaba de nuevo en pie, aunque no hablaba mucho y por la noche lloraba dormida.

—Pero ¿no habías dicho que la trajeron a Estambul?

—Al final, sí. Durante los seis meses siguientes la madre y la hija cuidaron de ella como si fuera de la familia, y seguramente habrían seguido haciéndolo. Pero entonces llegó una horda de bandidos que se dedicaron a registrar y desvalijar las casas. Se detenían en todos los pueblos turcos y kurdos de la región para saquearlos. No tardaron en descubrir que allí escondían a una pequeña armenia. A pesar de los llantos de la madre y la hija, les arrebataron a Shushan. Habían oído las órdenes de entregar a todos los huérfanos armenios menores de doce años a los orfanatos de todo el país. De manera que Shushan pronto acabó en un orfanato de Alepo, y cuando allí ya no había sitio, en un colegio de Estambul, al cuidado de varios *hocahanım*, algunos benevolentes y cariñosos, otros fríos y estrictos. Y como a todos los demás niños, la vistieron con una túnica blanca y un abrigo negro sin botones. A los varones los circuncidaban, y a todos, niños y niñas, les cambiaban el nombre. A Shushan también. Ahora todo el mundo la llamaba Shermin. También le dieron un apellido: seiscientos veintiséis.

—Ya está bien. —La tía Banu volvió a cubrir el cuenco con el pañuelo y clavó una larga y penetrante mirada en su *yinni*.

—Sí, ama, como desees —murmuró don Amargo—. Sin embargo, te has saltado la parte más importante de la historia. Si quieres oírla, no tienes más que decírmelo, porque nosotros los *gulyabani* lo sabemos todo. Estuvimos allí. Ya te he contado el pasado de Shushan, la abuela de Armanoush, cuando era una niña pequeña. Te he contado cosas que tu invitada no sabe. ¿Se las vas a contar? ¿No crees que tiene derecho a saberlas?

La tía Banu guardó silencio. ¿Le contaría alguna vez a Armanoush lo que había descubierto esa noche? Si lo hiciera, ¿cómo le iba a decir que había visto la historia de su familia en un cuenco de agua gracias a un *gulyabani*, la peor clase de *yinn*? ¿La creería Armanoush? Además, aunque la creyese, ¿no era mejor que la chica no conociera nunca aquellos tristes sucesos?

La tía Banu se volvió hacia doña Dulce en busca de consuelo. Pero en lugar de una respuesta, lo único que le concedió su *yinni* benevolente fue una tímida sonrisa y el súbito resplandor de su aura cuya luz oscilaba entre los tonos ciruela, rosa y púrpura. En ese instante la tía Banu se planteó una espinosa cuestión: ¿realmente beneficiaba a los seres humanos averiguar más cosas de su pasado? ¿Conocerlo cada vez mejor? ¿O era preferible saber lo menos posible, e incluso olvidar lo poco que se recordaba?

Ya ha amanecido, hace un instante el día ha cruzado ese misterioso umbral entre la noche y la mañana. El único momento en que se puede albergar la esperanza de realizar los propios sueños, pero es demasiado tarde para seguir soñando, muy lejos ya de la tierra de Morfeo.

El ojo de Alá es omnipotente y omnisciente; es un ojo que jamás se cierra, ni siquiera parpadea. Aun así no sabemos con certeza si puede observar todos los rincones de la Tierra. Si este es un escenario donde se representa un espectáculo tras otro para el espectador celestial, quizá haya momentos intermedios en los que baja el telón y un velo cubre la superficie de un cuenco de plata.

Estambul es un batiburrillo de diez millones de vidas. Es un libro abierto de diez millones de historias revueltas. Estambul despierta de su perturbado sueño, listo para el caos de la hora punta. A partir de ahora habrá demasiadas oraciones para responder, demasiadas blasfemias para anotar y demasiados pecadores, así como demasiados inocentes, para vigilarlos a todos.

Ya ha llegado la mañana a Estambul.

13

Higos secos

A lo largo del año, los meses saben a qué estación pertenecen y se comportan como corresponde. Todos los meses menos uno: marzo.

En Estambul, el mes de marzo es inestable psicológica y físicamente. Puede decidir ser primaveral, cálido y fragante, y cambiar de opinión al día siguiente. Entonces regresa al invierno y lanza vientos helados y aguanieve por todas partes. Hoy, diecinueve de marzo, era un sábado inusualmente soleado, con una temperatura muy por encima de la media para esa época del año. Asya y Armanoush se quitaron el suéter mientras caminaban por la ancha y ventosa calle de Ortaköy hacia la plaza Taksim. Asya llevaba un vestido largo estampado con un batik hecho a mano en beige y marrón caramelo, y a cada paso que daba tintineaban sus múltiples collares y pulseras. Armanoush, por su parte, se mantenía fiel a su estilo: unos tejanos azules y una chaqueta del color rosa pastel de las zapatillas de ballet, donde se leía: UNIVERSIDAD DE ARIZONA. Iban hacia el estudio de tatuaje.

—Me alegro de que por fin vayas a conocer a Aram —sonrió Asya, pasándose el bolso de lona de un hombro a otro—. Es un tío muy simpático.

—Ya me has hablado de él, pero no sé quién es.

—Ah, pues es… —Asya se interrumpió, buscando la palabra adecuada en inglés. «Amigo» se quedaba muy corto, «marido» era técnicamente incorrecto, «futuro marido» no parecía posible, «novio» pegaba más, pero lo cierto es que nunca se habían prometido formalmente—. Es la pareja de la tía Zeliha.

Al otro lado de la carretera, bajo un elegante arco otomano, divisaron a dos gitanillos. Uno de ellos sacaba latas de los cubos de basura y las iba apilando en una desvencijada carreta. El otro estaba sentado al borde de la carreta ordenando las latas, simulando que trabajaba duramente mientras tomaba el sol. Aquella podía ser una vida idílica, pensó Asya. Daría cualquier cosa por cambiarse por el chico. Primero iría a comprar el caballo más perezoso que pudiera encontrar. Luego pasearía todos los días con la carreta y el caballo por las empinadas calles de Estambul, recolectando cosas. Recibiría con entusiasmo los artefactos menos atractivos del género humano, y aceptaría de buen grado los desechos que se pudrían bajo su pulida superficie. Asya tenía la sensación de que en Estambul un basurero seguramente llevaba una vida mucho menos estresada que la suya y la de sus amigos del Café Kundera.

Si fuera basurera, vagaría por la ciudad silbando canciones de Johnny Cash mientras la brisa cálida le acariciaba el pelo y el sol le calentaba los huesos. Y si alguien se atreviera a perturbar tan maravillosa armonía, le amenazaría con echarle encima a su enorme y terrible clan gitano, en el que probablemente todo el mundo era culpable de algún delito. A pesar de la pobreza, concluyó Asya, mientras no fuera invierno debía de ser divertido recoger basura. Tomó nota mental para recordarlo en caso de que no se le ocurriera una profesión mejor cuando terminara la universidad. Y con este ánimo empezó a silbar. Cuando llegó al final de la estrofa advirtió que Armanoush todavía esperaba una respuesta más detallada a la pregunta que le había hecho hacía un rato.

—Bueno, sí, la tía Zeliha y Aram llevan saliendo Alá sabe cuánto tiempo. Es como mi padrastro, supongo, o para ser consistente debería llamarle tiastro… Da igual.

—¿Por qué no se casan?

—¿Casarse? —Asya escupió la palabra como si tuviera comida entre los dientes.

Estaban pasando junto a los recolectores de latas y al mirar más de cerca a sus ídolos, Asya se dio cuenta de que no eran niños sino niñas. Esto todavía le gustó más. Otra buena razón para hacerse basurera: difuminar las fronteras del sexo. Se puso un cigarrillo en los labios, pero en lugar de encenderlo lo chupeteó como si fuera uno de esos cigarrillos de chocolate envueltos en papel comestible. Luego reveló un pensamiento interior:

—En realidad, estoy segura de que a Aram no le importaría casarse, pero la tía Zeliha no querría ni oír hablar de eso.

—Pero ¿por qué no?

La brisa cambió en ese instante y Armanoush captó un penetrante olor a mar. La ciudad era un revoltijo de aromas, algunos fuertes y rancios, otros dulces y estimulantes. Casi todos le recordaban una comida u otra, hasta el punto de que había empezado a percibir la ciudad como algo comestible. Llevaba allí ya ocho días, y Estambul cada vez se le antojaba más retorcida y polifacética. Quizá se estaba acostumbrando a ser una extranjera en la ciudad, si no acostumbrándose a la ciudad misma.

—Pues supongo que es por la experiencia que tuvo la tía Zeliha con mi padre, que no sé quién era —explicó Asya—. Por eso estará tan en contra del matrimonio. Yo creo que es porque no confía en los hombres.

—Bueno, eso es comprensible.

—¿Tú no crees que hombres y mujeres se recuperan de maneras muy distintas después de una relación? Cuando las mujeres sobreviven a un matrimonio funesto o a una relación y toda esa mierda, por lo general evitan tener otra pareja durante bastante tiempo. Los hombres, sin embargo, hacen lo contrario: en cuanto terminan con una catástrofe se encaminan hacia la siguiente. Los hombres no saben estar solos.

Armanoush asintió con la cabeza, aunque aquello no coincidía del todo con la situación de sus padres. Su madre fue quien se volvió a casar tras el divorcio, mientras que su padre seguía todavía soltero.

—¿Y de dónde es Aram? —preguntó.

—Pues de aquí, como nosotros.

Asya se encogió de hombros, pero de pronto se dio cuenta de lo que le estaban preguntando. Sorprendida de su propia ignorancia, encendió por fin el cigarrillo y dio una calada. ¿Cómo se le podía haber pasado por alto? Aram pertenecía a una familia armenia de Estambul. En teoría era armenio.

A pesar de todo, en cierto modo Aram no podía ser armenio, ni turco ni de ninguna otra nacionalidad. Aram solo podía ser Aram, totalmente *sui generis*. Era el único ejemplar de una especie única. Una persona encantadora, un romántico colosal, un catedrático de ciencias políticas que a menudo confesaba sentirse atraído por la vida de un pescador de cualquier villorrio del Mediterráneo. Era un corazón frágil, un alma cándida, un caos con patas; un confiado utópico cargado de irresponsables promesas; un hombre increíblemente descuidado, ingenioso y honorable. Era único y por lo tanto Asya jamás lo había relacionado con ninguna identidad colectiva. Aunque estaba muy tentada de hablar de Aram se limitó a contestar:

—Pues el caso es que es armenio.

—Me lo imaginaba —contestó Armanoush con una ligera sonrisa.

Cinco minutos después llegaban al estudio de tatuaje.

—¡Bienvenidas! —exclamó la tía Zeliha con su voz aterciopelada, dándoles un vehemente abrazo. Llevaba un perfume fuerte, una combinación de especias, madera y jazmín. El pelo negro le caía sobre los hombros formando espectaculares rizos, algunos moldeados con una sustancia tan brillante que cada vez que se movía bajo las luces halógenas, relumbraban. Armanoush se quedó mirándola boquiabierta, y comprendió por primera vez el miedo y la admiración que Asya debía de haber sentido hacia su madre desde que era niña.

El local era como un pequeño museo. Frente a la entrada había una enorme fotografía enmarcada de una mujer de nacionalidad incierta, de espaldas para mostrar mejor el intrincado tatuaje de su cuerpo. Era una miniatura otomana. Parecía la escena de un banquete, con un acróbata andando sobre los invitados por una cuerda floja que se extendía de hombro a hombro. Una miniatura tan tradicional tatuada en la espalda de una mujer moderna resultaba impactante. Debajo se leía una frase en inglés: UN TATUAJE ES UN MENSAJE DE MÁS ALLÁ DEL TIEMPO.

Había vitrinas por todas partes, con cientos de dibujos y *piercings*. Los dibujos para tatuar se agrupaban bajo diversos títulos: «Rosas y espinas», «Corazones sangrantes», «Corazones y puñales», «El camino del chamán», «Espeluznantes criaturas peludas», «Dragones no peludos pero igualmente espeluznantes», «Motivos patrióticos», «Nombres y números», «Simurg y la familia de las aves» y, por fin, «Símbolos sufistas».

Armanoush no recordaba haber visto nunca a tan poca gente haciendo tanto ruido. Además de la tía Zeliha, en el local había un tipo excéntrico con el pelo naranja y aguja en ristre, un adolescente con su madre (que no se decidía ni a irse ni a quedarse), y dos hombres de pelo largo y sin afeitar, que parecían totalmente fuera del tiempo y el espacio, como rockeros drogados de los años setenta que acabaran de despertarse ahora de un mal viaje. Uno de los dos estaba sentado en una cómoda butaca, mascando chicle ruidosamente y charlando con su amigo mientras le tatuaban un mosquito púrpura en el tobillo. El tipo de la aguja resultó ser el ayudante de la tía Zeliha, un artista con talento. Armanoush le observó trabajar, sorprendida por el ruido que hacia la aguja.

—No te preocupes, el ruido es más escandaloso que el dolor —comentó la tía Zeliha, que le había leído la mente. Luego hizo un guiño y añadió—: Además, el cliente está acostumbrado. Se ha hecho ya unos veinte tatuajes. A veces eso se convierte en adicción. No basta con un tatuaje. Cada vez que te haces uno nuevo descubres la necesidad de hacerte otro. No sé cómo los centros de rehabilitación de adictos todavía no han incluido esto en sus programas.

Armanoush guardó silencio largo rato, observando de reojo al extravagante rockero. Si el hombre sentía algún dolor, desde luego no lo demostraba.

—¿A quién se le ocurre tatuarse un mosquito púrpura en el tobillo? ¿Por qué?

La tía Zeliha lanzó una risita.

—¿Por qué? Esa es una pregunta que nunca hacemos. Verás, en este local nos negamos a aceptar la tiranía de la normalidad. Estoy segura de que cuando un cliente pide un dibujo es porque tiene sus razones, aunque tal vez ni siquiera él lo sepa. Yo nunca pregunto por qué.

—¿Y los *piercings*?

—Pues lo mismo —sonrió la tía Zeliha, señalándose el *piercing* de la nariz—. Mira, este tiene diecinueve años. Me lo hice a la edad de Asya.

—¿Sí?

—Sí, me metí en el baño y me lo hice con una zanahoria, una aguja esterilizada, cubitos de hielo para anestesiar y sobre todo mucha rabia. Estaba rabiosa contra todo, pero en especial contra mi familia. Decidí hacerme yo misma el *piercing* en la nariz. Me temblaban las manos de los nervios, así que la primera vez me hice mal el agujero y me perforé el tabique. No veas cómo sangraba. Pero luego di con la técnica y a la siguiente vez me lo hice bien.

—¿Sí? —repitió Armanoush; esta vez parecía perpleja ante el rumbo que tomaba la conversación.

—¡Pues sí! —La tía Zeliha se dio orgullosa unos golpecitos en la nariz—. Me puse un arito aquí y salí del baño como si nada. En aquella época me encantaba poner furiosa a mi madre.

Al oír esto, Asya miró divertida a su madre.

—Lo que quiero decir es que me hice un *piercing* en la nariz porque era algo prohibido. ¿Me entiendes? Era inconcebible que una chica turca de una familia tradicional llevara un *piercing*, así que allá fui yo a hacerme uno. Pero ahora los tiempos han cambiado. Para eso estamos aquí. En este local aconsejamos a nuestros clientes, y a veces hasta rechazamos a algunos, sin juzgarlos jamás. Nunca preguntamos por qué. Eso es lo primero que aprendí en la vida. Por más que la juzgues, la gente hará lo que quiera de todas formas.

Justo en ese momento el adolescente apartó la mirada de las vitrinas para volverse hacia la tía Zeliha y preguntó:

—¿Se puede hacer más larga la cola de este dragón para que me cubra todo el brazo? Quiero que se extienda del codo a la muñeca, vaya, como si me estuviera bajando por el brazo.

Pero antes de que la tía Zeliha pudiera contestar, fue su madre quien saltó:

—Pero ¿tú estás loco? ¡Ni en broma, vamos! Habíamos quedado en que te harías algo sencillo y pequeño, como un pájaro o una mariquita. Yo no te he dado permiso para una cola de dragón…

Asya y Armanoush se quedaron contemplando la actividad del taller durante dos horas, observando el ir y venir de los clientes. Entraron cinco estudiantes de instituto diciendo que querían todos un *piercing* en la ceja, pero en cuanto la aguja esterilizada atravesó la ceja del primero, los demás se echaron atrás. Luego llegó un aficionado al fútbol que quería en el pecho el escudo de su equipo. A continuación un ultranacionalista que pidió la bandera turca en la punta del índice, para poder ondear la bandera cada vez que moviera el dedo delante de alguien, y por fin acudió una impresionante cantante rubia que era un travestí y que quería el nombre de su amante tatuado en los nudillos.

Después entró un hombre de mediana edad que parecía anormalmente normal entre la clientela habitual del local. Era Aram Martirossian.

Aram era apuesto, alto, robusto. Tenía un rostro amable pero cansado, barba oscura, pelo bastante canoso y profundos hoyuelos que aparecían cada vez que sonreía. Sus ojos relucían de inteligencia tras las gafas de gruesa montura. En su forma de mirar a la tía Zeliha se advertía el amor al instante. Amor, respeto y sincronización. Cuando él hablaba, ella completaba sus gestos, cuando ella gesticulaba él completaba sus palabras. Eran dos individuos complicados que parecían haber logrado juntos una milagrosa armonía.

En cuanto empezó a hablar con él, Armanoush pasó a su inglés como lengua aprendida, como hacía cada vez que conocía a alguien nuevo en Estambul. Así se presentó lo más despacio posible, hablando a cámara lenta, de forma rítmica, casi infantil. Le sorprendió oír a Aram hablar inglés con fluidez y un sutil acento británico.

—¡Hablas inglés muy bien! —no pudo evitar exclamar—. ¿Cómo es que tienes acento británico?

—Gracias. Estudié en Londres toda la carrera. Pero podemos hablar armenio si quieres.

—No hablo armenio —dijo Armanoush—. De pequeña aprendí un poco con mi abuela, pero como mis padres se separaron, nunca pasaba mucho tiempo en el mismo sitio y siempre había interrupciones. Aunque luego, entre los diez y los trece años, iba todos los veranos a un campamento armenio. Me lo pasaba muy bien y aprendí bien el idioma, pero luego se me olvidó de nuevo.

—Yo también aprendí armenio con mi abuela —sonrió Aram—.

La verdad es que tanto mi madre como mi abuela querían que fuera bilingüe, solo que no se ponían de acuerdo en cuál tenía que ser mi segundo idioma. Mi madre pensaba que sería mejor para mí que hablara turco en el colegio y luego inglés en casa, puesto que estaba destinado a salir del país cuando fuera mayor. Pero a mi abuela no había quien la convenciera. Tenía que ser turco en el colegio y armenio en casa.

A Armanoush le intrigaba el aura de Aram, pero todavía le fascinaba más su humildad. Hablaron un rato sobre abuelas armenias, unas en la diáspora, otras en Turquía y otras en Armenia.

A las seis y media la tía Zeliha dejó el estudio a cargo de su ayudante y los cuatro se dirigieron a una taberna cercana.

—Antes de que te vayas de Estambul, Aram y la tía Zeliha nos quieren llevar a una taberna, para que vivamos una típica noche de copas —le había explicado Asya.

En una calle bastante oscura pasaron junto a un edificio desde cuyas ventanas las prostitutas travestís miraban a los transeúntes. Las dos del primer piso estaban tan cerca que Armanoush podía distinguir hasta los detalles de sus muy maquillados rostros. Una de ellas, una fornida mujer de gruesos labios y el pelo tan rojo y brillante como los fuegos artificiales en la oscuridad, dijo entre risas algo en turco.

—¿Qué ha dicho? —preguntó Armanoush a Asya.

—Dice que mis pulseras son preciosas y que llevo demasiadas.

Para sorpresa de Armanoush, Asya se quitó una de las pulseras de cuentas y se la dio al travestí pelirrojo, que la aceptó contentísimo, se la puso y, con una mano de uñas perfectamente cuidadas y pintadas de escarlata, levantó una lata de Coca-Cola Light como ofreciéndole un brindis.

Armanoush contemplaba la escena maravillada. ¿Podían coexistir en aquella sórdida calle de Estambul la Coca-Cola Light, las pulseras de cuentas, el olor a semen de las fulanas y la alegría infantil?

El bar era un local elegante pero acogedor cerca del pasaje de las Flores. En cuanto se sentaron aparecieron dos camareros con un carrito de *mezes*.

—Armanoush, ¿por qué no nos vuelves a sorprender con tu vocabulario culinario? —pidió la tía Zeliha.

Y Armanoush comenzó a nombrar los platos que los camareros dejaban en la mesa:

—Bueno, vamos a ver, hay *yalanci sarma*, *tourshi*, *patlijan*, *topik*, *enginar...*

Los clientes llegaban en parejas o grupos, y en menos de veinte minutos el bar estaba lleno. Entre tantas caras, sonidos y olores desconocidos, Armanoush se sintió desorientada. Podía estar en Europa, o en Oriente Próximo, o en Rusia. La tía Zeliha y Aram bebían *rakı*, Asya y ella vino blanco. La tía Zeliha fumaba cigarrillos, Aram, puros, mientras que Asya, que al parecer evitaba el tabaco delante de su madre, se mordía los labios por dentro.

—Esta noche no fumas —le comentó Armanoush, sentada a su lado.

—Ya, qué me vas a contar —suspiró Asya. Luego bajó la voz y dijo en un susurro—: Y calla, que la tía Zeliha no sabe que fumo.

Armanoush se sorprendió: Asya la rebelde, que se deleitaba casi con sadismo en enfurecer a su madre siempre que podía, de pronto, cuando se trataba de fumar delante de ella, se convertía en una hija dócil.

Se pasaron una hora charlando mientras los camareros traían un plato tras otro. Primero sirvieron los *mezes* (los platos fríos), seguidos de platos templados, platos calientes y luego postres y café. Aquella debía de ser la costumbre, pensó Armanoush: en lugar de elegir de un menú, se servía el menú entero.

Cuando el ruido y el humo del local se intensificaron, Armanoush se acercó a Aram; había reunido el valor para hacerle la pregunta que llevaba rato rondándole la cabeza:

—Aram, ya sé que te gusta Estambul, pero ¿nunca has pensado en ir a América? Quiero decir que podrías ir a California, por ejemplo. Allí hay una gran comunidad armenia, ¿sabes?

Aram se quedó mirándola un buen rato, como queriendo fijarse en cada detalle, hasta que por fin se reclinó en su silla con una desconcertante carcajada. Armanoush se quedó bastante cortada con aquella risa, de la que se sentía excluida. No estaba convencida de que Aram la hubiera entendido bien, de manera que se inclinó hacia él con la intención de explicarse mejor:

—Si aquí te están oprimiendo, siempre puedes ir a América. Allí hay muchas comunidades armenias que estarían más que dispuestas a ayudarte a ti y a tu familia.

Esta vez Aram no se rió. Esbozó una sonrisa cálida pero un poco cansada.

—¿Y por qué iba a irme, querida Armanoush? Esta es mi ciudad. Yo nací y me crié en Estambul. Mi familia lleva en Estambul al menos quinientos años. Los armenios estambulíes pertenecen a Estambul, como los turcos, kurdos, griegos y judíos estambulíes. Primero conseguimos vivir juntos, luego fracasamos estrepitosamente. No podemos fallar otra vez.

En ese momento volvió a aparecer el camarero, ahora llevaba calamares fritos, mejillones fritos y hojaldres fritos.

—Conozco cada calle de esta ciudad —prosiguió Aram, tomando otro sorbo de *raki*—. Y me encanta pasear por la mañana, por la tarde, y luego por la noche, algo alegre tras un par de copas… Me encanta desayunar con mis amigos junto al Bósforo los domingos, me encanta andar solo entre la multitud, estoy enamorado de la caótica belleza de esta ciudad, los transbordadores, la música, las historias, la tristeza, los colores y el humor negro…

273

Se produjo un violento silencio mientras ambos contemplaban desde la distancia la posición del otro y se daban cuenta de que entre ellos quizá había algo más que la distancia geográfica. Aram sospechaba que Armanoush estaba demasiado americanizada, ella imaginó que él era demasiado turco. El cáustico abismo entre los hijos de quienes habían logrado quedarse y los de quienes tuvieron que marchar.

—Mira, los armenios en la diáspora no tienen amigos turcos. Solo conocen a los turcos a través de las historias que contaban sus abuelos o que se cuentan unos a otros. Y son historias terriblemente tristes. Pero créeme, en Turquía, igual que en cualquier país, hay gente buena y gente mala. Es así de sencillo. Me siento más cerca de algunos amigos turcos que de mi propio hermano. Y luego está, por supuesto —alzó la copa y señaló a la tía Zeliha—, mi loco amor…

La tía Zeliha debió de advertir que mencionaba su nombre, porque le guiñó el ojo, levantó la copa de *raki* y brindó:

—Şerefe!

Todos la imitaron e hicieron chocar las copas repitiendo: «Şerefe!». Esta palabra, como pronto se puso de manifiesto, era una especie de mantra que se repetía cada diez o quince minutos. Una hora y siete *Şerefes* más tarde, a Armanoush le brillaban los ojos por el alcohol. Observó divertida a un camarero albino que servía los platos calientes: lubina a la plancha en un lecho de pimientos verdes, bagre marinado con albahaca acompañado con crema de espinacas, salmón a la parrilla con verduras y langostinos con salsa de ajo picante.

Armanoush se volvió hacia Aram con una risita ebria.

—Oye, tú también tendrás tatuajes, ¿no? Seguro que la tía Zeliha te habrá hecho alguno.

—Qué va —contestó Aram tras el velo de humo que se alzaba de su puro—. No me deja tatuarme.

—Sí —corroboró Asya—. No le deja.

—¿Ah, no? —se sorprendió Armanoush, volviéndose hacia la tía Zeliha—. Yo creía que te gustaban los tatuajes.

—Y me gustan. No me opongo a que se haga un tatuaje, sino al dibujo que quiere hacerse.

Aram sonrió.

—El tatuaje que me gustaría es una higuera preciosa, pero cabeza abajo. Mi higuera tiene todas las raíces al aire, o sea, que en lugar de enraizar en la tierra, está enraizada en el cielo. Está fuera de lugar, aunque no sin lugar.

Se quedaron callados unos segundos, mirando la oscilante llama de la vela que había en la mesa.

—Es que la higuera… —comenzó por fin la tía Zeliha, encendiendo el último cigarrillo del paquete y echando el humo sin darse cuenta hacia Asya—. La higuera es un símbolo de mal agüero. No trae buena suerte. Me parece muy bien que Aram quiera tener las raíces en el aire, pero lo que no me gusta es la higuera. Si quisiera un cerezo, por ejemplo, o un roble, aunque fuera cabeza abajo, se lo tatuaría ahora mismo.

En ese momento cuatro músicos gitanos, todos con sedosas camisas blancas y pantalones negros, entraron en la taberna con sus instrumentos: un *ud*, un clarinete, un *kanun* y una *darbuka*. Se produjo una animación general entre los clientes que, hartos de comer y beber, estaban más que dispuestos a cantar.

Cuando los músicos se pusieron a su lado, Armanoush sintió una punzada de timidez, pero se tranquilizó al ver que no la obligaban a cantar. Resultó que a Asya tampoco se le daba muy bien el canto. En cambio, escucharon a la tía Zeliha acompañar a los músicos con una dulce voz de contralto, una voz que no se parecía en nada a su habitual voz ronca de fumadora. Asya miró a su madre con expresión inquisitiva.

Cuando el líder del grupo preguntó si querían pedir alguna canción en especial, la tía Zeliha le dio un codazo a Aram y exclamó insinuante:

—Venga, pide una canción. ¡Canta, mi ruiseñor!

Aram se sonrojó, pero se inclinó, tosió y susurró algo al oído del músico. En cuanto la banda atacó la melodía propuesta, Aram empezó a cantar, para sorpresa de Armanoush, no en turco ni en inglés, sino en armenio.

> *Todas las mañanas al amanecer*
> *le digo a mi amor:*
> *¿adónde vas?*

La canción fluía lentamente, triste, mientras el tempo se animaba con la acusada subida del clarinete y la incontenible *darbuka* de fondo. La voz de Aram se alzaba y caía en suaves olas, al principio algo tímida, luego cada vez más firme.

> *Ella es la cadena de oro*
> *de mis recuerdos,*
> *ella es el camino*
> *de la historia de mi vida.*

Armanoush contenía el aliento. No entendía toda la letra, pero sentía la pena en lo más hondo de su corazón. Cuando levantó la cabeza le intrigó la expresión de la tía Zeliha. Su mirada contenía el miedo a la felicidad que solo puede sentir quien de pronto, inesperadamente, descubre que está muy enamorado.

Cuando se acabó la canción y los músicos se fueron a otra mesa, Armanoush pensó que la tía Zeliha le daría un beso a Aram. Pero se limitó a apretar cariñosamente la mano de Asya, como reconociendo que su amor por un hombre le había permitido entender mejor el amor por su hija.

—Cariño —murmuró, con cierto tono de angustia en la voz. No obstante, si pensaba decirle algo más a su hija, se apresuró a contener el impulso. Lo que hizo fue sacar otro paquete de tabaco y ofrecerle un cigarrillo.

Pero a Asya, más que este gesto, le sorprendió ver que su madre tenía sentimientos tan a flor de piel. Encendió su cigarrillo y luego el de la tía Zeliha. Y mientras el humo se enroscaba poco a poco entre ellas, madre e hija se sonrieron con cierta timidez. Bajo aquella luz guardaban un sorprendente parecido, dos rostros moldeados por un pasado que una ignoraba por completo y la otra prefería no recordar.

Fue en aquel preciso instante cuando Armanoush sintió el pulso de la ciudad por primera vez desde que había llegado a Estambul. De pronto entendió por qué y cómo la gente se enamoraba de Estambul, a pesar del sufrimiento que pudiera causarles. No sería fácil desenamorarse de una ciudad tan dolorosamente hermosa.

Y con esta certeza alzó la copa en un brindis:

—*Şerefe!*

14

Agua

—¿Voy a decirles que bajen eso? —preguntó la tía Feride. Estaba delante de la habitación de las chicas con la vista clavada en el pomo.

—¡Ay, déjalas en paz! —exclamó la tía Zeliha desde el sillón donde se había dejado caer—. Han bebido un poco, y cuando la gente está un poco alegre pone la música alta. —Y para dejarlo claro repitió—: ¡ALTA!

—¡Han bebido! —bramó la abuela Gülsüm—. ¿Y cómo es que han bebido? ¿Es que no te basta con ser siempre la vergüenza de la familia? Mira qué falda llevas. ¡Los trapos de la cocina son más largos que tu falda! Eres madre soltera, una divorciada. ¡Escúchame bien! No he visto jamás una divorciada con un aro en la nariz. ¡Debería darte vergüenza, Zeliha!

La tía Zeliha alzó la cabeza del cojín al que se abrazaba.

—Mamá, para ser una divorciada tendría que haberme casado primero. No tergiverses las cosas. A mí no pueden llamarme «divorciada» ni «abandonada» ni ninguno de esos peliagudos términos de tu vocabulario reservado para mujeres desafortunadas. Tu hija es una pecadora que lleva minifaldas y le encanta el aro en la nariz y quiere a la niña que tuvo fuera del matrimonio. ¡Te guste o no te guste!

—¿No te basta con haber malcriado a tu hija y haberla obligado a beber? ¿Por qué has tenido que hacer que beba también la pobre invitada? Mustafa es el responsable de ella. Esa muchacha es la invitada de tu hermano en esta casa. ¡Cómo te atreves a pervertirla!

—¡Responsabilidad de mi hermano! ¡Sí, vamos! —La tía Zeliha lanzó una risa triste y cerró los ojos.

Mientras tanto, en la habitación de las chicas sonaba Johnny Cash a todo volumen. Ellas estaban sentadas a la mesa mirando la pantalla del ordenador, Sultan Quinto acurrucado entre ellas con los ojos medio cerrados. Las chicas estaban tan absortas en internet que no oyeron la discusión. Armanoush acababa de entrar en el Café Constantinopolis, decidida esta vez a que Asya entrara con ella.

¡Hola a todos! ¿No habéis echado de menos a Madame Mi Alma Exiliada? —tecleó.

Nuestra reportera de Estambul ha vuelto. ¿Dónde estabas? ¿Te han devorado los turcos? —escribió Anti-Javurma.

Bueno, uno de los devoradores está conmigo ahora mismo. Os quiero presentar a una amiga turca.

Se produjo una pausa.

Tiene un apodo, por supuesto: Una Chica Llamada Turca.

¿Eso qué es? —no pudo evitar preguntar Alex el Estoico.

Es una reinterpretación del título de una canción de Johnny Cash. Pero bueno, se lo puedes preguntar tú mismo. Aquí está. Querido Café Constantinopolis, os presento a Una Chica Llamada Turca. Una Chica Llamada Turca, aquí el Café Constantinopolis.

¡Hola! Saludos desde Estambul —comenzó Asya.

No hubo respuesta.

Espero que la próxima vez vengáis a Estambul con Arman... —Asya solo se dio cuenta de su error cuando Armanoush le dio una palmada en la mano—... Con Madame Mi Alma Exiliada.

Ah, gracias, pero francamente no tengo ganas de hacer turismo por un país que ha causado tanto sufrimiento a mi familia. —Era de nuevo Anti-Javurma.

Ahora le tocó a Asya quedarse parada.

Oye, no nos malinterpretes, no tenemos nada contra ti, ¿vale? —terció Triste Convivencia—. Seguro que la ciudad es bonita y agradable, pero la verdad es que no nos fiamos de los turcos. Mesrop se agitaría en su tumba si, Aramazt no lo quiera, olvidara mi pasado sin más.

—¿Quién es Mesrop? —preguntó Asya a Armanoush con apenas un hilo de voz, como si pudieran oírla.

Bueno, vamos a empezar con lo básico. Los hechos. Si podemos aclarar los hechos, podremos hablar de otras cosas —decretó Lady Pavo Real/Siramark—. Primero, esto del viaje turístico a Estambul. Las magníficas mezquitas que enseñáis hoy a los turistas, ¿qué arquitecto las construyó? ¡Sinan! Proyectó palacios, hospitales, hoteles, acueductos... Vosotros explotáis la inteligencia de Sinan y luego negáis que era armenio.

No sé quién era —escribió Asya, perpleja—. Pero Sinan es un nombre turco.

Bueno, es que se os da muy bien turquificar los nombres de las minorías —replicó Anti-Javurma.

Vale, ya entiendo lo que dices. Es verdad que la historia nacional turca se basa en la censura, pero como la historia nacional de cualquier país. Las naciones crean sus propios mitos y luego se los creen. —Asya alzó la cabeza, cuadró los hombros y prosiguió—: En Turquía hay turcos, kurdos, circasianos, georgianos, pontios, judíos, abazas, griegos... Me parece demasiado simplista y peligroso hacer esa clase de generalizaciones. No somos bárbaros brutales. Además, muchos intelectuales que han estudiado la cultura otomana os dirán que fue una gran cultura en muchos aspectos. La década de 1910 fue especialmente difícil, pero las cosas ya no son igual que hace cien años.

Lady Pavo Real/Siramark replicó al instante:

Yo no creo que los turcos hayan cambiado en nada. De lo contrario, habrían reconocido el genocidio.

«Genocidio» es un término peliagudo —escribió Una Chica Llamada Turca—. Implica un exterminio sistemático, bien organizado y con una ideología detrás, y la verdad, no estoy segura de que el Estado otomano fuera así en aquella época. Sí reconozco la injusticia que se cometió contra los armenios. No soy historiadora y tengo un conocimiento muy limitado y parcial, pero vosotros también.

Pues mira, ahí está la diferencia. Al opresor no le sirve de nada el pasado, pero el oprimido es lo único que tiene —comentó la Hija de Safo.

Sin conocer la historia de tu padre, ¿cómo puedes aspirar a crear tu propia historia? —añadió Lady Pavo Real/Siramark.

Armanoush sonrió para sus adentros. De momento todo iba tal como había imaginado. Excepto por el Barón Baghdassarian, que todavía no había dicho nada.

Mientras tanto Asya, con la vista todavía fija en la pantalla, contestaba:

Reconozco vuestra pérdida y vuestro dolor. No niego las atrocidades cometidas. De lo que huyo es de mi propio pasado. No sé quién es mi padre ni cuál es su historia. Si tuviera ocasión de conocer mi pasado, aunque fuera triste, ¿elegiría saberlo o no saberlo? Es el dilema de mi vida.

Estás llena de contradicciones —replicó Anti-Javurma.

¡Eso a Johnny Cash no le importaría! —terció Madame Mi Alma Exiliada.

Decidme, ¿qué puedo hacer yo, como una turca cualquiera de hoy, para aliviar vuestro dolor?

Hasta ahora ningún turco les había hecho esta pregunta a los armenios del Café Constantinopolis. Antes habían tenido dos visitantes turcos, ambos acalorados jóvenes nacionalistas que aparecieron de pronto con la aparente intención de demostrar que los turcos no habían hecho nada malo a los armenios, sino que fueron los armenios quienes se rebelaron contra el régimen otomano y mataron a los turcos. Uno de ellos había llegado incluso a sostener que si el régimen otomano hubiera sido tan atroz como decían, ahora no quedarían armenios para hablar de todo eso. El hecho de que hubiera tantos armenios hablando mal de los turcos era un claro indicio de que los otomanos no los habían perseguido.

Hasta ahora la relación del Café Constantinopolis con los turcos había consistido básicamente en un airado intercambio de difamaciones y soliloquios. Esta vez el tono era radicalmente distinto.

Tu gobierno podría pedir perdón —sugirió Triste Convivencia.

¿Mi gobierno? Yo no tengo nada que ver con el gobierno —escribió Asya, pensando en el Dibujante Dipsómano, perseguido por dibujar al primer ministro como un pingüino—. ¡Oye, que yo soy nihilista! —Estuvo a punto de mencionar su manifiesto personal de nihilismo.

Pues podrías pedir perdón tú misma —se entrometió Anti-Javurma.

¿Tú quieres que pida perdón por algo con lo que no tengo nada que ver?

—Tú lo has dicho —apuntó Lady Pavo Real/Siramark—. Todos nacemos en un tiempo continuo, y el pasado sigue viviendo en el presente. Venimos de una estirpe familiar, de una cultura, de una nación. ¿O me vas a decir que el pasado, pasado está?

Asya miraba la pantalla perpleja, como si en medio de una presentación se le hubiera olvidado el texto. Acarició, distraída, la cabeza de Sultán Quinto varias veces antes de que sus dedos volvieran al teclado.

¿Soy responsable del crimen de mi padre? —preguntó Una Chica Llamada Turca.

Eres responsable de reconocer el crimen de tu padre —contestó Anti-Javurma.

Asya parecía confusa por la brusquedad de aquella frase, un poco irritada, pero también intrigada. Bajo el resplandor de la pantalla, su rostro se veía pálido e inmóvil. Siempre había intentado distanciar todo lo posible su pasado del futuro que esperaba lograr, confiando en que, por mucha carga que llevaran los recuerdos, por oscuros o deprimentes que fueran, el pasado no la devoraría. Pero lo cierto es que, por más que odiara admitirlo, sabía que el pasado vivía, efectivamente, en el presente.

Toda mi vida he querido no tener pasado. Ser bastarda no es carecer de padre, sino carecer de pasado… ¡Y ahora me pedís que asimile el pasado y pida perdón por un padre que no conozco!

No hubo respuesta, pero Asya tampoco parecía esperarla. Siguió tecleando como si sus dedos tuvieran voluntad propia, como si navegara con los ojos cerrados.

Aun así, tal vez es justamente no tener pasado lo que al final me ayudará a comprender vuestro apego a la historia. Sé reconocer la importancia de la continuidad en la memoria humana. Eso sí… Y sí, pido perdón por todo el sufrimiento que mis antepasados hayan creado a vuestros antepasados.

Anti-Javurma no estaba satisfecho.

La verdad es que no significa gran cosa que nos pidas perdón a nosotros —terció—. Pide perdón delante del gobierno turco.

¡Venga ya! —Armanoush tiró de pronto del teclado, incapaz de resistirse al impulso de interrumpir—. Soy Madame Mi Alma Exiliada. ¿Y qué va a conseguir con eso, aparte unos cuantos problemas?

¡Pues tiene que apechugar con ese problema si es sincera! —saltó Anti-Javurma.

Pero antes de que nadie pudiera responder, apareció un comentario totalmente inesperado.

Bueno, la verdad es, queridas Madame Mi Alma Exiliada y Una Chica Llamada Turca, que entre los armenios en la diáspora hay quien no quiere que los turcos reconozcan jamás el genocidio. Porque entonces nos quitarían la alfombra bajo los pies y nos arrebatarían el lazo más fuerte que nos une. Igual que los turcos tienen por costumbre negar sus malas obras, los armenios tienen por costumbre recrearse en el victimismo. Por lo visto hay ciertas viejas costumbres que habría que cambiar en ambos bandos.

Era Barón Baghdassarian.

—Siguen despiertas. —La tía Feride paseaba de un lado a otro junto a la puerta de la habitación de las chicas—. ¿Pasará algo?

Las mujeres mayores se habían ido a dormir, también la tía Cevriye, como buena y disciplinada maestra que era. La tía Zeliha se había quedado frita en el sofá.

—¿Por qué no te vas a dormir, hermana? Yo vigilaré la puerta para ver que estén bien. —La tía Banu le dio un apretón en el hombro. Cada vez que su enfermedad empeoraba, la tía Feride se aterrorizaba ante un posible mal procedente de cualquier cosa o persona del mundo exterior—. Deja que haga guardia yo esta noche —sonrió la tía Banu—. Tú vete a la cama. No olvides que tu mente es una desconocida por las noches. No hables con desconocidos.

—Sí —asintió la tía Feride, y por un momento pareció una niña pequeña conmovida por un cuento. Visiblemente más tranquila, se dirigió arrastrando los pies hacia su habitación.

En cuanto desconectaron, Armanoush miró el reloj. Era hora de llamar a su madre. Esa semana la había llamado todos los días a la misma hora, y Rose le había reprochado cada vez que no llamara más a menudo. Intentando no alterarse por aquella invariable costumbre, marcó el número y esperó que su madre contestara.

—¡¡¡Amy!!! —La voz de Rose se convirtió en un chillido—. Cariño, ¿eres tú?

—Sí, mamá, ¿cómo estás?

—¿Que cómo estoy? ¿Que cómo estoy? —repitió Rose. Parecía desconcertada y su voz sonaba apagada—. Mira, ahora mismo tengo que colgar, pero prométeme, prométeme que me llamas en diez... no, diez va a ser poco... en quince minutos exactamente. Ahora tengo que colgar para aclararme las ideas, y luego espero tu llamada. Prométemelo, prométemelo —farfulló histérica.

—Vale, vale, mamá, te lo prometo —balbuceó Armanoush—. Mamá, ¿estás bien? ¿Qué pasa? —Pero Rose ya había colgado.

Confusa, pálida y desolada, todavía con el teléfono en la mano, Armanoush miró a Asya.

—Mi madre me ha pedido que la llame luego, en lugar de preguntarme por qué no la había llamado antes. Es rarísimo. Es rarísimo en ella.

—Tranquila. —Asya se movió en la cama y asomó la cabeza entre las mantas—. A lo mejor es que iba conduciendo y no podía hablar.

Pero Armanoush negó con la cabeza, con una sombra de miedo en la cara.

—Ay, Dios, ha pasado algo. Ha pasado algo horrible.

Con los ojos hinchados de llorar y la nariz colorada, Rose cogió un pañuelo de papel y estalló de nuevo en lágrimas. Siempre compraba los mismos pañuelos en la misma tienda: Sparkle, fuertes y absorbentes. La marca fabricaba tres modelos diferentes, y el favorito de Rose se llamaba «Mi Destino». En los pañuelos aparecían impresas imágenes de conchas, peces y barcos, todo en azul, y entre ellas nadaban estas palabras: NO PUEDO CAMBIAR LA DIRECCIÓN DEL VIENTO, PERO PUEDO AJUSTAR LAS VELAS PARA LLEGAR SIEMPRE A MI DESTINO.

A Rose le gustaba el eslogan. Además, la tinta azul de las imágenes hacía juego con el color de los azulejos de la cocina, la parte de la casa de la que más orgullosa estaba. A pesar de que al principio, cuando compraron la casa, la cocina le encantó, Rose enseguida se puso a remodelarla, añadiendo estantes, un botellero lacado para treinta y seis botellas (aunque ni ella ni Mustafa bebían) y taburetes giratorios de roble por todas partes. Ahora, presa de una nueva oleada de pánico, se dejó caer en uno de los taburetes.

—Ay, Dios mío, tenemos quince minutos. ¿Qué le vamos a decir? Solo tenemos quince minutos para decidir —gritó.

—Rose, cariño, cálmate, por favor —dijo Mustafa, levantándose de su silla. A él no le gustaban los taburetes, de manera que tenía dos sólidas sillas de madera de pino, una para él y la otra también para él. Se acercó a su mujer y le cogió la mano, con la esperanza de mitigar un poco su preocupación—. Tienes que estar tranquila, muy tranquila, ¿entiendes? Y muy tranquila le vas a preguntar dónde está. Es lo primero que debes preguntarle, ¿vale?

—¿Y si no me lo dice?

—Te lo dirá. Tú se lo preguntas con calma, y ella te responderá con calma —aseguró Mustafa, hablando despacio—. Pero nada de regañarla, ¿eh? Tienes que relajarte. Toma, bebe un poco de agua.

Rose cogió el vaso con manos temblorosas.

—Pero ¿cómo es posible? ¡Mi niña me ha mentido! Qué tonta he sido al fiarme de ella. Todo este tiempo pensando que estaba en San Francisco con su abuela, y ahora resulta que le ha mentido a todo el mundo… Y ahora su abuela… ¡Ay, Dios mío! ¿Cómo se lo voy a decir?

El día anterior, mientras los dos estaban en la cocina, ella haciendo tortitas y él leyendo el *Arizona Daily Star*, sonó de pronto el teléfono. Rose contestó con la espátula en la mano. Era su ex marido, Barsam Tchajmajchian, desde San Francisco.

¿Cuántos años llevaban sin intercambiar una palabra? Después del divorcio se vieron obligados a hablar a menudo de su hija. Pero luego, a medida que Armanoush crecía, las charlas se fueron espaciando hasta desaparecer por completo. De su breve matrimonio solo quedaban dos cosas: resentimiento mutuo y una hija.

—Siento molestarte, Rose —comenzó Barsam, con voz seca pero agotada—. Es que es una emergencia. Tengo que hablar con mi hija.

—Nuestra hija —le contestó Rose cortante. En cuanto la frase salió de su boca, se arrepintió de su brusquedad.

—Rose, por favor, tengo que darle a Armanoush una mala noticia. ¿Quieres decirle que se ponga, por favor? No contesta el móvil y por eso la llamo ahí a tu casa.

—Espera… espera… ¿Es que no está ahí?

—¿Qué quieres decir?

—¿No está ahí contigo en San Francisco? —A Rose le temblaban los labios de pánico.

Barsam se preguntó si su ex mujer estaría jugando a algo. Intentó disimular su irritación.

—No, Rose, Armanoush decidió volver a Arizona para pasar ahí las vacaciones de primavera.

—¡¡Ay, Dios mío!! ¡Pero si aquí no está! ¿Dónde está mi niña? ¿Dónde está? —Rose se echó a llorar, con uno de aquellos ataques de ansiedad que creía superados hacía tiempo.

—Rose, ¿quieres calmarte, por favor? No sé qué está pasando, pero seguro que habrá alguna explicación. Confío en Armanoush con todo mi corazón. Estoy seguro de que no hará nada malo. ¿Cuándo hablaste con ella por última vez?

—Ayer. Me llama todos los días… ¡desde San Francisco!

Barsam guardó silencio. No dijo que Armanoush también le llamaba a él todos los días, aunque desde Arizona.

—Eso es bueno, eso significa que está bien. Tenemos que confiar en ella. Es una chica inteligente y formal, tú lo sabes. Mira, la próxima vez que llame dile que me llame a mí, ¿vale? Dile que es urgente. ¿Lo has entendido, Rose? ¿Le vas a decir que me llame?

—¡¡Ay, Dios mío!! —Rose sollozaba con más fuerza. Pero de pronto se le ocurrió preguntar—: Barsam, has dicho que había malas noticias. ¿Qué ha pasado?

—Ah… —Se hizo un pesado silencio—. Es mi madre… —No pudo terminar la frase—. Dile a Armanoush que la abuela Shushan ha muerto mientras dormía. Esta mañana ya no se ha despertado.

Jamás habían sido tan lentos quince minutos. Armanoush paseaba por la habitación bajo la mirada preocupada de Asya. Por fin llegó el momento de volver a llamar a su madre. Esta vez Rose contestó al instante.

—Amy, te voy a preguntar solo una cosa y me vas a decir la verdad. Prométeme que me vas a decir la verdad.

Armanoush notó un vahído de miedo en el vientre.

—¿Dónde estás? —preguntó Rose ronca, con la voz rota—. ¡Nos has mentido! No estás en San Francisco, no estás en Arizona. ¿Dónde estás?

Armanoush tragó saliva.

—Mamá, estoy en Estambul.

—¿Qué?

—Mamá, ya te lo explicaré, pero por favor, cálmate.

Rose echaba chispas por los ojos de pura indignación. Odiaba que todo el mundo le dijera que se calmara.

—Mamá, siento muchísimo haberte preocupado tanto. No debería haber hecho esto y lo siento. Pero no tienes de qué preocuparte, de verdad.

Rose tapó el teléfono con la mano.

—¡¡Mi niña está en Estambul!! —le dijo a su marido con cierto tono de reproche, como si fuera culpa suya. Luego chilló en el auricular—: ¿Y qué demonios estás haciendo ahí?

—Pues estoy en casa de tu suegra. Es una familia maravillosa.

Rose, estupefacta, se volvió hacia Mustafa y esta vez el tono de reproche fue más duro:

—¡Está en casa de tu familia!

Pero antes de que Mustafa Kazancı, lívido y alarmado, pudiera articular una palabra, ella volvió al teléfono:

—Vamos para allá. No se te ocurra desaparecer. Vamos para allá. ¡Y no vuelvas a apagar el móvil! —Con estas palabras, colgó.

—¿De qué coño estás hablando? —Mustafa le apretó el brazo con más fuerza de la que pretendía—. Yo no voy a ningún lado.

—Tú sí que vas. Vamos los dos. ¡Mi única hija está en Estambul! —chilló, como si hubieran secuestrado a Armanoush.

—No puedo dejar el trabajo ahora.

—Te puedes tomar unos días. Y si no, me voy yo sola —saltó Rose, o alguien que parecía Rose—. Vamos, nos aseguramos de que está bien, la recogemos y nos la traemos a casa.

Esa noche, cuando estaban a punto de acostarse, sonó el teléfono de la familia Kazancı.

—Quiera Alá que no sea nada malo —susurró Petite-Ma desde la cama, con el rosario en la mano y una sombra de ansiedad en el rostro. Tendió la mano hacia el vaso de agua con la dentadura postiza y, sin dejar de rezar, bebió un sorbo. Solo el agua podía apagar el miedo.

La tía Feride, todavía despierta, cogió el teléfono. Era la más charlatana y comunicativa de la familia hablando por teléfono.

—¿Diga?

—Hola, Feride, ¿eres tú? —preguntó una voz masculina. Y sin aguardar respuesta añadió—: Soy yo… desde América… Mustafa…

La tía Feride sonrió, encantada al oír la voz de su hermano.

—¿Por qué no nos llamas más a menudo? ¿Cómo estás? ¿Cuándo vas a venir a vernos?

—Escucha, cariño, por favor… ¿Está Amy… Armanoush ahí?

—Sí, sí, claro, nos la mandaste tú. La queremos mucho —contestó radiante la tía Feride—. ¿Por qué no habéis venido con ella, tu mujer y tú?

Mustafa se quedó callado y frunció la frente, incómodo. A su espalda, detrás de la ventana, se extendía la tierra de Arizona, siempre fiable, siempre reservada. Con el tiempo había aprendido a apreciar el desierto, su infinitud mitigaba el miedo a mirar atrás, su tranquilidad aliviaba el miedo a la muerte. En momentos así se acordaba, como si su cuerpo tuviera memoria con voluntad propia, del destino que aguardaba a todos los hombres de la familia. En momentos así se sentía cerca del suicidio. Encontrar la muerte antes de que la muerte lo encontrara a él. Había vivido dos vidas y a veces la única manera de salvar el abismo entre las dos parecía ser silenciarlas al mismo tiempo: poner un brusco fin a ambas vidas. Pero apartó de sí aquella idea. Se oyó algo semejante a un suspiro. Tal vez era él. Tal vez era solo el desierto.

—Creo que sí iremos. Vamos a ir unos días para recoger a Amy y para veros… Vamos a ir.

Las palabras parecieron surgir sin esfuerzo, como si el tiempo no fuera una secuencia de líneas rotas sino una línea continua que se podía recomponer aunque estuviese fracturada. Mustafa iría de visita a su casa, como si no hubieran pasado veinte años desde que se había marchado.

15

Pasas sultanas

La milagrosa noticia de que Mustafa iría a visitarlas con su esposa americana provocó al instante una serie de reacciones en la casa Kazancı. La primera y más importante tuvo que ver con detergentes, jabones y otros productos de limpieza. En dos días se dejó la casa entera como los chorros del oro. Se limpiaron ventanas, se quitó el polvo a los estantes, se lavaron y plancharon cortinas, se frotó y se fregó el suelo de los tres pisos hasta la última baldosa. La tía Cevriye pasó un trapo, una por una, a todas las hojas de todas las plantas del salón, el geranio y la campánula, el romero y la aspérula. Hasta limpió las hojas del nomeolvides. Mientras tanto la tía Feride las sorprendió a todas sacando el encaje más precioso de su dote. Pero sin duda era la abuela Gülsüm la más entusiasmada con la noticia. Al principio se negó a creer que su hijo las visitaría después de tantos años, y cuando por fin la convencieron, se encerró en la cocina entre platos, cubiertos e ingredientes para preparar las recetas favoritas de su hijo predilecto. En la cocina flotaba ahora el denso aroma de los pasteles recién hechos. Ya había horneado dos clases distintas de *börek* (de espinacas y de queso feta), había preparado lentejas y estofado de cordero, y tenía lista la pasta de *köfte* para freírla en cuanto llegaran los invitados. Aunque estaba decidida a preparar otra media docena de platos antes de que acabara el día, lo más importante del menú de la abuela Gülsüm iba a ser el postre: *ashura*.

Durante su infancia y adolescencia, a Mustafa Kazancı le gustaba la *ashura* más que cualquier otro dulce, y siempre y cuando aquellos terribles productos de la cocina rápida americana no le hubieran estropeado los hábitos alimenticios, la abuela Gülsüm esperaba que se llevara una alegría al encontrarse a su llegada varios cuencos de su postre preferido en la nevera, como si la vida no hubiera cambiado y pudiera cogerla de nuevo tal y como la había dejado.

La *ashura* era símbolo de la continuidad y la estabilidad, epítome de los buenos días que vienen detrás de cada tormenta, por muy aterradora que esta sea.

La abuela había dejado en remojo los ingredientes el día anterior y ahora se estaba preparando para empezar a cocinar. Sacó un caldero enorme de un armario. El caldero es imprescindible para preparar *ashura*...

Ingredientes

1/2 taza de garbanzos
1 taza de trigo integral
1 taza de arroz blanco
1-1/2 tazas de azúcar
1/2 taza de avellanas
   tostadas y picadas
1/2 taza de pistachos
1/2 taza de piñones

1 cucharadita de vainilla
1/3 taza de pasas sultanas
1/3 taza de higos secos
1/3 taza de orejones de
   albaricoque
1/2 taza de piel de naranja
2 cucharadas de agua de
   rosas

Para decorar

12 cucharadas de canela
1/2 taza de almendras
   peladas y laminadas

1/2 taza de semillas de
granada

Preparación

La mayoría de los ingredientes deben ponerse en remojo en cuencos diferentes el día anterior.

En un cuenco, cubrir los garbanzos con agua fría y dejarlos toda la noche. Lavar bien el trigo y el arroz y cubrirlos con agua por separado. Poner los higos, los albaricoques y la piel de naranja en agua caliente durante media hora, secarlos y reservar el agua. Cortar estos ingredientes, mezclarlos con las pasas y reservarlos.

Cocción

Cubrir los garbanzos con cinco litros de agua fría. Cocerlos a fuego medio una hora más o menos, hasta que los garbanzos se ablanden. Mientras tanto llevar a ebullición tres litros de agua, agregar el trigo y el arroz y dejarlos a fuego lento durante una hora, removiendo con frecuencia hasta que se reblandezcan. Mezclarlos con los garbanzos.

Añadir el agua del remojo, el azúcar, las avellanas picadas, los pistachos y los piñones, y hervir toda la mezcla a fuego medio, removiendo constantemente, durante treinta minutos o más. Dejar que reduzca ligeramente hasta alcanzar la consistencia de una sopa espesa. Añadir la vainilla, las pasas, los higos, los albaricoques y la piel de naranja, y cocer durante otros veinte minutos removiendo constantemente. Retirar del fuego y añadir el agua de rosas. Dejar la ashura a temperatura ambiente durante una hora o más. Espolvorear canela y adornar con las almendras laminadas y las semillas de granada.

Armanoush había estado silenciosa y pensativa toda la mañana en la habitación de las chicas. No le apetecía salir ni hacer nada. Asya se quedó con ella jugando a la *tavla* y escuchando a Johnny Cash.

—¡Seis doble! ¡Qué suerte tienes!

Pero Armanoush no mostró ninguna alegría por el resultado de la tirada. Más bien se quedó observando las fichas con una mueca sombría, como si esperara moverlas con la fuerza de su mirada.

—Tengo la horrible sensación de que ha pasado algo y mi madre no me lo ha contado.

—Por favor, no te preocupes —quiso tranquilizarla Asya, mordiendo el extremo del lápiz con ansia de nicotina—. Ya has hablado con tu madre y parecía estar bien. Y ahora gracias a ti van a venir a Estambul. Se van a reunir aquí contigo y pronto estarás de vuelta en tu casa…

Aunque Asya pretendía calmarla, aquellas palabras, curiosamente, parecieron una protesta. Lo cierto es que le daba pena que Armanoush se marchara tan pronto.

—No lo sé. Es una sensación que no puedo quitarme de encima. —Armanoush suspiró—. Mi madre no va nunca a ninguna parte, ni siquiera a Kentucky. Que venga a Estambul ya es para alucinar. Claro que por otra parte es muy típico de ella. No soporta perder el control de mi vida. Sería capaz de dar la vuelta al mundo solo para tenerme vigilada.

Mientras esperaba que Armanoush decidiera cómo mover las fichas, Asya se sentó sobre las piernas y elaboró un nuevo artículo de su manifiesto personal de nihilismo.

Artículo diez: si encuentras a una buena amiga, ten cuidado de no acostumbrarte a ella y olvidar que al final cada uno de nosotros está existencialmente solo y que tarde o temprano esta eterna soledad rebasará cualquier fortuita amistad.

Por inquieta que estuviera Armanoush, era evidente que su estado de ánimo no afectaba a su habilidad en el juego. Con el seis doble embistió por el tablero y asestó un buen golpe a su oponente al comerse tres fichas de golpe. ¡Victoria!

Asya clavó los dientes en el lápiz.

Artículo once: incluso si encuentras una buena amiga a la que te acostumbras tanto como para olvidar el artículo diez, recuerda siempre que, a pesar de todo, puede darte una buena paliza en otros aspectos de la vida. En la tavla, igual que en el nacimiento y en la muerte, todos estamos solos.

Con tres fichas fuera y solo dos casillas abiertas para salir, Asya necesitaba un cinco o un tres dobles. Ninguna otra tirada la salvaría de la derrota. Se escupió en las manos para darse suerte, elevó una oración al *yinni* de la *tavla*, a quien siempre había imaginado en forma de ogro mitad blanco mitad negro, con unos dados dando vueltas como locos a modo de ojos. Por fin tiró.

—Tres, dos.

—¡Maldición! —No podía mover. Asya dio una palmada y gruñó.

—¡Pobrecita! —exclamó Armanoush.

Asya dejó las tres fichas negras en la barra. En la calle un vendedor gritaba a pleno pulmón:

—¡Pasas! ¡Tengo pasas sultanas! ¡Para niños y abuelas sin dientes, las pasas sultanas son buenas para todos!

Asya tuvo que alzar la voz por encima de la del vendedor.

—Seguro que tu madre está bien. Piénsalo, si no estuviera bien, ¿cómo iba a hacer un viaje tan largo, de Arizona a Estambul?

—Supongo que tienes razón. —Armanoush asintió con la cabeza y tiró de nuevo—. ¡Seis doble otra vez!

—¡Eh! ¿Es que vas a sacar siempre seis doble? ¿Están los dados trucados o qué? —saltó Asya suspicaz—. ¿Me estás haciendo trampas?

Armanoush soltó una risita.

—Sí, vamos. ¡Ojalá supiera!

Pero justo cuando iba a colocar dos fichas blancas en una casilla libre, Armanoush se detuvo de golpe, pálida y ojerosa.

—¡Ay, Dios mío! Pero ¿cómo no he caído antes? —exclamó angustiada—. No es mi madre, sino mi padre. Así es justo como reaccionaría mi madre si le hubiera pasado algo a mi padre... o a la familia de mi padre... ¡Ay, Dios mío, a mi padre le ha pasado algo!

—Pero bueno, eso no lo sabes. —Asya intentaba calmarla en vano—. ¿Cuándo has hablado con tu padre por última vez?

—Hace dos días. Le llamé desde Arizona y estaba bien, todo parecía normal.

—¡Espera, espera, espera! ¿Cómo que le llamaste desde Arizona?

Armanoush se sonrojó.

—Mentí. —Luego se encogió de hombros, como para saborear la satisfacción de haber hecho algo malo, para variar—. Tuve que mentir a casi todo el mundo para poder venir. Si hubiera dicho que venía sola a Estambul, se habrían alarmado todos tanto que no me habrían dejado ir a ninguna parte. Así que pensé: «Me voy a Estambul y ya se lo contaré cuando vuelva». Mi padre cree que estoy en Arizona con mi madre, y mi madre piensa que estoy en San Francisco con mi padre. Bueno, por lo menos lo pensaba hasta ayer.

Su amiga se la quedó mirando con una incredulidad que pronto se desvaneció para dejar lugar a algo parecido a la admiración. Puede que Armanoush no fuera la chica inmaculada y obediente que Asya sospechaba. Tal vez en algún rincón de su luminoso universo había lugar para la oscuridad, la suciedad y la perversión. Aquella confesión, lejos de molestarla, aumentó su estima por Armanoush. Cerró el tablero de *tavla* y se lo metió bajo el brazo, una señal de aceptada derrota, aunque Armanoush no podía conocer aquel gesto que tenía que ver con la cultura turca.

—Pues yo no creo que haya pasado nada... Pero bueno, ¿por qué no llamas a tu padre?

Armanoush, como si hubiera esperado estas palabras para entrar en acción, cogió el teléfono. Con la diferencia horaria, en San Francisco era muy temprano.

Contestaron al primer timbrazo, y no era la abuela Shushan, como de costumbre, sino su padre.

—Mi niña. —Barsam Tchajmajchian lanzó un suspiro de profundo cariño en cuanto oyó la voz de su hija. El extraño ruido que se oía en la línea les hacía a ambos conscientes de la distancia geográfica que los separaba—. Te iba a llamar esta mañana. Ya sé que estás en Estambul; me ha llamado tu madre para decírmelo. —Se produjo un breve y cargado silencio, pero Barsam Tchajmajchian no hizo ningún comentario, ni reproche—. Tu madre y yo estábamos muy preocupados por ti. Rose se va a Estambul con tu padrastro... Van a recogerte. Llegarán mañana al mediodía.

Ahora Armanoush se quedó pasmada. Algo pasaba. Algo muy grave. Que su padre y su madre hablaran, y no solo eso, que se pusieran al día, era un inequívoco presagio del Apocalipsis.

—Papá, ¿ha pasado algo?

Barsam Tchajmajchian guardó silencio, apenado por el peso de un recuerdo infantil que había surgido de pronto.

Cuando era pequeño, todos los años llegaba al barrio un hombre con una oscura capucha puntiaguda y una capa negra. Iba de puerta en puerta con el diácono de la iglesia. Era un sacerdote de la vieja patria en busca de niños inteligentes para llevárselos a Armenia y educarlos en el sacerdocio.

—Papá, ¿estás bien? ¿Qué ha pasado?

—Estoy bien, cariño. Te he echado de menos —fue todo lo que pudo contestar.

Barsam, de pequeño, estaba fascinado por la religión. Era el me-

jor alumno de la escuela parroquial, y, por tanto, el hombre de la capucha negra solía ir a menudo a su casa a hablar con Shushan del futuro del chico. Un día, mientras Barsam, su madre y el cura tomaban
el té en la cocina, el sacerdote dijo que había llegado el momento de
tomar una decisión.

Barsam Tchajmajchian jamás olvidaría el destello de miedo en los
ojos de su madre. Por mucho que respetara al santo sacerdote, por
mucho que le hubiera gustado ver a su hijo convertido en un hombre
hecho y derecho con el atuendo pastoral, por mucho que deseara que
su único hijo sirviera al Señor, Shushan no pudo evitar encogerse de
miedo, como si se enfrentase a un secuestrador que quisiera arreba-
tarle a su niño. Dio tal respingo que la taza de té le tembló en la mano
y se salpicó el vestido. El sacerdote asintió con la cabeza suavemente,
amable, detectando la sombra de una oscura historia secreta en su
pasado. Le dio unas palmaditas en la mano y la bendijo. Y luego se
marchó para no volver jamás con aquella petición.

Ese día Barsam Tchajmajchian sintió algo que no había sentido
nunca y no volvería a sentir: una hiriente y escalofriante premoni-
ción. Solo una madre que ya había perdido un hijo podía reaccionar
con un miedo tan profundo ante la perspectiva de perder a otro.
Shushan podía haber tenido otro hijo que en algún momento le arrebataron.

Ahora, llorando la muerte de su madre, no encontraba el coraje
para contárselo a su hija.

—Papá, dime algo —le apremió Armanoush.

Su padre, igual que su madre, pertenecía a una familia deportada
de Turquía en 1915. Sarkis Tchajmajchian y Shushan Stamboulian
compartían algo; algo que sus hijos solo podrían intuir pero jamás
comprender del todo. Había demasiados silencios esparcidos entre
sus palabras. Al emigrar a Estados Unidos habían dejado otra vida en
un país distinto, y sabían que por mucho que evocaran el pasado, y

por mucha sinceridad que pusieran en ello, hay cosas que jamás pueden contarse.

Barsam recordó a su padre bailando un *hale* en torno a su madre, trazando círculos concéntricos con los brazos alzados como un pájaro al vuelo. La música comenzaba lenta y se aceleraba cada vez más, mientras los bailarines realizaban aquellos giros característicos de Oriente Próximo que los niños no podían por menos que contemplar embobados. La música era el vestigio más vívido que le quedaba de su niñez. Durante años Barsam había tocado el clarinete en un grupo armenio y danzado con el traje tradicional: bombachos negros y camisa amarilla. Recordaba salir de su casa vestido así mientras los otros niños de su barrio no armenio lo miraban burlones. Siempre esperaba que los niños olvidaran lo que habían visto, o que no se molestaran en reírse de él. Y siempre sucedía lo contrario.

Mientras le apuntaban a una actividad armenia tras otra, lo que él quería de verdad era ser como ellos, nada más, nada menos: ser americano y librarse de su oscura piel armenia. Años después, su madre todavía se lo reprochaba de vez en cuando, recordándole que de pequeño le había preguntado al vecino de arriba, un americano de origen holandés, qué jabón utilizaban ellos para lavarse, porque él quería ser igual de blanco. Ahora que, con la pérdida de su madre los recuerdos de su infancia surgían a borbotones, Barsam Tchajmajchian no podía evitar sentirse culpable por haber olvidado tan deprisa el poco armenio que aprendió de niño. Se arrepentía de no haber aprendido más de su madre, y no habérselo enseñado a su hija.

—Papá, ¿por qué no dices nada? —preguntó Armanoush con voz asustada.

—¿Te acuerdas del campamento al que fuiste de adolescente?

—Sí, claro.

—¿Alguna vez te enfadaste conmigo por no haberte vuelto a mandar allí?

—Papá, fui yo la que no quise volver, ¿no te acuerdas? Al principio era divertido, pero luego decidí que ya era demasiado madura para el campamento. Fui yo la que te pedí que no me mandaras al año siguiente...

—Es verdad —vaciló Barsam—. Pero te podía haber buscado otro campamento para chicos armenios de tu edad.

—Papá, ¿a qué viene esto ahora? —Armanoush estaba a punto de echarse a llorar.

Barsam no tuvo valor para decírselo. No así, no por teléfono. No quería que se enterara de la muerte de su abuela estando sola a miles de kilómetros de distancia. Mientras mascullaba algo para distraerla, fue levantando suavemente la voz por encima de un murmullo de fondo. El sordo murmullo de una reunión. Parecía que estuviera allí toda la familia, parientes y amigos y vecinos bajo el mismo techo, lo cual, como Armanoush bien dedujo, solo podía indicar dos cosas: o alguien se había casado o alguien se había muerto.

—¿Qué pasa? ¿Dónde está la abuela Shushan? —preguntó con voz queda—. Quiero hablar con la abuela.

Fue entonces cuando Barsam Tchajmajchian se obligó a decírselo.

La tía Zeliha llevaba toda la tarde paseando de un lado a otro de su habitación con una briosa energía que no sabía cómo contener. No podía contarle a nadie de la casa lo mal que se sentía, y cuanto más enterraba sus sentimientos, peor se sentía. Primero pensó en prepararse alguna infusión relajante en la cocina, pero el pesado olor de tanta comida casi la hizo vomitar. Luego fue al salón para ver la tele, sin embargo, al encontrar allí a dos de sus hermanas limpiando frenéticas mientras charlaban con gran excitación sobre el día siguiente, cambió de opinión al instante.

De nuevo en su habitación, la mujer cerró la puerta, encendió un cigarrillo y sacó a la compañera que guardaba bajo la cama para esos días malos: una botella de vodka. Bebió primero apresuradamente y luego cada vez más aletargada, hasta acabar con un tercio de la botella. Ahora, después de cuatro cigarrillos y seis copas, ya no estaba ansiosa; en realidad, no sentía nada, aparte de hambre. Lo único que tenía para comer en la habitación era un paquete de pasas sultanas que había comprado al flaco vendedor que voceaba delante de la casa esa tarde.

Cuando se había tomado media botella y solo le quedaban un puñado de pasas, sonó su móvil. Era Aram.

—No quiero que te quedes en esa casa esta noche —fue lo primero que dijo—. Ni mañana ni el día después. De hecho, no quiero que pases ni un solo día lejos de mí el resto de mi vida.

La tía Zeliha, por toda respuesta, soltó una risita.

—Por favor, amor mío, vente a mi casa. Sal de ahí ahora mismo. Ya te he comprado un cepillo de dientes. ¡Y hasta tengo una toalla limpia! —intentó bromear Aram, pero se detuvo a medio camino—. Quédate conmigo hasta que se haya ido.

—¿Y cómo voy a explicar mi ausencia a mi querida familia, eh? —gruñó la tía Zeliha.

—Tú no tienes que dar explicaciones —imploró Aram—. Mira, es una de las ventajas de ser la oveja negra de la familia. Seguro que, hagas lo que hagas, a nadie le va a extrañar tanto. Ven. Por favor, quédate conmigo.

—¿Y qué le digo a Asya?

—Nada. No tienes que decir nada, ya lo sabes.

La tía Zeliha, aferrando con fuerza el teléfono, se acurrucó en posición fetal. Cerró los ojos, dispuesta a echarse a dormir, pero logró reunir la energía necesaria para añadir:

—Aram, ¿cuándo terminará todo esto? Esta amnesia compulsiva, este olvido perpetuo. No decir nada, no recordar nada, no revelar nada, ni a ellos ni a mí misma... ¿Se acabará alguna vez?

—No pienses ahora en eso —intentó calmarla Aram—. Date un respiro. No seas tan dura contigo misma. Ven a mi casa mañana a primera hora.

—Ay, amor mío... ojalá pudiera... —La tía Zeliha apartó su cara angustiada, como si él pudiera verla por el teléfono—. Esperan que vaya al aeropuerto a recibirles. Yo soy la única que conduzco de la familia, ¿no te acuerdas?

Aram guardó silencio, cediendo.

—No te preocupes —susurró la tía Zeliha—. Te quiero... te quiero mucho... Anda, vamos a dormir.

En cuanto colgó, la tía Zeliha cayó en un profundo sueño. Al día siguiente no recordaba cómo había desconectado el móvil, había guardado el vodka, había dejado la colilla en el cenicero, había apagado la luz y se había metido en la cama. Despertó con un espantoso dolor de cabeza y echando en falta una de sus mantas.

—¿Hace frío en Estambul? ¿Tendría que haber traído ropa de más abrigo? —preguntó Rose, a pesar de que había tres razones principales para no preguntar: que ya lo había preguntado antes, que ya había hecho el equipaje y que en ese momento iban de camino al aeropuerto de Tucson y era demasiado tarde para preguntarse todo eso.

Mustafa Kazancı, tentado como estaba de recordarle a su mujer esas tres razones, mantuvo la vista clavada en la carretera y negó con la cabeza.

El día del viaje, Rose y Mustafa salieron de casa a las cuatro de la tarde para ir en coche al aeropuerto. Volarían primero de Tucson a San Francisco y luego de San Francisco a Estambul. Como era su primer viaje a un país donde el inglés no era la lengua principal y la gente no tomaba tortitas cubiertas de sirope de arce por las mañanas, Rose estaba a la vez ilusionada y angustiada. Lo cierto es que no tenía nada de aventurera, y de no ser por aquel soñado viaje a Bangkok, tan deseado pero nunca realizado, Mustafa y ella no tendrían ni pasaporte. Lo más cerca que había estado de un viaje internacional eran los seis DVD de la colección *Descubrir Europa*. Con ellos se había hecho una idea de lo que era Turquía: una idea mucho más coherente que los datos sueltos que a Mustafa se le escapaban de vez en cuando durante sus muchos años de matrimonio. El problema, sin embargo, era que Rose había visto los seis DVD de una sentada y que el episodio de *Viaje a Turquía* resultó ser el último, esto es, después de los que mostraban las Islas Británicas, Francia, España, Portugal, Alemania, Austria, Suiza, Italia, Grecia e Israel, y ahora no podía discernir si las escenas que le venían a la cabeza serían de Turquía o de algún otro país. Los DVD de *Descubrir Europa* venían muy bien para propósitos educativos, sobre todo para las familias americanas sin tiempo, medios o ganas de viajar al extranjero, pero los productores deberían haber advertido a los espectadores que no vieran los seis discos seguidos, que nadie «viajara» a más de un país por sesión.

En el Aeropuerto Internacional de Tucson fueron a ver todas las tiendas, incluido un quiosco y un puesto de recuerdos. A pesar del ostentoso cartel de AEROPUERTO INTERNACIONAL (título conferido por los vuelos a México, que quedaba solo a una hora en coche), el aeropuerto era tan modesto que parecía una terminal de autobuses, y ni siquiera Starbucks se había molestado en abrir una cafetería allí. De todas formas, en la tienda de recuerdos Rose encontró numerosos regalos para la familia de Mustafa. A pesar de lo improvisado del viaje y su constante preocupación por su hija, por no mencionar la inquietud de no saber cómo iba a contarle lo de la muerte de su abuela, cuando se acercaba la hora de la salida Rose había entrado en una especie de estupor de turista. Buscando un regalo especial para cada miembro de la familia de mujeres de Mustafa, examinó con atención la mercancía de cada estante, aunque no había muchas opciones. Libretas con forma de cactus, llaveros con forma de cactus, imanes con forma de cactus, vasos de tequila con dibujos de cactus, toda una serie de chucherías y baratijas con imágenes, si no de cactus, de lagartos o coyotes. Al final Rose compró un regalo para cada una de las Kazancı (exactamente el mismo, para ser precisos) compuesto de un lápiz multicolor con forma de cactus y la leyenda: I LOVE ARIZONA, una camiseta blanca con el mapa de Arizona impreso, un calendario con fotos del Gran Cañón, una enorme taza con las palabras: PERO ES UN CALOR SECO, y un imán de nevera con un auténtico cactus enano. También compró dos pantalones cortos de flores, parecidos a los que llevaba en ese momento, por si alguien quería probárselos en Estambul.

Tras vivir en Tucson más de veinte años, Rose, que había sido una chica de Kentucky, llevaba la palabra «Arizona» escrita en la frente. No solo se notaba por la tradicional ropa informal (camisetas ligeras, vaqueros cortos y sombreros de paja), o por las gafas de sol que parecían pegadas a su cara, sino que además todos sus gestos irradiaban el estilo de Arizona. Rose estaba a punto de cumplir cuarenta y seis años, pero tenía la actitud vivaz y alegre de una oficial de juzgado retirada que, habiendo tenido muy pocas ocasiones en su vida de llevar vestidos de flores, ahora los disfrutaba al extremo. Lo cierto es que había muchas cosas que Rose, a su edad, deploraba profundamente no haber hecho, entre ellas tener más hijos. Cómo lamentaba no haber tenido otro hijo cuando todavía podía. Mustafa no deseaba tener hijos y durante mucho tiempo a Rose no le importó, sin llegar jamás a sospechar que llegaría a arrepentirse de su decisión. Tal vez eran gajes del oficio: al pasarse el día entero rodeada de alumnos de ocho años, jamás advirtió la falta de niños en su propia vida. A pesar de todo, en general su matrimonio con Mustafa había sido feliz. Formaban una pareja menos unida por la pasión que por el consuelo que ofrecían los hábitos adquiridos, pero de todas formas era mucho mejor que otras miles que sostenían ser de esencia romántica. Había sido un guiño del destino, teniendo en cuenta que empezó a salir con Mustafa solo para vengarse de los Tchajmajchian. No obstante, cuanto más iba conociéndolo, más le gustaba y lo deseaba. Aunque el atractivo de las aventuras románticas le habían llevado a anhelar de vez en cuando una vida distinta con otro hombre, podía darse por satisfecha.

—Deja la salsa —dijo Mustafa, viendo que Rose iba a comprar una salsa mexicana picante envasada en una botella con forma de cactus—. Créeme, Rose, no la necesitarás en Estambul.

—¿Ah, no? ¿Es picante la cocina turca?

Para esta y otras preguntas dolorosamente obvias, Mustafa solo tenía respuestas inciertas. Después de tantos años de absoluto desapego, se había ido alejando de la cultura turca, que ahora le parecía un dibujo sobre un pergamino borrado lentamente por el sol y el viento. Sin darse cuenta, Estambul se había convertido en una ciudad fantasma para él, una ciudad que no tenía realidad alguna excepto la de aparecer de vez en cuando en sus sueños. Por mucho que le gustaran en otra época los diversos barrios de la ciudad, sus personajes y su cultura, desde que se afincó en Estados Unidos su relación con Estambul y casi todo lo relacionado con ella se había ido entumeciendo poco a poco.

Pero una cosa era alejarse de la ciudad donde había nacido, y otra muy distinta apartarse tanto de su propia familia. A Mustafa Kazancı no le importaba demasiado refugiarse para siempre en Estados Unidos, como si no tuviera un país al que volver, ni vivir la vida siempre hacia delante, sin recuerdos que evocar. No obstante, convertirse en un extranjero sin antepasados, en un hombre sin infancia, sí le inquietaba. A lo largo de los años hubo momentos en los que estuvo tentado, a su manera, de volver a ver a su familia y enfrentarse a la persona que había sido, pero descubrió que no era fácil y que con los años seguía sin serlo. Consciente de que cada vez estaba más distanciado de su pasado, había terminado por cortar todos los lazos. Era lo mejor, tanto para él como para las personas a quienes había herido en otra época. América era ahora su casa. Aunque, a decir verdad, más que Arizona o ningún otro lugar, donde había decidido asentarse y establecer su hogar era el futuro, y su hogar era una casa con la puerta trasera cerrada al pasado.

Mustafa iba visiblemente pensativo y retraído en el avión. Mientras despegaban se sentó muy quieto y apenas cambió de posición, ni siquiera después de alcanzar la altura de crucero. Estaba cansado, aquel viaje obligatorio que acababa de empezar lo agotaba.

Rose, por el contrario, hervía de nervios y excitación. Bebió una taza tras otra del mal café del avión, se comió el parco aperitivo que sirvieron, hojeó la revista de su asiento, vio *Bridget Jones: sobreviviré*, aunque ya la había visto, se enzarzó en una larga cháchara con la anciana que se sentaba a su lado (la mujer iba a San Francisco a ver a su hija mayor y conocer a su nieto recién nacido), y luego, cuando esta se quedó dormida, se dedicó a intentar responder las preguntas de historia que aparecían en la pantalla de vídeo.

¿Qué país sufrió más bajas en la Segunda Guerra Mundial?
a. Japón
b. Gran Bretaña
c. Francia
d. La Unión Soviética

¿Cómo se llamaba el protagonista de la novela de George Orwell *1984*?
a. Winston Smith
b. Akaky Akakievich

c. Sir Francis Drake

d. Gregor Samsa

En la primera pregunta Rose eligió, convencida, la opción *b*, pero como no tenía ni idea de la segunda, imaginó que sería la *a*. Pronto se sorprendería al ver que se había equivocado en la primera y había acertado en la segunda. Si Amy fuera con ella, habría acertado las dos y desde luego no por casualidad. Le dolía el corazón al pensar en su hija. A pesar de todos sus conflictos y peleas, a pesar de todos sus fallos como madre, Rose todavía estaba segura de que su relación con Amy era buena. Tan segura como que Gran Bretaña era el país que había sufrido las batallas más sangrientas de la Segunda Guerra Mundial.

Por fin aterrizaron en San Francisco.

Una vez en el aeropuerto Rose se sumergió en otro ataque de ansia consumista: comida para el camino. Tan descontenta se quedó con las migajas que le habían servido en el primer vuelo que decidió encargarse personalmente del asunto. Aunque Mustafa intentó por todos los medios explicarle que las líneas aéreas turcas, a diferencia de los vuelos interiores estadounidenses, servirían gran variedad de manjares, Rose quería tener el asunto bajo control antes de embarcar en un vuelo de doce horas.

Compró un paquete de cacahuetes, galletas de queso, galletas de chocolate, dos bolsas de patatas fritas, un puñado de barritas de cereales con miel y almendras, y varios paquetes de chicles. Lejos quedaba ya la idea de cuidar la línea por la mera razón de cuidar de algo, de cualquier cosa. Entonces era bastante joven y ansiaba demostrar a los Tchajmajchian que esa mujer a la que habían tildado de *odar* y que jamás habían considerado de los suyos, era en realidad una persona muy agradable y envidiable. Ahora, veinte años después, solo sonreía al pensar en la joven resentida que había sido.

Aunque su amargura hacia su primer marido y su familia no había desaparecido del todo, Rose había aprendido a convivir con sus fallos y limitaciones, incluidas sus anchas caderas y su barriga. Había estado haciendo y dejando el régimen durante tanto tiempo que ni siquiera se acordaba de cuándo abandonó las dietas de una vez por todas. Lo cierto es que Rose había conseguido librarse si no de los kilos, al menos de la necesidad de perderlos. Aquella urgencia desapareció. A Mustafa le gustaba tal como era. Él jamás criticaba su aspecto.

Oyeron la llamada para embarcar mientras hacían cola en un Wendy, esperando dos menús Big Bacon Classic y una patata con crema agria y cebolletas, por si lo que servían en las líneas aéreas turcas resultaba incomestible. Cogieron su pedido justo a tiempo y se dirigieron a la puerta donde tendrían que atravesar un control de seguridad específico para los vuelos intercontinentales, sobre todo los que tenían como destino Oriente Próximo. Rose observó preocupada al amable pero hosco oficial que registraba los regalos envueltos que había comprado en Tucson. El hombre sacó un lápiz con forma de cactus y lo blandió en el aire como si sacudiera el dedo para acusarla de algún delito que estuviera a punto de cometer.

Una vez en el avión, sin embargo, Rose se relajó enseguida y disfrutó de cada detalle de la experiencia: los diminutos y elegantes kits de viaje que distribuyeron, las almohadas, mantas y antifaces, el continuo servicio de bebidas interrumpido por bocadillos de pavo. No tardó en llegar la cena, arroz y pollo asado con una pequeña ensalada y verduras salteadas. En nuestros platos no hay productos porcinos, anunciaba un papelito que venía con la bandeja. Rose no pudo evitar sentirse culpable por las hamburguesas del Wendy.

—Tenías razón sobre la comida, está muy buena —comentó, sonriendo con timidez a su marido y dándole vueltas al postre entre las manos—. ¿Y esto qué es?

—*Ashura* —contestó Mustafa, con la voz curiosamente ahogada al ver las pasas que decoraban el cuenco—. Antes era mi postre favorito. Seguro que mi madre ha preparado una buena olla desde que se ha enterado de que voy.

Por mucho que intentara alejar de su mente tales detalles, Mustafa no podía borrar la imagen de decenas de cuencos de cristal llenos de *ashura* en la nevera, listos para ser distribuidos entre los vecinos. A diferencia de otros postres, la *ashura* siempre se cocinaba para ser compartida, además de para la propia familia, y por tanto había que preparar una abundante cantidad. Cada tazón era símbolo de supervivencia, solidaridad y abundancia. La fascinación de Mustafa por aquel postre se descubrió cuando, a los siete años, le sorprendieron devorando los boles que le habían encargado distribuir puerta a puerta.

Todavía se acordaba de cuando esperaba en el silencio del edificio junto al *konak,* con la bandeja en las manos. En la bandeja había seis cuencos, cada uno para un vecino distinto. Primero picoteó las pasas de todos, seguro de que si se limitaba a eso nadie se daría cuenta. Pero luego siguió con la decoración de semillas de granada y avellanas tostadas, y antes de darse cuenta, se lo había comido todo: seis boles de *ashura* de golpe. Escondió los cuencos vacíos en el jardín. Los vecinos solían quedarse con los recipientes hasta devolverlos con alguna otra receta cocinada por ellos, muchas veces otra *ashura*. Por eso la familia Kazancı tardó algún tiempo en descubrir la fechoría de Mustafa. Y cuando la descubrieron, visiblemente avergonzados por su glotonería, su madre no le regañó; en cambio, desde entonces siempre tuvo *ashura* en la nevera, para él y solo para él.

—¿Qué le apetece beber, caballero? —preguntó la azafata en turco, medio inclinada hacia él. Tenía los ojos de un azul zafiro y llevaba un chaleco exactamente del mismo color, con unas esponjosas nubes estampadas en la espalda.

Mustafa vaciló una fracción de segundo, no porque no supiera qué le apetecía beber, sino porque no supo en qué idioma contestar. Después de tantos años se sentía mucho más cómodo expresándose en inglés que en turco. Aun así, parecía poco natural, si no arrogante, dirigirse en inglés a una turca. Mustafa Kazancı había resuelto hasta entonces aquel dilema personal evitando hablar con turcos en Estados Unidos. Su actitud distante hacia sus compatriotas quedaba en evidencia en situaciones corrientes como aquella. Miró a su alrededor, buscando una salida, y al no encontrar ninguna cercana contestó por fin en turco:

—Zumo de tomate, por favor.

—No tenemos zumo de tomate. —La azafata le dedicó una alegre sonrisa, como si aquello le hiciera mucha gracia. Era una de esas empleadas devotas que jamás pierden la fe en las instituciones para las que trabajan, capaces de decir que no siempre con la misma expresión alegre—. ¿Le apetecería un bloody Mary?

Mustafa aceptó el denso combinado escarlata y se reclinó hacia atrás, con la frente cada vez más arrugada y los ojos avellana nublados. Entonces se dio cuenta de que Rose lo miraba fijamente, escudriñando sus movimientos con tanta atención como aprensión.

—¿Qué pasa, cariño? —preguntó con expresión sombría—. Pareces nervioso. ¿Es porque vamos a ver a tu familia?

Ya habían hablado exhaustivamente de aquel viaje y no había mucho que añadir. Rose sabía que Mustafa no tenía ningunas ganas de ir a Estambul y no había hecho más que ceder ante su insistencia para que fueran juntos. Y aunque lo reconocía, no se puede decir que se sintiera agradecida. «Después de diecinueve años de matrimonio una mujer tiene derecho a pedirle a su marido un detalle», se dijo, mientras apretaba con ternura la mano de Mustafa.

Este gesto cogió a Mustafa desprevenido. Le asaltó una oleada de inmensa melancolía y se acercó a su mujer. De ella había aprendido dos cosas fundamentales sobre el amor: la primera, que a diferencia de lo que los románticos tan pomposamente sostenían, el amor era más un proceso gradual que un súbito estallido a primera vista, y la segunda, que él era capaz de amar.

Con los años se había acostumbrado a quererla y había encontrado en ella cierta tranquilidad. Rose, aunque exigente en extremo y difícil a veces, era también fiel a sí misma, descifrable y predecible; era un mapa de energías muy claro, y él conocía todas las posibles reacciones de esa energía. Rose jamás le desafiaba, ni jamás se enfrentaba de verdad a la vida; tenía un talento natural para adaptarse a su entorno. Era una amalgama de fuerzas encontradas que operaban sin esfuerzo por sí mismas, totalmente fuera del tiempo y por lo tanto fuera de las genealogías familiares. Después de conocerla, las tormentas familiares que tenía enconadas dentro se habían transformado en un lento pero sereno sentimiento, tal vez lo que más se parecía al amor verdadero. Puede que Rose no fuera una esposa perfecta en su primer matrimonio, ni consiguiera adaptarse a una extensa familia armenia, pero justamente por esa razón era el refugio ideal para un hombre como él, un hombre que trataba de huir de su extensa familia turca.

—¿Estás bien? —repitió Rose, con la voz algo tensa esta vez.

Y en ese preciso instante, Mustafa Kazancı sufrió un ataque de ansiedad. Se puso pálido, tenía la sensación de que se ahogaba. No debería estar en aquel avión. No debería ir a Estambul. Rose tenía que haber ido sola a recoger a su hija y volver a casa… a casa. Cómo deseaba estar de vuelta en Arizona, donde todo estaba cubierto por el sereno flujo de la familiaridad.

—Creo que tengo que andar un poco —dijo, tendiéndole a Rose la bebida y levantándose para controlar lo que se estaba convirtiendo rápidamente en un ataque de pánico—. No es sano estar aquí sentado tantas horas.

Mientras caminaba hacia la parte trasera del avión por el estrecho pasillo, iba mirando a los pasajeros, algunos turcos, otros americanos, y unos pocos de otros países. Ejecutivos, periodistas, fotógrafos, diplomáticos, escritores de libros de viaje, estudiantes, madres con recién nacidos, absolutos desconocidos con los que se compartía el mismo espacio y hasta se podía compartir el mismo destino. Unos leían libros o periódicos, otros veían cómo el rey Arturo mataba a sus enemigos en un videojuego, mientras que algunos estaban inmersos en crucigramas. Una mujer morena de pelo oscuro, diez filas atrás, le miraba intensamente. Mustafa apartó la vista. Seguía siendo un hombre atractivo, no tanto por su cuerpo alto y musculoso, sus marcados rasgos y su pelo negro azabache, sino más bien por sus modales refinados y su elegante forma de vestir. Aunque a lo largo de su vida había llamado la atención de muchas mujeres, jamás le había sido infiel a la suya. Lo curioso era que cuanto más se alejaba de las mujeres, más parecía atraerlas.

Al pasar junto a la fila de la morena, advirtió incómodo que llevaba una falda muy corta y había cruzado las piernas de tal manera que era fácil imaginar que se le podría ver la ropa interior. No le gustó la desconcertante sensación que le produjo la minifalda: pesados y espinosos recuerdos de los que deseaba deshacerse de una vez por todas; la imagen de su hermana Zeliha, a la que siempre le habían gustado las minifaldas, correteando por las adoquinadas calles de Estambul con pasos tan apresurados como si quisiera escapar de su propia sombra. Mustafa pasó deprisa, apartando bruscamente la vista para evitar mirar donde no debía. Ahora que había alcanzado la madurez, a veces se preguntaba si le habían llegado a gustar las mujeres. Aparte de Rose, por supuesto. Claro que Rose no era una mujer. Rose era Rose.

En general había sido un buen padrastro para la hija de Rose. Aunque quería a Armanoush, no deseaba tener hijos propios. Nada de niños. Nadie sabía que en el fondo de su corazón no creía merecerlos. No estaba seguro de poder ser un buen padre. ¿A quién quería engañar? Sería un padre terrible. Incluso peor que su propio padre.

Recordó el día en que conoció a Rose en el pasillo de un supermercado. Él tenía una lata de garbanzos en cada mano. El encuentro no fue muy romántico. A lo largo de los años habían hablado muchas veces de aquel día, burlándose de todos los detalles que recordaban. Ambos lo evocaban de forma distinta: Rose siempre decía que él estaba nervioso y tímido, mientras que él mencionaba el brillante pelo rubio de ella y su intrepidez, que inicialmente le había intimidado. Jamás volvió a sentirse intimidado por Rose. Al contrario, estar con Rose era como dejarse llevar por un sereno arroyo, sabiendo que jamás le ahogaría, una suave corriente sin sorpresas. No había tardado mucho en empezar a amarla.

Por las mañanas la observaba trajinar en la cocina. A los dos les encantaba aquel espacio, aunque por razones totalmente distintas. A Rose le gustaba mucho cocinar y se sentía cómoda haciéndolo. A Mustafa le gustaba observarla entre la multitud de detalles cotidianos: los trapos a juego con los azulejos; las tazas, suficientes para un regimiento; el charco de chocolate caliente endureciéndose en la encimera. Sobre todo le gustaba mirarle las manos cuando cortaba, troceaba y picaba. Verla hacer tortitas era una de las imágenes más tranquilizadoras que la vida le había otorgado jamás.

Al principio su madre y sus hermanas le escribían constantemente, preguntándole cómo le iba, cuándo iría a verlas. Hacían preguntas de las que él se empeñaba en huir y no dejaban de enviarle regalos, sobre todo su madre. Durante esos veinte años había vuelto a ver a su madre solo una vez, no en Estambul sino en Alemania. Durante un congreso de geólogos y gemólogos en Frankfurt, le había pedido que se reuniera con él. De modo que madre e hijo se vieron en Alemania, como habían hecho durante muchos años los refugiados políticos que no podían volver a Turquía.

En aquella época su madre estaba tan desesperada por verle que ni siquiera le reprochó no haber ido a Estambul. Era sorprendente lo rápido que la gente se acostumbraba a circunstancias tan anómalas.

Una vez en la parte trasera del avión, Mustafa Kazancı se detuvo frente a los servicios, detrás de dos hombres que hacían cola. Suspiró al recordar la tarde anterior. Rose no sabía que de camino a casa había pasado por una esquina de Tucson que visitaba en secreto de vez en cuando desde hacía diez años: la capilla del Tiradito.

Era un lugar modesto y apartado en el centro de Tucson, la única capilla de Estados Unidos dedicada al alma de un pecador, decía la placa histórica. El alma de un excomulgado, un «tiradito», un pequeño paria. Hoy en día nadie sabía gran cosa de su historia, que retrocedía hasta mediados del siglo XIX: quién era exactamente el pecador, cuál había sido su pecado y sobre todo, por qué le habían dedicado un santuario. Los inmigrantes mexicanos eran los que mejor lo conocían, pero estaban poco dispuestos a compartir con extraños su información. Sin embargo, a Mustafa Kazancı no le interesaban los detalles históricos. Le bastaba saber que el Tiradito era un buen hombre, al menos no peor que los demás. Aun así había cometido espantosas infamias, errores tan abyectos que le convirtieron en pecador para siempre. A pesar de todo, le habían dedicado algo de lo que muchos carecían: una capilla.

De manera que la tarde anterior Mustafa visitó el lugar, atormentado por sus pensamientos. Aunque era una ciudad pequeña, en Tucson había muchos lugares sagrados, y podía haber ido a una mezquita de haber querido. Lo cierto es que no era un hombre religioso y nunca lo había sido. No necesitaba templos ni escrituras sagradas. No iba al Tiradito a rezar. Iba porque era el único lugar sagrado que no le obligaba a convertirse en otra persona para ser bien recibido. Iba porque le gustaba la sensación que le daba el lugar, sin pretensiones, aunque gótico e imponente. La mezcla de espíritus mexicanos y costumbres americanas, las decenas de velas ofrecidas por distintas personas, tal vez pecadores también, los papeles doblados en los resquicios de las paredes, donde los visitantes confesaban y ocultaban sus pecados… Todo le atraía en su presente estado de ánimo.

—¿Está usted bien, caballero? —Era la azafata de los ojos zafiro.

Él asintió con un gesto brusco y contestó, esta vez en inglés:

—Sí, gracias. Estoy bien. Solo un poco mareado…

Bajo la aterciopelada luz de una farola que se filtraba por las cortinas, la tía Zeliha yacía desmadejada con el móvil todavía en la mano, la botella de vodka apoyada contra la barbilla y el cigarrillo todavía encendido.

La tía Banu entró de puntillas en la habitación. Sofocó rápidamente la quemadura que avanzaba por la manta y apagó la colilla en el cenicero. Dejó el móvil en el armario, escondió la botella de vodka bajo la cama, tapó a su hermana y apagó la luz.

A continuación abrió las ventanas. Soplaba una fresca brisa marina de olor salado que se llevó el humo y el olor de la habitación. La tía Banu miró a su hermana pequeña. Estaba pálida y el cansancio la hacía parecer mucho mayor. Bajo la tenue luz amarillenta que entraba de la calle, el rostro de Zeliha se veía incandescente, como si el alcohol y la pena le hubieran dado un resplandor que rara vez se encuentra en la naturaleza. La tía Banu le dio un tierno beso en la frente, con lágrimas de compasión en los ojos. Luego miró a derecha e izquierda a sus dos *yinn*.

—¿Qué vas a hacer, ama? —preguntó don Amargo, con cierto

regodeo. No se molestaba en ocultar su placer al ver a su ama tan perturbada y perdida. Siempre le divertía ver la impotencia de los poderosos.

La tía Banu arrugó un poco la frente sin contestar.

Don Amargo dio un brinco y se sentó junto a la cama, demasiado cerca de la tía Zeliha que dormía profundamente. Sus ojos se iluminaron ante la idea que se le había ocurrido. De repente agarró el extremo de la sábana, con lo que casi despertó a la tía Zeliha, y se lo ató a la cabeza como un velo.

—Te voy a decir una cosa —declaró don Amargo con los brazos en jarras, fingiendo con su falsete voz de mujer—. Hay cosas en este mundo...

La tía Banu reconoció al instante a quién estaba imitando y notó un escalofrío.

—Hay cosas espantosas en este mundo de las que la gente buena, que Alá los bendiga a todos, no tiene ni la más remota idea. Y eso está muy bien, te lo aseguro. Está muy bien que no sepan nada de esas cosas, porque eso demuestra su buen corazón. Si no, no serían buenas personas, ¿verdad? Pero si alguna vez entras en un pozo de maldad, no recurrirás precisamente a esas personas en busca de ayuda.

La tía Banu se quedó mirando a don Amargo fascinada, pero el *yinni* se quitó la sábana de la cabeza y de un brinco regresó a su sitio, mirando hacia el lugar desde donde había hablado, listo para representar al segundo intérprete de su diálogo imaginario. Cogió las pasas que Zeliha había dejado y en un instante las dispuso mágicamente en el aire de modo que formaran un largo collar y varias pulseras. Se puso entonces el collar y las pulseras y sonrió. No era difícil saber a quién estaba imitando ahora. No era difícil reconocer el estilo de Asya.

Invadido por el encanto de su narcisista creatividad, don Amargo prosiguió:

—¿Y tú crees que le pediría ayuda a un *yinni* malo, tía?

Don Amargo se quitó el collar y las pulseras, volvió a la cama, tapó de nuevo a Zeliha con la sábana y replicó en un tono más denso:

—Tal vez, cariño. Esperemos que nunca te haga falta.

—¡Ya está bien! ¿Qué ha sido eso? —interrumpió furiosa la tía Banu, aunque conocía la respuesta.

—Eso… —don Amargo se inclinó y saludó como un humilde actor ante un atronador aplauso al final de su representación— ha sido un momento del pasado. Un pedazo de memoria.

Entonces se enderezó con veneno en los ojos y alzó la voz:

—¡Es un recordatorio de tus propias palabras, ama!

La tía Banu se llevó tal susto que todo su cuerpo se estremeció. Había tal malevolencia en la mirada de aquella criatura que no supo explicarse por qué no la expulsaba de su vida de una vez por todas. ¿Cómo podía sentirse atraída así hacia él, como si compartieran un secreto impronunciable? La tía Banu jamás había tenido tanto miedo de su *yinni*.

Nunca había tenido tanto miedo de los actos que podría ser capaz de cometer ella misma.

16

Agua de rosas

—Ahí va otro mal de ojo. ¿Habéis oído ese ruido siniestro? ¡Crack! ¡Ay, me ha resonado en el corazón! Eso era alguien echando el mal de ojo, alguien envidioso y malo. ¡Que Alá nos proteja a todos!

Esto exclamaba Petite-Ma el domingo por la mañana en la mesa del desayuno, en cuyo rincón hervía el samovar. Mientras Sultán Quinto ronroneaba bajo la mesa esperando que le echaran otro trozo de queso feta, y el candidato expulsado esa semana de la versión turca de *El aprendiz* aparecía en televisión en una entrevista exclusiva, anunciando lo que había salido mal y por qué no debería haber sido expulsado, un vaso de té se rompía en la mano de Asya, tan inesperadamente que la chica dio un respingo. Lo único que sabía es que lo había llenado como siempre hasta la mitad de té negro, lo había terminado de llenar hasta el borde de agua caliente y justo cuando estaba a punto de beber un sorbo, se oyó un chasquido. El vaso se resquebrajó de arriba abajo en zigzag, como una inquietante grieta que un violento terremoto abriera en la tierra. En un instante el té empezó a derramarse formando un charco marrón en el mantel de encaje.

—¿Te han echado un mal de ojo? —preguntó la tía Feride mirándola suspicaz.

—¿A mí? —Asya rió con amargura—. ¡Seguro! ¿Acaso no está toda la ciudad celosa de mi belleza?

—Hoy había un artículo en el periódico sobre una chica de dieciocho años que de pronto cayó de rodillas y se murió mientras cruzaba la calle. Yo creo que puede haber sido un mal de ojo —apuntó la tía Feride con cara de auténtico miedo.

—Gracias por los ánimos que me das —replicó Asya. Pero su sonrisa se convirtió enseguida en una expresión ceñuda al advertir que su tía loca miraba ahora fijamente el salero y el pimentero con forma de pareja de muñecos de nieve. Justo el día anterior Asya los había escondido en un armario con la esperanza de que nadie los encontrara al menos durante un mes. Y ahí estaban de nuevo en la mesa. La pareja de cerámica no solo era *kitsch* y de muy mala calidad (y lamentablemente duradera), sino que además los dos muñecos se parecían tanto que era difícil distinguir la pimienta y la sal.

—Ojalá Petite-Ma se sintiera mejor, así podría haber vertido plomo por ti —comentó la tía Banu, con la expresión más furiosa que Asya le había visto nunca. Aunque sin duda era quien más experiencia tenía con respecto a lo arcano y paranormal, la tía Banu no estaba autorizada a verter plomo, puesto que para eso tendría que haberla iniciado algún adepto, un derecho que le habían negado en su día.

Curiosamente, casi diez años atrás, cuando todavía se encontraba en las primeras fases del alzhéimer, Petite-Ma decidió que había llegado el momento de pasar el secreto del vertido de plomo al descendiente elegido. Y no eligió a la tía Banu, como todo el mundo esperaba, sino al gran paladín del agnosticismo: la tía Zeliha, una decisión que en aquel entonces causó una considerable agitación en la familia.

—¡Venga ya! —exclamó la tía Zeliha al enterarse de aquella decisión—. Yo no puedo verter plomo. ¡Si ni siquiera soy creyente! Soy agnóstica.

—Yo no sé qué significa eso, pero estoy segura de que no es bueno —replicó Petite-Ma—. Tienes el talento. Debes aprender el secreto.

—¿Por qué yo? —preguntó la tía Zeliha, haciendo un esfuerzo por considerar la posibilidad—. ¿Por qué no mi hermana mayor? A Banu le encantaría. Yo soy la última persona a la que deberías enseñar magia.

—Esto no tiene nada que ver con la magia. ¡El Corán nos prohíbe practicar la magia! —saltó Petite-Ma, algo indignada—. La persona apropiada eres tú, porque tienes decisión, valor y rabia.

—¿Rabia? Pero ¿para qué hace falta la rabia? Yo sería la candidata perfecta si se tratara de lanzar obscenidades a gente insoportable, pero dudo que se me dé nada bien ayudar a los demás —sonrió la tía Zeliha.

—No subestimes la bondad que hay en ti.

Entonces la tía Zeliha quiso poner fin al tema de una vez por todas.

—Yo no soy la persona apropiada para esto. Puede que sea una agnóstica confusa, pero por lo menos tengo las narices de serlo.

—¡Lávate la boca con jabón! —exclamó ceñuda la abuela Gülsüm, que había oído la discusión.

La tía Zeliha evitó por completo el asunto a partir de aquel día. La mitad de la familia era laicista acérrima, la otra mitad, musulmana practicante. Los dos bandos chocaban constantemente, aunque se las apañaban para convivir bajo el mismo techo, y lo paranormal, a pesar de las divisiones ideológicas, se consideraba algo tan normal en sus vidas como tomar pan y agua todos los días. En este marco general, la tía Zeliha, por su parte, había decidido rechazar ambos bandos por igual.

En consecuencia, después de tantos años, Petite-Ma seguía siendo la única vertedora de plomo en el domicilio Kazancı. Últimamente se había visto obligada a dejar la práctica, pues un día se encontró con un cazo ardiente de plomo derretido con el que no sabía qué hacer.

—¿Para qué me dais un cazo ardiendo? —preguntó con visible pánico.

Le quitaron el cazo con cuidado y desde entonces jamás le habían vuelto a confiar la tarea. Pero ahora que había salido el tema de nuevo, todas las cabezas se volvieron hacia la anciana para ver si seguía la conversación.

Petite-Ma, que se sentía el centro de atención, alzó la cabeza y miró con curiosidad a su familia, sin dejar de masticar ruidosamente un trozo de *sucuk*. Se tragó el bocado, eructó y, justo cuando parecía empezar a sumirse en su propio mundo, las sorprendió a todas con la claridad de su memoria.

—Asya, cariño, yo verteré plomo por ti para alejar cualquier mal de ojo que te hayan podido echar.

—Gracias, Petite-Ma —sonrió Asya.

Cuando Asya era pequeña, Petite-Ma vertía plomo regularmente para protegerla del mal de ojo. Lo cierto es que al inicio de su vida mortal, Asya fue una niña enclenque que parecía necesitar un empujoncito. Por alguna razón tropezaba y se caía con frecuencia, siempre de narices y siempre cortándose el labio. Sospechando del mal de ojo en lugar de pensar en los pasos todavía inseguros de una niña pequeña, se la entregaban a Petite-Ma.

Al principio la ceremonia era un divertido y emocionante juego para Asya, de alguna manera gratificante, puesto que le halagaba ser objeto de todas las miradas. Recordaba cómo disfrutaba de pequeña con cada hazaña paranormal, cuando todavía era bastante joven para tener fe, no necesariamente en la magia, pero sí en la capacidad de su familia para dominar el destino. Disfrutaba con todos los detalles del ritual: se sentaba con las piernas cruzadas en la alfombra más bonita de la casa y extendían una manta sobre su cabeza; se sentía protegida dentro de aquella peculiar tienda de campaña, escuchando las oraciones que todas murmuraban, y por último, aquel siseo, casi como un chirrido, el sonido que hacía Petite-Ma al verter plomo derretido en un cazo lleno de agua mientras repetía:

—*Elemterefiş kem gözlere şiş. Göz edenin gözüne kızgın şiş.*

El plomo se solidificaba rápidamente en formas siempre distintas. Si había mal de ojo en las cercanías, se hacía un agujero en el plomo parecido a un ojo. Y hasta ahora Asya no recordaba ninguna ocasión en la que no se hubiera hecho.

Al final, aunque Asya había crecido viendo a la tía Banu leer posos de café y a Petite-Ma alejar el mal de ojo, había acabado por heredar el escéptico agnosticismo de su madre. Había decidido que todo se reducía a una cuestión de interpretación. Si buscabas unicornios púrpura, no tardarías en empezar a verlos por todas partes. De manera similar, si había alguna relación entre las «técnicas de adivinación» (fueran posos de café o plomo derretido) y el proceso de interpretación, esta no era más profunda que la que existe entre el desierto y la luna del desierto. Aunque esta última necesita al primero como escenario de fondo, sin duda posee una existencia autónoma propia. La luna del desierto existe sin el desierto. De la misma manera, lo que el ojo humano veía en un trozo de plomo gris no podía reducirse a la forma que adquiriera. Si se miraba con el tiempo y la devoción suficientes, se podía ver un unicornio púrpura.

A pesar de su persistente incredulidad, ahora que Petite-Ma recordaba su rutina, Asya no pensaba protestar. Su afecto por Petite-Ma era demasiado profundo para rechazar su oferta.

—Muy bien —dijo, encogiéndose de hombros. También estaba segura de que la anciana olvidaría el asunto en cuestión de minutos—. Después del desayuno puedes verter plomo por mí, como en los viejos tiempos.

En ese momento se abrió la puerta del cuarto de baño y apareció Armanoush, con aspecto de no haber dormido nada y el desaliento pintado en sus hermosos ojos. Aquella era una Armanoush muy distinta, apenas en contacto con el mundo que la rodeaba y de alguna manera más vieja. Caminaba despacio y con cautela.

—Sentimos mucho la pérdida de tu abuela —dijo la tía Zeliha tras un breve silencio—. Lo sentimos de corazón.

—Gracias —contestó Armanoush, evitando sus miradas.

Armanoush se sentó entre Asya y la tía Banu. Asya le sirvió un té mientras la tía Banu le ponía en el plato huevos, queso y mermelada casera de albaricoque. También le dieron el octavo *simit*, puesto que no habían perdido la costumbre de comprar ocho *simit* en la calle todos los domingos por la mañana.

Pero Armanoush miró la comida con indiferencia. Removió el té distraídamente unos segundos y luego se volvió hacia la tía Zeliha.

—¿Puedo ir contigo al aeropuerto a recoger a mi madre?

—Claro, vamos juntas —contestó ella, antes de traducir para el resto de la familia.

—Yo también voy —terció la abuela Gülsüm.

—Vale, mamá, vamos todas.

—Yo también voy —saltó de pronto Asya.

—No, señorita, tú te quedas aquí —replicó con firmeza su madre—. Tú te quedas a que te viertan el plomo.

Asya se la quedó mirando como diciendo: «¿A qué demonios viene eso?». ¿Por qué la dejaban fuera? Si había un poco de democracia y libertad de expresión en aquella casa, era siempre para los demás. Cuando se trataba de asuntos que la concernían, el régimen doméstico se metamorfoseaba al instante en pura dictadura. Asya suspiró con una expresión rayana en la desesperación. Luego, sin saber por qué pero animada por el súbito impulso de echarse pimienta en la comida, cogió el pimentero de cerámica. Una fugaz incertidumbre asomó a su rostro al dejar la fea muñeca de nieve y coger el feo muñeco de nieve, y a continuación se echó demasiada sal en lo que quedaba de sus huevos revueltos.

Asya se mantuvo distante y reservada el resto del desayuno. Al cabo de un rato la tía Banu se levantó mirándola de reojo, y preguntó con la voz cargada de compasión:

—¿Por qué no nos vamos las dos de compras, cariño? Salimos después de desayunar y podemos volver en dos horas. ¡Lo pasaremos bien! Pero primero… —la tía Banu se animó a mitad de la frase—, ven a la cocina a ayudarme a preparar la *ashura*.

Asya asintió, cediendo. «¿Qué demonios? —se dijo—. ¿Qué demonios…?»

La cocina olía como un restaurante popular en un agitado fin de semana, pero el penetrante aroma de la canela se imponía a todos los demás. Asya cogió un cazo y se puso a repartir la *ashura* de una enorme cazuela en pequeños cuencos de cristal, un cazo y medio en cada uno. Se preguntó por qué la tía Zeliha no quería llevarla al aeropuerto. Desde luego en el coche había sitio. Se le pasó por la cabeza que tal vez intentaba apartarla de los visitantes. Había advertido que a su madre no le entusiasmaba precisamente la idea de que Mustafa volviera después de veinte años.

—¿Puedo ayudarte?

Al volverse se encontró con Armanoush, que la miraba.

—Claro, ¿por qué no? Gracias. —Asya le dio un bol de almendras fileteadas—. ¿Quieres echar un poco en cada cuenco?

Durante diez minutos trabajaron, intercambiando breves y tristes comentarios sobre la abuela Shushan.

—Vine a Estambul porque pensé que si venía sola a la ciudad de mi abuela, entendería mejor mi herencia familiar y mi lugar en la vida. Supongo que quería conocer a los turcos para entender mejor lo que significa ser armenia. Con este viaje intentaba conectar con el pasado de mi abuela. Le iba a decir que había buscado su casa… y ahora está muerta. —Armanoush se echó a llorar—. Ni siquiera he podido verla por última vez.

Asya le dio un abrazo, aunque algo torpe puesto que no estaba acostumbrada a mostrar amor o compasión.

—Lo siento mucho —dijo—. Antes de que te vayas podemos ir a buscar otros recuerdos del pasado de tu abuela. Podemos volver al sitio aquel y hablar con la gente, a ver si averiguamos algo.

Armanoush negó con la cabeza.

—Te lo agradezco, pero la verdad es que en cuanto esté aquí mi madre va a ser muy difícil ir solas a ningún sitio. Es sobreprotectora en extremo.

Guardaron silencio al oír unos pasos. Era la tía Banu, que venía a ver cómo les iba y se quedó un rato viéndolas decorar los postres.

—¿Conoce Armanoush la historia de la *ashura*? —preguntó sonriendo. No era tanto una pregunta como la introducción a un tema.

Y mientras las chicas seguían trabajando, abriendo granadas, espolvoreando canela y almendras fileteadas sobre las decenas de cuencos de *ashura* dispuestos sobre la encimera, la tía Banu comenzó:

—Pues resulta que una vez, en una tierra no muy lejana, corrían muy malos tiempos y los hombres se entregaban a las malas costumbres. Después de observar su maldad durante un tiempo, Alá por fin envió un mensajero para que los corrigiera y les diera la oportunidad de arrepentirse. Era Noé. Pero cuando Noé abrió la boca para predicar la verdad, nadie le hizo caso y le interrumpieron con maldiciones. Le llamaron de todo: loco, lunático, errático…

Asya miró divertida a su tía, sabiendo cómo pincharla:

—Pero lo que más le destrozó fue la traición de su mujer, ¿verdad, tía? Que se unió a las filas de los paganos, ¿no es así?

—Pues sí, así es, ¡esa víbora! —replicó la tía Banu, indecisa entre narrar una historia religiosa como es debido o aderezarla con comentarios propios—. Noé intentó por todos los medios convencer a su mujer y a su pueblo durante ochocientos años… Y no me preguntéis por qué le llevó tanto tiempo, porque el tiempo es una gota de agua en el mar y una gota no se puede comparar con otra para ver cuál es mayor. En fin, el caso es que Noé se pasó ochocientos años predicando a su pueblo, intentando llevarlo por el camino recto. Hasta que un día Dios le mandó al ángel Gabriel. Y el ángel le dijo que hiciera un barco y llevara a una pareja de cada especie…

Asya, que traducía una historia que no necesitaba traducción, bajó un poco la voz, porque aquella era la parte que menos le gustaba.

—Al final en el arca de Noé había gente buena de todos los credos —prosiguió la tía Banu—. Estaban David y Moisés, Salomón, Jesús y Mahoma, que la paz sea con él. Embarcaron y se pusieron a esperar.

»Pronto llegó el diluvio. Alá ordenó: "¡Oh, cielo! ¡Ha llegado la hora! Que se viertan tus aguas, no te contengas más. ¡Envíales tus aguas y tu ira!". Y luego ordenó a la tierra: "¡Oh, tierra! ¡Contén el agua, no la absorbas!". Y el agua subió tan deprisa que no sobrevivió nadie que no estuviera en el arca.

Ahora la voz de la traductora se alzó, porque aquella era la parte favorita de Asya. Le gustaba visualizar el diluvio, el agua barriendo pueblos y civilizaciones, así como todos los indeseables recuerdos del pasado.

—Navegaron y navegaron durante días, y todo era agua por todas partes. Pronto empezó a escasear la comida. No había bastante, de manera que Noé mandó: «Traed toda la que tengáis». Y eso hicieron, animales y hombres, insectos y aves, gentes de distintos credos, todos llevaron lo poco que les quedaba. Cocinaron juntos los ingredientes y así prepararon un caldero enorme de *ashura*. —La tía Banu sonrió orgullosa mirando la cazuela en el fogón, como si fuera la misma que la de la leyenda—. Y esa es la historia de este postre.

Según la tía Banu, todos los eventos significativos de la historia del mundo habían sucedido el día de la *ashura*. Fue ese el día que Alá había aceptado el arrepentimiento de Adán, el día que la ballena liberó a Jonás, el día del encuentro entre Rumi y Shams, cuando Jesús ascendió a los cielos y cuando Moisés recibió los Diez Mandamientos.

—Pregúntale a Armanoush cuál es la fecha más importante para los armenios —pidió la tía Banu, pensando que había muchas posibilidades de que también fuera el mismo día.

En cuanto le tradujeron la pregunta, Armanoush contestó:

—El genocidio.

—No creo que eso entre en tus esquemas —sonrió Asya a su tía, sin traducir.

En ese momento apareció en la cocina la tía Zeliha armada con su bolso.

—Muy bien, los pasajeros para el aeropuerto. ¡Es hora de salir!

—Yo voy con vosotras. —Asya dejó el cazo en el mostrador.

—De eso ya hemos hablado —contestó la tía Zeliha sin inmutarse. No parecía ella misma. Su voz tenía un tono ronco que daba miedo, como si por su boca hablara otra persona—. Tú te quedas en casa, jovencita —decretó la desconocida.

Lo que más molestó a Asya fue no poder leer la expresión de su madre. Debía de haber hecho algo mal que la había molestado, pero no tenía ni idea de qué podía ser, a menos que fuera, por supuesto, su propia existencia.

—¿Qué le he hecho esta vez?

Asya alzó las manos desesperada; la tía Zeliha y Armanoush ya se habían ido.

—Nada, cariño. La tía Zeliha te quiere mucho —murmuró la tía Banu—. Quédate conmigo y los *yinn*. Vamos a terminar de decorar la *ashura* y luego saldremos de compras.

Pero a Asya no le apetecía ir de compras. Cogió con un suspiro un puñado de semillas de granada para terminar de decorar algunos boles. Las esparció de manera uniforme, como si estuviera dejando un rastro para guiar a su casa al desventurado niño de algún cuento. Se le ocurrió que las semillas de granada podían haber sido en otra vida diminutos y preciosos rubíes.

—Tía —dijo, volviéndose hacia su tía mayor—. ¿Qué fue de aquel broche dorado que tenías? El de la granada, ¿te acuerdas? ¿Dónde está?

La tía Banu palideció mientras don Amargo, sentado en su hombro izquierdo, le susurraba al oído:

—¿Cuándo recordamos las cosas que recordamos? ¿Por qué preguntamos las cosas que preguntamos?

El diluvio de Noé, por terrible que fuera, comenzó suavemente, de manera imperceptible, con unas cuantas gotas de lluvia. Gotas esporádicas que presagiaban la catástrofe por venir, un mensaje que nadie advirtió. En el cielo se agolpaban nubarrones siniestros, tan grises y pesados como si estuvieran cargados de plomo derretido lleno de mal de ojo. El agujero de cada nube era un ojo celestial impasible que derramaría una lágrima por cada pecado cometido en la tierra.

Pero el día que la tía Zeliha fue violada no llovía. De hecho, no había ni una sola nube en el cielo azul. Recordaría el cielo de aquel infausto día durante años y años, no porque hubiera alzado la mirada para rezar o suplicar la ayuda de Alá, sino porque durante el forcejeo llegó un momento en que la cabeza le colgaba de la cama y, aunque no podía moverse bajo el peso de él, incapaz de seguir luchando, su mirada se clavó sin darse cuenta en el cielo, y vio un globo comercial que cruzaba flotando lentamente. El globo era naranja y negro, con un cartel de grandes letras: KODAK.

Zeliha se estremeció ante la idea de una cámara descomunal que sacase fotografías de todo lo que pasaba en la tierra en ese momento. Una cámara Polaroid que sacase la instantánea de una violación dentro de una habitación de un *konak* de Estambul.

Estaba sola en su cuarto desde las últimas horas de la mañana, disfrutando de la soledad, que era un raro lujo en aquella casa. Cuando su padre vivía, no permitía que nadie cerrara las puertas de las habitaciones. La intimidad presuponía actividades sospechosas; todo tenía que ser visible, al descubierto. El único sitio que se podía cerrar era el cuarto de baño, e incluso entonces si te demorabas mucho dentro alguien llamaba siempre a la puerta. Solo tras la muerte de su padre pudo Zeliha cerrar la puerta de su cuarto y estar consigo misma. Ni sus hermanas ni su madre reconocían su necesidad de aislarse del mundo. De vez en cuando ella fantaseaba con lo fabuloso que sería marcharse y tener una casa propia.

Esa mañana las mujeres Kazancı habían ido a visitar la tumba de Levent Kazancı, pero Zeliha se excusó. No quería ir al cementerio con la familia al completo. Prefería ir sola, sentarse en la polvorienta tumba y hacerle a su padre varias preguntas que había dejado sin contestar en vida. ¿Por qué tenía que ser siempre tan duro y frío con sus propios hijos?, quería saber. Quería también preguntarle si tenía alguna idea de lo mucho que su fantasma aún los acechaba. A esas alturas algunas veces todavía no podían evitar bajar la voz durante el día, temerosos de incordiar a su padre con su presencia. A Levent Kazancı no le gustaba el ruido, y mucho menos el jaleo de los niños. De pequeños ya hablaban en susurros. Ser un niño Kazancı significaba antes que nada aprender el significado de «papá», no papá de padre, sino PAPA, acrónimo de «posponer adrede el padecimiento actual». El principio de PAPA se aplicaba a cada momento de sus vidas. Si un niño se caía y se hacía una herida en una habitación cercana a la de su padre, por ejemplo, tenía que aguantar el grito, apretar la herida fuerte con la mano, bajar de puntillas a la cocina o el jardín, asegurarse de que estaba lejos para que no le oyeran y entonces, solo entonces, lanzar el grito de dolor. Tras ese gesto existía una atractiva pero jamás cumplida expectativa: si te portabas bien, padre no se enfadaría.

Todas las tardes, cuando su padre volvía del trabajo, los niños se reunían ante la mesa de la cena, esperando la inspección. Él jamás les preguntaba directamente si se habían portado bien durante el día, sino que los hacía formar, como un pequeño regimiento, y se quedaba mirándoles a la cara durante más o menos tiempo: Banu, más preocupada por sus hermanos que por sí misma, siempre la protectora hermana mayor; Cevriye, que se mordía los labios para no llorar; Feride, moviendo nerviosa los ojos; Mustafa, el único hijo, que esperaba escapar de aquel triste grupo, todavía pensando que era el favorito de su padre, y la más joven, Zeliha, con una sutil amargura que crecía en su corazón. Todos esperaban a que padre terminara la sopa y luego les pidiera a uno, a dos o a tres… o a veces, si había suerte, a todos a la vez, que se sentaran a la mesa.

A Zeliha no le importaban las repetidas regañinas de su padre, ni siquiera sus habituales azotes, tanto como aquellas inspecciones antes de la cena. Le dolía tener que esperar allí junto a la mesa mientras la analizaban, como si cualquier fechoría que pudiera haber cometido durante el día estuviera escrita en su frente con una tinta invisible que solo su padre pudiera leer.

—¿Por qué no hacéis nunca nada bien? —preguntaba Levent Kazancı cada vez que leía una travesura en la frente de alguno de sus hijos y decidía castigarlos a todos.

Era casi imposible relacionar a este Levent Kazancı con el hombre en que se convertía una vez salía de la casa. Cualquiera que se encontrara con él fuera del *konak* le habría tomado por un icono de formalidad, consideración, coherencia y rectitud; la clase de hombre con el que las amigas de sus hijas soñaban con casarse algún día. En casa, sin embargo, su amabilidad estaba reservada a las visitas. Igual que se quitaba los zapatos al entrar y se ponía las zapatillas, el discreto burócrata se transformaba con la misma naturalidad en padre autoritario. Petite-Ma comentó una vez que era tan estricto con sus hijos porque de niño había sufrido el abandono de su madre.

A veces Zeliha no podía evitar pensar que había sido una suerte que su padre muriera tan joven, como todos los otros varones de su linaje. Un hombre tan dominante como Levent Kazancı probablemente no habría disfrutado la vejez, y se habría convertido en una persona débil y enferma necesitada de la piedad de sus hijos.

Si iba a la tumba de su padre, Zeliha sabía que querría hablar con él, y si hablaba con él podría echarse a llorar, rompiéndose como un vaso de té con mal de ojo. Pero la sola idea de llorar delante de los demás le repugnaba. Últimamente se había prometido que jamás se convertiría en una de esas mujeres lloronas, y que cada vez que necesitara soltar lágrimas, lo haría a solas. Y por eso aquel día sin lluvia, veinte años antes, Zeliha había preferido quedarse en casa.

Había pasado la mayor parte del día tumbada en la cama, hojeando revistas y soñando despierta. Junto a la cama había una cuchilla con la que se había afeitado las piernas y una loción de agua de rosas que se aplicó luego para suavizar la piel. Si su madre lo hubiera visto, habría puesto el grito en el cielo. Su madre estaba convencida de que las mujeres debían depilarse con cera todo el cuerpo, pero nunca afeitarse. Afeitarse era solo para hombres. La cera, en cambio, era un ritual colectivo femenino. Dos veces al mes las mujeres Kazancı se reunían en el salón para hacerse la cera en las piernas. Primero derretían en el fogón un terrón de cera que arrojaba un olor dulce, como a caramelo. Luego se sentaban en la alfombra y se aplicaban en las piernas la pegajosa sustancia, charlando entre ellas. Cuando la cera se endurecía, la arrancaban. A veces iban todas al *hamam* del barrio y se hacían allí la cera en la enorme losa de mármol bajo el vapor. Zeliha odiaba el *hamam*, aquel espacio lleno de mujeres, igual que odiaba el ritual de la cera. Ella prefería afeitarse con cuchilla, un remedio rápido, sencillo y privado.

Ahora se sentó en la cama y se miró al espejo. Se puso más loción en la mano y mientras se la untaba lentamente en la piel, observaba su cuerpo con atención y admiración. Era sabedora de su belleza y no intentaba ocultarla. Su madre decía que las mujeres guapas tenían que ser el doble de modestas y cuidadosas con los hombres. Zeliha pensaba que aquello eran paparruchas de una mujer que jamás había sido hermosa.

Atravesó la habitación con paso lánguido y puso una cinta en el casete. Era música turca, una de sus cantantes favoritas, un transexual con una voz divina. Había comenzado su carrera como hombre, haciendo de héroe en películas melodramáticas, hasta que finalmente se operó para transformarse en mujer. Siempre llevaba vestidos extravagantes con relucientes accesorios y muchas joyas, y Zeliha haría lo mismo si tuviera tanto dinero. Le encantaban todos sus discos. Ya le tocaba sacar disco nuevo, pero recientemente los militares, que todavía controlaban el país aunque habían pasado ya tres años desde el golpe de Estado, habían prohibido su música. Zeliha tenía una teoría para explicar por qué a los generales no les gustaba la idea de que una cantante transexual anduviera por los escenarios.

—Es porque se sienten amenazados por su presencia. —Le guiñó un ojo a Pachá Tercero, que estaba acurrucado en la cama como un pesado colchón de níveo pelo blanco, observándola a través de las rendijas que eran sus brillantes ojos verdes—. Tiene una voz tan divina y sus vestidos son tan ostentosos, que a los generales les da miedo que cuando salga en la televisión nadie los escuche a ellos, con sus voces roncas y sus uniformes color verde rana. ¿Te imaginas? ¿Qué hay peor que un golpe de Estado? ¡Un golpe de Estado que pase inadvertido!

En ese momento llamaron a la puerta.

—¿Estás hablando sola, tonta? —exclamó Mustafa, asomando la cabeza—. ¡Baja esa música espantosa!

Con sus ojos avellana relumbrando con el fulgor de la juventud y el pelo negro cargado de brillantina y peinado hacia atrás, podía haber sido guapo de no ser por el tic que había desarrollado Alá sabía cuándo. Tenía la costumbre de ladear la cabeza a la derecha al hablar, un movimiento brusco y mecánico que se intensificaba cuando estaba nervioso o se encontraba entre desconocidos. A veces esto se malinterpretaba como timidez, pero Zeliha pensaba que no era más que una señal de pura inseguridad.

Se incorporó sobre un codo y se alzó de hombros.

—Yo puedo oír lo que quiera y como quiera.

En lugar de discutir con ella o marcharse con un portazo, como había hecho muchas otras veces, Mustafa se detuvo, como distraído por una idea.

—¿Por qué llevas esas minifaldas?

La pregunta fue tan inesperada que Zeliha se quedó perpleja, advirtiendo por primera vez el velo nublado de sus ojos. «Este año más que nunca —pensó— se ha empeñado en ser un gilipollas.» Y dijo esta última palabra en voz alta:

—¡Gilipollas!

Fingiendo no haberla oído, Mustafa escudriñó la habitación.

—¿Es esa mi cuchilla?

—Sí —admitió Zeliha—. La iba a devolver.

—¿Y qué haces con mi cuchilla?

—Eso no es asunto tuyo —contestó ella, aunque algo vacilante.

—¿Que no es asunto mío? —Mustafa arrugó más la frente—. Te metes sin permiso en mi cuarto, me robas la cuchilla, te afeitas las piernas para poder enseñárselas a todos los hombres del barrio y luego me dices que no es asunto mío. Pues te voy a decir una cosa. ¡Estás totalmente equivocada! Sí es asunto mío cuidar de tu comportamiento.

A Zeliha le chispearon los ojos.

—¿Por qué no vas a entretenerte con algo? ¡Ve a hacerte una paja! —saltó.

Mustafa se sonrojó y miró a su hermana con expresión envenenada.

Recientemente había quedado claro que tenía problemas con las mujeres. Aunque se había criado entre mujeres de todas las edades y estaba acostumbrado a ser el centro de su atención, su experiencia con el sexo opuesto era mucho menor que la de sus compañeros. A pesar de haber cumplido ya veinte años, Mustafa se sentía aún atrapado en ese peligroso umbral entre la infancia y la edad adulta. Ni podía volver a ser un niño ni empezar a ser un hombre. Lo único que sabía sobre el paso que debía dar era que le desconcertaba y lo único que sabía sobre el desconcierto era que no le gustaba. Aborrecía las ansias carnales de su cuerpo y al mismo tiempo le atraían. Antes lograba controlar sus impulsos, a diferencia de los niños de su clase, que se masturbaban constantemente. Entre los trece y los diecinueve años consiguió suprimir lo que él llamaba «eso»: consiguió no masturbarse. Pero el año anterior, tras suspender los exámenes de ingreso en la universidad, la culpa y el odio a sí mismo explotaron, y su ansia volvió con más fuerza que nunca, de nuevo en forma de ESO.

ESO le asaltaba en cualquier parte y cualquier momento del día. En el baño, en el sótano, en el retrete, bajo las sábanas, en el salón, y de vez en cuando, cuando se metía a hurtadillas en la habitación de su hermana pequeña sin que lo vieran, en su cama, en su silla, junto a su mesa… Como un patriarca caprichoso, ESO exigía obediencia absoluta. Pero por mucho que obedeciera, Mustafa no podía usar la mano derecha. La mano derecha estaba reservada para las cosas limpias, limpias y consagradas. Con la mano derecha tocaba el Corán, sostenía el rosario y abría las puertas. Con la mano derecha tomaba la mano de los ancianos para besarla. Pero igual que la mano derecha era una mano bendita, la izquierda estaba reservada a lo abominable. Solo se podía masturbar con la mano izquierda.

Una vez soñó que se masturbaba delante de su padre. Su padre, con rostro inexpresivo, se limitaba a observarle desde su lugar en la mesa del comedor.

La última vez que Mustafa vio a su padre mirarle de aquella manera tenía ocho años y le estaban circuncidando. Recordaba a aquel pobre niño tumbado en una enorme y llamativa cama de satén, con regalos por todas partes, esperando a que «se la cortaran», rodeado de parientes y vecinos, algunos charlando, otros comiendo o bailando, mientras que unos pocos se dedicaban a burlarse de él. Acudieron setenta personas para celebrar su iniciación a la madurez. Fue aquel día, justo después de la circuncisión, justo después de soltar un espantoso grito, cuando su padre se acercó a él, le dio un beso en la mejilla y le susurró al oído:

—¿Tú me has visto llorar alguna vez, hijo? —Mustafa negó con la cabeza. No, nadie había visto llorar a padre—. ¿Tú has visto alguna vez llorar a tu madre, hijo? —Mustafa asintió con vehemencia. Su madre lloraba todo el tiempo—. Bien. —Levent Kazancı esbozó una cariñosa sonrisa—. Pues ahora que eres un hombre, compórtate como un hombre.

Cuando se masturbaba no se atrevía a bajarse los pantalones del todo, no solo por miedo a que le sorprendiera alguien de la casa, sino porque le irritaba el fantasma de su padre todavía susurrándole al oído aquella frase una y otra vez. De pronto, en el pasado año, su cuerpo se había impuesto no solo a su voluntad, sino también a la mirada escrutadora de su padre. Como una enfermedad contagiosa, porque estaba seguro de que aquello tenía que ser una enfermedad, empezó a masturbarse a todas horas del día y de la noche. En sueños se veía sorprendido en el acto por sus padres. Se lanzaban contra la puerta, la abrían y le pillaban con las manos en la masa. Entre gritos y gemidos su madre le besaba y le daba palmaditas en la espalda mientras su padre le escupía y le daba una paliza. Donde su padre le hubiera dejado magulladuras, su madre le frotaba un poco de *ashura*, como si el postre fuera un tipo de ungüento. Despertaba siempre asqueado y temblando, con la frente perlada de sudor, y para calmarse se masturbaba.

Zeliha no sabía nada de esto cuando se burló de él.

—No tienes vergüenza —dijo Mustafa—. No sabes cómo hablar a tus mayores. No te importa que los hombres te silben por la calle. Te vistes como una puta, ¿y esperas respeto?

Zeliha esbozó una sonrisa desdeñosa.

—¿Qué te pasa, te dan miedo las putas?

Mustafa se quedó mirándola.

Un mes antes había descubierto la calle más infame de Estambul. Podía haber ido a otros sitios donde habría encontrado sexo menos barato, menos mezquino y menos abyecto, pero iba allí deliberadamente: cuanto más crudo y más feo, mejor. Lúgubres casas alineadas unas contra otras; los olores y las manchas y los chistes lascivos que soltaban los hombres, más por la necesidad de reírse que por estar de buen humor; prostitutas en todas las habitaciones de todos los pisos, prostitutas que jamás rechazaban tu dinero pero de todas formas te menospreciaban. Cuando volvía de allí se sentía sucio y débil.

—¿Me espías? —preguntó.

—¿Qué? —Zeliha soltó una carcajada, dándose cuenta de pronto de que acababa de hacer un descubrimiento sin querer—. Mira que eres tonto. Si te vas de putas es tu problema, a mí me da exactamente igual.

Ofendido, Mustafa tuvo el súbito impulso de golpearla. Tenía que comprender que no podía burlarse así de él.

Zeliha le miró con los ojos entornados, como intentando leerle el pensamiento.

—Lo que yo me ponga y como viva no es asunto tuyo. ¿Quién coño te crees que eres? Padre está muerto y no pienso permitir que ocupes su lugar sin más.

Curiosamente, en cuanto dijo esto recordó que había olvidado recoger su vestido de encaje de la tintorería. «Tengo que acordarme de recogerlo mañana.»

—Si padre estuviera vivo no hablarías así —replicó Mustafa. La mirada brumosa de hacía un momento había desaparecido y ahora sus ojos tenían una chispa de amargura—. Pero el hecho de que no esté no significa que no haya reglas en esta casa. Tienes responsabilidades para con tu familia. No puedes traer la vergüenza al buen nombre de esta casa.

—Ay, cállate. Cualquier vergüenza que yo pueda provocar no será nada comparada con las que tú ya has causado hasta hoy.

Mustafa se quedó desconcertado. ¿Habría descubierto también que jugaba, o sería otro farol? Había estado apostando en partidos deportivos, cada vez perdiendo más dinero. Si su padre estuviera vivo, le daría una paliza sin importarle su edad. El cinturón rojizo de piel con la hebilla de bronce. ¿Era cierto que aquel cinturón dolía más que el resto, o eran imaginaciones suyas? Tal vez se había obsesionado con aquel cinturón en particular y, cuando le pegaban con otros creía que los azotes no dolían tanto, incluso se sentía agradecido y afortunado.

Pero su padre ya no estaba y había que recordarle a cierta persona quién tenía ahora el mando.

—Ahora que papá está muerto —declaró Mustafa—, yo estoy a cargo de esta familia.

—¿Ah, sí? —rió Zeliha—. ¿Sabes cuál es tu problema? ¡Que eres un niño mimado! ¡Un precioso falo mimado! Fuera de mi cuarto.

Como en un sueño, Zeliha vio de reojo que él alzaba la mano para darle una bofetada. Todavía sin creerse que fuera a pegarle, se lo quedó mirando sorprendida y por fin logró esquivar el golpe en el último instante.

Pero eso solo sirvió para enfurecerlo más. El segundo intento le ardió en la mejilla. De manera que ella le devolvió la bofetada con la misma fuerza.

En un instante estaban forcejeando en la cama como niños, si bien cuando eran niños jamás se habían peleado así. Su padre no lo aprobaba. Por unos segundos Zeliha se sintió victoriosa; le había dado un buen golpe, o eso pensaba. Era una mujer alta y fuerte y no estaba acostumbrada a sentirse frágil. Como un luchador en el ring, alzó las manos unidas y saludó a su público invisible, encantada de su victoria:

—¡Te pillé!

Entonces Mustafa le torció el brazo tras la espalda y se le puso encima. Esta vez todo era distinto. Mustafa era distinto. Aplastándole el pecho con una mano, con la otra le subió la falda.

Lo primero que ella sintió fue vergüenza, y luego más vergüenza. La sensación de vergüenza era tan fuerte que no le quedaba sitio para ninguna otra emoción. Se quedó al instante debilitada, casi petrificada de pura timidez, una vergüenza que ponía de manifiesto su educación, la vergüenza de ver expuesta su ropa interior prevalecía sobre cualquier otra cosa.

Pero al cabo de un instante una oleada de pánico barrió la humillación. Intentó bloquearlo con una mano mientras con la otra se bajaba la falda, pero él no tardó en levantársela de nuevo. Zeliha luchó, él luchó, ella le abofeteó, él la abofeteó con más fuerza, ella le mordió, él le asestó un puñetazo en la cara, solo uno. Ella oyó a alguien gritar «¡Basta!» a voz en cuello, un chillido inhumano, como un animal en el matadero. No reconoció su propia voz, como no reconoció su cuerpo cuando él la penetró. Era como un territorio desconocido.

Fue entonces cuando advirtió el globo de KODAK en el cielo azul.

Cerró los ojos, como un niño que juega a no ver para que no le vean. Ahora solo había sonidos, sonidos y olores. La respiración de él se hizo más fuerte, sus manos sobre los pechos y en torno a su cuello se tensaron. Zeliha temió que la estrangulara, pero los dedos pronto se aflojaron y el movimiento cesó. Mustafa se desplomó con un gemido herido, su pecho contra ella. Zeliha le oía el corazón acelerado. Lo que no oía era el suyo propio. Era como si le hubieran succionado la vida.

No abrió los ojos hasta que él se dejó caer, ahora blando dentro de ella. Al levantarse Mustafa apenas podía andar. Atravesó trastabillando la habitación y se apoyó contra la puerta entre resuellos. Respiró hondo y captó una mezcla de olores: sudor y agua de rosas. Se quedó allí un instante, de espaldas a su hermana, antes de poder moverse de nuevo y salir corriendo de allí.

Nada más salir al pasillo oyó la puerta de casa. La familia había vuelto. Corrió al baño, echó el cerrojo y abrió el grifo de la ducha, pero en lugar de meterse en la bañera cayó de rodillas y vomitó.

—¡¡Hola!! ¿Dónde está todo el mundo? —se oyó la voz de Banu—. ¿Hay alguien en casa?

Zeliha se levantó y quiso alisarse la ropa. Todo había sucedido tan deprisa que tal vez pudiera convencerse de que no había pasado. Sin embargo, el rostro que vio en el espejo revelaba otra cosa. Tenía el ojo izquierdo hinchado con un semicírculo púrpura debajo. Lo primero que sintió al verse el ojo fue una punzada de culpa ante su habitual escepticismo. Siempre se había burlado cuando aparecía un ojo morado en las malas películas de acción. Jamás había creído que el ojo humano pudiera hincharse y asumir ese color con un solo golpe.

Su cara sí, pero su cuerpo no parecía dañado, concluyó. Se tocó para ver si todavía tenía sensibilidad. ¿Por qué podía sentir el roce de sus dedos pero nada más? Si estuviera herida o triste, ¿no lo sabría su cuerpo? ¿No lo sabría ella?

Llamaron a la puerta y sin esperar respuesta Banu asomó la cabeza. Iba a decir algo; en cambio, abrió y cerró la boca sin palabras, petrificada, mirando a su hermana.

—¿Qué te ha pasado en la cara? —preguntó ansiosa.

Zeliha sabía que si había un momento para revelar lo que había sucedido, era ese. O hablaba o callaba para siempre.

—No es nada grave —contestó despacio, el momento ya pasado y la decisión tomada—. Salí a dar un paseo y vi a un hombre que le estaba dando una paliza a su mujer en plena calle. Intenté salvarla a la pobre, pero al final recibí yo también.

La creyeron. No era nada descabellado. Era capaz de hacer algo así, era algo que solo le podía pasar a ella, si es que le tenía que pasar a alguien.

Cuando la violaron Zeliha tenía diecinueve años. Según las leyes turcas, era ya una adulta. A esa edad podía casarse, sacarse el carné de conducir o votar, una vez que los militares permitieran de nuevo elecciones libres. De la misma manera, también podía abortar.

Zeliha tuvo demasiadas veces el mismo sueño. Se veía caminando por la calle bajo una lluvia de piedras, adoquines que caían del cielo uno a uno y hacían un agujero en la tierra, cada vez más hondo. A ella le entraba el pánico, temerosa de hundirse, temerosa de que el voraz abismo la engullera sin dejar rastro. «¡Basta!», gritaba mientras las piedras seguían rodando bajo sus pies. «¡Basta!», ordenaba a los vehículos que se precipitaban hacia ella y la atropellaban. «¡Basta!», suplicaba a los transeúntes que la apartaban a empujones. «¡Basta, por favor!»

Al mes siguiente no le vino la regla. Unas semanas después fue a un laboratorio recién abierto cerca de su casa. «Por cada análisis de glucosa, un test de embarazo gratis», proclamaba el cartel de la entrada. Cuando llegaron los resultados, Zeliha tenía un nivel de azúcar normal y estaba embarazada.

Érase una vez o tal vez no fue.

En una tierra muy, muy lejana, una vieja pareja con cuatro hijos, dos niñas y dos niños. Una hija era fea y la otra hermosa. El hermano menor decidió casarse con la guapa, pero ella no quería. La joven lavó su ropa de seda y fue al agua a enjuagarla. Enjuagaba y lloraba. Hacía frío. Tenía las manos y los pies helados. Cuando volvió a casa se encontró la puerta cerrada con llave. Llamó a la ventana de su madre y su madre contestó:

—Te dejaré entrar si me llamas suegra.

Llamó a la ventana de su padre y su padre contestó:

—Te dejaré entrar si me llamas suegro.

Llamó a la ventana de su hermano mayor y él contestó:

—Te dejaré entrar si me llamas cuñado.

Llamó a la ventana de su hermana y ella contestó:

—Te dejaré entrar si me llamas cuñada.

Llamó a la puerta de su hermano pequeño, y él la dejó entrar. La abrazó y la besó y ella dijo:

—¡Que se abra la tierra y me trague!

*Y la tierra se abrió y ella escapó a un reino subterráneo.**

Asya, mirando por la ventana de la cocina con un cucharón en la mano, suspiró al ver salir el Alfa Romeo plateado.

* Cuento popular indoeuropeo, tomado de «Un hermano quiere casarse con su hermana», *Lithauische Volksmärchen*, n.° 28.

—¿Lo ves? —le dijo a Sultán Quinto—. La tía Zeliha no quería que fuera al aeropuerto con ellas. Otra vez está siendo mala conmigo.

Qué estupidez mostrarse vulnerable la otra noche cuando habían salido todos de copas. Qué estupidez había sido pensar que atravesaría por fin la barrera que las separaba. Esa barrera no desaparecería jamás. Esa madre que se había hecho tía se mantendría siempre a una distancia inalcanzable. «Compasión maternal, amor filial, camaradería familiar, desde luego que ella no necesitaba nada de esa… —Asya se interrumpió y escupió—: mierda.»

Artículo doce: no intentes cambiar a tu madre, o para precisar: no intentes cambiar tu relación con tu madre puesto que eso solo llevará a la frustración. Sencillamente acepta y consiente. Vuelve al artículo uno.

—No estarás hablando sola, ¿verdad? —dijo la tía Feride, que acababa de entrar en la cocina.

—Pues la verdad es que sí. —Asya salió al instante de su ira—. Le estaba diciendo aquí a mi amigo el gato lo raro que es que la última vez que el tío Mustafa estuvo aquí, él ni siquiera había nacido y Pachá Tercero era el rey de la casa. Han pasado veinte años. ¿No es curioso? El tío no viene a vernos nunca y ahora aquí estoy preparando su *ashura* porque todavía es bien recibido.

—¿Y qué dice el gato?

Asya esbozó una sonrisa sardónica.

—Dice que tengo razón, que esta debe de ser una casa de locos. Que debería abandonar toda esperanza y dedicarme a mi manifiesto.

—Pues claro que tu tío es bien recibido. La familia es la familia, te guste o no. Nosotros no somos como los alemanes, que echan a sus hijos de casa de una patada cuando cumplen los catorce años. Nosotros tenemos fuertes valores familiares. No nos reunimos solo una vez al año para comer pavo...

—¿De qué estás hablando? —preguntó Asya, perpleja. Pero antes de terminar siquiera la pregunta se imaginó la respuesta—. Ah, ¿lo dices por el día de Acción de Gracias en América?

—Da igual. —La tía Feride desdeñó la cuestión—. Lo que quiero decir es que los occidentales no tienen lazos familiares fuertes, y que nosotros no somos así. Tu padre es tu padre para siempre, y tu hermano será tu hermano hasta el final de tus días. Además, el resto del mundo ya es bastante extraño —prosiguió Feride—. Por eso me gusta leer la tercera página de la prensa sensacionalista. Las recorto y las colecciono para que no nos olvidemos de lo demencial y peligroso que es el mundo.

Asya, que jamás había oído a su tía intentar racionalizar su comportamiento, no pudo evitar mirarla con renovado interés. Se sentaron en la cocina entre apetitosos aromas. El sol de marzo brillaba en la ventana.

Se quedaron allí juntas hasta que la tía Feride se marchó al oír a su presentador favorito anunciar el videoclip de un grupo nuevo. Asya se moría por un cigarrillo. Bueno, más que por el cigarrillo en sí, por fumárselo con el Dibujante Dipsómano, y le sorprendió darse cuenta de lo mucho que lo había echado de menos. Tenía al menos dos horas hasta que llegaran los invitados del aeropuerto. Además, aunque se presentara más tarde, ¿qué más les daría a ellos?, pensó.

Unos minutos después, Asya cerraba la puerta suavemente al salir.

La tía Banu oyó la puerta, pero antes de poder decir nada, Asya ya se había marchado.

—¿Qué tienes pensado hacer, ama? —graznó don Amargo.

—Nada —susurró la tía Banu, abriendo el cajón de una cómoda para sacar una caja. Bajo la tapa aterciopelada estaba el broche de la granada.

Al ser la primogénita de los Kazancı, la joya había sido un regalo de su padre, que a su vez lo había heredado de su madre, no de su madrastra, Petite-Ma, sino de la madre de la que nunca hablaba, la madre que lo había abandonado cuando era pequeño, la madre a la que jamás perdonó. El broche era sublime y a la vez desgarrador. No lo sabía nadie, pero la tía Banu ponía en agua con sal la granada de oro con las semillas de rubí para lavar su triste saga.

Bajo la atenta mirada de los *yinn*, lo acarició, fijándose en el brillo de los rubíes. Hasta conocer a Armanoush jamás se le había ocurrido investigar la historia del broche de la granada. Ahora que conocía su historia, sin embargo, no sabía qué hacer. Por tentada que estuviera de dárselo a Armanoush, porque estaba convencida de que le pertenecía a ella más que a nadie, vacilaba sin saber cómo explicarle la razón del regalo.

¿Podía decirle a Armanoush Tchajmajchian que aquel broche había pertenecido en su día a su abuela Shushan, sin contarle el resto de la historia? ¿Cuántos datos podía compartir con los protagonistas de las historias que había desvelado a través de la magia?

Cuarenta minutos después, en el otro extremo de la ciudad, Asya atravesaba la chirriante puerta de madera del Café Kundera.

—¡Eh, Asya! —exclamó encantado el Dibujante Dipsómano—. ¡Aquí! ¡Estoy aquí! —Le dio un abrazo y exclamó—: Tengo noticias, una buena, una mala y otra todavía sin clasificar. ¿Cuál quieres primero?

—Dame la mala.

—Voy a ir a la cárcel. Mis dibujos del primer ministro como pingüino no fueron bien recibidos, supongo. Me han condenado a ocho meses de prisión.

Asya se quedó mirándolo con un pasmo que pronto se convirtió en alarma.

—Chist, cariño —murmuró el Dibujante Dipsómano con voz sumisa, poniéndole un dedo en los labios—. ¿No quieres saber la buena noticia? —Parecía resplandecer de orgullo—. He decidido que tengo que hacer caso a mi corazón y divorciarme.

Cuando la sombra de perplejidad que le oscurecía el rostro se desvaneció, a Asya por fin se le ocurrió preguntar:

—¿Y la noticia sin clasificar?

—Hoy es mi cuarto día sin beber. ¡Ni una gota! ¿Y sabes por qué?

—Supongo que porque has vuelto a Alcohólicos Anónimos.

—¡No! —replicó el Dibujante Dipsómano como herido en sus sentimientos—. Porque hoy era el cuarto día desde la última vez que te vi y quería estar sobrio cuando nos volviéramos a encontrar. Tú eres mi único incentivo en esta vida para convertirme en mejor persona. —Ahora se sonrojó—. ¡El amor! —declaró—. Estoy enamorado de ti, Asya.

Los ojos castaños de Asya se fijaron en un cuadro de la pared, la fotografía de una carretera marcada con profundos surcos, del Trofeo Camel de 1977 en Mongolia. Estaría muy bien meterse ahora en esa foto, pensó, estar atravesando el desierto del Gobi con un jeep, unas botas pesadas y sucias en los pies, unas gafas de sol en los ojos, sudando sus problemas por el camino, hasta hacerse tan ligera como si no fuera nadie, tan ligera como una hoja seca al viento, y flotar así hasta un monasterio budista en Mongolia.

—No te preocupes —el granado sonrió y se sacudió la nieve de las ramas—. La historia que te voy a contar tiene un final feliz.

Hovhannes Stamboulian frunció los labios, su mente trabajaba febrilmente, y el torbellino de la escritura se lo tragó. Con cada nueva línea de este último cuento de su libro infantil, volvían a él numerosas antiguas lecciones, algunas desalentadoras, otras alegres, pero todas resonaban igual desde otro tiempo, un tiempo sin principio ni final. Los cuentos de niños eran las historias más viejas del mundo, donde los fantasmas de las generaciones desaparecidas hablaban a través de la palabra escrita. La necesidad de terminar el libro era tan instintiva, tan fascinante que resultaba irreprimible. El mundo había sido un lugar sombrío desde que empezó a escribirlo, y ahora tenía que terminarlo sin más, como si de él dependiera que el mundo dejara de ser tan desgarrador.

—Muy bien —contestó la paloma—. Pues cuéntame la historia de la paloma perdida. Pero te lo advierto: como oiga algo triste, echo a volar y me marcho.

Cuando los soldados se llevaron a Hovhannes Stamboulian, su familia no tuvo ánimos para entrar en su estudio durante días. Habían entrado y salido de todas las habitaciones menos aquella, y mantenían la puerta cerrada como si todavía estuviera él dentro escribiendo día y noche. Pero el desaliento que permeaba toda la casa era ya demasiado intenso, demasiado palpable para fingir que la vida podía volver a la normalidad. Pronto Armanoush decidió que estarían todos mejor en Sivas, donde podían quedarse con sus parientes una temporada. Hasta que no tomó esa decisión, no entraron en el estudio de Hovhannes Stamboulian y encontraron su manuscrito, *La paloma perdida y el país maravilloso*, todavía sin terminar. Entre las páginas hallaron también el broche de la granada.

Shushan Stamboulian vio la joya por primera vez allí, en la mesa de nogal que había pertenecido a su padre. Todos los demás detalles de aquel siniestro día se desvanecieron, pero no el broche. Tal vez fue el destello de los rubíes lo que la hipnotizó, o quizá, al ver cómo el mundo se desmoronaba a su alrededor en un solo día, aquello fue lo único que pudo recordar. Fuera cual fuese la razón, Shushan jamás olvidó aquella granada de oro y rubíes. Ni cuando cayó medio muerta en la carretera de Alepo y se quedó atrás, ni cuando la encontraron la madre y la hija turcas y la metieron en su casa para curarla, ni cuando la llevaron los bandidos al orfanato, ni cuando dejó de ser Shushan Stamboulian para convertirse en Shermin seiscientos veintiséis, ni cuando años más tarde Rıza Selim Kazancı dio con ella por casualidad en el orfanato y, al descubrir que era la sobrina de su difunto señor, Levon, decidió tomarla por esposa, ni cuando pasó a llamarse Shermin Kazancı, ni tampoco cuando supo que estaba embarazada y sería madre, como si hubiese dejado de ser una niña.

La comadrona circasiana reveló el sexo del niño meses antes de su nacimiento, observando la forma de su vientre y la comida que se le antojaba. *Crème brûlée* de las pastelerías elegantes, *apfelstrudel* de la panadería que habían abierto unos rusos blancos huidos de Rusia, *baklava* casera, bombones y dulces de todo tipo… Ni una sola vez durante el embarazo le apeteció a Shermin Kazancı nada amargo ni salado, como habría sucedido de estar esperando una niña.

Era un niño, desde luego, un niño nacido en tiempos terribles.

—Que Alá bendiga a mi hijo con una vida más larga que la de cualquier hombre de esta familia —dijo Rıza Selim Kazancı cuando la comadrona le entregó al niño. Luego le puso los labios en la oreja derecha y le anunció el nombre que llevaría a partir de entonces—: Te llamarás Levon.

El motivo de esta decisión no era solamente honrar al maestro del que había aprendido el arte de hacer calderos. Al llamar a su hijo Levon, esperaba también tener un detalle con su mujer por haberse convertido al islam.

Y así eligió el nombre de Levon y como un buen musulmán lo repitió tres veces:

—¡Levon! ¡Levon! ¡Levon!

Shermin Kazancı, mientras tanto, permaneció tan silenciosa como una piedra fuera de lugar.

El triple eco no tardó en volver a ellos en forma de pregunta desaprobatoria:

—¿Levon? ¿Qué clase de nombre musulmán es ese? ¡Un niño musulmán no puede llamarse así! —protestó la comadrona.

—El nuestro sí —replicó áspero Selim Kazancı, una defensa que repetiría muchas veces—. Está decidido. ¡Se llamará Levon!

Pero cuando llegó el momento de llevar al niño al registro, se ablandó.

—¿Cómo se llama el niño? —preguntó el funcionario, un hombre flaco de aspecto nervioso, sin levantar la cabeza del enorme libro de tapas de tela con el lomo granate.

—Levon Kazancı.

El oficial se subió las gafas de lectura sobre el puente de la nariz y miró por primera vez a Rıza Selim Kazancı durante un largo momento.

—Kazancı es un buen apellido, pero ¿qué clase de nombre musulmán es Levon?

—No es un nombre musulmán, pero sí es un buen nombre —replicó tenso Rıza Selim Kazancı.

—Señor. —El oficial alzó un poco la voz, haciéndose el importante—. Sé que la familia Kazancı tiene mucha influencia. Un nombre como Levon no les hará ningún bien. Si registramos ese nombre, este hijo suyo podría tener problemas en el futuro. Todo el mundo pensará que es cristiano, aunque sea musulmán al cien por cien... ¿O me equivoco? ¿Acaso no es musulmán?

—Desde luego que sí —se apresuró a corregirle Rıza Selim—. *Elhamdülillah.*

Por un instante pensó confesarle al hombre que la mujer del niño era una huérfana armenia convertida al islam, y que el nombre era un gesto hacia ella, pero algo en su interior le impulsó a callarse.

—Muy bien, entonces, con el debido respeto al buen hombre cuyo nombre quiere usted ponerle a su hijo, vamos a hacer un ligero cambio. Que sea un nombre parecido a Levon, si usted quiere, pero que sea un nombre musulmán. ¿Qué le parece Levent? —El oficial, amablemente, demasiado amablemente para la dureza de sus palabras, añadió—: En caso contrario, me temo que tendré que negarme a inscribirlo.

Y así el bebé se llamó Levent Kazancı. El niño nacido sobre las cenizas de un pasado que todavía humeaba; el niño del que nadie supo que iba a llamarse Levon; el niño que un día sería abandonado por su madre y crecería malhumorado y amargado; el niño que sería un padre terrible para sus propios hijos...

De no ser por el broche de la granada, ¿habría sentido Shermin Kazancı la necesidad de abandonar a su marido y su hijo? Es difícil saberlo. Con ellos había creado una familia y comenzado una nueva vida que solo podía avanzar en una dirección. Para tener un futuro tuvo que convertirse en una mujer sin pasado. Su identidad infantil solo eran retazos de memoria, como migas de pan que hubiera esparcido a sus espaldas para que se las comieran los pájaros, puesto que ella jamás podría desandar aquel camino para volver a casa. Aunque al final hasta los más queridos recuerdos de la infancia se desvanecieron, el broche seguía vívidamente grabado en su memoria. Y años más tarde, cuando apareció en su puerta un hombre de Estados Unidos, sería ese mismo broche lo que la ayudaría a comprender que aquel desconocido no era sino su hermano.

Yervant Stamboulian apareció en su puerta con los ojos oscuros y brillantes resaltados por unas pobladas cejas negras, nariz aguileña y un grueso bigote que le crecía hasta el mentón, que le daba aspecto de estar sonriendo incluso cuando estaba triste. Con voz trémula y casi sin palabras, anunció quién era y le contó, mezclando turco y armenio, que venía desde América para buscarla. Por mucho que quisiera abrazar a su hermana en ese mismo momento, sabía que ahora era una mujer musulmana casada. Se quedó en la puerta. A su alrededor soplaba la brisa de Estambul y por un instante fue como si los hubieran sacado del tiempo.

Al final de la breve conversación, Yervant Stamboulian le dio a Shermin Kazancı dos cosas: la granada de oro y tiempo para pensar.

Perpleja y aturdida, ella cerró la puerta y trató de asimilar aquella revelación. Levent gateaba por el suelo junto a ella y gorjeaba con un entusiasmo sin límites.

Shermin Kazancı fue corriendo a su cuarto y escondió el broche en un cajón de su armario. Al volver se encontró al niño riéndose. Acababa de conseguir ponerse en pie. El pequeño mantuvo el equilibrio durante un segundo, dio un paso, luego otro y se cayó bruscamente de culo, con el delicioso miedo de sus primeros pasos brillándole en los ojos. De pronto esbozó una desdentada sonrisa y exclamó:

—¡Ma-má!

Toda la casa asumió una extraña luminosidad, casi fantasmagórica, cuando Shermin Kazancı salió de su estupor y repitió para sus adentros:

—¡Ma-má!

Era la segunda palabra que salía de labios de Levent, después de experimentar un tiempo con «da-da» y finalmente decir «ba-ba» el día anterior. Ahora Shermin Kazancı se dio cuenta de que su hijo había pronunciado la palabra «padre» en turco, pero la palabra «madre» en armenio. No solo había tenido ella que desaprender un idioma antes tan querido, sino que ahora se veía obligada a enseñarle el mismo proceso a su hijo. Se quedó mirando al niño, pasmada e inquieta. No quería cambiarle la palabra «mamá» por su equivalente en turco. Subieron a la superficie los perfiles de sus antepasados, lejanos pero todavía vívidos. Su nuevo nombre adquirido, la nueva religión, nacionalidad, familia y personalidad no habían logrado dominar su auténtico ser. La granada de rubíes susurraba su nombre, y era en armenio.

Shermin Kazancı abrazó a su hijo, y durante tres días enteros consiguió no pensar en el broche.

Pero el tercer día, como si su mente hubiera estado reflexionando y su corazón sufriendo sin que ella lo supiera, corrió hacia el cajón; apretó la granada en la mano y sintió su calor.

Los rubíes son valiosas gemas conocidas por su fiero color rojo. Pero no es raro que su color se altere, oscureciéndose más y más por dentro, sobre todo cuando sus dueños están en peligro. Existe una particular clase de rubí que los expertos llaman Sangre de Paloma: un precioso rubí de color rojo sangre con un ligero tono azul, como apagado, en el centro. El rubí era el último recuerdo que quedaba de *La paloma perdida y el país maravilloso*.

La tarde del tercer día, Shermin Kazancı encontró un breve momento de soledad después de la cena para entrar a escondidas en su habitación. Buscando un consuelo que nadie podía ofrecerle, se quedó mirando la Sangre de Paloma.

Entonces se dio cuenta de lo que tenía que hacer.

Una semana después, una mañana de domingo, fue al puerto donde la esperaba su hermano con el corazón palpitante y dos billetes para Estados Unidos. En lugar de maleta, Shermin solo llevaba un bolso pequeño. Dejó atrás todas sus posesiones. En cuanto al broche de la granada, lo metió en un sobre con una carta explicando su situación y pidiéndole a su marido dos cosas: que le diera la joya a su hijo para que se acordara de ella, y que la perdonara.

Cuando el avión aterrizó en Estambul, Rose estaba exhausta. Movió con cuidado los pies hinchados, temerosa de que no le entraran ya en los zapatos, aunque llevaba un cómodo calzado de piel naranja. Se preguntó cómo demonios podían las azafatas aguantar de pie todo el día en el avión con aquellos tacones.

Mustafa y Rose tardaron media hora en que les sellaran los pasaportes, pasar la aduana, recoger el equipaje, cambiar el dinero y encontrar un servicio de alquiler de coches. Mustafa pensó que sería mejor tener su propio vehículo, en lugar de utilizar el de la familia. Rose eligió primero en un catálogo un Grand Cherokee Laredo 4 × 4, pero Mustafa aconsejó algo más pequeño para las atestadas calles de Estambul. Al final se pusieron de acuerdo en un Toyota Corolla.

Poco después salían los dos a la zona de llegadas, empujando un carrito cargado con un juego de maletas. Encontraron fuera un semicírculo de desconocidos. Entre el grupo avistaron primero a Armanoush, que saludaba sonriente; junto a ella estaba la abuela Gülsüm, con la mano derecha en el corazón, a punto de desmayarse de emoción. Un paso detrás aguardaba la tía Zeliha, alta y distante, con unas gafas de sol de oscuros cristales púrpura.

17

Arroz blanco

Rose y Mustafa pasaron los primeros dos días comiendo. En la mesa se dedicaban a contestar al bombardeo de preguntas que les disparaban desde todos los puntos los distintos miembros de la familia Kazancı: ¿cómo era la vida en América? ¿De verdad había un desierto en Arizona? ¿Era cierto que los americanos vivían a base de porciones enormes de comida basura para luego irse a concursos de la tele a ponerse a dieta? ¿La versión estadounidense de *El aprendiz* era mejor que la turca? Etcétera, etcétera.

A esto siguió una serie de preguntas más personales: ¿por qué no tenían hijos los dos juntos? ¿Por qué no habían ido antes a Estambul? ¿Por qué no se quedaban más tiempo? ¿POR QUÉ?

Las preguntas tuvieron efectos opuestos en la pareja. A Rose no parecía importarle el interrogatorio. En todo caso le gustaba ser el centro de atención. Mustafa, en cambio, fue sumiéndose en el silencio, haciéndose cada vez más pequeño. Hablaba poco, pasaba la mayor parte del tiempo leyendo periódicos turcos, progresistas y conservadores, como si quisiera ponerse al día con el país que había abandonado. De vez en cuando hacía preguntas sobre tal o cual político, preguntas que respondía quienquiera que supiera la respuesta. Aunque siempre había sido un ávido lector de la prensa, nunca le había interesado tanto la política.

—Así que el Partido Conservador en el poder parece estar perdiendo impulso. ¿Qué posibilidades tiene de ganar las próximas elecciones?

—¡Sinvergüenzas! Son un puñado de mentirosos —gruñó la abuela Gülsüm por toda respuesta. Tenía en el regazo una bandeja con una pila de arroz crudo que escarbaba antes de cocerlo por si había piedras o cáscaras—. Solo saben hacer promesas y olvidarse de ellas en cuanto salen elegidos.

Mustafa, desde su butaca junto a la ventana, miró a su madre por encima del periódico.

—¿Y el partido de la oposición, los socialdemócratas?

—¡Todos son iguales! —fue la respuesta—. Todos unos mentirosos. Todos los políticos son corruptos.

—Si hubiera más mujeres en el Parlamento las cosas serían muy distintas —opinó la tía Feride, que llevaba la camiseta de I LOVE ARIZONA que le había regalado Rose.

—Mamá tiene razón. Si quieres saber mi opinión, la única institución digna de confianza que hay en este país siempre ha sido el ejército —apuntó la tía Cevriye—. Gracias a Dios que tenemos el ejército turco. Si no fuera por ellos…

—Sí, pero deberían dejar que las mujeres sirvieran en el ejército —interrumpió la tía Feride—. Yo misma me apuntaría ahora mismo.

Asya dejó de traducir la conversación para Rose y Armanoush, que estaban sentadas junto a ella, y comentó en inglés con una risita:

—Una de mis tías es feminista, la otra militarista acérrima. Y se llevan de maravilla. ¡Esto es una casa de locos!

La abuela Gülsüm se volvió hacia su hijo, preocupada de pronto.

—¿Y tú, cariño? ¿Cuándo vas a terminar el servicio militar?

Rose, que seguía la conversación con muchas dificultades a pesar de la traducción simultánea, se volvió hacia su marido, pasmada.

—No te preocupes —la tranquilizó Mustafa—. Mientras pague cierta cantidad y les demuestre que vivo y trabajo en América, no tengo que hacer el servicio militar completo. Solo necesitaré la instrucción básica. Un mes nada más…

—Pero ¿para eso no hay un plazo? —preguntó alguien.

—Pues sí. Hay que tener hecha la instrucción a los cuarenta y uno.

—Pues entonces tienes que hacerla este año —declaró la abuela Gülsüm—. Ahora tienes cuarenta…

La tía Zeliha, que estaba pintándose las uñas de reluciente color cereza sentada en un extremo de la mesa, alzó la cabeza y lanzó una mirada a Mustafa.

—Una edad fatídica —siseó de pronto—. La edad a la que murió tu padre, igual que su padre y su abuelo… Estarás muy nervioso ahora que tienes cuarenta, hermanito… Tan cerca de la muerte…

El silencio que se produjo fue tan sepulcral que Asya se encogió sin darse cuenta.

—¿Cómo puedes hablarle así?

La abuela Gülsüm se levantó con la bandeja de arroz todavía en la mano.

—Yo le digo lo que quiero a quien quiero —replicó la tía Zeliha sin inmutarse.

—¡Eres una vergüenza! ¡Fuera de aquí! —ordenó la abuela, áspera, con voz grave y acerada—. Sal de mi casa ahora mismo.

Con dos uñas todavía sin pintar, la tía Zeliha dejó el pincel en el frasco, apartó la silla y salió de la habitación.

El tercer día Mustafa se quedó todo el rato en su habitación, alegando que estaba enfermo. Había tenido fiebre, lo cual debía de haber debilitado no solo sus energías, sino también su capacidad de habla, porque estaba excesivamente callado. Tenía el rostro demacrado, la boca seca y los ojos inyectados en sangre, aunque ni había bebido ni había llorado. Se quedó en la cama durante horas y horas, inmóvil, boca arriba, observando imperceptibles manchas de suciedad y polvo en el techo. Mientras tanto, Rose, Armanoush y las tres tías paseaban por las calles de Estambul, sobre todo alrededor de los centros comerciales.

Esa noche se acostaron antes que de costumbre.

—Rose, cariño —murmuró Mustafa, acariciándole el pelo rubio. El pelo lacio y suave de su esposa siempre le había calmado, lo protegía con ternura contra su familia de pelo oscuro y oscuro pasado. Ella se tumbó junto a él, con su cuerpo suave y cálido—. Rose, cariño. Tenemos que volver. Vámonos mañana.

—¿Estás loco? Todavía tengo *jet lag*. —Rose bostezó, estirando sus piernas doloridas. Llevaba un camisón bordado de satén que había comprado ese día en el Gran Bazar, y se la veía pálida y cansada, no tanto por el *jet lag* como por el frenesí de las compras—. ¿A qué vienen tantas prisas? ¿No puedes soportar a tu propia familia unos días?

Se tapó hasta la barbilla y en el calor de la cama presionó sus pechos contra él. Luego le dio unos golpecitos en la mano, como queriendo calmar a un niño, y le besó con delicadeza el cuello, pero cuando intentó apartarse, él quiso más, hambriento de pasión.

—Todo irá bien —dijo Rose, tensándose. Su respiración se agitó un momento, pero enseguida se relajó—. Estoy muy cansada, lo siento, cariño… Cinco días más y volvemos a casa.

Con estas palabras apagó la lámpara de la mesilla y en pocos segundos cayó dormida.

Mustafa se quedó callado en la penumbra, intentando no pensar en su erección, decepcionado y tenso. Aunque le pesaban los párpados no podía dormir. Se quedó así mucho tiempo, hasta oír unos golpecitos en la puerta.

—¡Sí!

La tía Banu asomó la cabeza.

—¿Puedo pasar? —preguntó con un susurro vacilante.

Al oír un ruido que podía ser una afirmación, entró en la habitación con cautela, hundiendo los pies descalzos en la gruesa alfombra. Su pañuelo rojo relucía como iluminado por una luz misteriosa y sus ojeras le daban un aspecto fantasmal.

—No has bajado en todo el día. Solo quería ver cómo estabas —murmuró mirando a Rose, que dormía al otro lado de la cama abrazada a su almohada.

—No me encontraba bien. —Mustafa la miró y apartó la vista al instante.

—Toma, hermano. —Banu le tendió un cuenco de *ashura*, decorado con semillas de granada—. Ya sabes que mamá te ha hecho una cazuela enorme de *ashura*. —Su rostro serio esbozó una sonrisa—. Debo decir que, aunque la ha preparado ella, los cuencos los he decorado yo.

—Ah, gracias, eres muy buena —balbuceó Mustafa, mientras un escalofrío le recorría la espalda.

Siempre le había tenido miedo a su hermana mayor. Toda la labia que pudiera poseer le abandonaba en el instante en que notaba la mirada de Banu. Aunque había adquirido la costumbre de escrutar a los demás, ella seguía siendo inescrutable. Banu era totalmente opuesta a Rose: la transparencia no se contaba entre sus virtudes. De hecho, era como un libro críptico escrito en un lenguaje arcano. Por mucho que Mustafa intentara leer sus intenciones, le era imposible interpretar su enigmática expresión. Sin embargo, trató de mostrarse agradecido cogiendo el bol de *ashura*.

El silencio que siguió era pesado e indescifrable. Ningún silencio se le había hecho jamás tan cruel. Rose, como si el silencio la perturbara, se agitó dormida, pero no llegó a despertarse.

En muchos momentos de su vida Mustafa había sentido el súbito y arrebatador impulso de confesarle a su mujer que tenía un lado oculto. Pero otras veces le satisfacía hacerse pasar por un hombre sin pasado, un hombre experto en negar la realidad. Su amnesia era deliberada, aunque no calculada. Por un lado, en algún lugar de su mente había una puerta que él intentaba cerrar con todas sus fuerzas, aunque siempre se le escaparan algunos recuerdos. Por el otro, estaba la necesidad de desenterrar lo que su mente había eliminado tan concienzudamente. Esta doble corriente le había acompañado toda la vida. Ahora, de nuevo en la casa de su infancia y bajo la mirada penetrante de su hermana mayor, sabía que una de las corrientes iba a perder fuerza. Sabía que si se quedaba allí más tiempo empezaría a recordar. Y cada recuerdo desencadenaría otro y otro. En el momento en que entró en la casa de su infancia se hizo añicos el hechizo que le había escudado durante tantos años contra su propia memoria. ¿Cómo podía ya refugiarse en su elaborada amnesia?

—Tengo que preguntarte una cosa —resolló Mustafa, jadeando como un niño entre un azote y otro.

Un cinturón de cuero con hebilla de cobre. De pequeño Mustafa se enorgullecía de no llorar nunca, de no verter ni una sola lágrima cuando su padre sacaba el cinturón. Pero por muy bien que hubiera aprendido a controlar sus lágrimas, jamás logró reprimir el jadeo. Cómo odiaba ese jadeo. Luchar por respirar. Luchar por el espacio. Luchar por el afecto.

Hizo una breve pausa para ordenar sus pensamientos.

—Hace ya bastante tiempo que hay algo que me inquieta… —En su voz tranquila había un ligero atisbo de miedo. La luz de la luna penetraba las cortinas y formaba un diminuto círculo en la esponjosa alfombra turca. Se concentró en ese círculo para lanzar la pregunta—: ¿Dónde está el padre de Asya?

Mustafa se volvió hacia su hermana mayor a tiempo para captar su mueca de dolor, pero Banu recobró rápidamente la compostura.

—Cuando nos vimos en Alemania, mamá me dijo que Zeliha había tenido un hijo de un hombre con el que estuvo comprometida un corto tiempo. Pero que él luego la abandonó.

—Mamá te mintió —le interrumpió Banu—. Pero ¿qué más da? Asya se ha criado sin ver a su padre. No sabe quién es. La familia tampoco lo sabe —se apresuró a añadir—. Aparte de Zeliha, claro.

—¿Tú tampoco? —preguntó Mustafa incrédulo—. Me han dicho que eres una adivina auténtica. Feride dice que has esclavizado a un *yinni* malo para obtener toda la información que necesitas. Por lo visto tienes clientas por todas partes. ¿Y ahora me estás diciendo que no sabes una cosa tan crucial, que tus *yinn* no te han revelado nada?

—La verdad es que sí —admitió Banu—. Y ojalá no supiera las cosas que sé.

Mustafa asimiló aquello con el corazón acelerado. Cerró los ojos, petrificado. Incluso tras los párpados cerrados veía la penetrante mirada de Banu. Y otro par de ojos que brillaban en la oscuridad, huecos y escalofriantes. ¿Sería el *yinni* malo? Pero todo aquello debió de ser un sueño, porque cuando Mustafa Kazancı volvió a abrir los ojos, estaba de nuevo solo con su mujer en la habitación.

Sin embargo, al lado de la cama había un cuenco de *ashura*. Se quedó mirándolo y de pronto supo por qué estaba ahí y qué era exactamente lo que querían que hiciera. La elección era suya… de su mano izquierda.

Se miró la mano izquierda, que aguardaba junto al cuenco. Sonrió ante el poder de su mano. Ahora su mano podía coger la *ashura* o apartarla. Si elegía esta segunda opción, se despertaría al día siguiente y sería un día más en Estambul. Vería a Banu en el desayuno. No hablarían de la conversación que habían mantenido por la noche. Fingirían que nadie había preparado ni servido jamás ese bol de *ashura*. Si elegía la primera opción, sin embargo, se cerraría el círculo. Pero ahora que había alcanzado la edad límite de los hombres Kazancı, la muerte estaba cerca, y, de todas formas, un día más o menos no significaría gran cosa en este momento de su vida. En el fondo de su mente resonó una vieja historia, la historia de un hombre que había huido a los confines de la tierra esperando evitar al Ángel de la Muerte, para tropezarse con él precisamente donde estaban destinados a encontrarse desde el principio.

Se trataba no de elegir entre la vida y la muerte sino entre la muerte decidida y la muerte inesperada. Con tal herencia familiar estaba seguro de que moriría pronto de todas formas. Ahora su mano izquierda, su mano culpable, elegiría cuándo y cómo.

Recordó el papel que había metido en el resquicio del muro del santuario del Tiradito. «Perdóname —había escrito—. Para que yo exista, el pasado debe borrarse.»

Ahora sentía que el pasado volvía. Y para que el pasado existiera, él debía borrarse… Tal vez la lucha entre la amnesia y el recuerdo había acabado por fin. Como en una playa que se extendiera hasta el horizonte al retirarse la marea, los recuerdos de un pasado turbulento resurgían aquí y allá en el reflujo del agua. Cogió el bol. Y de forma consciente y voluntaria empezó a comer, poco a poco, saboreando todos y cada uno de los ingredientes con cada bocado.

Era un alivio inmenso escapar de su pasado y su futuro a la vez. Era tan agradable escapar de la vida.

Unos segundos después de terminar la *ashura*, le asaltó un dolor de estómago tan agudo que no podía respirar. Y dos minutos más tarde su respiración se detuvo por completo.

Así fue como Mustafa Kazancı murió a la edad de casi cuarenta y un años.

18

Cianuro potásico

Lavaron el cuerpo con jabón de Alepo, tan fragante, puro y verde como se dice que son las praderas del paraíso. Lo frotaron, lo limpiaron, lo aclararon y lo dejaron secar desnudo en la losa plana del patio de la mezquita antes de envolverlo en un sudario de algodón de tres piezas. Lo colocaron en un féretro y, a pesar del insistente consejo de los ancianos de enterrarlo ese mismo día, lo cargaron en un coche fúnebre para llevarlo directamente al domicilio Kazancı.

—¡No podéis llevarlo a casa! —exclamó el esquelético encargado de lavar los muertos, bloqueando la salida del patio de la mezquita y mirando ceñudo a todos y cada uno de los presentes—. Ese hombre va a apestar, ¡por Alá! Lo estáis avergonzando.

Mientras pronunciaba esa última frase, empezó a lloviznar; escasas y reticentes gotas, como si la lluvia también quisiera interpretar un papel en todo aquello, pero todavía no hubiera decidido de qué bando estaba. Ese martes, el mes de marzo, sin duda el mes más desequilibrado y desequilibrante en Estambul, parecía haber cambiado de opinión una vez más y decidido que regresaba al invierno.

—Pero, hermano —gimoteó la tía Feride, integrando al instante a aquel hombre tan nervioso en el envolvente e igualitario cosmos de la esquizofrenia hebefrénica—, lo vamos a llevar a casa para que todo el mundo pueda verlo por última vez. Verás, mi hermano llevaba en el extranjero tantos años que casi habíamos olvidado su cara. Después de veinte años, por fin vuelve a Estambul y en el tercer día aquí exhala su último aliento. Su muerte ha sido tan inesperada que los vecinos y los parientes lejanos no se creerán que ya no está si no tienen la oportunidad de verlo muerto.

—Mujer, ¿estás loca? ¡Eso no existe en nuestra religión! —exclamó el hombre, esperando acallar con ello cualquier cosa que la otra tuviera pensado decir—. Los musulmanes no exhibimos a nuestros fallecidos en una vitrina. —Y con la expresión visiblemente endurecida, añadió—: Si los vecinos quieren verle, tendrán que visitar su tumba en el cementerio.

Mientras la tía Feride parecía reflexionar sobre esta sugerencia, la tía Cevriye, que estaba junto a ella, miró al hombre con una ceja alzada, como miraba a sus alumnos en los exámenes orales cuando quería que se dieran cuenta ellos solos de lo ilógica que había sido su respuesta.

—Pero, hermano —prosiguió la tía Feride, recobrándose al fin—. ¿Cómo van a verlo si estará en una tumba a dos metros bajo tierra?

El hombre arqueó las cejas exasperado, pero prefirió no contestar, advirtiendo por fin que era inútil discutir con aquellas mujeres.

La tía Feride se había teñido el pelo de negro esa mañana. Era su pelo de luto. Ahora movió la cabeza muy decidida y añadió:

—No te preocupes, puedes estar seguro de que no lo vamos a exhibir como hacen los cristianos en las películas.

El hombre, mirando con una mueca los ojos de la tía Feride en incesante movimiento y sus agitadas manos, se quedó inmóvil durante un insoportable minuto. Ahora parecía más inquieto que molesto, como si de pronto se hubiera dado cuenta de que la tía Feride era la persona más loca que había visto jamás. Sus ojillos de hurón buscaron ayuda, y al no encontrarla se deslizaron hacia el cadáver que esperaba pacientemente a que tomaran una decisión sobre su destino, y por último volvió a mirar a las dos mujeres, pero si había un mensaje secreto en aquella mirada helada que iba y venía, ninguna de ellas logró descifrarlo.

En cambio, la tía Cevriye le dio una generosa propina.

De manera que el hombre cogió la propina y los Kazancı a su muerto.

En un instante formaron un convoy de cuatro vehículos. Encabezando la procesión iba el coche fúnebre, verde salvia como debe ser un coche fúnebre musulmán, puesto que el color negro está reservado a los funerales de las minorías: armenios, judíos y griegos. El ataúd estaba en la parte trasera del vehículo y como alguien tenía que ir con el muerto, Asya se ofreció voluntaria. Armanoush, con expresión confusa, le cogía con fuerza la mano, de manera que pareció que se habían ofrecido las dos juntas.

—No pienso permitir que vaya ninguna mujer sentada delante en un coche fúnebre —comentó el conductor, que guardaba un sorprendente parecido con el encargado de lavar los muertos. Tal vez fueran hermanos: uno de ellos lavaba los cadáveres y el otro los transportaba, y quizá hubiera un tercer hermano trabajando en el cementerio, encargado de enterrarlos.

—Pues tendrás que permitirlo porque no quedan más hombres en la familia —le reprendió la tía Zeliha desde atrás, con voz tan gélida que el hombre guardó silencio, posiblemente pensando que si de verdad no quedaban hombres para escoltar al muerto en el coche fúnebre era mejor que lo acompañaran las dos chicas en lugar de aquella mujer que lo intimidaba con su minifalda y su arito en la nariz. De manera que dejó de quejarse y pronto el coche se puso en marcha.

Justo detrás iba el Toyota Corolla de Rose. Su pánico se palpaba en los brincos y frenazos que daba el coche, que avanzaba centímetro a centímetro como aquejado de un hipo convulso o intimidado por el caótico tráfico.

Dado su creciente terror, era casi imposible imaginarse a Rose al volante de un Grand Cherokee Limited 4 × 4 de cinco puertas color azul marino equipado con un motor de ocho cilindros. La mujer que antes atravesaba a toda velocidad los anchos bulevares de Arizona, se había convertido en otra persona en las sinuosas y atestadas calles de Estambul. Lo cierto es que Rose estaba embobada en ese momento, tan aturdida y desorientada que casi no sentía dolor. Setenta y dos horas tras su llegada, le parecía haber caído por un agujero del cosmos y salido en otra dimensión, una tierra extraña donde nada era normal y hasta la muerte quedaba ahogada en el surrealismo.

La abuela Gülsüm iba a su lado, incapaz de comunicarse con aquella nuera americana a la que no había visto en su vida, pero inquieta y apenada por ella, una mujer que había perdido a su marido. Aunque mucho más inquieta y apenada se sentía por ella misma, una madre que había perdido a su hijo.

Detrás iba Petite-Ma, ataviada con un velo azul turquesa con ribetes negro azabache. El día que llegó a Estambul Rose había pasado mucho tiempo intentando dilucidar de una vez por todas los criterios esenciales por los que algunas mujeres turcas llevaban velo y otras no. Sin embargo, no tardó en darse por vencida, viendo que no podía resolver el enigma ni siquiera a pequeña escala, ni siquiera dentro de la misma casa. ¿Por qué demonios Petite-Ma, una mujer sin edad, llevaba pañuelo cuando su nuera Gülsüm no lo llevaba? ¿Y por qué una de las tías llevaba pañuelo si ninguna de sus hermanas lo hacía? No alcanzaba a explicárselo.

Detrás del Toyota iba el Alfa Romeo plateado de la tía Zeliha, con sus tres hermanas apiñadas dentro y Sultán Quinto acurrucado en una cesta sobre el regazo de la tía Cevriye. El animal se mostraba sorprendentemente tranquilo, como si la muerte humana obrara un efecto sedante sobre su ferocidad felina.

Junto al Alfa Romeo circulaba el Volkswagen Escarabajo amarillo de Aram, que no llegaba a entender por qué las mujeres Kazancı se llevaban a su muerto a casa, pero sabía que no había nada más agotador que intentar convencer a las tías, sobre todo cuando formaban una piña. De manera que prefirió no preguntar siquiera y se limitó a acompañarlas, preocupado solo por que su amada sobrellevara bien tanta conmoción.

En el atasco del semáforo de Shishli, solo a unas manzanas del cementerio musulmán al que el encargado de lavar los muertos había querido dirigirlos, quedaron por casualidad todos los coches a la misma altura, como el destacado regimiento de un ejército indomable, con todo el afán de lucha pero sin una causa común. La tía Feride asomó la cabeza por la ventanilla y saludó a izquierda y derecha, al parecer emocionadísima por la casualidad de haber acabado todos así alineados, como actuando al unísono por primera vez, aunque fuera por un semáforo en rojo. Rose ignoró el gesto, la abuela Gülsüm ignoró a Feride.

En el siguiente semáforo, Asya, sentada entre Armanoush y el conductor del coche fúnebre, miró de nuevo alrededor, pero por suerte los coches de la familia se habían alejado ya unos de otros. Sintió un súbito y desvergonzado alivio al no tener a ningún Kazancı al alcance de la vista, excepto el que yacía en el ataúd, claro, pero en rigor no se podía decir que estuviera al alcance de su vista mientras no mirara atrás. Avanzaban lentamente entre un tráfico tan denso que parecía gelatina, hendida aquí y allá por impredecibles grietas, cuando de pronto surgió ante ellos una vistosa furgoneta roja de Coca-Cola.

Cuando el semáforo se puso en verde y se movieron de nuevo, apareció a su derecha una flota de coches de aficionados al fútbol. Llevaban gorras, bufandas, pañuelos y banderas, y algunos se habían teñido el pelo con los colores de su equipo: rojo y amarillo. Agobiados con la lentitud del tráfico, la mayoría de ellos se habían sumido en un momentáneo letargo y charlaban ociosamente entre ellos o se saludaban de vez en cuando por las ventanillas abiertas.

Pero en cuanto el tráfico se puso de nuevo en marcha, volvieron a sus gritos y canciones con renovado vigor. Al cabo de un momento un taxi amarillo con decenas de adhesivos se coló imprudentemente en el pequeño hueco entre el coche fúnebre y la furgoneta de Coca-Cola. El chófer de los Kazancı frenó con una furiosa maldición, y mientras el hombre seguía farfullando y Armanoush miraba el taxi con creciente incredulidad, Asya intentó descifrar lo que decían las pegatinas. Allí, entre muchas otras, se veía una iridiscente que proclamaba: NO ME LLAMES CABRÓN. LOS CABRONES TAMBIÉN TENEMOS CORAZÓN.

El taxista era un hombre moreno de rudo aspecto, con un bigote tipo Zapata. Aparentaba lo menos sesenta años, demasiado viejo para meterse en tal follón de fanáticos del fútbol. El aspecto absolutamente tradicional del taxista y el frenesí con que conducía contrastaban vivamente. Pero aún más interesantes que él eran los clientes, o amigos, que llevaba en el coche. El que se sentaba delante llevaba la mitad de la cara pintada de amarillo y la otra mitad de rojo. Asya lo veía con claridad desde detrás porque el hombre se había asomado por la ventanilla agitando una bandera roja y amarilla con una mano mientras con la otra se agarraba al asiento. Con la mitad del cuerpo fuera y la otra mitad oculta en el coche, parecía que un mago lo hubiera partido en dos. Incluso desde lejos se veía que tenía la nariz escarlata de un borracho, hasta tal punto que destrozaba la simetría de las mitades roja y amarilla de su cara, rompiendo el equilibrio a favor del rojo. Justo cuando Asya se preguntaba qué bebida en particular (cerveza o *raki* o ambas) podía teñir una nariz humana de aquel color, otro hincha bajó la ventanilla del asiento trasero del taxi y alzó en el aire un tambor, agarrándose al interior del coche con la otra mano. Y en perfecto unísono los dos fanáticos lanzaron la mitad de sus cuerpos por las ventanillas, como las ramas del árbol del taxi amarillo.

A continuación el que iba delante sacó una baqueta y se puso a tocar el tambor que sostenía el otro. La imposibilidad de la tarea debió darles vigor, porque no tardaron en acompañar los golpes y porrazos con un himno. Varios transeúntes se mostraron atónitos, pero un buen número de ellos aplaudieron y se unieron al dúo, entonando la letra con creciente fervor:

> *Que la tierra, el cielo y el mar escuchen nuestra voz,*
> *que el mundo entero se estremezca a nuestro paso firme.*

—¿Qué dicen? —preguntó Armanoush, dándole un codazo a Asya.

Pero Asya tardó en traducir, sobre todo porque estaba muy concentrada en un peatón. Era un chico flaco vestido de harapos que inhalaba pegamento de una bolsa de plástico mientras seguía el ritmo de la canción con sus pies descalzos y negros. Cada pocos segundos el chico dejaba de inhalar para cantar, pero siempre detrás de los demás, como un eco fantasmal: «... a nuestro paso firme...».

Mientras tanto los otros hinchas habían empezado también a agitar banderas por las ventanillas de los coches, uniéndose jovialmente a los cánticos. De vez en cuando el del tambor dejaba de tocar y utilizaba la baqueta para dibujar en el aire serpientes imaginarias a los peatones y vendedores callejeros, como dirigiéndolos a todos, orquestando el jaleo de la ciudad entera.

Cuando terminó la primera parte del himno siguió una breve confusión, puesto que pocos miembros de aquel variopinto coro conocían la letra de la segunda mitad. Sin dejar que este fastidioso detalle perturbara su solidaridad, empezaron a cantar de nuevo desde el principio, esta vez si cabe con más ganas.

> *Que la tierra, el cielo y el mar escuchen nuestra voz,*
> *que el mundo entero se estremezca a nuestro paso firme.*

Y así siguieron avanzando por la avenida formando una marea roja y amarilla, entre el clamor y el caos. En el coche fúnebre, Armanoush, Asya y el conductor observaban la escena en silencio, con los ojos fijos en el taxi amarillo que tenían delante. Circulaban tan peligrosamente cerca del vehículo que Asya veía hasta las latas de cerveza vacías que rodaban en la bandeja trasera.

—¡Pero míralos! ¡Pero cómo puede comportarse así la gente adulta! —explotó por fin el conductor—. Pasa de vez en cuando. Se muere un fanático y su familia o los chalados de sus amigos quieren envolver el ataúd en la bandera de algún equipo de fútbol. ¡Y encima pretenden con todo el descaro que yo lleve esos sacrílegos féretros al cementerio! ¡Eso es pura blasfemia, vamos! Debería haber una ley que prohibiera estas tonterías. Solo debería permitirse el manto verde de oración, y nada más. Pero ¿qué se cree esta gente? ¿Es que no son musulmanes o qué? ¡Que estás muerto, por Alá! ¿Para qué necesitas un banderín de fútbol? ¿Es que Alá ha construido un estadio allí en el cielo? ¿Es que allí también hay liga?

Sin saber qué decir, Asya se agitó incómoda en el asiento, pero el taxi ya había reclamado de nuevo la atención del conductor. Una mecánica melodía sonaba en el móvil del fanático asomado a la ventanilla delantera. Todavía agarrado al coche con una mano, todavía dirigiendo a la ciudad con la otra, el corpulento ultra intentó contestar el teléfono, olvidando que no le quedaban manos libres para la labor. Perdió el equilibrio y con él otras dos cosas: primero la baqueta y luego el móvil, que cayeron a la calle justo delante del coche fúnebre.

El taxi dio un brusco frenazo y el coche fúnebre se detuvo a un pelo de estrellarse contra él. Asya y Armanoush sufrieron el empujón de la sacudida y luego se volvieron a la vez hacia el ataúd en la parte de atrás. Seguía de una pieza.

En un instante el dueño de los objetos saltó fuera, sin dejar de cantar y sonreír, con la cara roja y amarilla rutilante de fervor. Se volvió como pidiendo perdón por haber parado el tráfico y entonces advirtió que lo que llevaba detrás no era un vehículo cualquiera, sino un coche fúnebre verde, el símbolo de la muerte siguiéndole como una siniestra sombra. Durante un largo y tenso instante se quedó allí paralizado en mitad del tráfico con cara de pasmo. Hasta que por fin, cuando pasó junto a él otro coche lleno de hinchas cantando el himno y su amigo golpeó impaciente el tambor con la mano, se le ocurrió recoger el móvil y la baqueta del suelo. Después de echar un último vistazo al féretro, dio media vuelta y se metió en el taxi. Esta vez ya no volvió a asomarse por la ventanilla, sino que se quedó dentro, callado.

Armanoush y Asya no pudieron evitar una sonrisa.

—Su trabajo debe de ser el más respetado de toda la ciudad —dijo Asya al conductor, que también había observado la escena—. Su sombra es capaz de aterrorizar al fanático más histérico.

—No —contestó el hombre—. Se paga fatal y no tengo ni seguridad social ni derecho a huelga ni nada. Antes conducía camiones, hacía transportes a larga distancia: carbón, petróleo, gas butano, agua embotellada... de todo, transportaba de todo.

—¿Y eso era mejor?

—¡Vamos, vamos, muchísimo mejor! Cargabas en Estambul y, hala, rumbo a otra ciudad. Sin tener que reírle las gracias a nadie, sin tener que hacerle la pelota a ningún supervisor. Trabajaba para mí. Si me apetecía me podía parar en la carretera, siempre que no tuviera que entregar con prisas, porque entonces había que conducir sin dormir ni nada. Pero aparte de eso, era un trabajo limpio. Limpio y digno. No tenía que inclinarme ante nadie.

El tráfico empezaba a menguar, así que el hombre cambió de marcha. Al cabo de un momento la flota futbolera giró a la derecha hacia el estadio.

—Y entonces, ¿por qué dejó el trabajo? —quiso saber Asya.

—Un día me quedé dormido al volante. Iba tan tranquilo por la carretera y de pronto hubo una explosión tremenda, como si fuera el día del juicio y Alá nos estuviera convocando a todos. Cuando abrí los ojos me encontré en la cocina de una casucha al lado de la carretera.

—¿Qué dice? —susurró Armanoush.

—Mejor no te lo cuento —contestó Asya.

—Bueno, pues pregúntale cuántos muertos lleva al día en este coche.

Cuando Asya tradujo la pregunta, el conductor movió la cabeza.

—Depende de la época. La primavera es lo peor; en primavera no se muere mucha gente. Pero luego llega el verano, que es la estación de más trabajo. Si la temperatura es superior a veintiséis grados, tenemos un ajetreo espantoso, sobre todo por los ancianos, que caen como moscas. En verano los estambulíes se mueren en manadas.

Hizo una sombría pausa, dejando a Asya con el peso de aquella última frase. Luego avistó a un transeúnte de esmoquin que gritaba órdenes al móvil.

—¡Esta gente con dinero! —exclamó de pronto—. ¡Bah! Se pasan la vida acumulando riqueza, ¿para qué? ¡Qué estupidez! ¡Como si los sudarios tuvieran bolsillos! Si al final lo único que llevaremos todos es un sudario. Nada más. Nada de ropa cara, ni joyas. ¿Qué, te vas a ir a la tumba de esmoquin, o en traje de noche? ¿Quién se creerán que sostiene el cielo?

Asya no tenía respuesta, de manera que no dijo nada.

—Si nadie lo sostiene, ¿cómo podemos vivir bajo el cielo? Yo no veo columnas celestiales por ninguna parte. ¿Cómo podría la gente jugar al fútbol en los estadios si Alá decidiera dejar de aguantar el cielo?

Con aquellas preguntas aún en el aire, doblaron una esquina y llegaron por fin al domicilio Kazancı.

La tía Zeliha los esperaba en la calle. Habló brevemente con el conductor y le dio una propina.

El Volkswagen, el Alfa Romeo plateado y el Toyota Corolla estaban alineados frente a la casa. Parecía que todo el mundo había llegado antes que ellos. La casa estaba llena de invitados, todos aguardando a que descargaran el féretro.

Al entrar en casa Asya y Armanoush se la encontraron atiborrada de mujeres. Aunque la mayoría de las invitadas se arracimaban en el salón del primer piso, algunas andaban dispersas por otras habitaciones, bien para cambiarle los pañales a un bebé, para regañar al hijo, para cotillear un poco o para rezar, puesto que era la hora de la oración de la tarde. Al no poder retirarse a su cuarto, las chicas se dirigieron a la cocina, donde encontraron a las tías susurrando sobre la tragedia que había caído sobre ellas, mientras preparaban bandejas de *ashura*.

—La pobre mamá está destrozada. ¿Quién iba a pensar que toda la *ashura* que preparó para Mustafa acabaría sirviéndose en su funeral? —comentó la tía Cevriye, junto al fogón.

—Sí, la mujer americana también está destrozada —apuntó la tía Feride sin levantar la vista de una misteriosa mancha que había en el suelo—. Pobrecita. Viene a Estambul por primera vez en la vida y pierde a su marido. Da miedo pensarlo.

La tía Zeliha, sentada a la mesa fumando un cigarrillo, replicó suavemente:

—Bueno, supongo que ahora regresará a Estados Unidos y se volverá a casar. Ya sabéis que el número de Alá es el tres. Si se ha casado dos veces, se tiene que casar una tercera. Ahora bien, después de un marido armenio y otro turco, ¿qué le tocará?

—¡Cómo puedes decir esas cosas! La pobre mujer está de duelo —protestó la tía Cevriye.

—El duelo es como la virginidad —suspiró la tía Zeliha—. Habría que dárselo a quien más se lo merece.

Las dos tías dieron un respingo al oírla, estupefactas y horrorizadas. En ese instante Asya y Armanoush entraron en la cocina, seguidas de Sultán Quinto, que maullaba de hambre.

—Venga, hermanas, vamos a dar de comer a ese gato antes de que devore toda la *ashura* —dijo la tía Zeliha.

La tía Banu, que llevaba unos veinte minutos en la encimera haciendo té, cortando limones y escuchando el debate sin intervenir, se volvió hacia su hermana pequeña y decretó:

—Tenemos cosas más urgentes que hacer.

A continuación sacó de un cajón un enorme y reluciente cuchillo y partió en dos una cebolla. Luego acercó una mitad hacia la nariz de Zeliha.

—¿Qué haces?

La tía Zeliha dio un brinco en la silla.

—Ayudarte a llorar, cariño. —La tía Banu movió la cabeza—. No querrás que los invitados te vean así, ¿no? Por mucho que seas un espíritu libre, hasta tú necesitas echar una lágrima o dos en la casa del muerto.

Con la cebolla en la nariz, la tía Zeliha cerró los ojos. Parecía una escultura vanguardista sin posibilidades de ser exhibida en ningún museo tradicional: *La cebolla y la mujer que no podía llorar.*

Por fin abrió los ojos verde jade y soltó una lágrima. La cebolla había funcionado.

—¡Bien! —La tía Banu asintió con la cabeza—. Venga, todo el mundo, tenemos que ir al salón. Los invitados ya se estarán preguntando dónde están las anfitrionas, que han dejado solo al muerto.

Esto lo dijo la hermana que en otros tiempos había jugado a ser «madre» de la tía Zeliha, cantándole nanas medio inventadas, dándole de comer galletas sobre cajas de cartón convertidas en mesas imaginarias, contándole historias que siempre acababan con la chica guapa casándose con el príncipe, abrazándola y haciéndole cosquillas, la hermana que la había hecho reír como nadie.

—Muy bien —convino la tía Zeliha—. Vamos pues.

Y se marcharon todas al salón, las cuatro tías delante, seguidas de Armanoush y Asya. Entraron con paso sincronizado a la sala llena de invitadas, donde estaba el cadáver.

Rose estaba sentada en un rincón, en un cojín en el suelo, con el pelo rubio cubierto por un pañuelo, los ojos hinchados de llorar, el cuerpo rechoncho apretujado entre desconocidos. Al instante le hizo un gesto a Armanoush para que se acercara.

—Amy, ¿dónde estabas? —dijo, pero sin esperar respuesta le lanzó una andanada de preguntas—. No tengo ni idea de lo que está pasando aquí. ¿Podrías enterarte de lo que piensan hacer con el cuerpo? ¿Cuándo piensan enterrarlo?

Armanoush, que apenas tenía respuestas, se acercó más a su madre y le cogió la mano.

—Mamá, estoy segura de que saben lo que hacen.

—Pero yo soy su mu-jer. —Le falló la voz en esta última palabra, como si empezara a dudarlo.

Lo habían tumbado en el sofá, con los pulgares atados, las manos sobre el pecho, donde había una pesada hoja de acero para que el cadáver no se hinchara. Le habían colocado en los ojos dos monedas grandes de plata oscurecida, para que no se abrieran, y en la boca habían vertido unas cucharadas de agua de La Meca. En una bandeja de plata junto a su cabeza ardía incienso de sándalo. Aunque las ventanas estaban cerradas a cal y canto, el humo de la habitación se agitaba cada pocos minutos, como abanicado por una indetectable brisa que se filtrara entre las paredes, y zigzagueaba en torno al diván hasta disolverse por fin en una nubecilla gris. Pero de vez en cuando seguía una ruta diferente, descendiendo cada vez más cerca del cadáver en círculos concéntricos, como un ave rapaz acechando a su presa. El humo de sándalo, de olor amargo y penetrante, se hizo tan intenso que a todos les lloraban los ojos. A casi nadie le importó, sin embargo, porque ya estaban llorando.

En una esquina un imán tullido bamboleaba la parte superior del cuerpo, totalmente absorto en la recitación del Corán. Hablaba con un ritmo en constante crescendo, hasta que de pronto se detuvo. Armanoush intentó no prestar atención a la marcada disparidad entre el diminuto cuerpo del imán y la corpulencia de las mujeres que le rodeaban. Hizo los mismos esfuerzos por no mirar el vacío donde tenían que haber estado sus dedos. El imán solo tenía un dedo y medio en cada mano. Era imposible no preguntarse qué le habría pasado. ¿Sería de nacimiento o se los habrían cortado? Fuera cual fuese la historia, su cuerpo incompleto era una de las razones por las que aquellas mujeres estaban tan relajadas a su lado. En la imperfección residía la clave de su plenitud, en su carencia estaba el secreto de su santidad. Era un alma en el umbral de dos mundos, y como todas las almas entre dos mundos, tenía algo sobrenatural. Era un hombre, pero tan sagrado que no podía ser considerado un hombre. Era un hombre santo, pero tan tullido que era imposible olvidar su carácter mortal. Fuera como fuese, el imán tullido no necesitaba dedos para pasar las páginas del santo Corán en su mente. Lo tenía todo almacenado en la memoria, hasta el último verso.

Al final de un pasaje, el imán se detuvo un segundo, tragando el regusto que le habían dejado en la boca las sacrosantas palabras. Luego comenzó a recitar de nuevo. Era precisamente aquel ritmo ondulante lo que llegaba a los corazones de las mujeres, porque ninguna de ellas entendía una palabra de árabe. Incluso cuando sollozaban, las mujeres ponían siempre cuidado en no ahogar con sus llantos la voz del hombre santo. Tampoco lloraban demasiado flojo, sin olvidar ni por un instante que aquel lugar atestado de gente era un *ölüevi*.

Junto al imán, en el segundo lugar de respeto, estaba Petite-Ma. Su diminuto cuerpo parecía una pasa al sol, encogida y arrugada. Todo el mundo, al llegar, le besaba la mano y le daba sus condolencias, pero era difícil saber si ella las oía. En general, cada vez que se le acercaba alguien, Petite-Ma se limitaba a mirar. Sin embargo, de vez en cuando respondía con una serie de preguntas:

—¿Quién eres, querida? —preguntaba a parientes o amigas de toda la vida—. ¿Dónde has estado metida tanto tiempo? ¡Tú no vas a ningún lado, diablilla! —reprendía a perfectas desconocidas. Y luego, entre sus llamativos silencios y sus más llamativos comentarios, su rostro se refugiaba en una absoluta inexpresividad y Petite-Ma parpadeaba confusa con furtivo pánico. En esos instantes no comprendía qué hacía toda aquella gente en su salón ni por qué lloraban tanto.

El diván estaba inmóvil, las mujeres en constante movimiento. El diván era blanco, las mujeres iban casi todas de negro. El diván era silencioso, las mujeres eran todo voz, como si llevarle la contraria al muerto fuera el requisito de los vivos. Al cabo de un rato, todas y cada una de las mujeres se levantaron de un salto para inclinar obedientemente la cabeza; con expresiones de dolor y reverencia, pero también con curiosidad algo cotilla, observaron al imán tullido salir de la sala. La tía Banu le acompañó a la puerta, le besó las manos, le dio las gracias muchas veces y le ofreció una propina.

En cuanto se marchó el imán, un penetrante chillido hendió el aire. Provenía de una mujer regordeta que nadie había visto antes. El grito escaló en hirientes decibelios, y al cabo de un instante el rostro de la desconocida era escarlata, la voz rasposa y todo su cuerpo se estremecía. Tan lamentable era su estado, tan palpable su dolor, que todas la observaban maravilladas. La mujer era una plañidera, pagada por adelantado para ir a llorar a la casa del muerto, para sollozar por gente a la que ni siquiera conocía. Su gemido era tan conmovedor que las otras no pudieron por menos que estallar también en llanto.

Y así, rodeada por un enjambre de dolientes desconocidas (hasta su madre le parecía una desconocida a estas alturas), Armanoush Tchajmajchian observaba el cambiante remolino de mujeres. En completa armonía e inquebrantables turnos, las invitadas intercambiaban el sitio con las recién llegadas. Como aves de la misma bandada se posaban en butacas, en el sofá y en los cojines del suelo, tan cerca unas de otras que sus hombros se tocaban. Saludaban sin palabras y lloraban con estridencia todas aquellas mujeres que estarían tan calladas a solas y eran tan ruidosas en el sufrimiento colectivo. Armanoush ya había detectado algunas de las reglas del rito del duelo. Ya no se cocinaba más en casa, por ejemplo, sino que cada invitada traía comida; la cocina estaba atestada de cazuelas y sartenes. No había sal, ni carne ni licores a la vista, ni apetitosos olores de comida recién hecha. Y los sonidos, igual que los olores, también se controlaban. No se permitía música, ni televisión ni radio. Pensando en Johnny Cash, Armanoush buscó a Asya con la mirada.

La vio sentada en el sofá con un puñado de vecinas, con la cabeza alta, tirándose distraída de un rizo mientras miraba el cadáver. Justo cuando se iba a acercar a ella, la tía Zeliha se sentó junto a su hija y con inescrutable expresión le dijo algo al oído.

Allí estaba el cadáver, tumbado en el diván.

Y entre un grupo de mujeres que gemían y lloraban sin parar, Asya guardaba silencio, cada vez más pálida.

—No te creo —dijo por fin, sin mirar directamente a su madre.

—No tienes que creerme, pero me he dado cuenta de que te debía una explicación. Y si no te la doy ahora, no habrá otro momento. Está muerto.

Asya se levantó despacio y miró el cadáver. Lo miró fijamente, intensamente, como para no olvidar que aquel cuerpo lavado con jabón verde de Alepo y envuelto en un sudario de algodón, aquel cuerpo que ahora yacía inerte bajo una hoja de acero y dos monedas de plata oscura, aquel cuerpo rociado con agua sagrada de La Meca y perfumado con incienso de sándalo, era su padre.

Su tío... su padre... su tío... su padre...

Levantó la mirada y barrió con ella la habitación hasta encontrar a la tía Zeliha, ahora sentada al fondo con una indiferencia que ni las cebollas recién cortadas podrían modificar. Y mirando boquiabierta a su madre, de pronto entendió por qué no había protestado cuando su hija comenzó a llamarla «tía».

Su tía... su madre... su tía... su madre...

Dio un paso hacia su padre muerto. Un paso y luego otro, más cerca. El humo se intensificaba. En algún lugar de la sala Rose gemía de dolor. Igual que hacían las otras mujeres en una cadena infinita, todas interconectadas formando una secuencia de reacción y ritmo, todas sus historias entretejidas, tanto si sus dueñas lo reconocían como si no. Y en cada gemido se producía una pausa, o tal vez, en el dolor colectivo siempre había alguien que no podía sufrir con los demás.

—*Baba...* —murmuró Asya.

Al principio era la palabra, dice el islam, precediendo a cualquier existencia. Fuera como fuese, con su padre era justo lo contrario. Al principio fue la ausencia de la palabra, precediendo a la existencia.

Érase una vez, o quizá no fue.

Hace mucho, mucho tiempo, un país no muy lejano donde el cedazo estaba dentro de la paja, el burro era el pregonero y el camello el barbero; donde yo era mayor que mi padre, de modo que le mecía en la cuna cuando lo oía llorar; donde el mundo estaba cabeza abajo y el tiempo era un ciclo que daba vueltas y vueltas de manera que el futuro era más viejo que el pasado y el pasado era prístino como los campos recién segados…

Érase una vez un reino donde las criaturas de Dios eran tan abundantes como los granos de trigo, y hablar demasiado era pecado, porque podrías decir lo que no deberías recordar y podrías recordar lo que no deberías decir.

El cianuro potásico es un compuesto incoloro de sal de potasio y cianuro de hidrógeno. Parece azúcar y se disuelve en agua. A diferencia de otros compuestos tóxicos, tiene un olor muy peculiar.

Huele a almendras. Almendras amargas.

Si se decora un cuenco de *ashura* con semillas de granada y unas gotas de cianuro potásico, es muy difícil detectar la presencia del veneno porque las almendras se cuentan entre los muchos ingredientes de la receta.

—¿Qué has hecho, ama? —preguntó don Amargo con su voz rota, esbozando su enfurruñada sonrisa habitual—. ¡Has intervenido en el curso del mundo!

La tía Banu tensó los labios.

—Sí —contestó, con la cara surcada de lágrimas—. Es cierto, le di la *ashura*, pero fue él quien decidió tomarla. Ambos pensamos que era mejor así, mucho más digno que sobrevivir con la carga del pasado. Era mejor que no hacer nada con lo que sabíamos. Alá nunca me perdonará. Estoy expulsada para siempre del mundo de los virtuosos. Jamás iré al paraíso. Me lanzará directamente a las llamas del infierno. Pero Alá sabe que hay poco arrepentimiento en mi corazón.

—Tal vez tu eterna morada sea el purgatorio. —Doña Dulce intentó ofrecer un poco de consuelo, impotente al ver llorar a su ama—. ¿Y la chica armenia? ¿Le vas a contar el secreto de su abuela?

—No puedo, es demasiado. Además, no me creería.

378

—La vida es pura coincidencia, ama —apuntó don Amargo.

—No puedo contarle la historia. Pero le daré esto.

La tía Banu sacó de un cajón un broche en forma de granada con semillas de rubí.

La abuela Shushan, antigua dueña del broche, fue una de las expatriadas destinadas a adoptar un nombre tras otro, que iba abandonando en cada nueva etapa de su vida. Shushan Stamboulian se convirtió en Shermin seiscientos veintiséis. Luego fue Shermin Kazancı y después Shushan Tchajmajchian. Y con cada nuevo nombre se perdía algo para siempre.

Rıza Selim Kazancı era un astuto hombre de negocios, un ciudadano ejemplar y también un buen marido, a su manera. Tuvo el olfato de dejar el negocio de los calderos para dedicarse a hacer banderas a principios de la era de la república, justo cuando la nación necesitaba cada vez más banderas para adornar la madre patria. Así es como llegó a ser uno de los empresarios más ricos de Estambul. Fue por aquel entonces cuando visitó el orfanato, con la intención de hablar con el director para unos posibles tratos comerciales. Allí, en el pasillo mal iluminado, vio a una niña armenia de solo catorce años. No tardaría mucho en averiguar que era sobrina del hombre que más adoraba en el mundo: el maestro Levon, el hombre que le había enseñado el arte de hacer calderos y que había cuidado del niño desamparado que Rıza Selim Kazancı había sido. Ahora le tocaba a él ayudar a la familia del maestro Levon, pensó. Aun así, cuando tras numerosas visitas por fin se declaró, no le guió la bondad sino el amor.

Estaba convencido de que ella terminaría por olvidar. Estaba convencido de que si la trataba bien y con amor, y si le daba un hijo y un magnífico hogar, poco a poco olvidaría su pasado y su herida sanaría. Era solo cuestión de tiempo. Las mujeres no pueden seguir llevando la carga de su infancia tras dar a luz, razonaba. Y así, cuando se enteró de que su mujer le había abandonado para irse a Estados Unidos con su hermano, al principio se negó a creerlo y luego la condenó al olvido. Shushan desapareció de los anales de la familia Kazancı, incluidos los recuerdos de su propio hijo.

Llamarse Levon o Levent no cambió nada para el hijo de Shushan. De cualquier manera se convirtió en un hombre amargado. Por muy gentil y educado que fuera en la calle, en casa era cruel con sus propios hijos, cuatro niñas y un niño.

Las historias familiares se entremezclan de tal manera que lo que sucedió generaciones atrás puede ejercer gran influencia en acontecimientos presentes de apariencia irrelevante. El pasado es cualquier cosa menos pasado. Si Levent Kazancı no se hubiera convertido en un hombre tan amargado y violento, ¿habría sido su hijo Mustafa una persona distinta? Si generaciones atrás, en 1915, Shushan no se hubiera quedado huérfana, ¿sería Asya hoy en día bastarda?

La vida es casualidad, aunque a veces hace falta un *yinni* para saberlo.

Esa tarde la tía Zeliha salió al jardín. Aram, que no quería entrar en la casa, llevaba horas esperándola y hacía ya tiempo que se había fumado todo el tabaco.

—Te he traído un té —dijo ella.

La brisa de primavera acariciaba sus rostros y llevaba hasta ellos los distintos olores del mar, la hierba y las incipientes flores de los almendros de Estambul.

—Gracias, amor mío. Qué vaso tan bonito.

—¿Te gusta? —La tía Zeliha giró el vaso entre las manos y de pronto se dio cuenta de una cosa—. Esto es curiosísimo. ¿Sabes de qué acabo de acordarme? De que este juego lo compré hace veinte años. ¡Tiene gracia!

—¿El qué tiene tanta gracia? —preguntó Aram, que acababa de notar una gota de lluvia.

—Nada. —La tía Zeliha bajó la voz—. Es que nunca pensé que sobreviviría tanto tiempo. Siempre pensé que esos vasos eran muy frágiles, pero supongo que para bien y para mal muchos viven para contarlo. ¡Hasta los vasos de té!

Al cabo de unos minutos Sultán Quinto salió despacio de la casa con el estómago lleno y los ojos soñolientos. Trazó un círculo a su alrededor y terminó acurrucándose junto a la tía Zeliha. Durante un rato pareció absorto en lamerse meticulosamente una pata, pero luego se detuvo y miró alrededor alarmado buscando qué podía haber perturbado su serenidad. Y a modo de respuesta, una gota tibia le cayó en el morro. Y luego otra gota, esta vez en la cabeza. El gato se levantó con profundo descontento y se estiró antes de volver a la casa. Otra gota. El animal aceleró el paso.

Tal vez no conocía las reglas. No sabía que no hay que maldecir lo que caiga del cielo.

Ni siquiera la lluvia.

Índice

La bastarda de Estambul de Elif Shafak
se terminó de imprimir en agosto de 2022
en los talleres de
Impresora Tauro, S.A. de C.V.
Av. Año de Juárez 343, col. Granjas San Antonio,
Ciudad de México